KAREN ASHLEY

# April & Storm – Weiter als der Ozean

Weiterer Titel der Autorin:

April & Storm – Stärker als die Nacht

**Über die Autorin:**

Karen Ashley ist das Pseudonym einer bekannten Jugendbuchautorin. Sie war schon als Kind von Geschichten und vom Reisen fasziniert. Kein Wunder, ist doch ihre Tabak kauende schwedische Urgroßmutter mit einem Schmied nach Amerika durchgebrannt. Ashley hat viele Jahre als Journalistin gearbeitet, in den USA mit einer Verhaltenswissenschaftlerin die Intelligenz von Pferden erforscht, in Peru die Regenbogenberge erklettert, in Schweden in einem Wald am Meer überwintert und in Norddeutschland Wurzeln geschlagen. Dort lebt sie heute mit ihrer Familie auf dem Land.

KAREN ASHLEY

# WEITER ALS DER Ozean

APRIL & STORM

ROMAN

lübbe

MIX
Papier aus verantwortungsvollen Quellen
FSC® C014496

Dieser Titel ist auch als E-Book erschienen

Content Note auf Seite 378

Originalausgabe

Dieses Werk wurde vermittelt durch Agentur Brauer (Agentin: Ulrike Schuldes).


Textredaktion: Elisa Valérie Thieme, Düsseldorf
Titelillustration: © shutterstock.com: JonathanC Photography | Eisfrei | Klavdiya Krinichnaya | Zakharchuk | Diana Hlevnjak | Kawin K; © creativemarket: dvtchk
Umschlaggestaltung: Sandra Taufer, München
Satz: hanseatenSatz-bremen, Bremen
Gesetzt aus der Adobe Garamond Pro
Druck und Verarbeitung: GGP Media GmbH, Pößneck

Printed in Germany
ISBN 978-3-404-18458-3

2 4 5 3 1

Sie finden uns im Internet unter luebbe.de
Bitte beachten Sie auch: lesejury.de

# Kapitel 1

## April

Erste Atemzüge sind etwas Besonderes, für mich bilden sie das zentrale Abschlussmoment der Geburt eines Babys. Viele habe ich in den vergangenen Monaten bei diesem ebenso gewaltigen wie zerbrechlichen Übergang begleitet.

Ist es nicht seltsam, dass der Vorgang, Luft zu holen, so banal und unbewusst stattfindet? Dieser Lebensspender ist nichts als ein unbewusster Reflex zum Gasaustausch – solange wir frei und ungehindert atmen können, verdrängen oder vergessen wir seine Bedeutung. Doch unser ganzes System ist abhängig von diesem Lebenshauch. Er fährt unser System hoch, und er fährt es auch wieder runter. Dann ist Schluss.

Die Schiebetüren vom Terminal öffnen sich mit dezentem Rauschen, und als ich meinen Kofferkuli über den gerippten Teppich nach draußen rolle, hat dieser Moment für mich tatsächlich etwas von einer Geburt.

Meine Lunge füllt sich mit dieser seltsam abgestandenen Mischung aus Taxidiesel, Kippen, Kerosin, Fast Food und nassem Asphalt, die es nur an Flughäfen gibt.

Irgendwie bezeichnend, dass mein erster bewusster Atemzug zurück in meiner Heimat, draußen, an der sogenannten frischen Luft … stinkt.

Hannover.

Hier bin ich also wieder. Frierend und müde spuckt mich das Flughafengebäude unvermittelt aus. Ich bleibe unter dem erdrückenden Betondach stehen, das die Kurzzeitparker vor dem Wetter schützt. Über mir die Abflugebene, von der die Reisenden in die große, weite Welt starten – während ich von dort zurückkehre.

Knallhart auf dem Boden der Tatsachen angekommen. Und unglücklich dazu.

Der Flug war windig, wir sind mit Turbulenzen gelandet. Mein Magen fühlt sich immer noch so flau an, als ob ein Flummi darin herumhüpft, der noch nicht herausgefunden hat, in welche Richtung die Schwerkraft ihn zieht. Genau wie der Rest von mir.

Der Menschenstrom schiebt sich links und rechts an mir vorbei, als wäre ich ein störender Kieselstein. Zu groß, um darauf zu treten, aber groß genug, um ihn nicht einfach ignorieren zu können. Ich kassiere ein paar Knuffe und genervte Blicke, doch die registriere ich kaum.

Vor einem halben Tag war ich noch in San Francisco – nicht direkt mit Blumen im Haar, aber auf der anderen Seite des Ozeans, mit seiner stetigen sanften, salzigen Brise in der Nase. Der Wind dort hat mich gestreichelt. Der Wind hier fährt mir mit kalten Fingern brutal unter die Kleider.

Ein anderer Kontinent. Ein anderes Leben.

Bereue ich meine überstürzte Abreise?

Ja! Ich möchte es laut hinausschreien. Ich vermisse die Stadt, ich vermisse meine amerikanischen Kollegen und Kolleginnen, meine Tanten und Sky, ich vermisse … Storm.

Er hat ein Loch in mein Herz gerissen, groß und hässlich wie eine Kanonenkugel.

Aber ob ich es will oder nicht, trotz all des grausamen Schmerzes: Ich vermisse ihn schrecklich.

Hatte ich eine andere Wahl?

Nein.

Und noch mal: »Nein!«

Ich murmle es fest vor mich hin, packe die Griffstange meines Koffertrolleys fester und schiebe mich weiter in Richtung der bereitstehenden Taxen.

Meine Eltern hätten mich gern abgeholt, wir hatten telefoniert, als ich in Frankfurt zwischengelandet war. Aber ich wollte diese ersten Minuten zurück in meiner Heimat, die letzten in meiner zerrinnenden Freiheit – so kommt es mir vor – für mich allein. Mich sortieren. Durchatmen. Welche Ironie.

Es nieselt. Und es riecht nach Zigarettenrauch. Ich rümpfe die Nase und sehe müde zu den Taxifahrern, die ihre Wartezeit scherzend und plaudernd in der Raucherzone überbrücken.

Alles, was dort gewesen ist, hinter mir zu lassen ist meine einzige Chance, einigermaßen damit klarzukommen.

Alles.

Und alle.

Sky.

Tante Maggie und Lydia.

Maria.

Doc Joe.

Und alle anderen.

Alles wegen Storm.

Ich brauche nur meine Augen zu schließen, schon sehe ich seine hellgrünen vor mir, in denen ich so oft versunken bin. Ich höre seine schokoladige Stimme, die mich zärtlich »Keks« nennt, spüre seine Haut unter meinen Fingern, und die Leere durchfährt mich wie ein heftiger Phantomschmerz. Der Klumpen in meinem Magen fährt eine Monsterhand aus, krallt sich um mein Herz und drückt so fest zu, dass mir schwarz vor Augen wird.

Ich bleibe kurz stehen, schnappe nach Luft und stütze mich auf meinen vollbepackten Trolley. Ich kann nichts tun als warten, bis der Anfall vorübergeht. Bis ich wieder Luft bekomme und etwas sehen kann.

Die Taxifahrer vor ihren mit laufendem Motor wartenden beigefarbenen Wagen scheren sich nicht um mich. Ein Aktentaschenträger hetzt an mir vorbei, streift meine Hacken mit seinem Rollkoffer und widmet mir einen wütenden Blick, ohne sein Tempo zu reduzieren.

Deutschland. Passenderweise fällt mir Goethe ein: »Da steh' ich nun, ich armer Tor, und bin so klug als wie zuvor!«

Ich grunze abfällig und bewege meine Gepäckberge in Richtung des ersten Wagens in der Schlange.

Es dauert ein bisschen, bis ein südländisch aussehender Fahrer sich lachend aus dem Pulk seiner Kollegen löst und, immer noch ins Gespräch mit ihnen vertieft, die Kofferraumklappe öffnet. Der Mann ist kräftig und höchstens ein paar Jahre älter als ich, aber selbst er ächzt durchgehend, bis er endlich alles verstaut hat.

»Wo soll's denn hingehen?«, fragt er gut gelaunt und zwinkert mir im Rückspiegel zu.

Ich bin hinten eingestiegen, alte Gewohnheit.

Seine Augen sind dunkel, fast schwarz. Erstaunt sieht er mich an, als ich mein Fahrtziel nenne, runzelt kurz die Stirn und lacht dann entwaffnend ehrlich, wobei er den Finger vom Navi nimmt. »Wie buchstabiert man das? Sorry, den Namen hab ich noch nie gehört.«

»L – Ü – T ...« Ich breche kopfschüttelnd ab. »Genau mittig zwischen Hannover und Celle«, erkläre ich geduldig und höre interessiert meiner eigenen Stimme zu.

Sie klingt eingerostet und hat einen leichten amerikanischen Akzent, der mir peinlich ist, den ich aber nicht abstellen kann. In den letzten Monaten habe ich sogar auf Englisch geträumt. Und selbst mit Tante Maggie habe ich mich aus Rücksicht auf ihre amerikanische Ehefrau Lydia überwiegend auf Englisch unterhalten.

»An der Landkreisgrenze. Fahren Sie einfach erst mal die

A352 runter und dann über die Dörfer Richtung Burgwedel und Burgdorf. Ich weiß den Weg.«

»Alles klar! Das kenne ich.«

Er lacht und startet den Motor. Dann hupt er noch einmal seinen Kollegen zu, winkt, und wir verlassen den Flughafen.

Der Sommer ist fast vorbei. Die Getreidefelder sind abgemäht und untergepflügt. Die ersten Bauern haben schon die Zwischensaaten oder das Wintergetreide gelegt. Nur Zuckerrüben, Kartoffeln und die Meere von Mais, der im Ganzen als Viehfutter gehäckselt wird oder in die Biogasanlagen geht, stehen noch auf den Äckern und werden allmählich fahl.

Seltsam, was für Wissen man speichert und blind wieder abrufen kann. Niemand in unserer Familie hat etwas mit Landwirtschaft zu tun, aber meine Eltern sind mit uns aufs Land gezogen, da war ich noch keine zehn Jahre alt. Der gesunden Luft wegen. Leukämie habe ich trotzdem bekommen, aber erst als Erwachsene. Wer weiß, was aus mir geworden wäre, wenn wir in der Stadt wohnen geblieben wären?

Ich bin so müde, dass ich kaum die Augen offen halten kann, aber Lüttjenwulbeek ist so klein, dass es kaum ein Navi unter seinem eigenen Namen findet. Das Dorf hat gerade mal 169 Einwohner – inzwischen vielleicht ein paar mehr oder weniger –, aber es gibt eine Bushaltestelle, einen Hofladen, einen Kiosk mit Poststelle, die beiden Ferienwohnungen meiner Mutter und ein Stück außerhalb, umgeben von Pferdeweiden und Feldern, eine Kneipe mit einem angegliederten Biergarten und kleiner Ausflugsgastronomie, die auch Fremdenzimmer vermietet. Im Sommer gibt es dort den weltbesten Spargel frisch vom Feld und im Winter einen fantastischen Grünkohl – den der gutmütige Koch mir sogar mal vegan angesetzt hat, auch wenn er nicht verstanden hat, was die traditionelle Bregenwurst und Speck mit Krebs zu tun haben sollen und wieso ich mich nach all den Jahren immer noch beharrlich weigere, die Heidschnucken zu essen, die bei ihm hinterm Haus grasen.

»Müssen wir hier raus oder bei der nächsten?«

Der Fahrer reißt mich aus meinen schläfrigen Gedanken. Ich sehe aus dem Fenster und entziffere das blaue Schild mit der Verkehrszusammenführung Richtung A7 und der Abfahrt Mellendorf.

»Oh, Entschuldigung, ja. Ein kleines Stück noch und dann hier runter und weiter über Fuhrberg.«

Dörfer, Felder, Waldstücke, Kuhweiden und Pferdewiesen fliegen an uns vorbei. Die flache norddeutsche Landschaft kommt mir so surreal vor, als säße ich in einem 3D-Kino.

Ich kühle meine Stirn an der Fensterscheibe, um wach zu bleiben. Es ist mir egal, wie viele Keime da wohl lauern mögen. Zu Hause wasche ich mir eh das Gesicht, und wie ich meine Mutter kenne, wird sie mich von oben bis unten desinfizieren, noch bevor ich ganz durch die Haustür bin.

»Ich kann da nicht bleiben«, rutscht es mir heraus.

»Wie bitte?«

»Nichts, alles gut«, lüge ich nach vorn und setze mich aufrecht hin, damit ich mich besser auf den Verkehr fokussieren kann. »An der Ampel rechts.«

Der Fahrer nickt.

Eine knappe halbe Stunde später halten wir vor dem verwunschen aussehenden rosendurchwachsenen Staketenzaun aus unbehandelten Viertelstäben. Hinter dem Carport ragt das Fachwerkhaus meiner Eltern auf. Verwaschene Ziegelsteine schimmern feucht vom Regen in verschiedenen Rot- und Orangetönen, eingerahmt von einer jahrhundertealten dunkelbraunen Balkenkonstruktion. Die großen Fensteraugen blicken mich freundlich aus weißen Holzrahmen an. Späte Geranien blühen üppig in den Blumenkästen davor, und im Vorgarten stehen welke Sonnenblumen und knallviolette Herbstastern zwischen Feldsteinen und rosafarbenen Bodendeckern.

Hinter dem Fenster bewegt sich die Gardine, und fünf Sekunden später fliegt die blau gestrichene Haustür auf. Meine Mutter bleibt einen Moment auf der Schwelle stehen, reißt die Hände vors Gesicht und rennt dann den schmalen, geschlängelten Kopfsteinpflasterweg auf mich zu, dicht gefolgt von meinem Vater, der sich nicht mal die Zeit nimmt, die Hausschuhe auszuziehen. Zum Glück hat es wenigstens aufgehört zu regnen.

Lachend schiebe ich den Riegel des halbhohen hölzernen Gartentürchens zurück und breite die Arme aus. »Mama! Papa!«

Ich vergrabe mich in die Wärme meiner Eltern, inhaliere ihren vertrauten Duft, vermischt mit dem typischen Aroma dieses norddeutschen Regengraus von feuchter Erde und frisch gemähtem Rasen, das ich beinahe vergessen hatte – und fange umgehend an zu weinen.

Mein Vater drückt mich fest an sich und streicht mir über den Kopf, bevor er sich stumm löst und den Taxifahrer bezahlt. Dann rumpelt er mit meinen Koffern an uns vorbei.

Meine Mutter und ich stehen immer noch eng umschlungen da, ohne ein Wort, und ich spüre am Beben ihrer Schultern, dass sie mit mir weint. Ich schätze, es geht einfach mit ihr durch, weil ich wieder da bin, früher als geplant. Denn wenn Tante Maggie nicht geplaudert hat – und sie hat mir versprochen, die Details mir zu überlassen –, dann kann sie noch gar nicht wissen, was passiert ist. Ich bin immer noch unschlüssig, wie viel davon ich den beiden erzählen soll – und vor allem auf welche Art.

»Komm erst mal rein«, schnieft sie schließlich, schiebt mich ein Stück von sich fort und wischt sich mit dem Zeigefinger unter den Augen entlang, bevor sie zwei zerknautschte

Taschentücher aus ihrer Hosentasche nestelt. »Sind frisch«, erklärt sie mit demselben verheulten Lächeln, mit dem ich sie auch ansehe.

Ich flüchte mich ins Bad, um mir die Tränen aus den Augen und den Reiseschweiß aus den Achseln zu waschen.

In der Zwischenzeit hat mein Vater bereits das ganze Gepäck die Treppe hinaufgewuchtet. Keine Chance, ihm zu helfen, natürlich nicht. Ich werde ewig sein kleines Mädchen bleiben. Nach dem Krebs erst recht.

Mein Jugendzimmer im ausgebauten Dachboden, in dem ich mich auch von meiner Krankheit erholt habe, ist nahezu unverändert. Da hängt immer noch das vergilbte Familienfoto mit meinen Eltern, meiner großen Schwester und mir als Knirps vom ersten Schultag. Daneben – Zeitsprung – ich, stolz auf der Kühlerhaube von Mamas Auto thronend, meine Immatrikulationsbescheinigung und das Vorlesungsverzeichnis vom ersten Semester in der Hand. Selbst die durch das Sonnenlicht verblichene Postkarte mit Tante Maggies Leitsatz »Aufgeben ist das Letzte, was man sich erlauben darf!« hängt noch am Spiegel.

Ich putze mir die Nase, es blutet ein wenig, weil die Schleimhäute durch die Klimaanlage und den langen Flug so ausgetrocknet sind. Ich knülle das Taschentuch zusammen und lasse meinen Blick durch den Raum schweifen.

Drei Wände sind schräg, aber hoch. Hinter der einzig geraden Wand verbergen sich das Badezimmer und meine eigene kleine Küchenzeile.

Der Kühlschrank surrt, neugierig öffne ich die Tür und stelle fest, dass meine Mutter Wasser für mich kalt gestellt und ein paar Joghurts, vegane Butter, diverse Aufstriche und Gemüse gekauft hat. Seufzend nehme ich die Flasche heraus. Ich habe noch nie kalte Getränke vertragen, aber meine Mutter konnte sich das noch nie merken.

»Schätzchen, kommst du?«, klingt ihre Stimme die Treppe hinauf. »Nicht einschlafen. Das fördert nur den Jetlag.«

»Bin unterwegs!«

Bedauernd betrachte ich das wunderbare, frisch bezogene Bett. Dann wuchte ich den großen Koffer auf die Seite, öffne den Reißverschluss und wühle ein paar Mitbringsel, ein frisches Shirt und meine Lehrbücher heraus.

Es macht keinen Unterschied, ob ich mit fünfzehn, zwanzig oder fast dreißig nach Hause komme, die Abläufe sind immer gleich. Sehen Eltern ihre Kinder jemals als erwachsene Personen?

Im Treppenhaus streift mein Blick eine Fotocollage aus Bildern, die ich zwischendurch aus den Staaten gemailt hatte. Meine Eltern haben sie rahmen lassen und neben die Aufnahmen platziert, die ich in Hannover und Celle auf alten Friedhöfen geschossen habe. Details wie Blumen, Teddybären oder einen Sonnenstrahl, der durch die Wolken bricht, habe ich nachkoloriert, den Rest schwarz-weiß belassen. Ich weiß, dass meine Eltern dieses Hobby ziemlich morbide finden, sie würden sich solche Fotos niemals ins Wohnzimmer holen, aber ich bin gerührt, dass sie sie dennoch aufgehängt haben. Und sie haben einen sehr guten Platz dafür gewählt. Die Treppe – symbolischer geht es kaum, finde ich. Anfang und Ende, hier scheiden sich Optimisten von Pessimisten: Führen die Stufen nach oben oder nach unten, und an welche Stelle würde man Krippe und Sarg positionieren?

Himmel, ich muss ins Bett.

Die beiden nötigen mir eine Portion Spaghetti und grünen Salat mit frischen Kräutern aus dem eigenen Garten auf. Dann soll ich Kaffee trinken und erzählen.

Ob ich Fotos hätte? Wie schön der Kalender mit Impressionen aus San Francisco ist, den ich mitgebracht habe, und das Windspiel mit den Kristallen aus Tante Maggies und Lydias Laden. Ach, und »organic« heißt also bio?

Meine Mutter streicht beinahe ehrfürchtig über eine Flasche selbst gemachten Kirschlikör.

Der stammt von Mrs. Wolowitz, meiner kürzlich verstorbenen Nachbarin, die mir auch ihren Hund vermacht hat, Sky. Ich habe ihn in der Obhut von Maggie und Lydia zurückgelassen. Und wenn mein Herz nicht davor schon ein Scherbenhaufen gewesen wäre – spätestens beim Anblick des verstört dreinschauenden, bei unserem Abschied verzweifelt an die Glasscheiben der Tür kratzenden Labradormischlings wäre es in Millionen Einzelteile zersplittert.

Ich heule los, und dann muss ich doch kurz erklären, dass ich mich von meinem Freund getrennt habe. Und von meinem Hund. Das sind keine Themen für Überseetelefonate.

»Das muss schlimm für dich gewesen sein«, sagt mein Vater leise und räuspert sich.

Meine Mutter greift nach meiner Hand.

»Ich komme klar«, behaupte ich und blinzele, um die Tränen zurückzudrängen.

»Das sehe ich«, brummt Papa und steht auf. Er holt Likörgläser aus dem Wohnzimmerschrank und schenkt uns ein.

Einen Moment lang sehe ich verwirrt auf meine Armbanduhr, die immer noch nach amerikanischer Zeit läuft. »Wie spät ist es?«

Die Wanduhr mit den Vogelstimmen zeigt halb sechs an. Abends natürlich.

Ich kämpfe gegen den Impuls zu gähnen an. »Gut, einmal anstoßen, aber dann möchte ich auspacken und schlafen gehen.«

Meine Mutter öffnet den Mund und wechselt einen Blick mit meinem Vater, dann überlegt sie es sich offenbar anders, klappt ihn wieder zu und nickt. »In Ordnung, du bist ja schon groß, April.« Bemüht fröhlich zwinkert sie mir zu.

Wir stoßen an.

»Schön, dass du wieder hier bist.«

Ich nicke lahm.

Irgendwie ja. Aber andererseits ist es das auch nicht. Nicht so.

## Storm

Storm saß in dem schäbigen Motelzimmer und beobachtete eine Spinne, die in der Ecke des einfach verglasten Fensters ein Netz spann. Das Licht der Straßenlaterne flackerte. Unten grölten ein paar Betrunkene. Nebenan lag die vergitterte Front von *Andy's Booze* und daneben ein ebenso gut besuchter wie zwielichtiger Drugstore.

Noch bevor er eingecheckt hatte, hatte er sich Tramadol und zwei Flaschen Wodka besorgt. Für den Anfang.

Das war jetzt zwölf Tage und sieben Stunden her. Zwölf lange Tage und Nächte, in denen er überwiegend der Spinne zugesehen hatte, wie sie webte, spann und lauerte. Größtenteils unfähig, sich zu bewegen, genau wie die spärlichen Opfer des Gliederfüßers. Der Wodka stand noch immer da, wo er ihn abgestellt hatte, auf dem wackeligen Holztisch, auf dem sich das abgesplitterte Furnier wellte. Unangetastet. Er war auch so betäubt genug.

Sie musste doch mit ihm reden wollen! Sie konnte doch nicht einfach weg sein! In einer endlosen Schleife spulte sein Hirn die ewig gleichen Gedankengänge ab, die ewig gleichen Bilder und Szenen. Warum meldete sie sich nicht? Er wollte

April nicht bedrängen, aber er musste sie sehen. Er konnte nicht atmen ohne sie. Nicht schlafen, nicht essen, nicht klar denken. Maria meinte, April brauche sicher nur etwas Zeit. Aber wie viel Zeit brauchte ein Mensch wie April, um das zu verdauen, was er ihr angetan hatte? Er konnte nicht fassen, dass sie ihn verlassen hatte. Es ging nicht in seinen Kopf. Sein Herz, seine Seele brannte.

Wieder sah er Maria vor sich, wie sie sich tausendmal bei ihm für ihr unüberlegtes Gerede entschuldigte. Sie hätte ja nicht geahnt, dass er April nie gesagt hatte …

»Was?«, fuhr er sie an, als er es am vierten Tag nicht mehr ausgehalten hatte und zurückgekehrt war. »Dass ich einen Menschen getötet habe, der mein bester Freund war? Dass die komplette internationale Presse über mich hergefallen ist und mich als drogenabhängigen Mörder hingestellt hat? Dass ich bei dem kläglichen Comeback-Versuch danach, den mein Manager nur inszeniert hat, um mich hinzurichten, vollkommen zugedröhnt von der Bühne gestürzt bin? Ja, stell dir vor, Maria, ich hatte noch nicht den passenden Moment gefunden, um ihr auch noch *das* über mich zu erzählen, während sie mit dem Tod von Mrs. Wolowitz kämpft.«

… und auch, weil der große Fernsehauftritt so kurz bevorstand, ergänzte er im Stillen und fragte sich, welche Rolle dies bei der ganzen Sache gespielt hatte. Er hatte es verbockt, gründlich. Wie immer. Maria konnte im Grunde nicht einmal viel dafür.

»Ich glaube, du gehst jetzt besser«, erwiderte sie ganz ruhig auf seine Tirade und streckte die Hand aus, damit er seinen Wohnungsschlüssel hineinfallen lassen konnte.

Aber er hatte noch Sachen in der Küche.

Dort am Tisch saß bereits sein Nachfolger, jung, linkisch, ein Milchbubi mit einem schicken Fotoapparat. Murphy, hatte er sich zusammengereimt, ausgerechnet Aprils Kommilitone, der Nerd, der sie in die Wüste hatte abschleppen wollen, um gemeinsam Friedhöfe zu fotografieren. Was für eine Ironie.

Maria war schnell, das musste man ihr lassen, und über Geschmack ließ sich nicht streiten.

Sie war ihm hinterhergekommen.

»Storm«, sagte sie leise, als er den wertlosen Thermos-Kaffeebecher, den Marty ihm vor Äonen an einer Raststätte gekauft hatte, behutsam in ein Geschirrhandtuch mit Las-Vegas-Aufdruck wickelte. »Es tut mir leid.«

Er wehrte ihre Hand ab, nahm die Muskatreibe und seine Knoblauchpresse aus dem Schubfach und verstaute auch diese. Sie hatten seiner Mutter gehört, er wollte sie Bob zurückgeben. Dann glitt er mit den Augen über das Gewürzregal. Nicht wichtig. Der Rest war einfach nur Zeug. Er schulterte seinen Rucksack und drehte sich um in Richtung Ausgang.

Seine Erinnerung sprang noch weiter zurück. Zu dem, was an Tag null geschehen war. Der Tag, als sein Leben ein zweites Mal zerbrochen war.

April hatte ihn gebeten zu gehen. Also packte er wie in Trance seine Sachen. Und alle paar Minuten kehrte er in den Flur zurück, stand ungläubig verwirrt und zunehmend verzweifelt vor ihrem Zimmer, dem kleinen Atelier mit dem furchtbar weichen Bett, in dem er Rückenschmerzen bekam, um einen neuen Anlauf zu machen. Er klopfte. Sie schwieg. Er ging fort und packte weiter, kam zurück, klopfte wieder. Sie antwortete nicht.

Ihre Zimmer gingen beide auf die Dachterrasse hinaus, aber sie hatte die Vorhänge zugezogen. Auch das hatte er versucht.

Daher bemühte er sich, vom Flur aus durch die verschlossene Tür mit ihr zu reden, sich zu erklären, zu entschuldigen … Doch sie sprach nicht mit ihm.

Skys Winseln war das einzige Geräusch, das außer ihrem leisen Schluchzen zu ihm herausdrang. Dann hatte der Hund an der Tür gekratzt, und sie war wütend geworden, weil Storm immer wieder zurückkehrte.

Er musste ihr doch sagen, wie viel sie ihm bedeutete und wie leid es ihm tat, dass er zu lange damit gewartet hatte, ihr auch noch den schäbigen Rest seiner Geschichte zu erzählen, die ganze Wahrheit, den ekelhaften Bodensatz über seine Vergangenheit und darüber, wer er war.

Einmal antwortete sie ihm. Schickte ihn fort. »Geh weg«, rief sie, und er ergriff trotzig die Chance, ihr durch die geschlossene Tür sein Herz auszuschütten, sein Innerstes zu offenbaren.

Noch nie hatte er jemandem von seinem Selbstmordversuch erzählt. Er wusste, dass es nichts ändern würde. Er wollte sich nicht rechtfertigen, erst recht nicht ihr Mitleid. Er wollte nur, dass sie verstand.

»April, lass mich doch erklären. Ich hatte entsetzliche Angst, dich zu verlieren. Die Geschichte mit Marty, meine Vergangenheit. Alles, was die Zeitungen geschrieben haben damals. Glaubst du, das ist etwas, worauf ich stolz bin? Ich war am Ende, ich wollte mich umbringen. Dann kamst du. Und ich habe mir nichts mehr gewünscht als einen Neuanfang, ein unbeschriebenes weißes Blatt Papier zu sein. Es war dumm von mir, dir nicht die ganze Wahrheit zu erzählen. Und es tut mir unendlich leid. Können wir bitte darüber reden? Wirf nicht weg, was wir haben! Bitte! Ich brauche dich!«

Sie ließ sich Zeit mit ihrer Antwort. Unerträglich lange Sekunden verstrichen, in denen er nichts tun konnte, als seine Hand auf das Türblatt zu legen, seine Stirn dagegen zu pressen und zu warten.

»Wir haben NICHTS! Geh einfach! GEH!«, schrie sie

schließlich durch das Holz und traf ihn damit wie ein Messer, das sich mitten in die Brust bohrte. »Ich will, dass du verschwindest! Hau ab! Geh weg! Nimm deine Sachen und zieh aus! Wenn du bis morgen früh nicht weg bist, dann gehe ich! Und das meine ich verdammt ERNST! Und nein, ich werde meine Meinung NICHT ÄNDERN!«

Ihre Stimme überschlug sich im Zorn, sie klang heiser und rau und ging wieder in Weinen über.

»April!«

Danach reagierte sie gar nicht mehr.

Dafür stand Maria mit verschränkten Armen an die Wand gelehnt da und beobachtete ihn aus schwarzen Argusaugen. Zwei Köpfe kleiner als er, aber mit der Präsenz einer Leibwächterin mit Nahkampfausbildung.

Das alles fühlte sich so grauenhaft falsch an. Einfach falsch!

Dabei war bis zu diesem Moment in seiner Vorstellung alles ganz klar gewesen: Nach dem Auftritt hatte er April alles erzählen wollen. Wirklich alles.

Wenn dieser Druck erst mal weg war.

Damit er die richtigen Worte finden würde.

Er hatte es durchgeplant. Kerzenlicht und Champagner sollten eine Rolle spielen, wenn sie ihn in den Recall ließen – oder alternativ, wenn etwas schiefging und der Traum einer zweiten Chance im Musikbusiness ein für alle Mal platzte, eine Tasse Kaffee am Hafen, nach einem langen Spaziergang, um den Kopf freizukriegen. Wie es letztlich ausgegangen wäre, hätte in beiden Varianten keinen Unterschied gemacht.

Solange April an seiner Seite war, glaubte er, alles ertragen zu können. Aber ohne sie …?

Als er am vierten Tag an ihrem Zimmer vorbeischlich, war er davon überzeugt, dass er den Fernsehauftritt absagen würde. Er konnte doch nach alldem nicht einfach auf die Bühne von

*America's Topstar* steigen und so tun, als sei alles bestens. Nicht, nachdem sie sich von ihm getrennt hatte.

Es war von Anfang an eine Schnapsidee gewesen, zum Scheitern verurteilt.

Die Tür stand offen. Ihre Sachen waren fort. Fremde Gegenstände entstellten den Raum. Eine Fotoausrüstung, Universitätswimpel, Männerkleidung. Es zerriss ihm die Seele.

Und jetzt also Tag zwölf ohne April. Der Sog der Erinnerung war unendlich schmerzhaft.

Storm schloss für einen Moment die Augen und ballte die Fäuste. So lange, bis er nicht länger jeden Atemzug in seine Brust zwingen musste, so lange, bis ihn die Wodkaflasche und die Tabletten nicht mehr anzogen wie Sirenengesang die Argonauten. Er wusste, dass sie ihn zerstören würden, aber warum eigentlich nicht?

Er blinzelte mit verschleiertem Blick und starrte die kleine Spinne in seinem Motelzimmer an. Das unscheinbare Netz vibrierte wie ein Trampolin, als ein vollgesogener Moskito in den klebrigen Fäden hängen blieb. Mieses Karma, dachte er und rieb sich gedankenverloren über den frischen Stich. Die Mücke hatte nicht viel davon gehabt.

April war seine treibende Kraft gewesen. Die ganze Zeit. Sie hatte ihn bei dieser Talentshow angemeldet, als er noch lange nicht so weit war, an sich zu glauben. An dieses neue Ich, mit all seinen schlecht verheilten Wunden, den unsichtbaren und den weithin sichtbaren Narben.

Und jetzt – ohne sie – war er weiter davon entfernt denn je.

Beflügelt von Aprils Energie wäre er auch auf Knien auf diese Studiobühne gerobbt. Aber ohne sie … Er war kein Phönix. Eine Zeitlang hatte er es gedacht. Doch inzwischen wusste er: Sie war es, nicht er.

Letztlich spielte auch das keine Rolle mehr. Nichts spielte mehr eine Rolle.

Maria hatte ihn irgendwann abgefangen und ausgebremst. In der furchtbaren Nacht nach ihrer Rückkehr aus Peru, als er zum hundertsten Mal an Aprils verschlossene Tür klopfen wollte.

»Lass sie schlafen«, hatte sie auf ihn eingeredet. »Hör auf. Akzeptier ihre Entscheidung. Gib ihr Zeit.«

»Wie viel Zeit denn?«, hatte er verzweifelt gefragt.

Sie zuckte mit den Schultern. »Ich weiß es nicht. So gut kennen wir uns nicht. Wenn ich es wäre … ein paar Tage vielleicht? Aber … mach dir nicht allzu viel Hoffnung, okay?«

Natürlich hatte er sich Hoffnung gemacht.

Und an Tag vier war sie bereits aufgezehrt.

»Wo ist sie hin?«, fragte er.

Maria wand sich. »Ich habe ihr versprochen …«

»Ich muss es wissen, Maria. Bitte!«

»Storm … nicht. Ich kann nicht!«

Storm rückte den Rucksack auf seinem Rücken gerade und verzog den Mund.

»Hat sie … den Brief mitgenommen?«, fragte er.

»Ich glaube schon.«

Sie nickte, und er nahm ihre Kopfbewegung auf und führte sie nachdenklich fort. Dann griff er nach dem Türknauf, bereit, das Penthouse zu verlassen, das er vor Marias Rückkehr allein mit April bewohnt hatte – und mit Sky.

Ruckartig drehte er sich noch einmal um. Er scannte den Eingangsbereich und den breiten Flur ab. Nichts deutete auf die Anwesenheit eines Hundes hin, ein weiteres Indiz dafür, dass April nicht vorhatte zurückzukommen.

»Wo ist Sky?«, fragte er beunruhigt. »Sie hat ihn doch mitgenommen, oder? Er ist nicht im Tierheim?«

Maria zog die schwarzen Augenbrauen zusammen, bis sie eine einzige Linie auf ihrer empört gefurchten Stirn bildeten. »Das würde sie nie tun.«

Er schüttelte den Kopf, es war als Bestätigung gemeint. »Nein, natürlich nicht.«

Storm dachte an den polterigen braunen Labradormischling, und seine Brust verkrampfte sich. Er hatte nicht nur ein, sondern zwei Wesen verloren, die ihm wirklich viel bedeuteten.

»Storm!«, rief Maria ihm nach, als er den Fahrstuhl fast erreicht hatte.

»Was?«

Ihr Blick hatte etwas Hilfloses. Beinahe reumütig sah sie ihn an, warf einen unsicheren Blick über ihre Schulter in die Wohnung zurück und knetete den Ärmel ihrer Strickjacke mit den Fingern. »Also, wenn du willst, dein Zimmer ist noch frei. Du kannst es haben, wenn du möchtest?«

Er musste sich beherrschen, nicht prustend loszulachen, so abwegig und albern kam ihm dieses Angebot vor.

»Nein, Maria. Aber danke.«

Weil ihm dennoch ein sarkastisches Geräusch herausrutschte, zog er sich die Baseballcap tiefer ins Gesicht und kehrte dem Fahrstuhl den Rücken, dessen Türen sich in diesem Moment mit einem grummelnden Zischen aufschoben. Er nahm stattdessen die Treppe. Er musste raus hier, und er musste das auf eigenen Füßen tun. Sich bewegen. Alles, nur nicht stillstehen und sich noch ausgelieferter fühlen.

Ohne sie weiter zu beachten, ging er an Maria vorbei und machte sich auf den Weg nach unten.

Luigi, der Concierge, nickte ihm abwesend zu, als Storm die Halle durchquerte.

Storm dachte zurück an das erste Mal, als er aus dem Penthouse hierher zurückgekehrt war. Das war nach der erfolglos verlaufenen Bewerbung für das freie Zimmer gewesen, das April inseriert hatte – dasselbe, das ihm Maria nun noch einmal angeboten hatte.

Warum hatte dieser Murphy sich nicht dafür entschieden? Es war wesentlich größer und heller als das kleine Atelier. Vielleicht eine Geldfrage. Er wusste nicht, wie Maria die Miete umlegte oder wen sie noch einziehen ließ. Es beschäftigte ihn, aber es sollte ihm egal sein.

Er würde die Stadt verlassen.

Nun ja, das dazu. Er war nicht sehr weit gekommen. Er sah auf die Uhr.

Zwölf Tage und neun Stunden.

Die Limousine würde in einer Stunde da sein.

Dieser beschissene Fernsehauftritt war seine letzte Chance, sie zu finden. Er hatte keine Ahnung, was er sonst noch tun sollte.

Vielleicht konnte er ihr so beweisen, dass er an sich glaubte, dass er an sie glaubte – wenn sie zusah.

Und wenn nicht? Er zwang sich, diesen Gedanken beiseitezuschieben.

Er musste sich schminken. Wenn es ihm nur nicht so unendlich schwerfallen würde, endlich aufzustehen.

Er hatte seit Tagen kaum etwas gegessen oder getrunken, geschweige denn geschlafen.

Mühsam schob er die angeranzte Tür auf und schleppte sich ins Bad.

Wieder brach eine Woge der Erinnerung über ihn herein.

Storm streckte den Arm aus, um die Drehtür anzuschieben, die zwischen zwei Segmenten stehen geblieben war.

»Klemmt«, rief Luigi, ohne aufzusehen, zu ihm hinüber und wies mit ausgestrecktem Arm auf die bodentief aufgeschobene Öffnung in der Glasfront auf der anderen Seite.

In seinem kleinen, transportablen Fernseher, den er hinter einem Blumentopf auf dem Tresen aufgestellt hatte, wurde irgendein Baseballspiel übertragen.

Storm erinnerte sich an den Unfall mit Sky. Er hörte

das erschrockene, halb erstickte Fiepen des Mischlings, als seine Leine sich in der Mechanik der Drehachse verwickelt hatte und ihn zu strangulieren drohte. An den bestialischen Schmerz in seinem Knöchel, den er, ohne nachzudenken, wie einen Bremsstock zwischen die Türfelder geschoben hatte, um ein Weiterdrehen zu unterbrechen und den zwangsläufigen Tod des Hundes zu verhindern.

Schweiß bildete sich an seinen Schläfen, kroch hinterhältig aus sämtlichen Poren und sickerte ihm aus den Achselhöhlen. Sein Mund wurde trocken und schmeckte pappig. Die Linien der verchromten Fensterrahmen stellten sich unscharf und wurden überlagert von Bildern aus seiner Erinnerung. Er sah den Hund zappeln, sah Aprils angsterfülltes Gesicht, hörte ihre Stimme panisch kreischen.

»Sky!«

Die erhitzte Stimme des Baseball-Kommentators aus Luigis Monitor verschmolz mit dem Zuschauerlärm zu einem Klangbrei, der ihn noch weiter zurückwarf: auf eine Open-Air-Bühne in Südamerika. Der Applaus wurde zu empörten Pfiffen, schadenfrohem Johlen, sein Unterbewusstsein zerrte Buhrufe und Schreie aus tausenden Kehlen in sein Hirn.

Storm schüttelte sich. Er musste ein paarmal blinzeln, dann konnte er wieder klar sehen. Es war eine Weile her, dass er einen dieser Flashbacks erlebt hatte. Angesichts der Anspannung der letzten Tage war es allerdings eher ein Wunder, dass so etwas nicht früher passiert war. Der Psychiater hatte ihn vorgewarnt, dass es wieder geschehen konnte, wenn ihn etwas triggerte. Der Lärm des Baseballspiels, die Drehtür, der Schmerz … Sie arbeiteten daran. Aber ohne April …?

April.

Er sah ihr Gesicht so deutlich vor sich, als würde sie in diesem Moment vor ihm stehen. Wo konnte sie stecken?

Schwer atmend und mit schmerzendem Herzen verließ er das Gebäude.

Zuerst hatte er es bei Maggie und Lydia versucht, ihren Tanten, die ein wunderschönes viktorianisches Haus in Nob Hill bewohnten. Doch alles wirkte wie ausgestorben. Er hatte geklingelt, und als niemand öffnete, so lange über den Zaun in den Garten gespäht, bis er misstrauische Blicke von Passanten geerntet hatte. Kein Lebenszeichen, niemand da, und Sky hätte sofort angeschlagen, wenn er ihn gehört hätte. Also war er zurück zu seinem Auto gegangen, hatte stundenlang gewartet, aber niemand war gekommen.

Als Nächstes hatte er es in der Uni versucht. April war diszipliniert, sie würde nicht schwänzen oder sich krankmelden wegen Liebeskummer. Doch niemand, den er auf sie ansprach, hatte sie gesehen. Er wusste nicht recht, wo er sie auf dem Campus suchen sollte, aber er wusste, wann ihre Vorlesungen begannen. Sie tauchte allerdings nicht auf. Den ganzen Tag nicht.

Schließlich versuchte er es im Krankenhaus, wo er ihren Osteopathie-Professor fand, Doctor Jonathan Roberts, D.O., den Mann, der ihn auf ihre Bitte hin operiert hatte. Drei Monate war das her – eine Ewigkeit, in einem ganz anderen Leben, so kam es ihm vor.

»Wo ist sie?«, fragte er ohne einleitendes Geplänkel.

Der Doc war das Bindeglied zu April und ihren Tanten. Er war der Nachbar des lesbischen Ehepaares und seit Jahren mit Maggie und Lydia befreundet. Durch die beiden war April überhaupt in seine Osteopathie-Klasse gerutscht.

Der Professor zog die Augenbrauen hoch und blieb unverrückbar in der Tür seines Sprechzimmers stehen, gegen die Storm eben geklopft hatte. »Na, Sie haben Nerven, junger Mann«, sagte er und verschränkte die Arme vor der Brust seines weißen Kittels.

Storm schüttelte den Kopf und nahm seine Mütze ab. »Nein, eben nicht.« Er schluckte und fuhr sich mit der Hand durch die verstrubbelten Haare, bevor er die Kappe wieder aufsetzte.

Der Arzt beobachtete stoisch jede seiner fahrigen Bewegungen.

»Hören Sie, Doc. Ich weiß, was Sie jetzt denken. Sie hatten mich gewarnt, ihr nicht wehzutun, und jetzt glauben Sie, ich bin ein Arschloch. Wahrscheinlich bin ich das sogar. Aber ich habe mich weiß Gott bemüht, keins zu sein. Es war nur nicht genug, und das tut mir unendlich leid. Ich hätte es ihr sagen müssen. Alles, von Anfang an. Ja. Ich wollte es *einmal* richtig machen, verstehen Sie? Sie sollte nicht bei mir bleiben, weil sie wusste, wer ich war.« Er kratzte sich am Kopf, fuhr sich über das Gesicht und gestikulierte. Er wusste nicht, wohin mit seinen Händen. »Himmel, nein. Nicht wegen des Ruhms. Ich weiß, dass sie nicht so tickt. Sondern wegen des vollen Ausmaßes von diesem Abgrund in mir. Verstehen Sie? Ich wollte nur einfach … Ich wollte sie nicht verlieren!« Atemlos sah er den Mann an.

Roberts verzog noch immer keine Miene. »Was macht Ihr Fuß?«, fragte er.

»Mein …?« Storm schnappte nach Luft.

»Nun, dies hier ist immerhin meine Sprechstunde, in die Sie so einfach hereingeplatzt sind. Also, wenn Sie keine Beschwerden haben …« Der Arzt zuckte mit den Schultern und schickte sich an, die Tür zu schließen.

Storm hob bittend eine Hand, und der Doc stoppte in der Bewegung.

»Ich bin von sämtlichen Medikamenten runter, wenn es das ist, was Sie wissen wollen. Ich bin clean. Ehrlich. Ich gehe wegen der posttraumatischen Belastungsstörung regelmäßig zur Therapie, genau wie Sie wollten. Fragen Sie Ihren Kollegenkumpel, wenn Sie mir nicht glauben. Ich möchte doch einfach nur mit ihr reden!«

»Und sie möchte nicht mit Ihnen sprechen?«

Die Erkenntnis traf ihn wie ein Vorschlaghammer.

»Sie wissen gar nicht, wo sie ist oder was passiert ist, richtig?«

»Wenn ich es wüsste, würde ich es Ihnen nicht sagen«, brummte der Professor, steckte aber immerhin die Hände in die Kitteltaschen. »Also? Was kann ich sonst noch für Sie tun? Brauchen Sie ein Rezept? Oder haben Sie sich doch dazu durchgerungen, Ihr Gesicht operieren zu lassen?«

Storm ging nicht darauf ein. »Maggie und Lydia sind auch nicht da. Und April war nicht in der Uni. Ich ... Sagen Sie mir doch bitte wenigstens, ob es etwas Vorübergehendes ist oder ob ...« Seine Stimme brach. Er musste sich räuspern, um weitersprechen zu können. »Hören Sie, ich habe kein Problem damit, jeden verdammten Tag auf dem Campusgelände herumzuhocken und auf sie zu warten. Irgendwann muss sie da ja auftauchen. Ich will nur mit ihr sprechen. Das ist alles.«

»Mr. Walker, ich habe keine Ahnung, was zwischen Ihnen beiden vorgefallen ist, aber wie Sie wissen, ist April sehr diszipliniert. Es muss also etwas Schwerwiegendes sein, was sie davon abhält, ihr Praktikum hier wie geplant abzuschließen. Sie können Ihrem Schöpfer danken, dass April so viele Überstunden geleistet hat, dass es trotzdem reichen wird, um ihr wie gewünscht ein Zeugnis auszustellen und die Famulatur für ihre deutsche Universität zu bescheinigen ...«

Storm holte Luft, um etwas zu sagen, aber der Arzt sprach in beißendem Ton weiter.

»... und dass ich einen hippokratischen Eid geleistet habe. Ich hätte gut und gerne Lust, Ihnen ein paar saubere Tiefschläge zu verpassen. Sie können sich hinsetzen, wo Sie wollen, solange Sie meinen Campus nicht betreten. Guten Tag. Der Nächste bitte!«

Widerwillig trat Storm einen Schritt zurück, um eine junge Mutter vorbeizulassen, die sich, von einer Arzthelferin flankiert, mit ihrem Säugling im Arm an ihm vorbei ins Sprechzimmer schob.

»Das heißt, sie kommt nicht zurück?«, fragte er tönern und starrte die Tür an, die ihm der Doc mitten in seinem Satz vor der Nase zugeschlagen hatte.

Sie blieb geschlossen. Die Erwachsenen dahinter beschäftigten sich murmelnd mit dem Kind, das zu quäken begonnen hatte.

»Sie hat ihren Spind geleert«, kam es aus der entgegengesetzten Richtung.

Verwirrt suchte Storm den Ursprung der Stimme.

Eine afroamerikanische Schwester mit einer Vielzahl klirrender bunter Zopfperlen kam auf ihn zu, ein Klemmbrett an den Busen gepresst. Ihr Nagellack war grellpink.

»Nancy!«, sagte er tonlos und ließ sich auf einen der leeren Stühle im Wartebereich sinken, weil ihm der Kreislauf in die Kniekehlen rutschte.

Nancy hatte ihm den handgenähten Phönix-Stiefel, seinen Glücksbringer, vom Fuß geschnitten, als April ihn nach dem Unfall mit Sky hier eingeliefert hatte. Dieses Gesicht vergaß er nicht. Und April hatte es ebenso wenig vergessen. Er erinnerte sich, wie sie noch vergangene Woche freudestrahlend erzählt hatte, dass sie nun endlich in der Notaufnahme eingesetzt wurde – so kurz vor Abschluss ihrer Famulatur – und mit Nancy an ihrer Seite. Und jetzt?

Besorgt trat die Schwester einen Schritt auf ihn zu. »Möchten Sie ein Glas Wasser, Mr. Walker?«

Er schüttelte den Kopf, schob sich die Kappe aus der Stirn

und fuhr sich mit der hohlen Hand über das Gesicht. »Nein. Nein, danke. Es geht schon wieder.«

»Haben Sie sie zu sehr festgehalten oder zu schnell losgelassen?«, erkundigte sie sich.

Im ersten Moment begriff er nicht, was sie meinte. Dann erinnerte er sich an ihre allererste Unterhaltung, damals in der Notaufnahme, als er nicht damit gerechnet hatte, dass April überhaupt zu ihm zurückkommen würde.

Es war der Tag ihres Kennenlernens gewesen. April hatte ihn in die Notaufnahme verfrachtet, und er hatte nicht gewusst, ob sie ihm das Zimmer tatsächlich noch vermieten würde oder sich gerade elegant und auf Nimmerwiedersehen aus der Affäre zog.

Langsam schüttelte er den Kopf.

»Weder noch«, murmelte er. »Ich habe ihr Vertrauen verspielt.«

Nancy musterte ihn aufmerksam. »Als Spieler hätte ich Sie nicht eingeschätzt. Was wollten Sie denn bei einem so hohen Einsatz gewinnen?«

Er hob müde die Schultern und starrte auf die gegenüberliegende Wand. Er nahm den abbröckelnden vanillegelben Putz wahr, ohne ihn wirklich zu sehen. »Es war kein Spiel. Nicht bewusst. Ich weiß es nicht. Die Chance auf einen Neuanfang ohne den Ballast der Vergangenheit, schätze ich.«

Mitfühlend legte sie ihm eine Hand auf den Arm und drückte kurz zu. »Man kann seine Wurzeln nicht kappen und glauben, dass es dann schon zum Fliegen reicht. Flügel wachsen nicht über Nacht.«

Erstaunt sah er sie an. »Sie sind eine kluge Frau, Nancy.«

Sie lachte. »Na, wenn Sie meinen. Ich wünsche Ihnen, dass Sie einen Joker finden, Mr. Walker.« Nancy stand auf.

»Hat sie etwas gesagt? Wohin sie gehen will?«, rief er ihr nach.

Sie blieb noch einmal stehen, und er sah, dass sie zögerte. »Wohin geht man, wenn man ein gebrochenes Herz heilen will?«

Er nickte nachdenklich.

»Nach Hause«, sagte er zu sich selbst, während er ihr nachsah.

Aber nicht, wenn es einem genau dort gebrochen wurde. Wo noch fühlte April sich zu Hause?

Bei Maggie und Lydia war sie nicht. Vermutlich wusste sie, wie naheliegend das gewesen wäre. Er vermutete, dass sie nicht von ihm gefunden werden wollte. Was würde sie also tun? Wohin würde es sie ziehen? Zurück nach Deutschland? Das konnte er sich nicht vorstellen. Sie hatte ihm erzählt, wie eingeengt sie sich während ihrer Krankheit im Haus ihrer Eltern gefühlt hatte. Wie sehr sie das kleine Dorf erdrückt hatte und wie frei und glücklich sie sich in San Francisco erlebte.

Der Doc hatte gesagt, dass sie ihr Praktikum vorzeitig beendet hatte. Es war Teil ihres Studiums, das sie wieder aufgenommen hatte. Sie wollte noch so viel lernen. Über Medizin, über Osteopathie. Hier in den USA. Sie hatte eine studienbezogene Arbeitsgenehmigung, die würde sie nicht verfallen lassen. Oder doch? Okay, vielleicht wollte sie diese Stadt hinter sich lassen. Möglich, ja. Aber dann würde sie sich eine andere Uni suchen, vielleicht in Kanada?

Sie war so bitter enttäuscht gewesen, dass sie ihr Medizinstudium nicht offiziell in den USA abschließen konnte, und wenn etwas in ihr arbeitete, flüchtete sie sich immer in Arbeit. Das gab ihr Halt.

Kanada. Das musste es sein! Sie hatte ihm von den Möglichkeiten im Norden vorgeschwärmt und dass es sogar leichter sei, dort eine studienbezogene Aufenthaltserlaubnis zu bekommen als in den Staaten. Vielleicht waren Maggie und Lydia genau jetzt mit ihr dorthin unterwegs. Es gab nicht so viele Med Schools, die sich auf Osteopathie spezialisiert hatten. Er würde sie alle abklappern, wenn es sein musste.

So schnell gab er nicht auf. Er würde sie finden.

Unten hupte es. Die Limousine war da.

# Kapitel 2

## April

In der Nacht wache ich schweißgebadet auf. Es ist der Jetlag, rede ich mir ein, stehe auf und tapse so leise wie möglich zu meinem Kleiderschrank, um meine Nachtwäsche zu wechseln. Kurz überlege ich, das Bett abzuziehen und zu duschen, aber ich will meine Eltern nicht wecken, sie haben einen leichten Schlaf. Also verwerfe ich beides.

Die alten Dielen knarren, als ich ins Bad hinüberschleiche, um mir ein großes Duschhandtuch zum Unterlegen für die Matratze zu holen.

In mir blitzen Erinnerungen an die Zeit meiner Chemo auf. Die Wochenenden zu Hause, zwischen den Blöcken. An meine Mutter, wie sie die Waschmaschine mit verschwitztem oder vollgebrochenem Bettzeug belädt. Wie sie neben mir an der Kloschüssel ausharrt. Wache hält. Mir einen kühlen Waschlappen in den Nacken legt, selbst so fahl wie das Gespenst, als das ich mich fühle. Haarlos, hässlich, blutleer.

Gedankenverloren streiche ich mir über den Kopf. Meine Haare sind längst wieder da. Und ich bin es nun auch.

Als ich über den Flur zurückschleiche, steht Mama plötzlich vor mir, Schlaf in den Augen. Und Sorge.

»Geht es dir gut, Liebes? Alles in Ordnung?«

Ich sehe ihr an, dass sie dieselben Albträume durchlebt wie ich, immer noch, wahrscheinlich sogar häufiger. Anders als meine große Schwester, bin ich dem Tod noch mal von der

Schippe gehüpft. Ich kann mich kaum an Amber erinnern. Aber für meine Eltern muss die Furcht, auch ihr zweites Kind zu verlieren, die schiere Hölle gewesen sein.

»Ja, alles gut«, antworte ich lächelnd. »Nur die Zeitverschiebung und ein bisschen zu viel Spaghetti mit Likör. Mir geht's gut. Schlaf weiter.«

Ich liege wach, bis es draußen hell wird. Meine Knochen schmerzen, nein, es sind eher die Gelenke. Ich bin diese Matratze nicht mehr gewohnt, rede ich mir ein und lenke mich ab. Die Zimmerschräge über meinem Bett ist mit siebenundvierzig weiß lasierten Nut- und Federbrettern vertäfelt. Darin befinden sich dreihundertneunundfünfzig Astlöcher. Ich habe sie im diffusen orangefarbenen Schein meiner Himalaya-Salzlampe gezählt.

Ich bin neunundzwanzig Jahre alt, Single und wohne wieder bei meinen Eltern. Vor mir liegt eine rosige Zukunft.

Gegen halb zwölf klopft meine Mutter beinahe schüchtern an die Tür. »Kommst du frühstücken, Liebes?«

»Ja, gleich«, grummle ich und vergrabe mich noch einmal zwischen den Kissen, um den Tag einen weiteren gnädigen Moment auszusperren, den ersten Tag zurück im Dorf.

Und den sechzehnten Tag ohne Storm. Sechzehn Tage habe ich bereits überlebt. Ich zwinge mich, an die Strategien aus der Selbsthilfegruppe zu denken, die ich während der Reha besucht hatte. Das hier ist ja auch ein bisschen wie Reha. Wiedereingliederung in ein normales Leben. Positiv denken!

Das Gute ist, dass hier nicht an jeder Ecke Erinnerungen an Storm lauern. Ich werde beim Joggen nicht täglich an der Pier vorbeikommen, wo wir uns vor einem Holzgeländer mit riesigen gelbschnäbeligen Pelikanen geküsst haben. Nicht am *Sam's*, der Musikkneipe, in der er seinen ersten Gig hatte.

Keine Spaziergänge mit Sky, der sich hinter einer Parkbank bis nach Australien durchbuddeln will.

Keine Fußmassagen, während ich vertieft (und dann nicht mehr) über meinen Büchern brüte.

Keine Gitarrenmusik auf einer nach Kräutern und Lavendel duftenden Dachterrasse, untermalt von dieser schokoladig samtenen Stimme, mit der er mir das Telefonbuch hätte vorsingen können, und ich wäre dahingeschmolzen.

Kein Möwengeschrei am Hafen, keine Cable Cars, keine Painted Ladies, kein Desinfektionsmittelduft auf den Fluren des Saint Francis Memorial oder dieser spezielle Geruch nach Büchern und altem Holz in der Unibibliothek. Keine nächtliche Silhouette mit der Transamerica Pyramid, 181 Fremont und dem Salesforce Tower, stattdessen die alte Silberpappel vor dem Haus und die Bockwindmühle auf dem Hügel.

Und vor allem anderen: kein Storm.

Ich wühle mich noch einmal tief in die Kissen, um das erbärmliche Schluchzen zu ersticken, das in mir aufkeimt. Dann drehe ich mich um, schlage entschlossen die Bettdecke zurück und richte mich auf.

Ich will ihn nie wieder sehen. Ich bringe die Uni zu Ende und mein Leben in Ordnung, ich habe einen Plan. Ich habe immer einen Plan. Und das ist verdammt gut so.

Norddeutscher Nieselregen tüpfelt das Dachfenster mit winzig kleinen Tröpfchen. Ich rappele mich auf und sehe nach draußen. Meine Muskeln schmerzen, als wäre ich einen Halbmarathon gelaufen. Unten, auf der anderen Straßenseite, zanken sich zwei Krähen um einen weggeworfenen Apfel. Ein vorbeifahrendes Auto saust durch eine Pfütze, das Wasser spritzt. Die schwarzen Vögel fliegen empört krächzend auf.

September in der Südheide.

Manche möchten hier nicht tot überm Gartenzaun hängen.

Ich gehe erst mal Zähne putzen.

Meine Lippen sind rissig von der trockenen Flugzeugluft. Die gezuckerte Grapefruit zum Frühstück – oder besser Brunch, wenn ich die deutsche Zeit beachte – hat das nicht besser gemacht, und ich finde meinen Pflegestift nicht. Als ich frustriert den kompletten Inhalt meines Rucksacks auf das kleine Cord-Sofa in meinem Zimmer stürze, fällt mir der Phönix entgegen.

Ich friere für einen Moment in der Bewegung ein.

Zwischen Kaugummi und Ohrenstöpseln, zerfleddertem Taschenbuch, Minihaarbürste, Reisezahnbürste, Ersatzdeo und Pfefferminzpastillen starrt er mich aus seinen saphirblauen Augen an, die im Schein der immer noch brennenden Salzlampe von innen zu leuchten scheinen.

Mir stockt der Atem, und ich muss mich daran erinnern, weiterzuatmen.

Der legendäre Phönix aus der Asche, der mythische Vogel, der stirbt und immer wieder neu aufersteht.

Das Motiv von Storms handgearbeiteten Stiefeln, die er eigentlich wegwerfen wollte. Ich habe sie für ihn reparieren lassen – eins der teuersten Geschenke, die ich jemals gemacht habe. Er ist es wert, dachte ich damals, und ein Teil von mir denkt das immer noch. Aber diesen Gedanken verdränge ich, will verhindern, dass er bis in mein zerbeultes Herz vordringt.

Entschlossen greife ich nach dem silbernen Vogel an der zarten Halskette, reiße mein unterstes Schreibtischschubfach auf und stopfe ihn ganz nach hinten, zu dem unerschöpflichen Vorrat an Klebezetteln, Haftetiketten und Klarsichthüllen. Mit dem Knie kicke ich es zu, genau wie früher. Und dann drehe ich mich um und widme mich wieder der Suche nach meiner Lippenpflege, nur um erneut zu stolpern, dieses Mal über den dazugehörigen Brief. Trotzig greife ich danach, dasselbe Schubfach, dieselbe Stelle, Klappe zu. Sofort ziehe ich die Schublade wieder auf, hole beides heraus, öffne eine Etage höher, mache eine Lücke zwischen den vollgeschriebenen, akkurat abgehefteten Kalendereinlagen der letzten zehn Jahre und decke den Schmuck mit dem Planer des Vorjahres zu.

Keuchend richte ich mich auf. Vor meinen Augen tanzen Sterne, weil ich zu schnell hochgeschossen bin. Mein Kreislauf ist seit ein paar Tagen nicht der beste, aber das ist ja auch kein Wunder. Ich lasse mich auf den Schreibtischstuhl sinken, schenke mir ein Glas Wasser ein, leere es in einem Zug, stütze die Ellbogen auf und vergrabe meinen pochenden Kopf zwischen den Händen.

»April« steht auf dem Umschlag.

Sonst nichts.

Das Wort tanzt vor meinen geschlossenen Augen. Mein Name in blauer Tinte, in dieser schnörkeligen Schrift, die man ihm gar nicht zutrauen würde, wenn man nur sein Äußeres sieht. Das einseitig entstellte, grotesk vernarbte Gesicht, die immer irgendwie verwuschelten dunkelblonden Haare, die breiten Schultern, seine großen Hände, deren schmale, langgliedrige Finger erst auf den zweiten Blick auffallen. Und die Augen … hellgrüne Raubtieraugen.

Ich sehe den Brief vor mir, sehe ihn so klar vor mir, als wäre ich dabei gewesen, als er ihn in unserem Penthouse über den Dächern San Franciscos auf den Küchentisch gelegt hat. Aber das war ich nicht.

Es war am Morgen nach unserem Streit. Ich hatte Schluss gemacht, durch meine geschlossene Zimmertür, und ihn gebeten auszuziehen. Na ja – ich hatte es gefordert, ziemlich lautstark, wenn ich mich erinnere.

Gleich nach Tagesanbruch war ich mit Sky in den Park gegangen. Ich wollte Storm nicht mehr begegnen. Nie mehr.

Als ich wiederkam, habe ich den Brief gefunden. »April«, stand darauf. Nur mein Name. Aber die blaue Tinte trug den Klang seiner Stimme, wenn er ihn aussprach, in all den unzähligen Färbungen, die er hineinlegen konnte, gleichzeitig. Und die Kette mit dem Phönix war darum gewickelt.

Der Vogel ruhte auf dem Brief, als würde er ihn bewachen.

Sky flitzte suchend in alle Räume, aber Storm war fort. Und mit ihm all seine Sachen – genau wie ich es mir gewünscht hatte.

Stöhnend öffne ich die Augen. Ich habe den Brief nicht gelesen. Ich kann es nicht. Auch heute noch nicht. Wozu auch? Es ist vorbei. Zwischen uns klafft eine Kluft, die ist weiter als der Ozean, der zwischen uns liegt. Das Einzige, was ich mir von ihm erbeten hatte, war Ehrlichkeit. Was ich bekam, waren Halbwahrheiten, Auslassungen, Lügen. Wie sollte ich ihm je wieder vertrauen können?

»April?« Die Stimme meiner Mutter klingt dumpf durch die Zimmertür.

Sie klopft und tritt ein, noch bevor ich »Herein!« gerufen habe. Noch so eine Angewohnheit, Dinge, die schon immer so waren und die sich vermutlich nie ändern werden.

»Was ist denn?«, frage ich und wische mir verstohlen die Feuchtigkeit aus den Augenwinkeln.

Sie sieht, dass ich geweint habe, aber sie sagt nichts dazu. Das rechne ich ihr hoch an.

»Ich wollte einkaufen fahren, nach Celle in den Großmarkt. Brauchst du irgendwas, oder möchtest du vielleicht mitkommen?«

Ich bin müde, ich habe keine Lust, ich komme mir vor wie eine Fremde, einer ihrer Gäste, die bespaßt werden müssen, damit es ihnen nicht langweilig wird.

»Danke, ich brauche nichts«, sage ich und bemühe mich, ebenso freundlich und unverbindlich zu klingen wie meine Mutter gegenüber einem Touristen.

Ich zwinge mich zu einem Lächeln, aber das hält nicht stand, als ich ihren enttäuschten Blick wahrnehme, während sie die Tür langsam schließt.

Sie geben sich wirklich Mühe, April. Reiß dich zusammen. Ich nicke und gebe mir einen Ruck.

»Nein, warte, Mama. Ich komme mit. Gib mir zwei Minuten, ich ziehe mir nur rasch etwas anderes an.«

Energisch stehe ich auf. Und dann verliert der Teppich unter meinen Füßen jede Dichte, ich trete ins Leere und kippe kopfüber in ein bodenloses Nichts, in dem oben und unten, hell oder dunkel keinerlei Sinn mehr ergeben.

»Mama!«, höre ich mich rufen, aber ihre Antwort wird von den Synapsen in meiner Großhirnrinde schon nicht mehr ans Bewusstsein weitergeleitet.

## Storm

Am Tag nach der Fernsehshow hatte er siebenunddreißig Nachrichten auf seiner Mailbox. Die meisten waren Antworten von Vermietern auf sein Wohnungsgesuch. Alles Absagen.

Der Clubbesitzer aus dem *Sam's* war auch unter den Anrufern. Er hatte ihn im Fernsehen gesehen und als seinen Starsänger vom Open-Mic-Abend wiedererkannt. Storm hielt kurz den Atem an, als er die Aufzeichnung abhörte. Aber der Mann gratulierte ihm einfach nur und lud ihn und April auf einen Drink ein – und wenn er wollte, könnte er jederzeit wieder einen Gig bei ihm spielen.

»Du rockst, Mann. Und die Nummer mit der Kriegsbemalung – großes Kino! Ganz großes Kino, mach weiter so.«

Storm sprang weiter. Ein Werbeanruf der Telefongesellschaft, ein Versicherungsheini, der Werkstatttyp, dass das Auto fertig war, die Bank. Dann kamen drei Nachrichten mit unterdrückter Rufnummer, bei denen niemand auf das Band gesprochen hatte. Er hörte Atmen und Hintergrundgeräusche, sonst nichts. Der Uhrzeit nach vermutlich irgendein Betrunkener, der sich verwählt hatte, mitten in der Nacht.

Als Letztes ploppte die Nummer des Fernsehsenders auf. Auch hier war zuerst gleich wieder aufgelegt worden, er hörte die typische hektische Betriebsamkeit einer Redaktion im Hintergrund. Dann hatte sich doch jemand entschieden, ihn um einen Rückruf zu bitten. Ruckartig sprang er von der Bettkante seines Motelzimmers und stieß sich den Kopf an der nackten Glühbirne, die von der Decke baumelte. Er merkte es kaum.

Eine Zuschauerin habe in der letzten Nacht die Aufzeichnung der Sendung gesehen und ihm eine Nachricht hinterlassen, die ihn vielleicht interessieren würde. »Melde dich bitte bei Annie in der Technik, okay?«

Drei Stunden lang schob er den Anruf vor sich her. Er wollte sich keinen falschen Illusionen hingeben. Noch schlimmer nagte allerdings, dass er diese vage, vollkommen irrationale Hoffnung auch nicht vernichten wollte. Solange er nicht mit dieser Annie sprach, konnte er sich alles Mögliche einbilden. Die Hoffnung starb zuletzt, sagte man doch, oder? Vielleicht hatte sie sich ja wirklich gemeldet? Aber warum sollte April das tun? Auf diesem Weg? Sie hatte seine Handynummer. Oder hatte sie die bereits gelöscht?

Okay, er hatte sie während der Show und direkt in die Kamera darum gebeten, sich bei ihm zu melden – was auch immer ihn dabei geritten hatte. Er hätte sich gleich hinterher dafür auf die Zunge beißen mögen. Auch ohne den vernichtenden Blick des Aufnahmeleiters. Ein Glück, dass der Schleimkopf von der Jury ihn ins Finale gebuzzert hatte. Sie hätten ihn sonst ganz sicher beim nächsten Recall elegant abserviert. Quertreiber und Leute mit eigenen Ideen oder welche, die den Stars die Show stahlen, brauchte man in solchen Formaten nicht. Da war kein Raum für Improvisation, schon gar nicht von den Kandidaten. Man hatte auf dem gelben Klebekreuz zu stehen und der Kamera seine Schokoladenseite hinzuhalten, bis jemand etwas anderes sagte, und das durchaus auch im übertragenen Sinn.

Er tigerte vom Schreibtisch zum Bad und wich dem Blick in den Spiegel aus. Zurück zum Fenster in vier Schritten.

April hasste solche Zurschaustellung von Gefühlen in der Öffentlichkeit. Sie war nicht der Typ für so was. Nun, sie hatte ihm allerdings auch keine andere Wahl gelassen. Trotzdem, es war ein Fehler. Viel zu viele Fehler in viel zu kurzer Zeit.

Er starrte auf den Motelparkplatz, ohne die Autos dort unten, jedes säuberlich innerhalb von parallelen gelben Linien abgestellt, tatsächlich zu sehen. Nervös tippte er mit den Fingern gegen den Fensterrahmen.

Dann marschierte er wieder ins Bad und sah gehetzt in den Spiegel. Seine dunkelblonden Haarsträhnen standen wirr in alle Richtungen. Grüne Augen in einem halbseitig entstellten Gesicht starrten ausdruckslos zu ihm zurück. Seine Lippen waren zu einem zynischen Strich verzogen, vom Kinn aus mäanderten feine Linien wie Spinnweben über seine Haut, krochen wie Schlangen unter seine Haare. Er tastete vorsichtig mit einem Finger über die wulstige Linie der größten Narbe, die sich unter dem Haaransatz verästelte, da, wo die Poolpumpe ihn beinahe skalpiert hätte.

Was hatte sie jemals an ihm gefunden?

Wie lächerlich wollte er sich noch machen?

Er holte aus, um in den Spiegel zu schlagen. Aber bevor er die Hand richtig zur Faust geballt hatte, ließ er sie auch schon wieder sinken. Die Zeiten waren vorbei. Ohne April wäre er nie so weit gekommen.

Ohne April.

Er ertrug den Gedanken nicht.

Hier drin würde er keine Antworten finden. Er musste raus aus diesem Zimmer. Einen Augenblick lang überlegte er, ob er seine Gibson unterm Bett verstecken sollte. Diese Absteige war nicht der vertrauenerweckendste Ort für ein 25.000-Dollar-Instrument. Aber er wollte lieber nicht nachsehen, welche zu Staub zerfallenen Leichen er unter dem billigen Metallgestell finden würde. Also setzte er sich den Gitarrenkoffer auf den Rücken und griff nach der blauen Baseballcap, die von der Wandgarderobe baumelte. Manche Entscheidungen waren leichter zu treffen als andere.

Im Hinausgehen zog er sich die Kappe tief ins Gesicht.

Er kaufte sich einen Kaffee und zog damit auf die nächste Parkbank.

Dann hielt er die Ungewissheit nicht länger aus, fischte das Handy aus seiner Hosentasche und wählte die Nummer, die der Anrufbeantworter ihm anzeigte.

»Storm Walker«, meldete er sich. »Können Sie mich bitte in die Technik durchstellen? Ich würde gern Annie sprechen.«

Es dauerte bestimmt zehn Minuten, bis die Techniker in der Senderegie nachvollzogen hatten, dass Annie eine Praktikantin war, die zwar während der Sendung im Kontrollraum gesessen und eins der Zuschauertelefone betreut hatte, aber mit Regie oder Technik überhaupt nichts zu tun hatte. Und heute war sie anscheinend nicht da.

»Na bravo«, fluchte Storm.

»Und du bist noch mal wer?«, fragte der Typ am anderen Ende der Leitung, der sich als Sean vorgestellt hatte.

»Storm, Storm Walker«, wiederholte er zum dritten Mal und fügte leicht genervt hinzu: »Einer eurer Kandidaten von *America's Topstar*, den der Chef ins Finale durchgebuzzert hat.«

Der andere lachte. »Der Chef ist er glücklicherweise nicht, aber bleib 'ne Sekunde dran, da war was. Ich guck mal, ob ich was auf dem Praktikantentisch finde.«

Seans Sekunde dauerte endlose zwölf weitere Minuten, während der Storm in der Warteschleife mit Werbung für unsägliche Realityshows vollgedudelt wurde – plötzlich und unvermittelt unterbrochen durch seine eigene Gesangsstimme und einen Trailer für die Castingshow.

Egal, wie viele Jahre er auch im Business war, er hatte sich immer noch nicht daran gewöhnt, sich selbst zu hören. Unter Kopfhörern, während er sang, das war eine ganz andere Sache, technisch unabdingbar für ein gutes Ergebnis. Aber aus dem Nichts mit einem Teil seiner Selbst konfrontiert zu werden, während er ganz etwas anderes tat – das war einfach nur spooky und schräg und würde es immer bleiben.

»Noch da?«

»Ja.« Er nickte, obwohl Sean ihn natürlich nicht sehen konnte.

In ein paar Metern Entfernung spielten zwei Hunde miteinander, ein gefärbter Kleinpudel und ein Yorkshire Terrier mit Schleifchen im Haar. Storm musste an Sky denken und spürte einen Stich in der Brust.

»Du bist der Typ mit den Spinnweben im Gesicht, der vor laufender Kamera nach seinem Mädchen gefragt hat, richtig?«

Storm machte ein undefinierbares Geräusch und sprang mit seiner Aufmerksamkeit zum Gespräch zurück.

»Dude, du hast hier ganz schön für Wirbel gesorgt.« Sean

gluckste leise. »Krasse Nummer. Der Alte ist echt abgegangen wie ein Propeller.«

»Tut mir leid, wenn ich den Sendebetrieb …«

»Nein, nein! Bloß nicht entschuldigen.« Sean kicherte verstohlen. »Es war überfällig, dass …«

Storm verdrehte die Augen. Hatte der Typ jetzt etwas gefunden oder nicht? Gerade, als er etwas deutlicher nachfragen wollte, hörte er Papier rascheln.

»Hast du was zu schreiben?«

»Ach du Sch… Warte.«

Storm stellte den Kaffee so ruckartig neben sich auf die Bank, dass er überschwappte. Hektisch tastete er die Taschen seiner Jeansjacke ab. Das war wieder mal typisch. Drei Stunden lang ein Gespräch hinauszögern, dessen einziges Ziel es war, an eine Telefonnummer oder eine Adresse zu kommen – und dann nichts zum Schreiben dabeihaben.

Er wollte auf keinen Fall das Risiko eingehen, Sean durch einen falschen Tastendruck aus der Leitung zu kicken, während er nach der Diktierfunktion oder einer Memo-App suchte. Sein Blick fiel auf die Kaffeepfütze.

»Ja, hab ich. Kann losgehen«, sagte er und tunkte seinen Finger in die Flüssigkeit.

»Also, das muss irgendwo in Europa sein. Ist 'ne Telefonnummer, Festnetzanschluss. 0049. Weißt du, wo das ist?«

»Deutschland«, murmelte Storm.

Also doch. Er hätte es sich denken können.

»Junge, weiter weg geht kaum, oder?«

Die lockere Fröhlichkeit dieses Kerls ging ihm zunehmend auf die Nerven, aber er wollte nicht unhöflich sein, immerhin war Sean wirklich hilfsbereit.

»Ja, das ist 'ne Ecke«, sagte er beiläufig.

Er kannte diese redseligen Typen. Wenn er sich zu gesprächsbereit zeigte, würden sie ruckzuck eine Diskussion über Sauerkraut und Hitler führen, oder Sean würde wissen wollen, ob Storm schon mal eine Lederhose anprobiert hatte oder ob seine Freundin eine Kuckucksuhr besaß.

Der Kaffee trocknete ihm buchstäblich unter den Fingern weg. Die Zahlen würden verblassen, bevor er sie ganz aufgeschrieben hatte.

»Wie geht die Nummer weiter?«, drängte er.

»Warte, ist ein bisschen unleserlich.« Es raschelte wieder. »Fünf, eins, drei …«

Storm stippte seinen Finger in die Pfütze und malte die Ziffern auf der Parkbank nach, eine nach der anderen.

»Hast du sie?«, fragte Sean freundlich, als er fertig diktiert hatte.

Storm wiederholte die Zahlenkette noch einmal laut.

»Ja«, bestätigte der Techniker. »So hab ich's hier stehen.«

»Und hat sie sonst noch was notiert? Annie?«

»Nope.«

»Irgendeine Nachricht? Oder wer die Anruferin war?«

Wieder das Rascheln von Papier. Das Schmatzen verriet ihm allerdings, dass Sean sich einfach nur einen Kaugummi ausgewickelt hatte.

»Total unleserlich«, sagte er kauend. »Irgendwas mit ›M‹… ›Mama‹ vielleicht?« Er kicherte albern. »Nein, wohl eher nicht. Könnte Mary heißen oder …«

»Maria?«, schlug Storm heiser vor.

»Möglich. Keine Ahnung. Heißt sie so? Ja, kann sein. Du bist gut, Mann! Cooler Name. Wusste gar nicht, dass der deutsch ist.«

Storm hörte ein elektrisches Surren.

»Und sonst hat sie nichts aufgeschrieben?«

»Nein, gar nichts. Sorry, Mann.«

»Wann hat sie denn wieder Dienst, vielleicht erinnert sie sich noch, wenn ich persönlich –«

Sean unterbrach ihn. »Dude, Annie ist Schnee von gestern. Ich kann dir nicht sagen, ob sie nur in eine andere Abteilung gewechselt oder irgendwem einen silbernen Löffel geklaut hat. Aber sie steht nicht mehr im Dienstplan.«

»Oh«, machte Storm.

»Kann ich sonst noch was für dich tun? Ich muss jetzt auch weiterarbeiten.«

»Ja, sorry. Danke. Könntest du mir den Zettel bitte abfotografieren oder noch mal texten?«

»Oh Shit, Mann, ich dachte, wir wären durch. Ich hab das Ding gerade geschreddert.«

Storm fluchte leise.

»Ich dachte, du hast alles. Das tut mir jetzt voll leid.«

»Schon gut«, sagte Storm. »Du hast mir sehr geholfen. Danke noch mal.«

»Alles roger. Hey, aber sieh zu, dass du zum nächsten Dreh wieder zurück bist, klar? The Show must go on und so. Der Alte killt dich sonst.« Kichernd legte Sean auf.

Missmutig starrte Storm auf das Telefon in seiner Hand und von dort zu den Kaffeeflecken. Das war sie also, seine heiße Spur zu April. Er fotografierte die Zahlen ab und tippte sie zur Sicherheit auch noch einmal in sein Handy. Sollte er da jetzt einfach anrufen? Aber was sollte er sagen, wenn sie abhob?

»Weichei«, brummte er. »Jammerlappen.«

Die beiden Damen, die zu den Hunden gehörten, hatten ihre Spielstunde offenbar beendet. Eine hatte ihr Hündchen in ein modisches Tragekörbchen gesteckt. Der rosafarbene Kleinpudel durfte immerhin laufen. Schnatternd stöckelten sie an ihm vorüber, machten auf seiner Höhe aber einen ausladenden Bogen und warfen sich Blicke zu.

Storm drehte sich weg und wählte. Wie spät mochte es gerade in Deutschland sein? Aber jetzt war es sowieso zu spät. Es klingelte. Lange Abstände. Das musste das Freizeichen sein. Es klang ganz anders als in den Staaten.

Er versuchte sich zu erinnern, ob er schon einmal in Deutschland gewesen war. Doch klar, damals auf der Europa-Tour mit den Jungs. Das Ding war gefloppt. Sie hatten abbrechen müssen. Ein paar Sehenswürdigkeiten waren hängen geblieben, ein paar Landschaftsbilder, gutes Essen. Der Rest waren verschwommene Erinnerungen, die er vielleicht auch mit Erzählungen von April oder Maggie vermischte. Backstage-Bereiche und Hotelzimmer ähnelten sich auf der ganzen Welt. Genau wie die Typen, die einem Drogen anboten.

Es klickte in der Leitung. Ein Anrufbeantworter sprang an. Er verstand nur die Hälfte der deutschen Ansage. Das Wort »Pension« hörte er heraus. War das richtig? Dann kam die Ansage auch auf Englisch. Anscheinend gehörte der Anschluss tatsächlich zu einer Art Bed and Breakfast mit zwei Zimmern und einem Apartment.

Er erinnerte sich. April hatte irgendwann erwähnt, dass ihre Eltern eine kleine Ferienwohnung vermieteten oder Übernachtungen mit Frühstück anboten, irgendwas in der Art. Allerdings verkündete die Stimme auf Band, dass die Pension bis auf Weiteres aus privaten Gründen geschlossen sei. Es gab keinen Piepton, die Ansage endete einfach.

Was hatte das zu bedeuten?

Sollte er es riskieren, auf gut Glück um die halbe Welt zu fliegen und an verschlossenen Türen zu rütteln?

Und dann?

Maria hatte ihm diese Nummer hinterlassen. Sie musste noch mehr Informationen haben. Was war da los? Das ließ sich herausfinden. Wo Maria wohnte, wusste er ja.

Und der Privatanschluss von Aprils Eltern ließ sich auch herausfinden.

Es war ein Anfang.

# Kapitel 3

## April

Man sollte öfter den Wolken zusehen. Durch das geschlossene Fenster beobachte ich gebannt, wie sich die unterschiedlichsten Formationen in einem Dutzend verschiedener Abstufungen von Grau über das wunderschöne, beinahe türkis angehauchte Himmelblau schieben. Wo die Sonne dazwischengrätscht, weicht das Grau der dunkleren Regenwolken einem watteweichen hellen Gelborange, wie es die Maler der Renaissance nicht schöner hätten in Öl bannen können. Ich bin so fasziniert davon, dass ich meine Augen von dem Spiel der Farben und Formen nicht abwenden kann. Und ehrlicherweise habe ich auch sonst nichts zu tun.

September. Neunundzwanzig Mal hatte ich dreißig Tage lang die Chance, den Septemberhimmel wahrzunehmen, und sie viel zu oft achtlos verstreichen lassen. Neunundzwanzig Mal habe ich miterlebt, wie der Frühling den Winter verdrängt, der Sommer den Frühling, der Herbst den Sommer, bis dann der Winter wieder die Macht übernimmt und alles Leben in einen langen, trägen Schlaf hüllt, draußen wie drinnen. Neunundzwanzig Jahre. Man nimmt das alles als selbstverständlich hin, so, als hätte man noch unendlich viele Jahreszeiten vor sich. Dabei weiß man das doch nie. Und selbst wenn ich neunzig würde – und ich gehe vom jetzigen Stand nicht davon aus –, dann hätte ich gerade mal noch sechzig Sommer vor mir. So viele sind das nicht. Vor allem, wenn die eine Hälfte norddeutsch verregnet oder unerträglich heiß ist.

»Woran denkt du, Liebes?«

»Dass man öfter in die Wolken schauen sollte«, antworte ich wahrheitsgemäß.

Mein Vater lacht. »Ja, da hast du wohl recht. Hat das nicht Astrid Lindgren mal gesagt?«

Ich deute ein Schulterzucken an. »Möglich. Ich mochte ihre *Brüder Löwenherz*. Wie alt ist sie geworden?«

Mein Vater grunzt. Es missfällt ihm offensichtlich, in welche Richtung das Gespräch driften könnte.

»Keine Ahnung. Vierundneunzig? Vielleicht sogar fünfundneunzig? Warum interessiert dich das?«

Ich sehe wieder hinaus zu den Wolken. Inzwischen haben sie sich fast vollständig vor das Blau geschoben, ihre Konturen sind zu einem zähen Brei verschmolzen.

Neunzig Mal September.

Amber hat ihn nur vierzehn Mal erleben dürfen. Ich weiß, dass meine Eltern viel an sie denken, seit ich hier wieder eingecheckt habe.

Sie machen sich Sorgen, denn sie wissen so gut wie ich, wie es um mich steht: Die Prognosen bei einem Leukämierückfall sind um einiges schlechter als bei der Erstbehandlung. Es hängt von verschiedenen Faktoren ab, ob meine Überlebenschancen immer noch bei sechzig Prozent liegen – oder ob sie auf etwa zwanzig Prozent gesunken sind. Ob eine erneute und wesentlich intensivere Chemotherapie allein ausreichen wird, um die Restleukämiezellen unter ein bestimmtes Niveau zu drücken. Falls nicht, würden sie es mit einer allogenen Stammzelltransplantation versuchen. »Um das Überleben an das der Patienten mit gutem Ansprechen anzugleichen«, wie der Professor persönlich gesagt hat. Er hat mir außerdem versichert, dass ich hier, in der Medizinischen Hochschule, der

Uniklinik Hannovers, in allerbesten Händen sei. Man sei international vernetzt, stets auf dem neuesten Stand der Forschung, bla, bla, bla. Dass ich mir sowieso keine Sorgen machen solle, weil es auch was ganz Harmloses sein könne.

Das weiß ich alles, ich habe hier studiert – ich tue es noch.

Was er nicht sagt, ist, was so eine Transplantation für mich als Patientin bedeutet: Einzelhaft unter strengsten Hygieneauflagen. An eine fünf Meter lange Kette gelegt werden, die über meinen Portkatheter unterhalb des Schlüsselbeins verankert wird. Ein fast bleistiftdicker Schlauch, der über bis zu sechs verschiedene Anschlüsse Medikamente, Flüssigkeit, Antibiotika, Blut und weiß der Geier was noch bis kurz vor mein Herz pumpt. Zentrale Venenkatheter entzünden sich ständig und dürfen, selbst wenn alles gut geht, zwei, höchstens vier Wochen drinbleiben. Dann müssen sie mich erneut mit der dicken Spritze anstechen und den nächsten Zugang vorbereiten, direkt in den Hals. Es ist ein ekelhaftes Gefühl, wenn nach dem Führungsdraht der Schlauch unter Ultraschallkontrolle zentimeterweise vorgeschoben wird – dankbar taste ich zu meinem Port. Wenigstens das bleibt mir durch meinen Daueranschluss erspart.

Ich habe darauf bestanden, dass er mir erhalten bleibt, damals. Noch so eine Sache, die mit dem Schippenclub zu tun hat. Es ist ein bisschen wie den Regenschirm mitnehmen. Dann kann man sich sicher sein, dass die Sonne scheint. Aber wehe, man hat ihn vergessen. Dann setzt Gevatter Tod die Schippe neu an und lädt auf, und ob man dann noch mal herunterhüpfen kann …

Ich schüttle mich.

Bislang kenne ich diesen kleinen, sterilen Raum, der dann für mindestens vier Wochen auf mich zukommt, nur von Erzählungen aus der Selbsthilfegruppe. Dieses Verlies, in dem dreimal am Tag die Putzfrau alles so sauber macht, dass man vom Boden essen könnte. In dem es einem Selbstmordversuch gleichkommt, wenn man ein hartgekochtes Ei zu sich nimmt oder ein Glas Saft länger als zwei Stunden stehen lässt. Wo Besucher nur durch eine Schleuse hereindürfen, in der sie Schuhe und Jacken ausziehen und sich sterile Anzüge überziehen müssen, in denen sie aussehen wie Kammerjäger in Schwerausrüstung. In dem die Schwestern einen dazu verdonnern, das Bett selbst zu beziehen, weil man sonst Gefahr läuft, überhaupt nicht mehr hochzukommen. Wo man auf dem Trimmfahrrad einsam vor sich hin strampelt und dabei unweigerlich an einen Hamster in seinem Laufrad denken muss.

Ich erinnere mich aus eigener Erfahrung an die Schmerzen. An das brennend wunde Gefühl in allen Körperöffnungen, weil die Schleimhäute sich unter der Chemo verabschieden. An die Übelkeit, die Durchfälle, den Juckreiz. An die Panik, ob ich mir einen Infekt eingesackt habe, das ständige Gurgeln und Spülen mit Mundwasser und einem Spezialsaft. An die kleinen Plastikröhrchen mit den Bällen, die ich durch Pusten in der Luft halten sollte, um meine Lunge zu trainieren. Daran, wie es ist, alle Ausscheidungen nicht einfach im Klo herunterzuspülen, sondern ebenso exakt wiegen zu müssen wie alles, was ich zu mir nehme. Und an das Gefühl, wie unter der Chemo mein Blut brodelt, als sei es mit Kohlensäure versetzt.

»Du machst dir schon wieder Sorgen«, reißt mein Vater mich aus meinen trüben Gedanken. »Grüble nicht so viel. Lass uns erst mal die Tests abwarten. Du weißt doch selbst, dass die ersten Blutbilder ziemlich undifferenziert sind. Wenn das Wochenende vorbei ist …«

Ich grunze sarkastisch und kaschiere das Geräusch unter einem vorgetäuschten Hustenanfall.

Wir müssen eben nicht nur erst die Tests abwarten und das Wochenende überstehen.

Sie müssen einen geeigneten Stammzellspender finden. Einen, der dann bitte nicht in letzter Minute die Grippe bekommt und doch nicht spenden darf, während mein Immunsystem bereits auf null runtergefahren wurde. Diese Angst ist der Grund, weswegen viele Empfänger tiefgefrorenes Spendermaterial bevorzugen. Ich hatte mich gut eingelesen damals – und zuvor hatte ich das alles auf dem Papier gelernt. Es ist auf makabre Art interessant, wie unterschiedlich sich Theorie und Praxis anfühlen. Mir blieben in diesem Fall maximal vierzehn Tage, bevor ich krepieren würde, wenn sich nicht ein anderer, völlig Fremder für mich ganz spontan den Rücken aufbohren ließe.

Und diese Entnahme ist nichts gegen die Schmerzen unter den Behandlungen, die darauf folgen.

Ich habe Menschen kennengelernt und sterben sehen, die diese Therapien nicht noch einmal durchmachen wollten und sich für das Unausweichliche entschieden haben. Ihnen schien es die bessere Alternative, als eine hochdosierte Chemo und Ganzkörperbestrahlung noch einmal durchzustehen.

Ich kann das verstehen.

Niemand hat das Recht, es zu verurteilen, der nicht selbst das Gefühl kennt, über Tage und Wochen nicht einmal einen Teelöffel Wasser herunterschlucken, geschweige denn, bei sich behalten zu können.

Krebs ist ein Arschloch? Keine Ahnung. Er hat tausend Gesichter, und eine Fratze ist hässlicher und Furcht einflößender als die nächste. Er hat den längeren Atem, ich kann ihm offenbar nicht davonlaufen. Ich dachte, wenn ich alles darüber lerne, würde es einfacher. Das Gegenteil ist der Fall. Ich brauche eine neue Strategie, aber welche?

Vielleicht hat es sich irgendwer da oben anders überlegt. Dass ich beim ersten Mal so glimpflich davongekommen bin, war ein Fehler im System, und jetzt wird er korrigiert?

Habe ich schon die Weichen gestellt, als ich Sky in den Staaten zurückgelassen habe? Hat mein Unterbewusstsein auf irgendwelche Vibes meines Körpers reagiert? Hat ein Teil von mir bereits gespürt, dass irgendwas nicht stimmt? Wann hat das angefangen mit diesen Knochenschmerzen? Knochenschmerzen – es geht immer mit Knochenschmerzen los. Steht in jedem Lehrbuch. Ich weiß sogar die Seitenzahl. Und ich weiß etwas, das man nicht büffeln kann, nämlich, wie sie sich anfühlen.

»Es kann auch was ganz anderes sein«, hat dieser junge Assistenzarzt in der Notaufnahme gesagt.

Idiot. Ich war keine vierundzwanzig Stunden zur Beobachtung in der Aufnahmestation, bis sie mich dann doch hierhergeschoben haben. Sicherheitshalber. Von der 11 auf die 42, wie eine Schachfigur. Und hier geht alles von vorn los. Mein altes Zuhause. Ha. Ha. Aber bin ich Bauer oder Dame?

Mir schnürt die Angst die Kehle zu. Und dass der Chefarzt seiner geheuchelten Zuversicht zum Hohn gleich eine Knochenmarkbiopsie veranlasst hat, obwohl Samstag ist, macht es nicht unbedingt besser.

Natürlich behalten sie mich da – »nur für ein paar Tage, Frau Fischer«.

Nach meinen Erfahrungen hängen sie dann ein paar weitere Tage dran. Und noch mehr Tage. Und Nächte. Endlose Nächte. Ich kenne das Spiel. Aber die größten Sorgen mache ich mir um meine Eltern. Wie sollen sie je verkraften, wenn auch ich …

»Au!«

Mir ist das Bein eingeschlafen, weil ich so hart auf diesem dämlichen Sandsack liege. Vor einer halben Stunde haben sie mir Knochenmark aus dem Beckenkamm gestanzt, und jetzt muss ich ein paar Stunden still auf dem Rücken liegen. Der Druck der harten Unterlage soll verhindern, dass etwas ins

Gewebe einblutet. Schönes Wochenende, man gönnt sich ja sonst nichts!

Diese Punktion tut saumäßig weh. Ich verstehe gar nicht, wieso sie versuchen, einem etwas anderes zu erzählen. Natürlich ist es kein Spaß, wenn sie einem mit einer dicken Hohlnadel in den Knochen stechen, örtliche Betäubung hin oder her. Und das Druckgefühl, wenn die Spritze das Knochenmark ansaugt, ist einfach nur eklig. Ich habe Kopfschmerzen, und mir ist schlecht, alles altvertraut. Ich könnte es wie eine Liste meiner Lernzettel für die Prüfung durchgehen und abhaken.

»Alles gut?«, fragt mein Vater und beugt sich sorgenvoll zu mir herüber.

»Klar«, schnaufe ich genervt.

Willkommen in meiner Welt! Willkommen auf Station 42, hämatologische Schwerpunktstation der Uniklinik.

Welche Arten des Zeitvertreibs habt ihr diesmal für mich auf Lager? Weitere Blutabnahmen, Untersuchungen, Tests, Labor, Röntgen, Schallen, CT, Kernspin? Kommt alles noch, ich weiß, Ball flach halten, eins nach dem anderen. Heute passiert nicht mehr viel, und bis das endgültige Ergebnis der Punktion da ist, kann es drei oder sogar vier Tage dauern. Wochenende, Personalengpässe …

Hatte ich nicht vorgestern noch gedacht, dass mir langweilig in unserem kleinen Dorf ist und wie fremd ich mich dort fühle? Ich wüsste nicht so richtig, was ich mit mir anfangen soll? Tja, Hauptsache, die Ärzte wissen es.

Vielleicht hätte ich vorher fragen sollen, ob ich meine Famulatur auch als Patientin angerechnet bekommen kann. Dann hätte ich gar nicht in die USA zu reisen brauchen.

Ich starre wieder aus dem Fenster.

Meine Hüfte pocht und drückt gleichzeitig, mein Bein kribbelt.

Nein, nein. Das ist schon alles gut gewesen. So habe ich wenigstens Tante Maggie und Tante Lydia noch mal gesehen. Und ich hatte einen Hund. Und eine große Liebe. Für ein paar Wochen zumindest.

Uff!

Wie fatalistisch bin ich denn heute drauf? Das kann ich niemandem zumuten, und am allerwenigsten Papa.

Ich beobachte die ziehenden Wolken und denke an San Francisco. Vor einer Woche fiel mein Blick noch auf die Golden Gate Bridge, auf glitzerndes Meer und die schönste Stadt der Welt.

Jetzt kann ich nur den kleinen Zipfel einer Birke erspähen, die sich aufgrund des trockenen Sommers bereits gelb färbt.

Wenn dieses Scheißspiel wieder von vorn losgeht, kann ich Auslandsreisen für eine ganze Weile knicken. Und das wird noch mein geringstes Problem sein. Das Gemeine bei einem Rückfall ist, dass man genau weiß, was auf einen zukommt. Die Kotzerei, der Schüttelfrost, der Durchfall, die Schmerzen, das Gefühl, am ganzen Körper wund zu sein – und nie zu wissen, ob es funktionieren wird, ob sich die Qual lohnt, ob die Therapien anschlagen und man überleben wird. Oder ob man am Ende stirbt. Aber letztlich sterben wir ja alle am Ende.

»Man sieht wirklich viel zu selten hin«, sage ich halblaut und versuche, mich wieder auf das Spiel der Wolken zu fokussieren.

Mein Schädel brummt, und mir ist übel. Eigentlich soll man nach einer Punktion viel trinken. Aber dann muss man auch viel aufs Klo, und aufstehen ist im Moment ebenso unangenehm wie der Gedanke an eine Bettpfanne. Jetzt gerade darf ich ja auch gar nicht. Außerdem bin ich schrecklich müde, und mir tun alle Knochen weh, so, als würde ich eine Grippe bekommen – nur, dass es keine ist. Sondern ein Rückfall.

Dabei will ich im Oktober zur Prüfung antreten. Nächsten

Monat möchte ich das sogenannte Hammerexamen schreiben. Das Zweite Staatsexamen, wie es offiziell heißt, findet nur zweimal im Jahr statt. Drei Tage lang, je fünf Stunden, dreihundertzwanzig zu bearbeitende Fragen im Multiple-Choice-System – ein Klacks also für jemanden wie mich, haha. Es ist machbar. Ich habe es mir in den Kopf gesetzt, und von diesem Krebsarschloch lasse ich mir keinen Strich durch die Rechnung machen. So schnell nicht. Ich habe seit Monaten dafür gepaukt. Und das neben allem anderen!

Noch vor wenigen Tagen war meine Idee, in einem kurzen Heimaturlaub die Prüfung abzulegen und dann nach Kalifornien zurückzukehren. Zu Storm. Oder, besser gesagt, mit ihm. Ich wollte ihn nämlich hierher mitbringen, ihn mit einem gemeinsamen Trip nach Europa überraschen. Doch solange ich nicht wusste, ob ich überhaupt eine Chance haben würde, bereits im Oktober zur Prüfung zugelassen zu werden, wollte ich keine schlafenden Hunde wecken. Deshalb hatte ich noch nicht mit ihm darüber gesprochen. Und dann kam die Einladung zu dieser Talentshow im Fernsehen. Ich hätte ihn womöglich völlig unnötig von der Musik abgelenkt, von seiner ganz eigenen Prüfung, auf die er endlich hinarbeitete.

Jetzt ist alles anders.

Schrecklich anders.

Lange Zeit habe ich gar nicht gewusst, ob ich überhaupt noch eine Zulassung zur Prüfung bekommen könnte, nach meinen ganzen krankheitsbedingten Urlaubssemestern. Aber es ging. Jetzt ist alles eingereicht, und ich warte täglich auf den Bescheid. Hoffentlich – hoffentlich ist es nur eine Formsache.

Aber wie es weitergehen soll – danach –, keine Ahnung. Der nächste Schritt, wenn ich tatsächlich das Hammerexamen antreten kann und bestehen sollte, wäre das PJ – mein praktisches Jahr. Das wollte ich in den USA absolvieren. Bei

Storm. Und es sollte möglichst viel mit Osteopathie zu tun haben. Die konkreten Details hatte ich vertagt, ganz entgegen meiner sonstigen Gewohnheit, alles genau durchzuorganisieren.

Ob ich da schon ganz tief in mir drin gespürt habe, dass etwas nicht in Ordnung ist?

Natürlich hoffte ich, dass Doc Joe, mein Mentor im San Francisco Memorial, mir mit seinen Verbindungen helfen könnte. Noch ein Jahr in den Staaten zu verbringen wäre ein Traum. War ein Traum, korrigiere ich mich schläfrig und verziehe das Gesicht. Vielleicht könnte es wieder einer werden. Das weiß ich noch nicht. Der Schmerz ist zu frisch.

Jetzt liege ich erst mal hier.

Glück und Glas, wie leicht bricht das. Dieser Kalenderspruch prangte auf einem gestickten Kissen von Oma Elses Küchensofa. In dem hellen Raum mit der Außentreppe direkt in den Garten roch es immer nach Apfelmus. Noch so eine seltsame Kleinigkeit, an die ich mich plötzlich wieder erinnere.

Mein Traum, selbst Ärztin zu sein, dieses vermaledeite Studium endlich abzuschließen, ist einmal mehr in unwirkliche Ferne gerückt. Vielleicht gibt es einfach zwei Typen von Menschen, und ich bin als Patientin geboren. Vielleicht ist es auch einfach nicht das Richtige für mich. Laufe ich einer Illusion hinterher? Verrenne ich mich, einfach weil ich nichts anderes habe?

Mit diesem Gedanken dämmere ich weg in ein traumloses Grau, das jedes Mal von einem stechenden Schmerz unterbrochen wird, wenn ich mich unbewusst im Bett bewege.

Ich hasse den Geruch nach Desinfektionsmittel. Ich hasse diese Pflegebetten. Ich hasse Löcher in meinen Knochen. Ich hasse Sandsäcke, die mir gegen diese Knochen pressen. Und dennoch: Ohne das alles wäre ich tot.

Die Zeit kriecht.

Was ich am wenigsten an Kliniken leiden kann, ist, dass man keine Nacht durchschlafen kann. Ständig piepen irgendwo Geräte. Wenn nichts surrt oder klingelt, dann kommt irgendwer rein und will etwas messen, kontrollieren oder einen Beutel auffüllen oder leeren. Und wenn nicht bei mir, dann bei einer Zimmernachbarin. Die Schwestern sehen vor und nach dem Schichtwechsel nach dem Rechten. Sie geben sich Mühe, leise zu sein, aber nachdem die erste Erschöpfung sich gelegt hat, ist mein Schlaf wieder leicht und flüchtig, der Jetlag lässt grüßen. Immer wieder schrecke ich zusammen, wenn im Halbdunkel plötzlich ein Maskengesicht neben mir oder dem Bett einer meiner Zimmernachbarinnen steht.

Als ich endlich weggedämmert bin, kommt die morgendliche Reinigungskolonne hereingepoltert. Mein Vater muss sich hinausgeschlichen haben. Ich kann mich nicht daran erinnern, dass sie mich von dem blöden Sandsack befreit haben. Doch der ist weg. Wenigstens etwas. Nachdem die fleißigen Bienchen wieder draußen sind, gibt es Frühstück. Ein neuer Tag im Krankenhaus.

Danach kommt die erste Visite. Ich möchte schreien, als ich die jungen Studentinnen und Studenten sehe. In ihren oberen Gesichtshälften sind alle Emotionen vertreten: die ganze bunte Palette von betreten wegsehen bis neugierig anstarren.

Ich sehe mich im Geiste aufspringen, einem bebrillten jungen Mann mit angehender Halbglatze sein Klemmbrett aus der Hand reißen und ihn anblöken: »Das ist mein Platz, jetzt tauschen wir. Ich habe keine Lust mehr, hier zu liegen, Sie sind dran.«

»Ich meine, ganz im Ernst: Vielleicht würden wirklich bessere Mediziner aus uns, wenn wir mal ein paar Tage auf der ein oder anderen Station Probe liegen würden, oder?«

»Das ist eine großartige Idee«, stimmt Sinja zu.

Sie ist Journalistin, etwa so alt wie ich, und wir haben uns vor drei Minuten am Kaffeeautomaten kennengelernt. Ich habe die Warterei nicht länger ausgehalten. Jetzt sitzen wir einträchtig in der Stuhlreihe vor Professor Kramers Sprechzimmer. Ich mit Mundschutz und im Bademantel, sie ohne und in Straßenkleidung. Himmel, wie ich sie darum beneide, Jeans, Stiefeletten und Trenchcoat zu tragen. Das ist die Kleidung der Freiheit.

Ich dürfte wahrscheinlich gar nicht hier sein, aber mir fällt jetzt schon die Decke auf den Kopf. Und da ich quasi stündlich damit rechne, mit der nächsten Chemo wieder an meine Fünf-Meter-Leine gelegt zu werden und das Zimmer wochenlang nicht verlassen zu können, bin ich einfach noch mal abgehauen. Ein Kaffee vom Automaten in der Cafeteria, was für ein Abenteuer!

Ich würde wirklich gern wissen, wie lange ich bleiben muss und wann die blöden Ergebnisse kommen. Oder vielleicht auch nicht.

Unbewusst greife ich mir an den Hals und befühle die winzig kleinen Narben, die die Zugänge aus der Zeit, bevor ich meinen Port bekam, hinterlassen haben. Eine ist ein bisschen dicker, da hatte sich der Venenkatheter entzündet. Dagegen ist eine Braunüle ein Geschenk. So lange es geht. Auch der Port wird wegen des Infektionsrisikos nur reaktiviert, wenn er wirklich … gebraucht wird.

»Du studierst Medizin bei Professor Kramer?«, fragt Sinja mich und zückt ihren Notizblock.

Wir sitzen nebeneinander, mit einem Stuhl Abstand, auf dem lag bis eben ihr Schreibzeug.

»Nein, nein«, wehre ich ab. »Beziehungsweise, ja, habe ich mal. Das ist eine Weile her, ich musste ein paar Urlaubssemester einlegen. Krankheitsbedingt. Aber ich bin scheinfrei, und die Famulatur habe ich auch endlich geschafft.«

Sie sieht mich fragend an.

»Das sind die notwendigen Praktika bei einem Hausarzt und im Krankenhaus«, schiebe ich hinterher. »Mir fehlt nur noch das Zweite Staatsexamen. Na ja, und danach kommen natürlich noch das praktische Jahr und die mündliche Prüfung.«

»Und darauf bereitest du dich hier vor? Geht das denn? Ich meine, ist das nicht eine ganz schöne Doppelbelastung? Diese Bereitschaftsdienste dauern lange, oder? Du musst doch auch mal schlafen, und ich habe von anderen Studierenden gehört, dass sie zur Prüfungsvorbereitung drei Monate komplett durchlernen und keine Nachtschichten annehmen.«

»Oh!«, sage ich, als mir das Missverständnis klar wird, und folge ihrem Blick an mir herunter.

Bademantel, weiße Pyjamahose, Gesundheitssandalen. Sie scheint zu glauben, dass ich als Nachtwache gearbeitet und mir zwischen einem Nickerchen im Stationszimmer und der Morgendusche einen entsprechend verspäteten Morgenkaffee gegönnt habe.

»Nein, ich komme nicht aus der Nachtschicht, ich bin überhaupt nicht zum Arbeiten hier, so weit geht die Assimilierung dann doch nicht. Ich habe ein Zimmer nebenan gebucht.« Ich zeige vage in Richtung der Glastür, die zu meiner Station führt.

Mein Bademantelärmel rutscht und gibt den Blick auf den verkleisterten Venenzugang in meinem Unterarm frei.

Sinja schlägt sich die Hand vor den Mund. »Ach du dickes … Das ist mir jetzt peinlich!«

Ich lächle. »Alles gut. Ich musste mal raus und so. Damit

ich mich in Ruhe aufs Lernen konzentrieren kann. Nachtschichten in der Bib sind out. Aber schreib das nicht, sonst wollen sie alle hier rein.«

Sinjas Mundwinkel zucken. »Ach, du hast all-inclusive gebucht, verstehe. Und wie ist das Buffet so?«

»Ganz heißer Scheiß. Die lassen dir die Cocktails intravenös einlaufen.«

»Nein!«

»Doch!«

Wir lachen. Unbefangen. Unverkrampft.

Ich mag sie.

»Und was machst du hier?«

Sinja wedelt mit ihrem Block. »Ich schreibe ein Porträt über den Professor. Er soll ja eine Koryphäe der Krebsforschung sein. Aber ich möchte gern den Menschen dahinter zeigen.«

Ich nicke zustimmend und lehne meinen Hinterkopf an die Wand. »Das klingt schön. Man hört nur Gutes über ihn. Aber es ist Sonntag. Ich glaube nicht, dass er da ist.«

»Doch, doch«, erwidert sie fröhlich. »Wir haben einen Interviewtermin.«

Ich richte mich auf, und sie dreht sich erwartungsvoll mit dem ganzen Körper zu mir.

»Bist du seine Patientin? Magst du mir was erzählen? Ich weiß, das klingt doof, aber ich würde gern mehr über … die Gesichter der Krankheit erfahren.«

Ich lächle die Hitzewallung weg, die mich gerade überrollt. Mein Bauch rumpelt. Vielleicht war der Latte macchiato aus dem Automaten doch keine so gute Idee. Ich vertrage keine Milch mehr, schon lange, aber Pflanzenmilch gab es nicht. Vielleicht war das Ausbüxen generell keine gute Idee. Wenn der Prof mich hier vorn sieht … Er wird sich nicht an mich erinnern. Aber …

»Ich bin nur Kasse«, murmle ich. »Da findest du bessere Ansprechpartnerinnen.«

Was tue ich hier überhaupt? Was hat mich geritten, die Station zu verlassen?

»Du sitzt hier vor seinem Büro. Das ist ein Wink des Schicksals. Bitte!«

»Mmhmhh«, mache ich, zupfe kopfschüttelnd an meinem Mundschutz herum und werfe meinen leeren Pappbecher in den Papierkorb, einen Meter neben uns. Immerhin das klappt.

Wenn mich die Stationsleitung oder eine der Pflegekräfte hier draußen findet, bekomme ich vermutlich den Anpfiff meines Lebens – völlig zu Recht: Ich bin ein potenzielles Infektionsrisiko für die, denen es schlechter geht als mir.

Mein Herz wummert, es ist das Koffein nicht mehr gewohnt.

»Ich sollte nicht hier sitzen, das war eine ganz blöde Idee. Ich muss wieder zurück.«

Sinja sieht mich erschrocken an.

»Nicht wegen dir. Ich erzähl dir gern was, wenn du meinst, es nützt dir. Aber wenn es zwölf Uhr schlägt, verliere ich möglichweise meinen Pantoffel, dann wird die Oberschwester zur bösen Schwiegermutter, und ich muss hundert Jahre lang in meinem Turm Rapunzeln essen, oder Spinnräder reparieren – oder so ähnlich.«

Sie lächelt erleichtert. »Oh gut. Ich dachte schon … Kann ich dich denn besuchen kommen in deinem Turm da drüben? Darf ich da rein?«

»Das musst du den Chef fragen«, behaupte ich und ignoriere den leichten Schwindel, der mich schon wieder Karussell fahren lässt, nachdem ich aufgestanden bin. »Normalerweise schon, solange du nicht erkältet bist oder so was. Aber die Stationsleitung verwaltet meinen Terminkalender. Keine

Ahnung, ob sie mir erlauben, Interviews zu geben. Nicht, dass mir der Starrummel zu Kopf steigt, weißt du?«

Sie zwinkert mir zu. »Ich könnte mich als Catering-Service verkleiden und reinschleichen. Mit 'ner Wassermelone oder so. Wie bei *Dirty Dancing*.«

»Melone klingt wunderbar«, seufze ich, und mir läuft tatsächlich das Wasser im Mund zusammen.

Wenn es mit der Chemo losgeht, ist alles verboten, was eine potenzielle Keimquelle sein kann. Im Klartext heißt das, alles muss abgekocht werden. Nur nicht dran denken. Aber Melone geht, die ist ja von Natur aus eingepackt.

»Gibst du mir deine Handynummer? Nur für den Fall, dass ich die falschen Klamotten trage und die Türsteher mich nicht durchlassen.«

Wir grinsen uns an.

»Tja, damit musst du rechnen, wenn du den letzten Tanz der Saison haben willst.«

»Lang lebe Patrick Swayze.«

Ich strecke die Hand aus und hacke jetzt nicht darauf herum, dass der Schauspieler schon vor Jahren und noch dazu an Krebs gestorben ist. Ich weiß nämlich, dass ich ein Talent dafür besitze, sympathische Menschen zu vergraulen. Aber Sinja verzieht bereits von allein das Gesicht.

»Oh, sorry, kam das jetzt falsch rüber!«

Ich schüttle den Kopf und tippe meine Nummer in ihr Mobiltelefon. »Du hast nur meine Vorlage zurückgespielt. Das ist mein blöder morbider Humor. Alles gut.«

»Daran kann ich mich gewöhnen. Dann nehmen wir das als Beginn einer wunderbaren Freundschaft!«

Sinja schickt mir eine Kurznachricht und steckt grinsend ihr Handy zurück in ihre Tasche.

Meine Mundwinkel zucken. »Ach, du willst ja nur meine Zitate.«

»Nee, ich will auch Kaffee trinken mit dir. Oder Magentee, wenn's sein muss.« Sie lacht.

»Dann bis bald, Sinja.«

»Wir sehen uns!«

Meine Mutter hält es kaum aus, hier zu sein. Bettenhaus 6, Station 42 – hämatologische Schwerpunktstation. Wieder. Wobei ich ganz froh bin, nicht in der 33 gelandet zu sein, wo die Tumor-Patienten liegen. Vorerst nicht – diese Komplikation ist leider gar nicht so selten bei Leukämie. Palliativstation wäre natürlich auch eine Alternative. Noch suboptimaler.

Das Ergebnis der Knochenmarkpunktion lässt immer noch auf sich warten.

»Dann wüsste ich wenigstens, woran ich bin«, rutscht es mir heraus.

»April!« Meine Mutter sieht mich entsetzt an. »Wie kannst du so was auch nur denken?«

»Wieso nicht? Ich glaube schon, dass man zynisch sein darf, wenn das Leben Russisch Roulette mit einem spielt.«

Mama bleibt nur für eine halbe Stunde, während der sie sich nicht setzt, sondern unruhig im Zimmer herumtigert, mir eine Flasche Wasser holt, eine Zeitung vom Kiosk und gleich darauf ein drittes Mal verschwindet, weil sie sich in den Kopf setzt, dass ich einen Pudding brauche.

»Vanille oder Schoko?«

»Erdbeere«, schnaube ich genervt.

Rein, raus, jedes Mal höre ich hinter der Tür den Sprüher für das Desinfektionsmittel. Das Ganze ist lächerlich.

Mein Vater zwinkert mir zu. Gelassen bleiben.

Ich seufze und denke an Sinja. Sie ist so herrlich unkompliziert. In der nächsten Sekunde brummt prompt mein Handy. Ein GIF mit dem Bild einer dampfenden Tasse erscheint, darunter ein Fragezeichen und das Symbol einer Armbanduhr.

Ich texte zurück.

Hab grade Tanzstunde. Melde mich.

Denk dran: Kopf gerade halten, und wahre deinen Tanzbereich!!!

Ich schicke das »Daumen hoch«-Emoji und scrolle nach einem GIF mit einer Tanzszene. Ha! Da gibt's ja jede Menge Filmszenen aus *Dirty Dancing*. Ein Lächeln huscht über mein Gesicht, als ich überlege, welche ich nehmen soll. Ich entscheide mich für Babys ungelenkige Schwester, die ihre Solonummer probt.

Sinja schickt mir die Gruppenszene mit der albernen Polonaise aus dem Animationsprogramm, und ich muss kichern und suche nach dem nächsten Clip.

Papa grinst stumm in sich hinein, ich sehe es daran, wie sich seine Augenfalten vertiefen. Er zückt sein Kreuzworträtselheft und klickt mit dem Kugelschreiber. Keine Ahnung, was er denkt, mit wem ich schreibe.

Mama kommt mit Karamellpudding zurück. Sie hat den Löffel vergessen und dreht auf der Stelle um. Tür zu. Pffrrscht, pffrrscht. Noch mal zwei Sprühstöße.

Pffrrscht, pffrrscht. Tür auf.

Himmel, sie tut so, als läge ich bereits in Quarantäne! Fehlt nur noch, dass sie sich freiwillig in einen dieser Ganzkörperoveralls quetscht.

»Ich hab einen ergattert!« Sie hält mir den Pudding hin und lächelt mich an.

Glaube ich. Unter der Maske kann ich es nicht mit Sicherheit sagen.

Ich habe jetzt keine Lust auf derlei Schlabberkram, das blüht mir früh genug. Ich hänge an einer Infusion mit Elektrolyten, weil meine Helikoptermutter die Schwester darauf aufmerksam gemacht hat, dass ich schon wieder ein wenig dehydriert wäre.

»Danke, Mama«, sage ich artig, mache aber keine Anstalten, nach dem Pudding zu greifen.

Hilflos stellt sie ihn mir in Reichweite.

Es dauert zwei Minuten, dann entschuldigt sie sich, weil sie Bettenwechsel bei den Feriengästen hat.

In der ersten Panik hatte sie alle Schotten dicht gemacht – kein Geheimnis, von wem ich das habe. Aber Papa und ich haben ihr gut zugeredet. Die Zimmer sind ihr Motor. Und auch wenn die Saison jetzt zu Ende geht, so lange noch Urlauber kommen, lenkt es sie ab.

Nervös zupft sie an ihrem Mundschutz herum. »Man kriegt schwer Luft unter dem Ding, findet ihr nicht?«

Sie müssten diese Dinger nicht aufsetzen, noch nicht. »Jaaa!«, stöhne ich theatralisch und lege nach einem finalen Bild für Sinja mein Handy beiseite. »Der Oberarzt hat vorhin auch gesagt, die nächste OP bricht er nach vierzig Minuten ab, länger hält er es mit den Dingern auf keinen Fall aus.«

»Ach, April. Dein Humor ist manchmal schwer zu ertragen.«

»Ich hab dich lieb, Mama.«

»Ich dich auch.«

Mein Vater grinst. Glaube ich. Und bleibt. Und trägt seinen Mundschutz so stoisch und würdevoll wie ein edles Accessoire. Er löst Kreuzworträtsel, damit ich mir nicht blöd vorkomme, wenn ich müde werde und eindöse. Ganz unaufdringlich, ohne etwas von mir zu wollen, leistet er mir einfach nur Gesellschaft. Er muss keine Laken beziehen und Blumenvasen füllen gehen.

Auf dieser Station sind Blumen ohnehin verboten. Und alles andere, was frisch ist oder lecker schmeckt.

Meine Mutter war so fest überzeugt davon, dass ich gesund bin, dass die Leukämie ein für alle Mal aus unserem Leben verschwunden ist. Sie sagt tatsächlich: aus unserem Leben. Ich darf es nicht an mich heranlassen, sonst komme ich mir vor wie eine Versagerin, weil ich diese eine kleine Sache nicht auf die Reihe gekriegt habe. Für uns. Ja, warum nur belaste ich unsere Familie mit so einem Mist? Warum hast du mit so was angefangen, Amber? Mit Sterben?

Papa sieht meinen Blick. Ich starre immer noch auf die Zimmertür, die sich hinter meiner Mutter geschlossen hat.

»Sie meint es nicht so. Sie liebt dich. Wir lieben dich. Du weißt, wie sehr sie das alles mitnimmt. Sie mag einfach keine Krankenhäuser.«

»Ich auch nicht«, grunze ich und drehe mich unbedacht auf den Rücken.

Schmerz durchfährt mich vom Beckenkamm bis in die Zehenspitze. Nein, das geht noch nicht. Unter Anstrengung schaufle ich mich in eine angenehmere Liegeposition zurück.

»Zumindest nicht auf dieser Seite des Bettes«, stöhne ich.

In Gedanken korrigiere ich mich ein weiteres Mal. Nein, ich mag Krankenhäuser generell nicht, und ich will auch nicht in einer Landarztpraxis arbeiten. Deswegen bin ich so froh, dass ich die Osteopathie für mich entdeckt habe. Den Menschen als Ganzes wahrnehmen, nicht nur sein Symptom, seine Krankheit oder seine Verkettung von Beschwerden sehen, sondern das komplexe Wesen betrachten, es erfühlen. Dieser Ansatz gefällt mir.

Und wer erfühlt mich?

Stopp, April Fischer! Du zerfließt in Selbstmitleid.

Missmutig angle ich mir den Pudding vom Nachttisch und reiße den Stanniolsdeckel auf.

Und wenn's so wäre? Ich finde, dass ich alles Recht der

Welt dazu habe, die wehleidige Diva heraushängen zu lassen. Verdammte Axt.

»Der Chefarzt hat mich gefragt, ob ich Lust hätte, an einer Studie teilzunehmen«, erzähle ich mit vollem Mund.

Ich blöde Kuh hatte mir nichts Schlimmes dabei gedacht.

»Wie ist es denn bei Ihnen um Kinderwunsch und Familienplanung bestellt?«, hatte er mich gefragt und mit diesem professionellen Interesse angesehen, das man einem Labor-Beagle angedeihen lässt. Bloß keine emotionale Bindung aufbauen, aber trotzdem freundlich zugeneigt wirken.

»Für den Fall, dass sie mich diesmal bestrahlen müssten, könnte man mir die Eierstöcke temporär an eine andere Stelle im Bauchraum verlagern. Oder Eierstockgewebe entnehmen, es kryokonservieren und nach Therapieende wieder einsetzen.«

Dann würden sie »das Material« nicht mal zwingend an seinen ursprünglichen Ort in der Bauchhöhle zurücksetzen, sondern könnten es auch an eine andere Stelle unter die Haut pflanzen, wo der Eierstock wie vorher auch Eizellen bilden und Hormone produzieren würde. Die könnte man später für eine künstliche Befruchtung verwenden. Diese Details lasse ich weg, mein wissenschaftliches Interesse ist größer als das meiner Eltern.

Mein Vater lässt seine Zeitung sinken und sieht mich mit gerunzelter Stirn an. »Und was hast du gesagt?«

Ich lecke pflichtschuldig den Löffel ab und stelle den halb gegessenen Pudding zurück aufs Tablett. Schmeckt irgendwie seifig.

»Ein Baby aus kryokonserviertem Eierstockgewebe – zum Preis der möglichen Gefahr einer Rückübertragung von Krebszellen. Empfehlen würden sie mir das nicht. Also, ich weiß nicht, ob ich das will. Klingt ein bisschen creepy, oder?«

»Wenn es eine Möglichkeit ist und du gern …«

»Nein.« Ich schüttle den Kopf, so gut mir das in dieser Liegeposition möglich ist. »Ich mag mich nicht mit möglichen oder unmöglich werdenden Schwangerschaften beschäftigen.«

Damals habe ich mich zu jung dafür gefühlt – bei meiner ersten Diagnose –, und ich tue es immer noch. Vielleicht ist es auch nur eine trotzige Verweigerungshaltung dem Schicksal gegenüber.

»Ich kann jetzt wirklich nicht über Kinder nachdenken.«

Im einen Moment soll ich mich damit auseinandersetzen, dass mich demnächst schon ein Schnupfen umbringen könnte – oder ein paar mitgebrachte Nüsse –, und im nächsten soll ich mir überlegen, ob mir irgendwann was fehlen würde, wenn ich nicht mehr die Möglichkeit hätte, ein Baby in diese Welt zu setzen?

»Wieso hat der Arzt dich das jetzt gefragt?«

Mein Vater ist schlau. Keine Wertung, keine Ratschläge, keine eigenen Gefühle. Er hätte Psychologe werden sollen, nicht Steuerberater.

»Weil er meint, es wäre einfacher, eine Entscheidung zu treffen, bevor es unvermeidlich wird.«

»Also, solange wir noch nicht gesichert wissen, ob du …«

»Genau.«

»Und das sind alle Optionen?«

Ich nicke zurückhaltend.

Tja. Hätte ich einen festen Partner, könnten wir Vorkernstadien einfrieren, also halbbefruchtete Eizellen aus dem Reagenzglas. In diesem Stadium hat sich das Spermium schon durch die Eihülle gebohrt, ist aber noch nicht mit ihr verschmolzen. Es hat noch keine Zellteilung stattgefunden, streng genommen gibt es also noch keinen Embryo, daher ist das Einfrieren in Deutschland erlaubt und wohl auch recht erfolgversprechend, wenn auch juristisch eine Gratwanderung. Man stelle sich vor, die Partner trennen sich – wer setzt sich dann ans Mikroskop und klamüsert die Zellklümpchen gerecht auseinander?

Ich schnaube geringschätzig, was mein Vater als Alarmsignal nimmt, dass mit mir irgendwas nicht so ist, wie es sein soll.

»Alles gut«, behaupte ich, als er sein Kreuzworträtsel weglegt und aufstehen will.

»Sicher?«

»Ja, Paps. Willst du nicht auch allmählich nach Hause fahren?«

In der Hämatologie gibt es keine festen Besuchszeiten. Man will es den »Gästen« so angenehm wie möglich machen. Von Station 42 in den Palliativbereich ist der Weg manchmal kürzer, als man denkt.

Himmel, vielleicht sollte ich Sinja noch mal anschreiben und fragen, ob sie Lust hat, mich auf andere Gedanken zu bringen. Also, das muss ich ja nicht so drastisch formulieren. »Kaffee bei mir«, könnte ich vorschlagen und ihr die Zimmernummer sagen. »Du musst ihn nur selbst mitbringen. Ich bleib heute im Bett.« Kann ich das bringen? Ach, was soll's, ich tu's einfach. Sie will mich ja außerdem immer noch interviewen.

»Soll ich dir den Fernseher anmachen?«

Ich lege den Kopf schief und zwinkere ihm zu, dankbar, dass er den Faden mit der Planung einer nächsten Fischer-Generation fallengelassen hat. Ich weiß gar nicht, wieso ich davon angefangen habe.

»Die Fernbedienung liegt dichter bei mir als bei dir.«

»Du willst mich also loswerden?« Um seine Augen vertiefen sich die Lachfältchen.

»So was von!«

Wir grinsen uns an.

Seufzend rollt er das Heft zusammen und greift nach seiner Jacke. »Ich merke sehr wohl, wenn ich nicht willkommen bin.«

Er ahmt den Tonfall von Oma Else nach, die schon seit vielen Jahren tot ist. Dieses Zitat von ihr ist ein Running Gag zwischen meinem Vater und mir. Oma war ein wunderbarer Mensch, aber eins ihrer größten Talente war es, aus dem Nichts einzuschnappen und die beleidigte Königsqualle zu geben.

»Bringst du mir morgen ein paar Bücher mit?«, frage ich ihn, als er sich zu mir hinunterbeugt und mir einen Kuss auf die Stirn drückt.

»Was Bestimmtes?«

»Die Skripte für die Prüfung. Du weißt schon, der Bücherstapel links auf meinem Schreibtisch«, wünsche ich mir.

»Alle?«

Auch wenn ich wegen der Maske nur seine Augen erkenne – jetzt sieht er mich wirklich erschrocken an.

»Du hast doch schon …« Er zeigt auf meinen Nachtschrank, den ich zum Leidwesen sämtlicher Pflegekräfte in eine mobile Fachbibliothek verwandelt habe. »Schätzchen, du sollst gesund werden und dir hier kein Studierzimmer einrichten.«

»Noch wissen wir ja gar nicht, ob ich krank bin. Also besser Studierzimmer als Krankenzimmer.«

Er atmet ein und setzt zu einer Antwort an, verkneift sie sich dann aber und seufzt ergeben.

»Oh, und mein Laptop! Ich möchte meine E-Mails checken. Vielleicht werden mir auf dem Handy nicht alle angezeigt.«

Die Nachreichfrist für die Famulatur-Zeugnisse endete am 26. August. So allmählich müssen die doch eine Entscheidung getroffen haben, ob sie mich zulassen oder nicht.

Er nickt bedächtig und guckt sich um, ob er nichts vergessen hat.

Mein Vater sieht müde aus, wie er mit vorgebeugten Schultern dasteht. Himmel, ich liebe diesen Mann. Es würde mir verdammt schwerfallen, mich von ihm … endgültig verabschieden zu müssen.

»Hey, Paps«, sage ich betont locker, kämpfe mich auf die Ellbogen hoch, obwohl es mich beinahe umbringt, und bekämpfe die Enge in meiner Kehle. »Und irgendeinen Kitschroman, ja? Was Schönes, mit Happy End.«

Seine Miene hellt sich auf, und allein dafür hat sich die Schmerzattacke gelohnt.

Er nickt.

Dann fällt die Tür hinter ihm zu, und ich falle wieder in mich zusammen.

Meine Gedanken wandern noch einmal zurück zum Thema Kinder. Würde ich unter normalen Umständen überhaupt welche wollen? In dieser chaotischen Welt? Mit ihren Umweltkatastrophen, dem ansteigenden Meeresspiegel, all den Missständen und Kriegen und der Abholzung der Regenwälder? Oben wie unten, innen wie außen, im Kleinen wie im Großen – heißt es nicht so?

Die Welt und ich, philosophiere ich düster und schiele durchs Fenster zu meinem Zipfel Birke, wir haben was gemeinsam: Wir verfügen beide über eine tickende Zeitbombe. Die eine in sich drin, die andere auf sich drauf.

Dann brummt mein Handy.

Bin schon auf dem Weg. Spielst du gern Canasta?

Zu zweit?

Klar! Außerdem: Du, ich und Patrick Swayze. Das sind doch drei! ;-)

Komm ich auch ohne Melone rein? Die waren im Bioladen heute aus.

Nur, wenn du mich gewinnen lässt.

Deal. Aber die Verliererin kriegt den Kaffee. Und ein Interview.

## Storm

»Maria ist nicht da.«

»Dann warte ich auf sie.«

Er konnte diesen Murphy nicht leiden. Irgendein sechster Sinn mahnte ihn, dem Kerl nicht den Rücken zuzukehren. Er wirkte so harmlos, ein nerdiger Sonnyboy, Typ Schwiegermamas Liebling, der vermutlich Mutterinstinkte bei Frauen weckte oder so etwas. Aber die Art, wie er April angebaggert hatte, ohne dass sie es gemerkt hätte … Zugegeben, er hatte sich ein bisschen darüber amüsiert. April gehörte zu den Frauen, die auf eine ganz natürliche Art schön waren. Nicht oberflächlich hübsch, sondern tiefergehend, wirklich schön, und sich dessen kein bisschen bewusst – was ihre Schönheit noch unterstrich, weil sie nicht von Eitelkeit und Wirkungsbewusstsein verwässert wurde. Und ebenso naiv, was ihre Ausstrahlung auf Männer anging. Aber Storm war ein Mann, und er wusste, wie Männer ticken. Er spürte, dass dieser Typ nicht ganz koscher war. Und jetzt, da er ihm zum zweiten Mal begegnete, umso mehr. Er war froh, dass April damals nicht mit ihm mitgefahren war.

»Okay.«

Murphy wollte die Tür zum Penthouse schließen, aber Storm stellte seinen Fuß dazwischen. Den gesunden diesmal. Er lernte dazu.

»Kann ich reinkommen und drinnen warten?«

»Ich weiß nicht, ob …«

»Murphy? Mit wem sprichst du?«

Maria tauchte hinter Murphys Rücken auf, sie kam offenbar gerade aus der Dusche. Sie war barfuß und trug einen kurzen Bademantel. Mit einem Handtuch rubbelte sie sich die Haare ab, die in nassen blauschwarzen Strähnen auf ihre Schultern hingen.

»Storm«, sagte sie, als sie ihn erkannte.

Sie knotete ihren Bademantelgürtel fester, und die verschiedensten Emotionen huschten über ihr Gesicht wie vom Wind getriebene Wolken.

Missmutig gab Murphy die Tür frei, und Storm trat ein.

»Was willst du?«, fragte sie und schielte unsicher zu ihrem Mitbewohner.

»Kannst du dir das nicht denken? Es geht um April.«

»Sie will dich nicht, Mann. Check das doch endlich«, blaffte Murphy in ihr Gespräch, trat aber sofort zurück, als Storm den Gitarrenkoffer in seinem Rücken zurechtschob, die Schultern straffte und ihm ins Gesicht sah.

Beschwichtigend hob er die Hände. »Macht, was ihr wollt, ich habe zu tun.« Er sah zu Maria. »Ich bin in der Dunkelkammer, wenn du mich brauchst.«

Storm sah ihm nach, bis er in dem kleinen Raum verschwand, der Aprils Schlafzimmer gewesen war und davor Marias kleines Atelier. Es hatte eine große Fensterfront zur Dachterrasse hinaus. Storm zog die Augenbrauen hoch, und Maria schien seinen Gedankengang nachzuvollziehen.

»Er hat die Scheiben komplett mit Alufolie beklebt und schwarz verhängt.«

»Wo ist sie? Hast du mit ihr gesprochen?«

Sie schüttelte bedauernd den Kopf.

»Kaffee? Ich brauche einen.«

Sie wartete sein Nicken gar nicht ab und tapste ihm voraus zum offenen Küchenbereich hinüber. Ihre nackten Füße hinterließen feuchte Abdrücke auf dem Steinboden.

Vordergründig sah dort alles aus wie immer. Die Kaffeebecher waren im selben Hängeschrank, der Mixer stand an der gleichen Stelle, die futuristische Spülmaschine verriet noch immer keinem Uneingeweihten, dass man sie freihändig mit einer Fußbewegung öffnen konnte – und doch hatte sich innerhalb kürzester Zeit so viel verändert, die spielerische Leichtigkeit war aus den Räumen verschwunden, das galt besonders für den gemütlichen Essbereich.

Marias Staffelei stand hinter dem Sofa, eine leere Konservendose an einem Fleischerhaken hing, zum Pinselhalter umfunktioniert, von der Heizung, Farbtuben und kleine Fläschchen lagen auf einem Stück Zeitungspapier auf dem Boden, alles halbgar in die Ecke geschoben. Den größten Raum beanspruchten Fotolampen, Zubehörtaschen und Fachzeitschriften, die Storm nicht Maria zuordnete.

Er wendete sich wieder der Küche zu, wo Maria mit dem Wasserkocher hantierte.

Jedes Detail erinnerte ihn an April. Er hörte ihr leises, perlendes Lachen, damals, als er den Geschirrspüler nicht aufbekommen hatte, roch ihr frisch geduschtes Haar, wenn sie morgens Smoothies zubereitete, sah sich selbst ihren Nacken küssen. Gedankenverloren rieb er sich über die Stirn, an der sie nach einem Streit zusammengeprallt waren, in der Ecke neben dem Kühlschrank. Einem Streit, der letztlich zu ihrem ersten Kuss geführt hatte. Er schmeckte sie noch auf seinen Lippen. Gott, es war so unendlich schwer, sie nicht zu vermissen.

»Hallo?«

Verwirrt sah er zu Maria hinüber, die ungeduldig mit einer Tüte Hafermilch in der einen und entrahmter Kuhmilch in der anderen fuchtelte.

Er schüttelte den Kopf. »Danke. Schwarz genügt. Oder, halt, ein bisschen Hafermilch, danke.«

Maria schnitt eine Grimasse und schenkte das Gewünschte ein. »Du scheinst nicht besonders entscheidungsfreudig zu sein.«

»In vielem«, gab er ihr recht und nahm seinen Becher entgegen. »Wo ist sie?«

»Hör mal, sie würde mich killen, wenn ich dir etwas verrate. Wir sind Freundinnen, okay?«

Maria sah zu der Tür, hinter der Murphy verschwunden war, und nickte mit dem Kinn in Richtung der Terrasse. Sie traten beide hinaus.

»Das warst doch du, die im Sender angerufen hat«, lenkte er das Thema auf den Grund seines Besuchs.

Sie nickte und sah dabei immer wieder nervös zu den Terrassentüren.

Eine davon gehörte zu Murphys Zimmer. Von außen sah man die Alufolie, die er an alle Öffnungen geklebt hatte.

»Vielleicht ist er ja ein Vampir und verträgt kein Sonnenlicht.«

»Ich glaube, er ist eifersüchtig auf dich. Na ja, wer wäre das nicht?« Maria lachte auf und musterte ihn. »Stormy Bay.« Sie ließ den Namen auf ihrer Zunge schmelzen. »Wissen die beim Fernsehen eigentlich, wer du bist?«

Er atmete aus, ließ seinen Blick über die begrünte Terrasse gleiten und nahm noch einen Schluck Kaffee, bevor er antwortete.

Die Chilipflanzen im Terrakottatopf an der Hauswand waren erntereif, die kleinen roten Früchte bräuchten dringend

Wasser, dafür ertrank der Lavendel beinahe darin. Egal. Es ging ihn nichts mehr an, ermahnte er sich.

»So heiße ich schon lange nicht mehr.«

»Dann haben wir also ein kleines Geheimnis, du und ich. Wahnsinn.«

Sie strahlte ihn an, er konnte keine Hinterlist in ihren Augen erkennen. Im nächsten Moment schien ihr jedoch wieder einzufallen, dass ihr unbedachtes Plaudern letztlich Storms und Aprils Trennung heraufbeschworen hatte.

»Sorry, das war nicht so gemeint, ich mach's wieder gut, okay?« Sie legte ihm die Hand auf den Unterarm.

Storm schnaubte unwillig.

Hinter der Alufolie klapperte irgendetwas, und sie hörten Murphy fluchen.

»Zu wem gehört die Telefonnummer? Sind das ihre Eltern? Es geht niemand ran, und man kann keine Nachricht auf dem Anrufbeantworter hinterlassen.«

»Kann man nicht?« Maria runzelte die Stirn und sah wieder in Richtung der silbern überzogenen Fensterscheiben. »Mir hat sie gesagt, ich könne mich da jederzeit melden, wenn ich Sehnsucht nach ihrer Stimme hätte. Sie wusste nicht, wie schnell es gehen wird, ihre deutsche Handynummer wieder zu reaktivieren.«

»Kannst du mir die geben? An die US-Nummer geht sie nicht ran. Wahrscheinlich hat sie die SIM-Karte bereits ausgetauscht.«

Maria biss sich auf die Zunge.

»Bitte!«, drängte er.

»Okay. Ich schreib sie dir auf. Aber du hast sie nicht von mir. *Dios mio*, sie wird mich lynchen.«

»Danke!«

Sie gingen wieder hinein.

»Und die Nummer ist wirklich die ihrer Familie?«

Maria klemmte die Unterlippe zwischen die Zähne, während sie die Telefonnummer auf einen der Post-it-Zettel übertrug, die am Kühlschrank klebten.

Sie nickte. »Ja. Sie wollte dorthin zurück und für irgendeine Medizinprüfung lernen.«

Er schluckte. Es war ein gutes Zeichen, wenn sie lernte und sich nicht vergrub. Sie lebte ihr Leben weiter. Das war ein Schritt. Aber es bedeutete eben auch, dass sie ... ihr Leben weiterlebte. Ohne ihn.

»Hat sie ... noch irgendwas gesagt?«

Maria sah ihn lange an. Dann schüttelte sie bedächtig den Kopf und gab ihm den Zettel. »Sie kann ziemlich stur sein, weißt du?«

Er nickte. Und ob er das wusste.

»Hat sie Sky mitgenommen? Nach Deutschland?«

Maria hob die Schultern. »Ich glaube nicht.«

Storm atmete tief aus. Dann würde sie zurückkommen. Eher früher als später. Er konnte sich nicht vorstellen, dass sie es lange aushielt, von dem quirligen Fellbündel getrennt zu sein. Genauso wenig wie er.

»Du hast echt eine schöne Stimme«, sagte Maria verträumt und deutete mit dem Kinn auf den Gitarrenkoffer auf seinem Rücken. »Spielst du mir mal was vor?«

Storm steckte nachdenklich den Zettel ein und ließ noch einmal seinen Blick durch die Wohnung schweifen.

»Vielleicht bräuchte ich doch ein Zimmer – um ein paar Sachen unterzustellen, während ich weg bin.«

»Deal.« Ihre Augen blitzten abenteuerlustig, als sie sich die Frotteeärmel über die Ellbogen hochschob. »Ich glaube, das kleine Zimmer wird bald frei. Da muss Licht rein.«

Er lächelte. »Das klingt gut. Du solltest wieder in deinem Atelier malen, du hast wirklich Talent.«

Sie lachte. »Du auch.«

»Und deine Chilis haben Durst.«

Maria reckte sich auf die Zehenspitzen und hauchte ihm einen flüchtigen Kuss auf die vernarbte Wange. Sie seufzte. »Bring sie uns wieder, okay?«

Er verzog schmerzlich das Gesicht. »Nichts lieber als das.«

# Kapitel 4

## April

»Wir würden Ihnen gern einen Port legen.«

Ich blinzle verwirrt, dann schrecke ich auf. Ich muss eingenickt sein. Dumpfer Schmerz fährt mir durch den unteren Rücken und macht mich körperlich wach, aber mein Kopf hängt noch ein paar Sekunden nach. Ich habe doch einen Dauerkatheder! Haben sie das in meiner Akte übersehen? Ist damit etwas nicht in Ordnung? Sind die Ergebnisse da? Geht es wieder los?

Panik greift nach mir. Deutsche Krankenhäuser, Krebs, besorgte Blicke. Das fasst meine drei schlimmsten Angstauslöser ziemlich gut zusammen.

Ich taste nach dem kreisrunden Knopf unterhalb meines Schlüsselbeins, der mit einem kleinen Schlauch in meine *Vena subclavia* führt. Dort liegt er und schläft, seit beinahe drei Jahren, wie eins dieser schrägen Schmuckimplantate, die sich manche Leute freiwillig unter die Haut pflanzen lassen.

Die Berührung vertreibt die letzten Schlafreste. Ich finde meine Orientierung wieder. An meinem Port hängt kein frischer Zugang. Die Stimme des Arztes gilt nicht mir.

Ich habe immer noch eine ganz normale Braunüle im Arm, und das darf auch möglichst lange so bleiben.

Im Bett nebenan liegt seit heute Morgen eine junge Frau, die ich als Supermarktverkäuferin immer nach ihrem Alter fragen würde, egal, ob sie Wein oder Whisky kaufen wollen würde. Allerdings sieht sie nicht aus, als ob ihr der Sinn nach dem einen oder anderen stünde.

Der Arzt erklärt ihr den Ablauf des ambulanten Eingriffs. Technisch. Nüchtern. Dann muss er weiter, alles auf den Weg bringen und weiter zu den nächsten Patienten, die auf ihn warten. Am Nachmittag wollen sie ihr das Ding legen.

Sie weint erst, als er das Zimmer verlassen hat.

»Hey. Kann ich was für dich tun?«, frage ich und richte mich mühsam auf.

Sie schüttelt den Kopf und greift nach der Box Papiertaschentücher, die auf dem Rollwagen neben ihrem Bett steht.

Ich wackle mit den Zehen und hänge vorsichtig die Beine über den Bettrand.

Dann ziehe ich mir den Ausschnitt des Nachthemds so weit herunter, dass sie die kleine Erhöhung unter meiner Haut sehen kann. »Es ist nicht so schlimm, wie es sich anhört«, sage ich und krümme die Mundwinkel zu einem Lächeln nach oben.

Meine Zimmernachbarin beäugt die Beule mit verhaltener Neugier, dann sieht sie mir scheu ins Gesicht und tupft sich die Augen trocken. »Entschuldige, ich bin normalerweise nicht so nah am Wasser gebaut«, sagt sie und tupft wieder, extrem auf die Unversehrtheit ihrer Schminke bedacht.

Ich hebe die Schultern und schmunzle. »Dabei sind die Häuser in der ersten Reihe am Strand doch die teuersten, die, die alle haben wollen, oder?«

»Bis der Tsunami kommt«, antwortet sie, lächelt schief und lässt die Hand mit ihrem zerknüllten Kosmetiktüchlein sinken.

»Ja, dann will sie natürlich keiner mehr.« Ich nicke und strecke ihr aus alter Gewohnheit eine Hand hin, ziehe sie aber gleich wieder zurück. »Ich bin April. Und du?«

»Steffi. Bist du Amerikanerin?«

Ich gluckse. »Nein. Ich habe dort nur das letzte halbe Jahr gelebt.«

»Das vergangene halbe Jahr«, korrigiert sie mich nachdrücklich und zieht gleich darauf erschrocken die Unterlippe ein, weil sie nicht weiß, wie ich das aufnehme.

Ich mag ihre Einstellung. Es wird nicht mein letztes halbes Jahr gewesen sein. Sprache hat was mit Einstellung zu tun, und diese Feinheiten sind wichtig. Wer bei dieser Krankheit auch nur gedanklich aufgibt, hat sie schon drei Viertel gewinnen lassen.

»Du hast recht«, sage ich fest.

Sie schnieft. »Krebs ist ein Arschloch, oder?«

Ich hebe die Schultern. »Sagen alle. Ich habe in den letzten …« Ich zwinkere ihr zu. »… in den *vergangenen* Tagen darüber nachgedacht, ob ich ihm das Privileg wirklich einräumen möchte, ihn überhaupt als Person zu sehen. Auf jeden Fall verhält er sich wie eins, stimmt.«

Sie starrt einen Moment lang nachdenklich auf die Bettdecke über ihren angewinkelten Knien.

»Der Ansatz gefällt mir«, sagt sie leise. »Außerdem: Wenn ich ihn insgesamt als Arschloch betrachte, warum sollte er mir dann zuhören, wenn ich ihn bitte zu verschwinden?«

»Vielleicht hatte er 'ne schwere Kindheit?«

»Das haben sie alle«, schimpft sie, setzt sich aufrecht hin und lässt ihre Beine mir zugewandt ebenfalls aus dem Bett baumeln.

»Würdest du ihn siezen oder duzen?«, frage ich neugierig, in Gedanken schon einen Schritt weiter.

»Siezen.«

Ohne zu zögern, sagt sie das. Todernst.

»Ein bisschen Distanz muss sein. Ich will ja nicht mit ihm um die Häuser ziehen.«

»Nee, besser ist das. Obwohl … Den Krebs unter den Tisch trinken … Das hätte was, oder?«

Wir kichern wie Schulmädchen, haltlos, bis ich mir Tränen aus den Augenwinkeln wischen muss. Steffi reicht mir ein Taschentuch aus ihrem Spender. Manchmal ist lachen wirklich das Einzige, was hilft. Gegen die Angst. Und die Ohnmacht.

»Darf ich ihn mal anfassen?«, fragt sie und deutet mit der Nasenspitze auf meinen Port.

»Klar«, sage ich und mache einen vorsichtigen Schritt auf sie zu. »Ist wirklich besser, als für die Infusionen jedes Mal neu angestochen zu werden. Die kleineren Venen reagieren schnell mal gereizt. Sie mögen Zytostatika nicht so gern. Und diese ZVKs entzünden sich ständig.«

»Die was?«

»Zentrale Venenkatheter.«

Steffi nickt abwesend.

Ihre Finger auf meiner Haut fühlen sich seltsam an. Die letzte Person, die diesen kreisrunden Knubbel berührt hat, war Storm. Zärtlich, fragend. Ein bisschen wie sie. Wobei seine Hände dann rasch tiefer gewandert sind und sich um andere Rundungen an meinem Körper gekümmert haben. Ausgiebig und sehr gründlich. Ich erschauere in der Erinnerung.

»Es tut nicht weh«, sage ich ein bisschen ruppig und greife ihren Zeigefinger. »Spürst du das?« Ich drücke gegen die gewölbte Membran des Portkatheters. »Man braucht spezielle Portnadeln, aber darüber kann man dir dann auf diesem Weg Schmerzmittel verabreichen, Blutkonserven, dich parenteral ernähren, jede Menge schicke Sachen können die damit gleichzeitig einlaufen lassen. Du musst ihn nur ab und zu spülen lassen, damit er nicht verstopft. Dann kann er ein paar Jahre drinbleiben.«

Sie schluckt. »Wie du das sagst … Hat ein bisschen was

von Frankenstein. Oder so einem billigen Science-Fiction-Heft, findest du nicht?«

»Man gewöhnt sich dran.«

Sie nickt wieder und nimmt ihre Hand weg.

Ich taste mich zurück zu meinem Bett und setze mich schwerfällig.

»Jahrelang«, murmelt sie. »Und … wie lange hast du ihn schon?«

»Fast drei«, sage ich und schlüpfe wieder unter meine Bettdecke.

Eigentlich hatte ich gehofft, mir das Ding nach dem Hammerexamen entfernen lassen zu können. Das wären zwei Meilensteine in meinem Leben gewesen. Zumindest einer davon ist gerade in weite Ferne gerückt. Aber das sage ich nicht. Ich will sie nicht demotivieren. Es ist so wichtig, positiv zu bleiben. So wichtig, dass ich kotzen könnte.

»Ich habe Brustkrebs«, sagt sie, holt einen Taschenspiegel und einen gigantischen Kulturbeutel aus ihrem Schubfach und korrigiert ihre Schminke. Wimperntusche, Lidstrich, Lippenstift, Rouge, Puder – sie zieht das volle Abendprogramm durch.

»Leukämie. Rückfall. Also, vielleicht, sagen die. Ich sage, ziemlich wahrscheinlich.«

Wir schweigen.

Ich spiele an dem Klebchen meiner Braunüle herum. Wenn sie meinen Port reaktivieren, wird dieser Zugang schnell wieder überflüssig sein.

»Wieso hast du eigentlich diesen Riesenkasten Make-up dabei?«, frage ich nach einer Weile, in der ich fasziniert beobachtet habe, mit welcher Sorgfalt und welchem Geschick sie sich anmalt. »Willst du mit dem Assistenzarzt flirten? Oder ist eher der Chefpfleger dein Typ?«

Sie lächelt zittrig. »Ich schminke mich, seit ich vierzehn

Jahre alt bin. Das ist meine tägliche Routine. Und ich habe nicht vor, das zu vernachlässigen. Wenn ich mich optisch gehen lasse, ist das der erste Schritt, mich ganz aufzugeben.«

Ich nicke. Abgesehen von ein bisschen Wimperntusche und Kajal habe ich mich nicht mehr geschminkt, seit ich neunzehn war. Ich fange auch jetzt nicht damit an, aber die Haltung kann ich bestens nachvollziehen.

»Ich will hier raus«, sage ich mit derselben Sturheit, wie ich sie während meines Praktikums in der Klinik in San Francisco bei Frauen im Kreißsaal erlebt habe.

Eine werdende Mutter hatten wir nur mit vereinten Kräften davon abhalten können, sich den Wehenschreiber abzuschnallen. Sie wollte nach Hause gehen – mitten unter den Presswehen – und schlug der Hebamme und dem Arzt allen Ernstes vor, sie sollten ohne sie weitermachen, sie hätte sich das mit dem Kinderkriegen anders überlegt. Keine fünf Minuten später hat sie ihren käseschmierigen Sohn im Arm gehalten, und alles war vergessen.

Ob man seinen Krebs auch irgendwann vergessen kann?

Steffi sieht mich erschrocken an. Offenbar wägt sie gerade ab, ob ich scherze oder es mir ernst damit ist, einfach abzuhauen.

Als ich keine Anstalten mache, aus dem Fenster zu springen oder meine Sachen zu packen, bietet sie mir Pralinen aus einer angebrochenen Packung an, die sie aus der Schublade ihres Rollcontainers zieht.

»Die wollen bei mir morgen mit der Chemo starten. Vielleicht schmecken sie mir dann nicht mehr.«

Ich ringe mich zu einem Lächeln durch. Dann werden sie Steffi verlegen, und ich bin wieder allein hier drin, bis ich mich an ein neues Gesicht gewöhnen muss – oder selbst in eine Einzelkabine verlegt werde.

»Der Geschmacksverlust hält nur ein paar Tage an«, sage

ich. »Aber es wäre schade drum, wenn sie dir wieder hochkommen.«

Wir grinsen.

Es tut unendlich gut, jemanden in der Nähe zu haben, der etwas mit meinem Galgenhumor anfangen kann – und jetzt sind es plötzlich sogar zwei.

»Hast du später Lust auf eine Runde Canasta mit Sinja und mir? Eigentlich will sie mich für ihren Artikel in einer Fachzeitschrift interviewen, aber inzwischen ist das unser Running Gag. Sie war schon dreimal da, und wir haben immer nur gequatscht und gespielt. Sie ist echt in Ordnung.«

»Ich weiß nicht.« Sie zögert. »Ist das die Blonde, die heute früh kurz vorbeigeschaut hat?«

Ich nicke, und Steffi zieht nachdenklich eine Kante ihres Schminkkoffers nach.

»Ich hab das schon ewig nicht mehr gespielt.«

»Ach, komm schon, zu dritt macht's mehr Spaß. Dann haben wir beide etwas, worauf wir uns freuen können. Ich werde jetzt supermotiviert lernen, du brezelst dich noch ein bisschen für den Anästhesisten auf. Und wenn wir alle Feierabend haben, verwandeln wir das Zimmer hier in eine Zockerbude.«

Endlich nickt sie.

Geht doch.

Nach dem Mittagessen kommen meine Eltern vorbei. Paps stapelt meine neuen Bücher und das Laptop auf meinen Nachttisch. Meine Mutter verdreht die Augen, sagt aber nichts. Sie blickt verunsichert zu Steffi hinüber, die nach dem Eingriff erschöpft eingedämmert ist und mit dem Rücken zu uns ihre Sedierung ausschläft.

»Ich dachte, du hast ein Einzelzimmer?«, zischt sie verhalten.

»Solange sie nichts Ansteckendes hat oder sie mich nicht

zur Bestrahlung schicken, gibt es dafür keinen Grund, Mama. Die Betten sind knapp.«

»Vielleicht ist sie ja ganz froh, ein bisschen Gesellschaft zu haben?«, wendet mein Vater ein.

Meine Mutter seufzt und setzt sich steif auf meine Bettkante.

»Das darfst du nicht«, sage ich.

»Was? Oh Gott, das tut mir leid.« Sie springt auf.

»Alles gut, Mama. Scherz.«

»Kind!« Kopfschüttelnd setzt sie sich wieder. »Geht's dir gut?«

»Ich könnte schon wieder Löffel verbiegen«, behaupte ich. »Aber ich lass es. Die Schwestern mögen es nicht so gern, wenn wir unsere Muskeln spielen lassen.«

Sie schmunzelt und schlägt spielerisch nach meinem Bein.

»Was gibt's Neues«, will ich wissen. »Ist Post gekommen?«

»Ach ja! Das hätte ich fast vergessen.« Sie greift in ihre Handtasche, holt einen DIN-A4-Umschlag heraus und wedelt damit grinsend vor meinem Gesicht herum. »Von der Landesprüfungsanstalt. Was mag da wohl drin sein?«

»Der Zulassungsbescheid«, juchze ich überglücklich und reiße das dicke Kuvert mit dem Niedersachsen-Ross im Poststempel auf.

Natürlich, so was Offizielles wird nicht per E-Mail verschickt, da hätte ich lange warten können.

Ich ziehe den Papierstapel heraus. Neben dem amtlichen Zulassungsbescheid enthält er meine gesammelten Scheine und eingereichten Nachweise, die Geburtsurkunde, das Famulatur-Zeugnis von Dr. Jonathan Roberts D.O., das ich per Eilpost für ein kleines Vermögen über den Teich geschickt hatte, um die Nachreichfrist einzuhalten, ein Merkblatt mit Hinweisen für die technische Bearbeitung der Prüfungsunterlagen – und die Ladung zum Prüfungstermin.

Mein amerikanischer Praktikumsvater hat alle Augen zugedrückt und mir die vollen vier Monate ohne Fehltage bescheinigt.

Nur die Leistungsnachweise sind nicht dabei, aber das muss so sein, lese ich, als ich die Informationen überfliege.

»6., 7. und 8. Oktober«, murmle ich glücklich und lasse das Blatt, ein wenig zittrig, sinken.

»Schaffst du das denn wirklich, Mäuschen?«, fragt meine Mutter besorgt. »Willst du dir nicht noch ein halbes Jahr Zeit lassen? Das ist Wahnsinn! Du weißt doch noch gar nicht, was auf dich zukommt in den nächsten ...« Sie fängt einen Blick meines Vaters auf und beendet den Satz verhalten. »... Wochen.«

»Ich habe das schon viel zu lange aufschieben müssen«, erkläre ich mit glühenden Wangen. »Das Lernen gibt mir Energie. Ich brauche ein Ziel, Mama.«

Sie greift nach meiner Hand und drückt sie. »Dann wirst du das auch hinbekommen.«

Sie lächelt mich an. Ihre Augen schimmern verdächtig, als sie mir eine Haarsträhne aus dem Gesicht streicht.

»Meine Große! Ich bin so stolz auf dich.«

»Danke, Mama.«

»Hach, und weißt du was? Morgen kommt ein Gast aus den USA an. Er hat die Ferienwohnung gebucht. Mit Frühstück. Für volle vier Wochen. Darauf habe ich ihn festgenagelt, weil er nicht wusste, wie lange er bleiben kann, aber wahrscheinlich seinen Hund mitbringt und ich nicht tageweise vermieten wollte und am Ende mehr Aufwand habe als alles andere. Bin ich geschäftstüchtig, oder bin ich geschäftstüchtig?« Sie zwinkert mir zu. »Das nehmen wir als gutes Omen, oder?«

Ich ringe mich zu einem Nicken und einem Lächeln durch. Dann rapple ich mich hoch und renne, so schnell es geht, ins Bad. Es ist wirklich schade um die schönen Pralinen.

# Storm

»Auf welchen Namen darf ich das Zimmer reservieren?«

»Sam Wallace.«

Er hatte ihr nicht seinen richtigen Namen genannt. Das Alias war ihm einfach so herausgerutscht, eine alte Gewohnheit aus den Zeiten des Starrummels um ihn und die Band, obwohl er in Europa nie Schwierigkeiten bekommen hatte. Die Deutschen nahmen die Sache mit der Diskretion und dem Datenschutz sehr ernst.

Jetzt war es zu spät, er würde das erst vor Ort korrigieren können. Aber vielleicht war es sogar ganz gut, nicht gleich alle Karten auf den Tisch zu legen. Nur, was ihn geritten hatte, zu fragen, ob er eventuell seinen Hund mitbringen könnte …

Storm atmete tief durch und sah sich ein letztes Mal in dem kleinen Motelzimmer um, bückte sich kurz, um unters Bett zu schauen, kam naserümpfend wieder hoch, löschte das Licht im Bad. Dann schulterte er seinen Rucksack auf der einen und die Gibson auf der anderen Seite, trat auf den Gang und zog die Tür ins Schloss. Was er nicht auf der Reise brauchte, würde er nach Sausalito bringen und sich dort noch ein paar Stunden aufs Ohr hauen. Maria hatte Murphy noch immer nicht an die Luft gesetzt.

Er war sich mehr als unsicher, was April ihren Eltern erzählt haben mochte – geschweige denn, was sie selbst von seinem plötzlichen Auftauchen halten würde.

Stufe um Stufe ging er vorsichtig die Treppe hinunter. Sein Knöchel war inzwischen über lange Strecken schmerzfrei, aber er spürte seine alte Hüftverletzung wieder.

Jedenfalls wollte er auf keinen Fall riskieren, dass sie ihn abwiesen. Doch das war es nicht allein, was ihn nervös und fahrig machte. Er war von innen heraus unruhig. Unruhiger als sonst.

Storm warf den Schlüssel in den Briefkasten und ging zum Parkplatz hinaus. Die Rezeption war unbesetzt, bezahlt hatte er das Zimmer im Voraus.

Er wurde das Gefühl nicht los, dass irgendetwas nicht stimmte, dass etwas passiert war. Mit April. Es hatte nichts mit den Flashbacks, mit der Therapie oder den bevorstehenden Interviews zu tun. Apropos, die würde er canceln müssen. Er würde sich etwas ausdenken. Zu blöd, dass er keinen Manager mehr hatte.

Kurz dachte Storm an Ron, das Arschloch. Länger an Marty, seinen Freund. Es tat immer noch weh, aber der Schmerz wurde dumpfer. Jeden Tag ein klein wenig mehr. All das hatte er April zu verdanken. Er konnte nicht glauben, dass es vorbei war. Er durfte es nicht zulassen – er musste es doch wenigstens versuchen, ihr Herz zurückzugewinnen!

Dass Maggie endlich auf seine Anrufe reagiert hatte, wertete er als gutes Zeichen. Er wollte unbedingt mit ihr sprechen, bevor er morgen in aller Frühe losflog. Was er sich davon versprach, wusste er selbst nicht. Absolution? Maggie würde keine Seite wählen, so gut glaubte er sie zu kennen. Und selbst wenn – sein Ticket war gebucht, und er würde in diese verflixte Maschine steigen, egal, was sie sagte.

Wenn Aprils Entscheidung wirklich endgültig feststand, dann würde er sie respektieren. Ja. Akzeptieren – auch das. Es blieb ihm nichts anderes übrig, obwohl ihm die Angst, dass es tatsächlich und unabwendbar vorbei sein könnte, wie Säure in die Eingeweide kroch und sein Inneres verätzte. Er hatte keinen Plan B. Aber sie sollte ihm zumindest ins Gesicht sagen, dass es aus war, und nicht durch eine geschlossene Zimmertür.

Kraftlos ließ er die Gepäckstücke sinken und lehnte sich an den Wagen.

Seit sie fort war, fühlte er sich nur noch beschissen. Was nutzte ihm der Erfolg, wenn er ihn nicht mit ihr teilen konnte? Er war wie gelähmt, hohl wie ein Halloweenkürbis, in dem ein einzelnes flackerndes Kerzenlicht brannte, und der Name dieser Flamme war April … Liedzeilen wie diese spukten durch sein Gehirn, aber er fühlte sich außerstande, sie weiterzuverfolgen, aufzuschreiben, in Melodien zu hüllen. Es taugte alles nichts, es kam ihr nicht nah genug.

Außerdem spukte ihm immerzu Simon & Garfunkels *April Come She Will* als Ohrwurm im Kopf herum und verursachte ihm Gänsehaut. Das kurze Lied erzählte von einer ebenso kurzen Liebe, die im September bereits Erinnerung war: *»August, die she must.«*

Er stopfte seinen Rucksack in den Kofferraum des blaumetallic lackierten Käfer-Cabrios und schlug mit Wucht die Klappe zu.

Niemand starb! Weder im August noch sonst wann.

Storm öffnete die Wagentür und stieg ein. Mit grimmig aufeinandergepressten Kiefermuskeln sah er in den Rückspiegel, parkte aus und reihte sich in den dichten Vormittagsverkehr ein. Das Motel war etwas außerhalb gelegen. Bis nach Nob Hill hinüber, wo Maggie und Lydia wohnten, würde es dauern. Aber das machte nichts. So hatte er Zeit, sich zum tausendsten Mal zurechtzulegen, was er sagen wollte.

Er würde ehrlich sein. Er würde sie auf Knien bitten, wenn es sein musste. Alles, damit sie ihm nicht die Tür vor der Nase zuschlugen.

Und er musste wissen, wie es Sky ging. Vielleicht war das sogar der Hauptgrund, weswegen er dorthin fuhr. Himmel, er vermisste diesen durchgeknallten Wirbelwind mit Plüschohren und scharfen Krallen. Und wenn es nicht so völlig absurd und totaler Wahnsinn wäre, dann würde er ihn glatt … Aber das ging nicht. Es würde für das Tier mehr Stress bedeuten als alles andere, und das konnte er ihm nicht zumuten.

Trotzdem fragte er sich, ob die beiden Ladys dem Hund gewachsen waren. Der Rüde war ein Temperamentsbündel, und mächtig unerzogen dazu.

Sky in seinem Leben zu haben hatte Storm an früher erinnert. An die guten Zeiten. Bevor er zwischen die Mühlsteine des Musikbusiness geraten war. Er war mit Hunden aufgewachsen. Seine Eltern hatten Schäferhunde gezüchtet, aber sein Liebling war ein ausgemusterter Pudel gewesen, den er als Kind am Rande einer Zuchtschau gerettet hatte, zum Unverständnis seines Vaters. Geld ausgeben für einen Loser?

Er war fünfzehn gewesen, als Bobby starb. Ein Autounfall. Der Hund lebte noch, als Storm ihn auf dem Rasen vor dem Haus fand. Der Tierarzt war ein anständiger Kerl. Er hatte ihm versichert, dass er alles für Bobby tun würde, aber dass die Verletzungen zu schwer seien und es gnädiger wäre, ihn von seinen Schmerzen zu befreien. Erst ein paar Wochen später hatte sein Vater ihm im Suff an den Kopf geworfen, dass er den »nichtsnutzigen Köter« auf dem Weg von der Arbeit in der Garageneinfahrt erwischt hätte. Aus Versehen. Und dann war er seelenruhig hineingegangen und hatte sich ein Baseballspiel angesehen, während Bobby draußen um sein Leben kämpfte. Storm war noch am selben Tag ausgezogen. Drei Jahre später hatte der Alte sich zu Tode gesoffen.

Seine Mutter hatte Storm auf dem Laufenden gehalten und ihm Geld zugesteckt. Sie versuchte nie, ihren Sohn dazu zu überreden zurückzukommen. Ein Streitpunkt weniger. Storm lernte, auf eigenen Beinen zu stehen. Er reiste mit wenig Gepäck. Das kam ihm auch heute noch zugute. Den Rest seines Erbes hätte er gern ausgeschlagen. Die Veranlagung zur Sucht zum Beispiel. Er hatte nie so werden wollen wie sein

Vater, und doch war er viel zu weit auf genau diesem abschüssigen Weg heruntergeschlittert.

Bis Marty ihn gerettet hatte – und nach ihm April.

Jemand hupte. Irritiert blickte Storm in den Rückspiegel. Er hatte die grüne Ampel verschlafen. Entschuldigend hob er den Arm und fuhr weiter. Er war fast da. Nur noch ein halber Block, er konnte die Reihe viktorianischer Häuschen sehen, deren Holzfassaden sich in hübschen Pastellfarben in den Hügel schmiegten. Er setzte den Blinker und fuhr in eine Parklücke ziemlich direkt vor der Einfahrt, stellte vorschriftsmäßig die Reifen quer zum Bordstein, damit das Auto nicht unkontrolliert davonrollen würde. Dann nahm er die Hände vom Lenkrad, zog die Handbremse an und atmete tief aus, den Blick auf das weiße, schmiedeeiserne Tor gerichtet. Bei seinem letzten Besuch waren die Rollläden heruntergelassen gewesen. Heute sah es belebter aus.

Er meinte, von innen gedämpftes Hundegebell zu hören. Zumindest bildete er es sich so weit ein, dass sein Herzschlag sich beschleunigte. Okay, vermutlich nicht nur wegen Sky.

Argwöhnisch sah er zum Nachbaranwesen hinüber. Ein Fenster im ersten Stock stand offen, und dahinter wehte ein weißer Gardinenschal in der Brise. Jemand musste zu Hause sein. Hauptsache, die Nachbarn waren nicht zu Besuch bei Maggie und Lydia. Seine Lust, Doc Joe noch einmal zu begegnen, ging gegen null. Der Mann hatte seine Ansichten klargemacht. Er wäre das krasse Gegenteil des Leumunds, den er sich für ein Gespräch wie dieses erhoffen würde.

Storm nahm die Kappe ab und fuhr sich in einem hoffnungslosen Versuch, so etwas wie eine Frisur herstellen zu wollen, durch die Haare. Er schwitzte. Seine Handflächen waren feucht. Er wischte sie an seiner Jeans ab, dann klingelte er.

Das Tor öffnete sich mit einem Summen. Er hatte es gerade hinter sich zugezogen, als oben die Haustür aufflog und ein brauner Kugelblitz die Treppe hinunterschoss, um ihm in der nächsten Sekunde ungebremst gegen den Bauch zu springen. Dabei veranstaltete Sky auch ungefähr den Lärm, der zu einer solchen Naturgewalt passte. Der Rüde fiepte und winselte in den höchsten Tönen, hüpfte wie ein Gummigeschoss an ihm auf und ab, verzweifelt bemüht, es mit der Zunge bis an Storms Ohrläppchen oder zumindest bis zum Kinn zu schaffen. Außer sich vor Freude überschlug er sich buchstäblich, sodass Storm sich schließlich so vorsichtig wie möglich auf die Knie herunterließ, um ihn zu kraulen. Mit einem Stöhnen aus den Tiefen seines massigen Brustkorbs warf Sky sich auf den Rücken und präsentierte seinen Bauch, wobei er keine Sekunde aufhörte, irgendwelche schleckbaren Gliedmaßen Storms vollzuschlabbern.

»Ist ja gut, mein Großer. Ich hab dich auch vermisst. Geht's dir gut? Natürlich geht's dir gut, das sehe ich doch.«

»Aber frag nicht nach Lydias Rosenbeeten.«

Aprils Tante Maggie lehnte mit verschränkten Armen oben am Treppengeländer und sah belustigt dabei zu, wie Storm, kurzfristig durch ihre Begrüßung abgelenkt, wieder beide Hände brauchte, um sich der nächsten Schmuseattacke Skys halbwegs zu erwehren. Der Rüde hatte sich aus der Rückenlage hochgekämpft und hing nun halb auf Storms Schoß, die Vorderpfoten auf seine Schultern gestützt, wo er sich endlich ausgiebig dem Gesicht widmen konnte.

»Racker, hey! Jetzt ist es gut, okay? Heb dir noch ein bisschen Spucke für später auf.« Er musste lachen, aber seine Stimme war belegt. Verlegen räusperte er sich.

Es gelang ihm endlich, den Hund am Geschirr zu packen und zumindest so weit von sich herunterzuziehen, dass er aufstehen konnte.

Das zum Thema gebügeltes weißes Hemd. Seine Jeans hatte braune Flecken an den Knien und den ein oder anderen

Pfotenabdruck, den er sich einhändig abzurubbeln versuchte, während er sich mit einem schiefen Grinsen aufrichtete.

Maggie lachte schallend. »Na, dann mal rein in die gute Stube, ihr zwei. Auch wenn Sky anderer Meinung ist, aber ich schätze, du willst dich lieber noch mal kurz frischmachen, oder?«

Er kam sich vor wie ein Schuljunge, als er nickte und sich nach seiner Kappe bückte, die ihm auf den Boden gefallen war.

Doch Sky war schneller. Er schnappte sich die Baseballcap, rannte damit ins Haus hinauf und verschwand im Inneren.

Um einiges langsamer kletterte Storm die Treppenstufen hinauf.

»Also, was kann ich für dich tun?«, begrüßte ihn Aprils Tante noch einmal förmlicher, nachdem er das kleine Gäste-WC verlassen hatte, in dem er sich, so gut es ging, gesäubert hatte.

Der Spiegel behauptete, dass er einigermaßen anständig aussah, aber die fleckige Jeans und der Stempel auf seinem Hemd lagen außerhalb seines Kontrollfeldes. Er hatte versucht, die Pfotenabdrücke auszuwaschen, aber das hätte er sich schenken sollen. Einfach trocknen lassen und hinterher ausbürsten wäre besser gewesen. Jetzt duftete er auf irritierende Weise nach Lavendel und Honig.

Maggie registrierte es offensichtlich auch, sagte allerdings nichts dazu. Sie betrachtete ihn abwartend, mit diesem Funkeln in den Augen, das ihn vom ersten Augenblick an für sie eingenommen hatte. Er fragte sich, ob dieses Glitzern je aus ihrem Blick verschwand oder ob es blieb, selbst, wenn sie wütend war oder … bedrückt … wie jetzt?

Sie wirkte nicht so unbeschwert wie sonst. Irgendetwas musste passiert sein.

Idiot, schalt er sich. Wie sollte sie den Mann wohl begrüßen, der ihrer Nichte das Herz gebrochen hatte?

»Ich … April und ich haben uns getrennt … aber das weißt du ja vermutlich.«

Er sah zu Sky hinüber, der seinen Schatz in ein enormes Körbchen im Flur getragen hatte und ihn dort schwanzwedelnd mit hängender Zunge und fröhlichem Grinsen im Hundegesicht bewachte. Storm ging zu ihm, froh über die Gelegenheit, ein wenig Zeit zu schinden, und tauschte seine vollgesabberte Mütze gegen einen Hundekeks ein.

Warum haspelte er so herum? Er hatte sich tausendmal zurechtgelegt, was er sagen wollte, und jetzt war er nichts als der kleine Schuljunge aus Sausalito, in einer zerrissenen kurzen Hose, der seinen signierten Rugbyball ins Gemüsebeet der Nachbarn geschossen hatte.

Sein Dad hatte ihn damals allein rübergeschickt, damit er die Suppe wieder auslöffelte, wohl wissend, dass der alte Dan keine Kinder mochte – seine Tomatenpflanzen aber umso mehr. Dan hatte ihn die ganzen Ferien lang dafür bluten lassen und abends lachend mit seinem Dad auf der Terrasse gesessen und Bier getrunken.

Nun, Maggie war zwar nicht der alte Dan – aber April auch keine Tomatenpflanzung. Diesen Schaden konnte er nicht durch einen heißen Sommer voller Gießkannenschleppen und Unkrautjäten wiedergutmachen.

»Ich hab's gründlich vermasselt«, begann er noch einmal von vorn, während Maggie ihn mit verschränkten Armen musterte.

Ihre Armreifen klimperten.

»Das kann man wohl sagen«, bestätigte sie. »Und um mir das zu sagen, musstest du mich persönlich sehen? … Oder jemand anderen?«

Wieder dieses amüsierte Glitzern in ihrem Blick, als sie zu dem hechelnden Hund sah, der leise zu winseln begonnen hatte.

Okay, vielleicht hörte er ja die Flöhe husten – aber er hatte in den Jahren, die hinter ihm lagen, gelernt, feinste Schwingungen aufzufangen. Maggie strahlte eine wirklich untypische Schwere aus. Irgendetwas betrübte sie weit mehr als die Tatsache, dass ihre Nichte es vorgezogen hatte, wieder Single zu werden. Die Fältchen auf ihrer Stirn und um die kajalbetonten Augen waren tiefer, der ungeschminkte Mund wirkte schmaler.

»Hör mal, Storm. Ich mag dich, und ich habe keine Ahnung, was da zwischen euch vorgefallen ist. Aber ich werde mich nicht in die Beziehungskiste von dir und April einmischen. Wenn es das ist, was du dir von unserem Treffen erhoffst, dann bist du umsonst gekommen.«

»Nein, nein!«, beeilte er sich zu sagen, obwohl das ziemlich ins Schwarze traf. Teilweise zumindest. Seine Stimme klang krächzend, und er musste sich wieder räuspern. »Ich wollte ihr nur erklären … Ich mache mir Sorgen um sie … Sie hat mir keine Gelegenheit gegeben, dass wir uns aussprechen konnten, und ich dachte … Ich muss … Also ich werde …«

Hilflos sah er zu Sky, der zwar immer noch brav in seinem Körbchen lag, ihn aber erwartungsvoll ansah und mit der Rute auf den gepolsterten Rand klopfte. Seine Körperspannung machte mehr als deutlich, dass er bereit war, beim geringsten Hinweis Storms aufzuspringen und zu ihm zu rennen. Himmel. Warum war das so schwer? Am liebsten hätte er sich den Hund geschnappt und wäre mit ihm einfach auf und davon.

»Ich habe ein Flugticket nach Deutschland gebucht. Ich weiß, dass sie dort ist, und … ich will einfach nur mit ihr reden.«

Maggie ließ sich nicht anmerken, was sie von dieser Eröffnung hielt. »Möchtest du ein Glas Wasser? Ich habe auch eine selbst gemachte Zitronenlimonade da«, schlug sie vor. »Die magst du doch. Los, komm mit.«

Sie löste sich mit einem Ruck von der Wand, an die sie sich mit den Schultern gelehnt hatte, und ging ihm voraus, barfüßig in ihrem weit schwingenden, gebatikten Hosenanzug. Aber das war das Einzige, was heute an ihr schwang. Ihrer Körperhaltung nach balancierte sie einen Zementsack auf dem Kopf. Sie bewegte sich immer noch anmutig und aufgerichtet, aber das Federnde war aus ihrem Gang verschwunden.

Er hätte sie gern gefragt, was geschehen war, vielleicht ein Streit mit Lydia oder etwas mit dem Laden in Haight Ashbury? Gefragt, ob er etwas für sie tun konnte. Aber das fühlte sich nicht richtig an, als ob es ihm nicht zustünde.

»Ist Lydia nicht da?«, machte er einen zaghaften Vorstoß.

»Im Laden, wir wechseln uns im Moment ab wegen Sky. Damit er nicht so lange allein ist. Er liebt es, im Laden zu sein, aber das Herumliegen dort wollen wir ihm nicht jeden Tag zumuten. Das ist nichts für einen Hund.«

»Natürlich.«

Das war es also. Sie war gestresst durch die ungewohnte Belastung. Er wollte gerade vorschlagen, dass er den Hund gern regelmäßig betreuen oder ausführen könnte. Nur, dass er morgen früh in ein Flugzeug nach Deutschland stieg. Und wenn er wirklich …? Aber abgesehen von diesem Anfall von Idiotie war er sich ziemlich sicher, wie April so eine Abmachung finden würde.

Er vermisste sie beide, und zwar schrecklich.

Sky jaulte, und das machte es nicht besser.

»Es gibt Neuigkeiten, die du hören solltest, bevor du Hals über Kopf nach Europa fliegst.«

Sie drehte sich nicht um, als sie das sagte, und machte es ihm somit unmöglich, ihren Gesichtsausdruck zu lesen, während sie ihn ins Esszimmer führte.

Storm hatte sich bei seinem ersten Besuch zusammen mit April auf Anhieb wohlgefühlt in diesem großzügig verglasten, sonnendurchfluteten Bereich des Hauses, dessen wucherndes Grün zusammen mit den Bambusmöbeln die Illusion vermittelte, man würde sich nicht in San Francisco, sondern mitten in Thailand oder auf Hawaii befinden. Heute allerdings hatte er kein Auge für die blühenden Orchideen und die Strelitzien, deren orangefarbene Blüten wie komplizierte Origamivogelköpfe wirkten.

Es lag nicht nur an der inneren Unruhe, die sich mit Maggies letzter Bemerkung noch einmal verdoppelt hatte, sondern in diesem Moment vor allem an einem zweiten Besucher.

Dr. Roberts starrte Storm über seine Limonade hinweg ebenso unglücklich an wie er ihn.

»Hallo Storm«, grüßte der Doc schließlich zuerst.

Maggie bot ihm eine Sitzgelegenheit an, der gepolsterte Bambussessel schabte unnatürlich laut über den Natursteinboden, als sie ihn in seine Richtung schob.

Er setzte sich zögernd und nickte, als sie fragend auf die Karaffe deutete, in der Limonen- und Zitronenscheiben sowie ein paar Orangenstückchen schwammen. Die Eiswürfel dazwischen klimperten gegen das Glas und durchbrachen die Stille.

»Dr. Roberts.« Er nickte ihm unverbindlich zu und trank das Glas in einem Zug beinahe halb aus.

Warum war der Mann hier? Hatte Maggie ihn extra herbestellt? Misstraute sie ihm so, dass sie nicht allein mit ihm unter einem Dach sein wollte? Oder war es Zufall? Ein nachbarlicher Spontanbesuch?

Er spürte ihren Blick auf sich und räusperte sich verlegen.

Maggie betrachtete ihn unverhohlen neugierig. »Du willst April also tatsächlich hinterherfliegen.«

Der Doc richtete sich auf, als ob er protestieren wollte, doch mit einem Wink ihres klirrenden Handgelenks gebot Maggie ihm Einhalt.

»Lass den Jungen reden, Joe.«

»Es gibt nicht viel zu erklären«, behauptete Storm trotzig. »Ich liebe April. Ich habe einen furchtbaren, schrecklich dummen Fehler gemacht, und ich will ihr sagen, wie unendlich leid mir das tut. Ich habe mich wegen meiner Vergangenheit geschämt und ihr nicht alles darüber erzählt … wer ich bin.« Er reckte das Kinn und sah den Arzt an. »Ich bin wirklich nicht stolz auf all das, was ich angerichtet habe. Aber ich habe mich geändert. Ich arbeite hart an mir, nicht erst, seit ich April kenne. Aber ohne sie hätte ich es nie geschafft, die Kurve zurück zu dem zu kriegen, was Teil meiner Seele ist. Ich hatte meinen Lebensmotor verschrottet, doch sie hat das nicht gelten lassen, sie hat ihn aus dem Müll gezerrt und mich gezwungen, ihn zu reparieren. Sie kann ziemlich stur sein, wissen Sie?«

Maggie grinste und schielte zum Doc hinüber, der stoisch keine Miene verzog.

»Sie ist das Beste, was mir seit langer Zeit passiert ist«, sagte Storm mit Nachdruck. »Sie hat mir gezeigt, dass ich etwas wert bin – immer noch, trotz allem, was vorher war.« Er stockte, weil er nicht länger wusste, ob das wirklich stimmte.

»Bis sie herausgefunden hat, was du ihr alles verschwiegen hast«, hackte der Doc prompt in die entstandene Lücke.

Storm schwieg. Sie hatte es ihnen also inzwischen erzählt.

»Maggie hat mir die Aufnahme deines Auftritts gezeigt«, fuhr der Arzt fort. »Gut inszeniert, das muss man dir lassen.«

Storm ging nicht auf die Anschuldigung ein. Sein Kopf flog stattdessen zu Aprils Tante. Wenn sie davon wusste – hieß das, dass April die Show auch …?

»Sie hat nicht wirklich hingesehen. Aber sie hat es mitbekommen. Zumindest den Schluss«, beantwortete sie seine unausgesprochene Frage. »Die Übertragung lief, als sie gerade beim Boarding war. Es hat sie sehr aufgewühlt.«

Er senkte den Kopf und betrachtete seine Hände, die

Schwielen an den Fingern, mit denen er die Gitarrensaiten zupfte, die kurzen Nägel der Greifhand und die fast schon zu langen der Anschlagshand, die das Picken einfacher machten. Es waren die Hände, mit denen er April gestreichelt hatte, dieselben, mit denen er Marty getötet hatte – ohne es zu wollen, aber das Ergebnis war das gleiche. Was für ein Recht hatte er, an diesem Tisch zu sitzen, und … Ja, was wollte er eigentlich hier? Absolution?

Sky kam angeschlichen und schob seinen braunen Kopf leise winselnd zwischen seine Hände, als würde er genau fühlen, was gerade in Storm vorging. Abwesend ließ der die Ohren des Rüden durch seine Finger gleiten und kraulte ihn dahinter.

Nein, vergeben konnte nur er selbst sich, wie sonst sollte er es irgendjemand anderem möglich machen? Jemandem wie April. Vielleicht hatte sie gehen müssen, genau aus diesem Grund.

»Ich kann nicht viel, außer Musik machen. Wenn sie nicht gewesen wäre, dann hätte ich das Einzige weggeworfen, was mich ausmacht.«

»Dann brauchst du sie ja jetzt nicht mehr, wenn du das in dir wiedergefunden hast.«

Er sah dem Doc fest in die Augen. »Dr. Roberts, ohne meine Musik bin ich ein Niemand – mit ihr vielleicht auch, aber dann kann ich atmen. Aber ohne April … Ohne sie bin ich … gar nichts. Dann weiß ich nicht, was ich mit der Luft überhaupt soll.«

Maggie räusperte sich.

»Hören Sie«, wandte er sich an beide. »Ich habe nicht vor, sie zu stalken. Wenn es wirklich ihre endgültige Entscheidung ist, werde ich gehen. Aber ich möchte, dass sie mir ins Gesicht sagt, dass wir keine Zukunft zusammen haben. Denn genau das ist es, was ich mir mit ihr wünsche. Ich brauche einfach nur eine zweite Chance, und ich würde mir nie verzeihen, wenn ich nicht wenigstens versucht hätte, sie zurückzugewinnen. Sie tut mir gut und … und ich ihr ebenfalls.« Er schluckte. Es klang so vermessen, wie er das sagte, aber er fühlte, dass es die Wahrheit war.

Sie hatten sich gegenseitig Kraft gegeben.

»Zukunft«, wiederholte Maggie leise und spielte gedankenverloren mit dem kühlen Tauwasser, das ihr Trinkglas umhüllte. »Das ist ein verdammt gutes Stichwort.«

»Maggie«, mahnte Dr. Roberts.

»Ach, was soll's.« Sie schüttelte den Kopf und sah Storm mit zusammengekniffenen Augen an, als versuchte sie, etwas zu sehen, was hinter seinen Schädelknochen verborgen lag. »Ich finde, du hast ein Recht darauf, es zu erfahren.«

»Maggie, wir wissen doch gar nicht, ob April …«

Sie brachte den Doc mit einem melancholischen Lächeln zum Schweigen.

Dann griff sie nach Storms Hand. Kühl und fest drückte sie zu. »Ich habe dir vorhin gesagt, dass ich mich nicht einmischen werde, und das tue ich auch nicht. Was immer es genau ist, das euch im Weg steht, ihr müsst es untereinander klären. Aber hör mir jetzt ganz genau zu. Es sieht so aus, als ob sie einen Rückfall hat.«

Er zuckte erschrocken weg, aber sie ließ ihn nicht los.

»Noch ist nichts sicher, aber wenn es das ist, was die Ärzte glauben, dann stehen ihre Chancen erheblich schlechter als beim ersten Mal. Und wenn du auch nur den geringsten Zweifel hast, ob du auch in schlechten Zeiten zu ihr stehen kannst, dann bleib hier. Niemand wird es dir übelnehmen. Ich will, dass du dir darüber im Klaren bist, worauf du dich einlässt, wenn du nach Deutschland fliegst. Wirst du sie auch lieben, wenn sie krank ist, keine Haare mehr hat, sich die Seele aus dem Leib spuckt und der große Durcheinanderbringer da oben vielleicht schneller, als wir alle denken, beschließt …« Ihr Kinn zitterte, und sie presste sich eine Faust vor den Mund, um zu verhindern, dass die letzten Worte herauskamen.

Storm hörte Art Garfunkels helle Stimme in seinem Kopf. *»Au-huhu-gust, die she must …«*

Für einen kurzen Moment war ihm schwindelig. Dann wurde er beinahe wütend, dass sie tatsächlich annahm, das könnte ihn abhalten.

Er strich sich die Haare zurück, drehte sich so, dass die wulstigen Verwachsungen gut sichtbar im Licht lagen, und zeigte darauf. »Dieser Leonard-Cohen-Song, Maggie, den ich bei dem Fernsehauftritt gesungen habe. Das ist nicht nur irgendein Lied für mich oder für April. Wir alle haben Narben. Ich habe einen Flug gebucht«, sagte er. »Den werde ich nicht verfallen lassen. Ich will eine Zukunft mit April, aber vor allem eine Gegenwart, und dabei lasse ich mich nicht von irgendeiner Krankheit aufhalten. Es ist mir egal, wie lange es währt und wie die Umstände sind. Ich will einfach nur mit ihr zusammen sein – wenn sie es auch will. Diese Chance, das ist alles, was für mich zählt.«

»Du bist verdammt stur!« Ein Lächeln umspielte Maggies Lippen.

Der Doc sah Storm immer noch skeptisch an. »Und wenn sie dich nicht will?«

Storm zuckte mit den Schultern. »Heißt es nicht – Europa sehen und sterben?«

»Nicht ganz«, knurrte der Arzt. »Das beschränkt sich auf Venedig.«

»Spitzfindigkeiten.«

Maggie lehnte sich mit triumphierendem Grinsen zurück. »So habe ich dich eingeschätzt, mein Junge. Genau das wollte ich hören. Meinen Segen hast du.«

Sky bellte einmal auf, als ob er ebenfalls seinen Senf dazugeben müsste. Auf ein leises Zischen und eine Kopfbewegung von Storm hin, ließ er sich murrend zu seinen Füßen nieder und legte ihm den Kopf auf den Schuh, so, als wolle er zumindest verhindern, dass Storm ging.

»Also?«, fragte Maggie. »Was willst du nun wirklich hier, wenn du deinen Flug doch schon gebucht hast? Als Hundesitter scheidest du ja leider aus, wenn ich in ein paar Wochen in den Flieger steige.«

»Ich kriege das schon hin«, meldete sich der Doc zu Wort. »Wenn du ihm zubilligst, dass er April auf andere Gedanken bringt, dann wirst du mir doch wohl den Hund anvertrauen. Also Sky, was meinst du? Wollen wir in den Garten gehen und ein paar Bälle werfen, um uns ein bisschen anzufreunden?«

Der Labradormischling spitzte die Ohren, als er seinen Namen hörte, aber er hob nicht mal den Kopf.

Erstaunt wandte Storm sich an den Doc, der ohnehin nur halbherzig aufgestanden war und sich seufzend wieder hinsetzte. »Dann sind Sie gar nicht hier, um mir das auszureden?«

»Ach du lieber Himmel, Junge, nein«, kam ihm Maggie zuvor. »Joe hat sich angeboten, auf Sky aufzupassen, für den Fall, dass ich rüberfliege, wenn die Dinge … Nun, ich bin nicht so kurzentschlossen wie du. Ich muss hier eine Menge organisieren, und Lydia …«

»Ich nehme ihn mit«, hörte Storm sich sagen.

»Wen?«, fragte Maggie.

»Sky. Nach Deutschland. Morgen.«

Das war der Grund, weswegen er hier war. Nichts anderes. Hatte er sich tatsächlich einreden wollen, dass er Aprils Mutter nur mal so gefragt hatte, ob er theoretisch einen Hund mitbringen könne? Diese ganze Reise war das Gegenteil von Vernunft! Scheiß drauf! Ja, es würde anstrengend werden für Sky. Aber sie taten das für April.

»Was für Papiere fehlen ihm dafür? Ich weiß, dass er gechippt ist, und sein Impfstatus ist auch vollständig. Der Rest kann nicht so schwierig sein.«

»Muss so ein Tier nicht in Quarantäne?«, erkundigte sich der Doc.

Storm schüttelte den Kopf. »Das ist lange her.«

Er holte sein Handy heraus und suchte nach den deutschen Einreisebestimmungen. Warum hatte er das nicht schon längst getan?

»Und was soll das bringen? Sie liegt im Krankenhaus. Willst du mit dem Hund vor ihrem Fenster auf und ab flanieren? Du kannst doch nicht einfach –«

Er ließ den Doc nicht ausreden. »Wenn das mit uns schiefgeht, braucht sie jemand anderen, der ihr Kraft gibt«, sagte er ruhig.

Und er würde zwei geliebte Wesen auf einmal verlieren. Es war keine Option, darüber auch nur ansatzweise nachzudenken.

»Wir wollten ursprünglich nächste Woche nach Kanada und uns ein paar Unis ansehen«, sagte Maggie langsam. »Da hätten wir ihn natürlich mitgenommen. April hat uns dafür noch vor ihrem Abflug eine Veterinärbescheinigung besorgt, und frisch entwurmt ist er auch. Das war Lydias Bedingung, als wir den Lümmel aufgenommen haben.«

»Sehr gut.« Er nickte und hob den Kopf. »Dann brauchen wir nur noch eine stabile Transportbox.«

# Kapitel 5

## Storm

Mrs. Wolowitz, Skys ehemaliges Frauchen, hatte den Labradormischling manchmal in einem Kennel weggesperrt, das wusste Storm von April. So furchtbar er die Vorstellung fand, einen Hund in den Käfig zu sperren, wenn Handwerker kamen, so nützlich war es nun, dass Sky es gewohnt war, in solch beengten Verhältnissen zu schlafen. Der Hund ging ganz ruhig in die größte Box, die Storm hatte auftreiben können. Es hatte ihn den ganzen Nachmittag gekostet, das Riesending zu finden. Den Hund mit auf das Ticket zu schreiben, war dagegen ein Klacks gewesen. Noch nie hatte er zweihundertfünfzig Dollar besser investiert.

»Es ist ein Direktflug, Kumpel. Ich weiß, es wird laut, bis du drin bist, aber versuch einfach zu schlafen, okay? Und wenn du in Deutschland aufwachst, sind wir ruckzuck bei April.«

Er bot dem Hund noch ein letztes Mal frisches Wasser an, während die leere Kiste auf dem Förderband durchs Röntgen lief. Dann hakte er die Leine ab, ließ Sky in die Box hineingehen, warf noch ein paar Hundekekse hinein und schloss hinter dem Rüden die vergitterte Tür. Zum Schutz zog er ein paar Kabelbinder durch die Schlitze. Er hatte keine Ahnung, ob das erlaubt war, aber er wollte sicherstellen, dass sich niemand an Sky zu schaffen machte oder sonst irgendetwas Unvorhergesehenes passierte, während sie getrennt voneinander waren.

Maggie hatte ihn bis hierher begleitet und sich bereit erklärt, allein beim Sperrgepäck zu warten, bis Sky sicher verladen war, damit Storm sich schon mal in die Warteschlange zum Sicherheitsbereich einreihen konnte. Aber das Personal am Schalter bot von sich aus an, ihm direkt Bescheid geben zu lassen, sobald der Hund an Bord war, und dann ging alles erstaunlich schnell.

Ihm war trotzdem mulmig, als die Kiste nach dem ganzen Papierkram und dem Sicherheitscheck nun von zwei Leuten vorsichtig auf einen Transportwagen gehievt wurde. Der Rüde verhielt sich vorbildlich. Er hechelte ein bisschen, aber er saß ganz ruhig da, so, als würde er jedes Wochenende um die Welt jetten.

Storm stöhnte leise, als der Hund hinter der großen Stahltür verschwand, die aufs Rollfeld führte. Er hoffte, dass die Leute von der Fluggesellschaft ihn nicht angelogen hatten und der Frachtraum wirklich klimatisiert war. Wie sie es ihm empfohlen hatten, hatte er die Box mit einer kuscheligen Decke und einem saugfähigen Fließ ausgestattet, und in den eingehängten Wassernapf hatte Maggie Eiswürfel gegeben, die im besten Fall so langsam schmelzen sollten, dass nichts überschwappte, bis sie beide in der Luft waren und Sky gut versorgt und verzurrt.

Er schluckte. Hoffentlich war das richtig. Er würde sich nie verzeihen, wenn dem Hund etwas geschah.

»Es wird schon alles gut gehen«, sagte Maggie leise, aber sie wirkte ähnlich angespannt wie er.

Storm nickte. »Unbedingt.«

Schweigend gingen sie zum Security Checkpoint für die Internationalen Abflüge an Terminal G.

»Maggie«, sprach er sie an, »bitte sag Aprils Eltern nicht, dass ich unterwegs bin, okay? Ich … Es ist vielleicht albern, aber ich hätte gern die Chance, dass wir uns unvoreingenommen begegnen, ohne dass April … Ich möchte ihnen gern selbst sagen, wer ich bin.«

Sie zog die Augenbrauen in die Höhe. »Meinst du nicht, dass April sich so was zusammenreimt, wenn sie hört, dass ein Amerikaner in Lüttjenwulbeek absteigt? Das ist ein winzig kleines Dorf, Storm.«

Er schwieg ein paar Meter.

»Sie werden mich nicht gleich wieder rauswerfen, oder?«

Maggie blieb stehen und sah ihn an. »Nein, das werden sie nicht tun, und Anna könnte es sich auch gar nicht erlauben, einen zahlenden Gast einfach vor die Tür zu setzen. Bei Helge bin ich mir da nicht so sicher.« Sie lächelte verschmitzt, als sie seinen Gesichtsausdruck sah. »Aber die Zimmer sind ihr Ding, da hat er nichts zu melden. Es könnte trotzdem nützlich für dich sein, wenn ich ein gutes Wort für dich einlege, meinst du nicht?«

Er rückte die Gibson auf seiner Schulter gerade. Nachdem er der Mitarbeiterin der deutschen Fluggesellschaft beim Check-in mit Engelszungen auseinandergesetzt hatte, was die Gitarre wert war und dass sie ihm sicher weder Schrammen noch gerissene Saiten ersetzen wollen würden, hatte sie ihm schließlich – allerdings nicht ohne einen satten Preisaufschlag – genehmigt, sie als Handgepäck mitzunehmen. Die Saiten wären natürlich überhaupt kein Problem, er hatte sie ohnehin gelockert, um die Temperaturunterschiede und den Druckabfall auszugleichen. Wie die Gepäckstücke herumgeworfen und gestapelt wurden, stand auf einem ganz anderen Blatt. Und doch hätte er das Musikinstrument, ohne zu zögern, eigenhändig in den Frachtraum geschmissen und eine ganze Sitzreihe extra bezahlt, wenn er stattdessen den Hund hätte neben sich haben dürfen.

Maggie wartete anscheinend auf eine Antwort. Aber was sollte er dazu sagen? Er zuckte mit den Schultern und kramte in der Innentasche seiner orangefarbenen Jeansjacke nach Pass und Boardingkarte.

»Es ist mir klar, dass ich auf alles gefasst sein muss. Das bin ich.«

Sie nickte stumm.

Leukämie. Er wusste viel zu wenig über diese Krankheit. Immer noch, obwohl er in den vergangenen vierundzwanzig Stunden einmal mehr das Internet durchforstet und auch den Doc gelöchert hatte, bis Maggie ihm Einhalt geboten hatte. Sie hatte recht: Solange er nicht wusste, gegen welche Form der Leukämie sie diesmal kämpfte und ob es tatsächlich ein Rückfall war, machte er sich doch nur verrückt.

Bevor sie sich am Sicherheitsbereich verabschiedeten, kam ihm ein neuer, schrecklicher Gedanke. »Meinst du, sie wusste bereits, dass sie … Hat sie Sky deswegen hiergelassen?«

Maggie sah ihn lange an. Dann schüttelte sie bedächtig den Kopf. »Sie musste hier einfach nur weg. Du hast ihr das Herz gebrochen, weißt du?«

»Ich mach's wieder gut«, sagte er leise. »Wenn sie mich nur lässt.«

Bis zum Boarding tigerte er lustlos durch Souvenirshops und Zeitschriftenläden, versuchte, einen Blick auf die Rollbahn zu erhaschen, in der Hoffnung, dass er die Hundebox mit Sky irgendwo auf einem der Transportwagen entdecken würde – und auch wieder nicht. Schließlich sprach ihn eine der Stewardessen hinter dem Schalter am Einsteigebereich an.

»Mr. Walker?«

Er zuckte zusammen. War etwas nicht in Ordnung? Hatte sie ihn erkannt? Gab es Schwierigkeiten? Oder wollte sie etwa ein Autogramm? Gehetzt sah er sich um. Niemand von den anderen Passagieren im Wartebereich blickte auf. Nein. Wie sollte ihn jemand erkennen? Das war früher. Niemand wusste, wer er war. Nicht mit diesem Gesicht.

Die Stewardess deutete auf die Hundeleine, die er sich diagonal um die Brust geschlungen hatte. »Sie sind der Passagier mit dem Hund, richtig?«

Er nickte alarmiert. Sein Puls beschleunigte schneller als ein Sportwagen. »Ja. Stimmt was nicht?«

Sie hob beschwichtigend die Hände und lächelte. »Nein, nein. Machen Sie sich bitte keine Sorgen, Mr. Walker. Der Chef vom Cargo hat mich gebeten, Ihnen auszurichten, dass Ihr vierbeiniger Gefährte ruhig und zufrieden in seinem Kennel sitzt. Er wird nach dem Prinzip ›Last in – First out‹ verladen. Das heißt, er wartet noch ein bisschen im Schatten des Hangars mit ihm, bis die anderen fertig sind und es losgeht.«

»Er wartet … mit ihm?«, stammelte Storm.

Die Stewardess nickte. »Gary liebt Hunde. Ich soll fragen, ob er vor dem Boarding noch mal ein wenig Eis nachfüllen soll. Im Napf ist wohl kaum noch etwas drin.«

Storm war gerührt. Er wusste nicht, was er sagen sollte, vor allem, weil er plötzlich einen störenden Klumpen im Hals sitzen hatte.

Und dieser kleine Racker! Er konnte sich bildlich vorstellen, wie Sky die Eiswürfel zerknurpste und zerbiss, sobald ihn niemand mehr beobachtete.

Verlegen lüpfte er seine Baseballkappe, fuhr sich durch die Haare und sah auf seine Stiefelspitzen. »Das … das wäre großartig, vielen Dank.«

Als er wieder aufsah, bekam er mit, wie die Stewardess versuchte, die Bestürzung aus ihrer Mimik zu tilgen. Er wusste sofort, was los war. Seine Narben. Natürlich. Er hatte den Kopf gedreht, und aus manchen Blickwinkeln sahen sie etwas beeindruckender aus als aus anderen.

»Okay, ich kümmere mich darum«, sagte sie und lächelte

bereits wieder, offensichtlich jedoch froh, sich mit ihrem Walkie-Talkie zurückziehen zu können. Er folgte ihr mit den Augen bis hinter ihren Schalter. Sie drehte sich nicht mehr zu ihm um, sondern gab vor, irgendwelche Passagierlisten zu studieren.

Da es noch immer Zeit bis zum Boarding war, beschloss er, einen Streifzug durch die Läden zu unternehmen. Er wusste, dass April diese braune Hefepaste liebte. Womöglich fand er den Aufstrich irgendwo in einem Duty-free-Deli. Und sollte er für ihre Eltern vielleicht doch eine Kleinigkeit mitbringen? Eine Flasche Wein aus dem Napa Valley? Er würde ganz bestimmt keine Schneekugeln oder billige rote Plastikbrücken erstehen.

Es gab Tüten, T-Shirts und Kaffeebecher mit der Golden Gate Bridge, Poster und Kugelschreiber mit den Cable Cars, Alcatraz oder den Painted Ladies. Okay, die Kühlschrankmagneten mit den bunten viktorianischen Häusern waren wirklich niedlich. Letztlich aber blieb er vor einer Packung Kekse stehen. Peanut Butter Cookies – Aprils Lieblingssorte.

Sein Magen zog sich schmerzhaft zusammen. Er vermisste sie so unglaublich. Es fehlte ihm, sie lachen zu hören. Sanft über ihre Schulter zu streichen, wenn sie über Osteopathie-Büchern brütete. Ihre Reaktion darauf, wenn er sie »Keks« nannte, und wie sie ihn ansah, wenn er sie sanft berührte, oder wie sie ihn mit den Brüsten streifte, wenn sie sich über ihn beugte, während sie sich liebten.

Er räusperte sich und sah sich ertappt um, als könnte jemand seine Gedanken lesen.

Sein Flug wurde aufgerufen. Die Maschine war einsteigebereit.

Eilig packte er die Kekse zu den drei Flaschen Wein in Rot, Weiß und Rosé in den Korb. Er wusste nicht, welche Sorte ihre Eltern am liebsten mochten. Dazu hatte er regionale

Schokolade, Senf und Oliven aus dem Valley sowie doch noch ein Set mit Retromagneten ausgewählt, deren Motive ein wenig aussahen wie Briefmarken.

»Haben Sie einen Anschlussflug, Sir?«

Im ersten Moment wollte er nicken, während er der Kassiererin seine Bordkarte zeigte und die Mitbringsel auf das kleine Förderband legte, dann schüttelte er den Kopf.

Er hatte Sky keinen zweiten Flug zumuten wollen. Er würde ab Frankfurt einen Mietwagen nehmen. Laut Karte war die Fahrt in drei bis vier Stunden zu schaffen. Und sollte er zu müde werden, würde er auf irgendeinem Parkplatz ein Nickerchen machen. Das würde schon funktionieren. Ein paar Stunden nur noch, vielleicht nicht einmal mehr ein Tag, dann würde er sie hoffentlich in seinen Armen halten – oder zumindest sehen.

## April

Sie lassen sich Zeit. Die Zeit kriecht. Kriechende Tiere sind zumeist Reptilien. Reptilien sind uralt. Uralt werde ich nie werden.

Stopp! Noch mal von vorn.

Reptilien sind zum Beispiel Schildkröten. Schildkröten sind weise. Weise Menschen bleiben gelassen. Gelassenheit kann mich mal.

Ich gebe es auf, assoziative Gedankenketten zu bilden. Als Nächstes fange ich womöglich an, die Blätter am Baum vor dem Fenster zu zählen. Dann hätte ich genauso gut Sinja die dreiundzwanzigste Revanche im Canasta geben können.

Ich hoffe, ich habe sie nicht vor den Kopf gestoßen mit

meiner Absage für heute. Wieder allein hier zu liegen, zu wissen, dass Steffi sich ein paar Zimmer weiter vermutlich gerade die Seele aus dem Leib würgt, hat mich doch mehr mitgenommen, als ich dachte. Es weckt ungute Erinnerungen. Oder sollte ich mir eine latente Sozialphobie diagnostizieren? Seit meiner ersten Krebsdiagnose bin ich nicht besonders gut darin, Freundschaften zu pflegen – geschweige denn, neue Menschen an mich heranzulassen. Die Mädchen aus meiner Schulzeit, die noch hier in der Gegend sind, haben bestimmt längst geheiratet und Kinder bekommen oder Karriere gemacht. Oder beides. Ich hätte mich vielleicht mal melden sollen. Und die Kommilitoninnen, mit denen ich angefangen habe zu studieren … Mein größter Horror ist, dass hier irgendwann die Tür aufgeht und ich einer von ihnen bei der Visite begegne. Aber darüber mag ich jetzt erst recht nicht nachdenken.

Ich schicke Steffi eine aufmunternde Textnachricht und einen Link zu einem virtuellen Kartenspiel, das man chemokompatibel auch räumlich getrennt miteinander spielen kann. Und Sinja ein GIF mit Baby alias Jennifer Grey und ihrer Melone. Kleiner Wink mit dem Zaunpfahl. Dabei müsste ich so dringend lernen. Ich kann mich null auf meine Prüfungsvorbereitung konzentrieren und starre nach draußen.

Seit wann bin ich hier? Montag. Vorher hatten sie kein Bett frei auf der 42. Das war gestern, oder? Sie haben mir noch mal Blut abgenommen, zwölf Röhrchen, um ein differenzierteres großes Blutbild zu machen, das sie sich selbst unterm Mikroskop ansehen wollen. Standardvorgehen von gründlichen Hämatologen. Sie sind immer noch recht entspannt. Die einschlägigen Marker aus der Punktion sind nicht eindeutig gewesen, darum wollen sie noch ein paar andere Parameter überprüfen. Aber ich weiß doch, was mit mir los ist. Sie können es ruhig zugeben. Es macht mir nichts mehr aus.

Dann sterbe ich eben. So what? Ich habe die Liebe meines Lebens verloren.

Meine Freundin, die Birke, wiegt sich unbeteiligt im Wind. Ich hasse es, auf immer neue Ergebnisse zu warten. Ich hasse es, an Storm zu denken. Dieser Idiot. Wir waren so unperfekt perfekt zusammen! Es war so vollkommen mit uns!

Ich hätte misstrauischer sein müssen. Es gibt doch immer einen Haken. Was hat er sich nur dabei gedacht, mir seine Identität zu verschweigen? Dachte er, ich verkaufe meine Geschichte mit ihm an die Klatschpresse?

Und dann erzählt mir meine Mutter auch noch, ein Amerikaner hätte sich bei uns – bei ihr – eingemietet. Das Universum hat echt einen schrägen Humor.

In Lüttjenwulbeek.

Ausgerechnet.

Im September.

Die Heideblüte ist vorbei, und die klischeehaften Erika-Flächen mit ihren Wacholderbüschen und Heidschnuckenherden fangen sowieso erst oberhalb von Celle an. Wobei, Heidschnucken gibt es bei uns im Dorf natürlich auch. Bauer Henner hat welche. Er schlachtet sogar noch selbst, und in der *Mühlenschänke* sind sie das Highlight auf der Speisekarte. Ich mag sie lieber, wenn sie auf der Weide herumtollen und blöken.

Schlecht gelaunt hangle ich nach meinem Laptop. Aber noch bevor ich es aufgeklappt und eingeschaltet habe, verlässt mich die Lust darauf, irgendeinen Film zu sehen. Ich müsste lernen. Lernen geht sonst immer. Das lenkt mich am besten ab. Viel effektiver als irgendwelche Schnulzen oder Dramen, bei denen ich wegen meines Ex-Freundes das Heulen kriege. Actionfilme, Krimis, Science-Fiction, selbst bei Western würde mich irgendein Detail an ihn erinnern – eine Narbe, eine Handbewegung, ein Wüstensandstaubkorn.

In jedem Genre wird irgendwann geküsst, geliebt, Musik gemacht oder gehört oder zumindest gegessen. Und alles, einfach alles lässt mich irgendwann einen Bogen schlagen und wieder an Storm denken. An seine Küsse, seinen Geruch, seinen Geschmack, an den Klang seiner Stimme, wenn er zärtlich meinen Namen flüstert. Das Gefühl seiner Hände auf meiner nackten Haut, seiner warmen Beinmuskeln, die meine streifen, das Rascheln von Laken, während draußen auf der Dachterrasse die Zikaden zirpen. Seine Finger, die spielerisch um meine Brüste kreisen, über die Rippen wandern, mich foppen, liebkosen, tiefer streichen, seine Lippen …

Ein wohliger Schauer rieselt mir über den Rücken, ich bekomme Gänsehaut, während ich mich so deutlich erinnere, dass meine Brustwarzen sich erwartungsvoll zusammenziehen.

Nein! Ich weigere mich, weiter an Storm zu denken. An das, was wir hatten – was ich glaubte, mit ihm zu haben, korrigiere ich mich.

Mein Blick gleitet über den Bücherstapel, den mir mein Vater mitgebracht hat.

Das Bett neben mir ist leer. Ich denke wieder an Steffi und fühle mich allein.

Mein Vater kann heute nicht kommen.

Und das Einzige, was mich noch mehr interessiert als das, was der Bogen mit den alles entscheidenden Laborwerten bringen wird, ist dieser beknackte Tourist aus den USA, der sich in unseren Landkreis verirrt.

Irgendwo ganz tief in mir drin hat ein Hoffnungssaatkorn gekeimt. Dass es Storm sein könnte, der mir um die halbe Welt nachreist, um mich um Verzeihung zu bitten. Und ich dämliche Kuh bin zu unfähig, dieses Saatkorn herauszureißen. Es ist absurd, es ist lächerlich, es ist komplett unrealistisch und irgendwie auch kindisch. Aber ich finde diesen Keimling nicht. Er wächst, genau wie der Krebs in mir, und ich werde daran sterben, an dem einen oder dem anderen. Und das macht mich irre.

»Irre!«, brülle ich los und schlage mit geballten Fäusten neben mir auf die Matratze.

Neuerdings meinen sie, mit meiner Lungenfunktion würde irgendwas nicht stimmen, und wollen sicherheitshalber für ein paar Stunden den Sauerstoffgehalt meines Blutes überwachen. Dass ich zwischendurch so schlecht Luft bekomme, ist ihnen nicht geheuer. Röntgen steht an, um eine Lungenentzündung auszuschließen, und ich bekomme ein bisschen Sauerstoff, weil meine Sättigung so niedrig ist, unter dreiundneunzig Prozent.

Der blöde Fingerclip, mit dem die gemessen wird, rutscht ab und fällt unters Bett, und das dickste der Bücher poltert hinterher.

Mir steigt sofort das Blut in den Kopf, als ich mich danach bücke, und als ich wieder hochkomme, ist mir schwindelig und heiß. Außerdem schmerzt mein Rücken. Ich kann nicht mehr liegen, ich will auch nicht mehr. Mir ist auf einmal echt warm, richtig warm!

Die Schwester ist schneller im Raum, als es mir gelingt, das blöde Ding wieder aufzustecken.

»Alles in Ordnung?«, fragt sie betont entspannt.

Ich nehme an, dass sie mich schreien gehört hat.

Ich nicke.

Sie sieht mir prüfend ins Gesicht, dann kontrolliert sie, ob der Clip wieder richtig sitzt, und wendet sich kurz meinem Tropf zu. Ich glaube, die üben diese Lockerheit, um die Patienten nicht zu erschrecken.

»Wollten Sie ins Bad? Sie können mich jederzeit rufen, wenn Sie sich allein nicht trauen. Den Infusionsständer einfach mitnehmen und …«

»Ich weiß, wie das geht«, unterbreche ich sie gereizt und

ziehe einen Flunsch, der einer trotzigen Vierjährigen Konkurrenz machen würde.

Natürlich bin ich dankbar, dass sie nur Elektrolyte einlaufen lassen, und nichts, was sie sonst noch im Giftschrank haben. Es ist immer noch die Braunüle, erinnere ich mich. Solange sie deinen Port nicht reaktivieren, ist alles hübsch.

Ich muss an die unerfreuliche Diskussion mit dem Assistenzarzt denken, den ich dazu bringen wollte, meinen Dauerkatheter zu reaktivieren.

»Damit wir es endlich hinter uns haben«, habe ich ihn angefahren. »Ich weiß doch, was mit mir los ist.«

»Dann wissen Sie mehr als wir. Es gibt, Stand heute, keinen Grund …«

»Glauben Sie, ich bin ein Hypochonder?«

»Manche Studenten entwickeln während intensiver Lernphasen tatsächlich die Symptome dessen, was …«

»Arsch«, murmle ich leise.

Als ob man sich Leukämie einbilden könnte.

»Haben Sie etwas gesagt?«

Ich werde rot.

»Nein, nein, alles gut. Entschuldigung. Ich habe nicht Sie gemeint.«

Die Schwester ist mindestens zehn Jahre älter als ich, und ich vermute stark, dass ich trotzdem schon ebenso viel Zeit in Krankenhäusern verbracht habe wie sie.

»Okay«, sagt sie knapp und geht.

»Tut mir leid«, rufe ich hinterher.

Sie lächelt dünn zum Abschied.

Das ist der Krebsbonus, sinniere ich finster und fröstele. Gebt es doch wenigstens zu, dass ich wieder einfahren muss wie ein Gauner, der zu lange draußen war und leichtsinnig wurde. Ich habe mir eine Handvoll Leben gestohlen und bin längst überfällig für eine Abreibung.

Irgendwo draußen bellt ein Hund.

Sofort muss ich an Sky denken und fange an zu heulen. Meine Nerven schwenken auf einen anderen Fokus und ziehen blank. Ich habe ihn einfach zurückgelassen, ich bin ein schrecklicher Mensch, und es geschieht mir ganz recht, im Krankenhaus herumzuliegen.

Ich will hier raus, ich will mein Leben zurück. Mit Storm. Und Sky. Meine kaputte heile Welt. Ich vermisse meinen Hund, ich vermisse meine Freiheit. Und mehr als alles andere vermisse ich Storm. Wann hört das auf? Warum ich? Was habe ich getan?

Ich zerfließe noch ein paar Minuten in Selbstmitleid, bevor ich zu der Taschentuchbox greife, die Steffi mir dagelassen hat. Geräuschvoll putze ich mir die Nase, schniefe noch ein bisschen herum und greife schließlich nach meinem *AllEx*-Kompendium – *Alles fürs Examen*.

»Geht schon wieder«, erzähle ich dem Birkenausschnitt vor dem Fenster und vertiefe mich in Orthopädie und Unfallchirurgie.

Solange ich hier liege, klammere ich das Thema Onkologie bewusst aus meiner Prüfungsvorbereitung aus. Was ich darüber weiß, genügt mir dicke. Okay, ich glaube, ich weiß wirklich alles darüber. Aber ich würde mich vollends verrückt machen, wenn ich jetzt anfinge, meine eigenen Symptome auch noch im Spiegel der Fachliteratur zu analysieren. Nicht, dass ich das nicht schon längst getan hätte. Aber es kommt mir unpassend vor.

Es fällt mir schwer, mich vom Offensichtlichen abzulenken. Ich bilde mir ohnehin schon schiefe Blicke von Ärzten und Pflegern ein. Wenn jetzt auch noch mein *Facharztwissen Hämatologie und Onkologie* ganz oben auf dem Bücherstapel läge, während sie zur Visite um mich herumstehen … Es ist nicht, wie Sie denken, Professor Klausnitz. Ich bin kein

Kontrollfreak, ich studiere Medizin rein zufällig und ganz unabhängig davon, dass es mich selbst zum zweiten Mal erwischt hat. Nein, ich habe ganz sicher nicht vor, meine Diagnose oder Therapie infrage zu stellen – wenn ich denn dann irgendwann eine bekomme.

Himmel, ich habe es mir doch nicht ausgesucht, hier herumzuliegen und mich ganz privat mit Krebs herumzuschlagen, statt intensiv für die Ärzteprüfung zu pauken.

Das ist schon irgendwie schizophren, oder? (Oh Gott, Psychiatrie muss ich auch ganz dringend noch mal wiederholen.)

Ich will dieses blöde Medizinstudium sowieso nur zu Ende bringen, damit ich mich danach auf Osteopathie spezialisieren kann. Das ist es, was mich wirklich interessiert, darum bin ich ja überhaupt nur in die USA geflogen. Weil osteopathische Medizin dort als gleichwertiges, ganzheitliches Studium angeboten wird und ich dort zumindest meine Praktika schon einmal in diesem Feld absolvieren konnte. Den Fuß in die Tür kriegen und so.

Okay, und um all dem hier zu entfliehen, was mich jetzt doppelt und dreifach wieder einholt.

Bevor ich mich darum kümmern kann, was und wie viel von meinem deutschen Medizinstudium in den USA anerkannt werden würde, muss ich diese verflixte Prüfung schaffen. Dann sehe ich weiter. Ein Schritt nach dem anderen. In meinem Nachtschrank liegt eine angefangene Liste: Pros und Contras fürs Bleiben in Deutschland, für eine Rückkehr in die USA oder einen Wechsel nach Kanada.

Hauptsache weit weg von Storm.

Denn es ist vorbei. Dieser Tatsache muss ich einfach ins Auge sehen. Ich will ihn nicht mehr wollen. Ich muss aufhören, an ihn zu denken. Zu überlegen, was er gerade macht. Mich daran zu erinnern, wie er riecht. Wie seine Haut sich anfühlt. Mit welchem Gesichtsausdruck er mir zärtlich eine

Haarsträhne aus der Stirn streicht. Hinter jeder Ecke höre ich seine Stimme, sehe ich seine Gestalt. Ich spüre ihn nachts neben mir, wenn ich wach liege und zu träumen anfange.

Illusionen. Alles Illusionen.

Realität ist es, was zählt.

Ich habe diese dritte Seite mit Kanada wegen Tante Maggie angefügt. Sie hat mir versprochen, sich für mich schlau zu machen und ein paar Unis anzusehen. Sie wollte herfliegen, was für ein Blödsinn. Das kann sie sich aufheben, bis ich … Wenn ich weiß, ob ich …

Eigentlich könnte ich alle drei Listen gleich wieder zerknüllen und wegwerfen – weil ich nichts von alldem angehen oder entscheiden kann, solange niemand weiß, was denn nun mit mir los ist. Also, wie schlimm es tatsächlich ist.

Ich sollte besser eine Liste mit Dingen machen, die ich erledigen muss, wenn die abschließende Diagnose kommt. Zu vererben habe ich ja nicht viel. Aber meine Papiere muss ich ordnen. Und ich könnte auch über Musikstücke nachdenken, die …

Flüchtig denke ich an Sinja. Ob sie meine Nachricht schon gelesen hat? Sie ist echt nett, ich hoffe, das mit uns hält, auch wenn ich … was auch immer. Eine Freundin auf derselben Wellenlänge würde mir jetzt wirklich guttun, aber darf ich jemandem das zumuten? Mich?

Nein, nein, nein. Jetzt nicht über so was nachdenken. Konzentration, April! Sonst schaffst du diese Prüfung nie! Ich blättere ein paar Seiten in meinem Buch zurück. Was stand da über die Leitsymptome einer Milzruptur?

Ich war noch nie auf Hawaii.

Die Zeilen verschwimmen vor meinen Augen. Energisch reibe ich mir über die Lider. Mein Kopf schmerzt, mein Nacken spannt, als ob ich mich verlegen oder Zug bekommen hätte, und mir ist heiß. Das Nachthemd klebt an meinen

Brüsten und am Rücken. War mir nicht eben noch eiskalt? Ich werde doch jetzt keinen Schüttelfrost kriegen, oder?

Es kann doch nicht so schwer sein, sich die Vorgehensweise bei Verdacht auf Milzruptur zu merken. Zum Kuckuck, es hatte schon Gründe, weswegen ich im vergangenen Jahr drauf und dran war, das Ganze abzubrechen.

Es klopft an der Tür, und meine Mutter kommt herein. Erstaunt lasse ich das Buch sinken.

»Was machst du denn hier?«, frage ich und bin froh, dass ich mit der täglichen Heulerei schon durch bin.

Ihre Wangen sind gerötet, sie wirkt ziemlich nervös und schielt auf den Gang hinaus. »Hier ist jemand, der dich unbedingt sehen möchte, April. Bist du vorzeigbar?« Sie lächelt mir zu, als hätte sie mir den Klinikclown organisiert.

Wegen Sinja würde sie nicht so ein Theater machen. Oh Himmel, sie wird doch nicht …? Hat sie sich deswegen neulich so scheinheilig nach meinen Schulkameradinnen erkundigt? Ich traue ihr alles zu!

Unwillkürlich ziehe ich die Bettdecke ein Stück höher hinauf und rutsche auf der Matratze zurecht. Die Bewegung fällt mir schwer, und nachdem ich den *AllEx* auf den Nachttisch gewuchtet habe, bricht mir der Schweiß endgültig aus allen Poren. Seit ein paar Tagen schmerzen auch meine Gelenke zunehmend. Es wird eher schlechter als besser, seit ich hier bin.

»Please, come in«, sagt Mama mit starkem deutschen Akzent in Richtung von jemandem, den ich nicht sehen kann, und winkt dazu, ein bisschen wie ein Schutzmann auf einer Straßenkreuzung.

Ich erstarre. Englisch? Wieso spricht sie Englisch? Hat sie mir einen indischen Guru eingeflogen?

Ich höre das Pffrrscht-Pffrrscht des Desinfektionsmittelspenders.

Ein Mann schiebt sich hinter ihr herein, sein Gesicht ist unter einem türkisfarbenen Mundschutz beinahe verschwunden. Er trägt einen Blazer zur Jeans, die Ärmel sind aufgekrempelt, genau wie die des weißen Hemdes darunter. In den Händen hält er eine etwas ramponierte Schachtel amerikanischer Cookies. Die hellgrünen Raubkatzenaugen sind mir zugewandt, sie gleiten unruhig über mich hinweg, über die Geräte neben mir, die Wandanschlüsse, über die Nische mit dem schmalen Einbauschrank, die zum Badezimmer führt, über die breite Lücke in der anderen Zimmerhälfte, die für ein bis zwei weitere Betten reserviert ist. Ich kann seine Schuhe nicht sehen, aber dem Klang nach sind es diese ganz besonderen Stiefel, für deren Wiederherstellung ich halb Chinatown auf den Kopf gestellt habe. Er trägt einen Hut, vielleicht versucht er damit europäischer auszusehen, und niemand hat ihm gesagt, dass Hüte nur etwas für Männer über achtzig sind … oder für rebellische Teenager.

»Storm?«, hauche ich tonlos.

Ich kann die Augen nicht von ihm lösen. Wie ein verschleierter Tuareg steht er da, ein wenig deplatziert, so ohne Wüste und blauen Schal, und ich frage mich, ob ich halluziniere, weil eine Fata Morgana in der Medizinischen Hochschule wohl einer wissenschaftlichen Sensation gleichkommen würde. Anscheinend habe ich höheres Fieber, als ich dachte. Das muss Einbildung sein. Aber die haben doch vor zwei Stunden erst gemessen? Wo kommt denn so plötzlich die Temperatur her? Grippe?

»Du hast gar nicht erzählt, dass dein Freund Musiker ist, April.«

Verständnislos starre ich meine Mutter an.

Sie sieht ihn also auch? Natürlich sieht sie ihn. Keine Klassenkameradinnen. Kein Yogi aus Indien. Sie hat ihn mitgebracht.

Ihn.

Mein Gehirn beginnt wieder zu arbeiten. Die bescheuertsten Gedanken feuern durch meine Synapsen. Wann ist sie denn nach San Francisco geflogen, um ihn zu holen? Wie hat sie ihn gefunden? Was will er hier? Sehe ich gut aus? Warum habe ich mich nicht geschminkt? Ich hätte mir was von Steffi leihen sollen. Was bildet der Mann sich eigentlich ein? Hat er sich allen Ernstes bei meiner Mama einquartiert? Fällt meine eigene Mutter mir gerade gepflegt in den Rücken? Und ist er tatsächlich für mich um die halbe Welt gejettet? Wir haben uns getrennt, zum Kuckuck, wieso respektiert er das nicht? Wieso macht Mama da mit? Habe ich eigentlich Deo benutzt? Wie hat er mich gefunden? Maria! Wer sonst hätte mich verraten? Tante Maggie sicher nicht. Die Zähne habe ich mir auf jeden Fall geputzt. Ich bringe sie um! Also, Maria. Vielleicht auch meine Mutter. Sind das meine Lieblingskekse?

Storm ist da!

In meinem Magen breitet sich ein Kribbeln aus. Ich reagiere körperlich auf seine Anwesenheit, und das macht mich wütend. Irre. So wütend, dass ich schreien könnte. Aber dazu müsste ich Kontrolle über meine Stimmbänder haben, und die bringen nur ein peinliches Kieksen zustande.

Ich räuspere mich.

»Was macht er hier, Mama? Wir haben uns getrennt! Das hat einen Grund.«

»Aber …« Verstört sieht sie von ihm zu mir. »Ich dachte, unter den Umständen … Und er ist den weiten Weg …«

Endlich gehorcht mir meine Stimme wieder. »Verpissen soll er sich. Von mir aus auf dem direkten Weg durchs Fenster.« Ich zische die Worte wie eine Giftschlange.

Meine Mutter zuckt zusammen. Diese Ausdrucksweise kennt sie nicht von mir. Storm bekommt nur den Tonfall mit, er versteht natürlich kein Wort, aber das kann ich ändern.

*»Get! Out!«*, herrsche ich ihn an, laut genug, und kralle meine Hände in die Kissen, damit ich ihm nicht an den Hals fliege.

Zum Glück bin ich körperlich etwas eingeschränkt, denn ich kann weder dafür garantieren, dass ich ihn, dort angekommen, nicht erwürgen, noch, dass ich ihn nicht küssen würde. Und ich weiß nicht, was mich mehr erschreckt. Man nennt das eine Double-Bind-Botschaft in der Psychologie – das eine denken, das andere sagen, komplett widersprüchlich. Na bitte, ein bisschen was vom Stoff ist ja doch hängen geblieben.

Storm macht einen Schritt auf mich zu und schiebt die Kekspackung unschlüssig von einer Hand in die andere.

»April«, sagt er flehend. *»Please!«*

»Du hörst ihn dir jetzt wenigstens an«, bestimmt meine Mutter, als wäre ich wieder das kleine Mädchen, das vor über zwanzig Jahren mit Schienbeintritten für die Bestrafung des Nachbarjungen gesorgt hatte, der meine Barbie in den Baggersee geworfen hatte.

Sein Hund sollte sie für mich apportieren, er wollte mich damit beeindrucken. Der Blödkopf hatte nur nicht bedacht, dass die Haare danach aussahen wie verfilzte Plastikspaghetti. Und das Kleid war auch ruiniert. Barbies gehen nicht so schnell unter, es sei denn, man hat sie wegen medizinischer Experimente vorher schon mal angebohrt – um nachzusehen, ob … Völlig egal. Den Geruch kriegt man nie wieder raus. Ich hätte fester treten sollen. Damals war da auch dieser Satz: »Du hörst ihn dir jetzt wenigstens an.« Und hinter ihrem Rücken hatte der Blödkopf mir die Zunge rausgestreckt.

Ich bin nicht mehr acht Jahre alt. Aber meine Unterlippe zittert. Wütend. Hilflos. Genau wie damals. Total irrational möchte ich wieder gegen Schienbeine treten. Von Ärzten und Pflegern und Müttern und Storm.

Es macht mich irre, dass ich mich nicht mal im Klo einsperren kann, bis sie alle beide weg sind, weil ich dazu an ihnen vorbei müsste und mein Kreislauf gerade ein wenig schwächelt. Aus heiterem Himmel ist mir schwindelig. Keine gute Idee also.

»Ich lasse euch beide allein. *I am in the cafeteria*«, erklärt meine Mutter ihm jetzt auch noch.

Er nickt.

Und dann fällt die Tür hinter ihr zu, und ich höre wieder dieses Pffrrscht-Pffrrscht, und das macht mich in diesem Moment wirklich aggressiv. So kenne ich mich gar nicht, aber das ist jetzt auch schon egal.

»Was?«, frage ich. »Was willst du hier?«

»Einfach nur reden«, sagt er in diesem sonoren kalifornischen Englisch, und seine Stimme klingt wie Erdnussbutter. Die von der cremigen Sorte, die auf warmem Toast beinahe schmilzt und sich wunderbar von einem Glas Chardonnay aus dem Valley hinunterspülen lässt.

Ich habe ihn so vermisst, diesen Klang. Ich bräuchte nur die Arme auszustrecken, und alles wäre wieder gut. Aber ich kann nicht. Nicht nach alldem. Und wenn er dreimal um die ganze Welt herumgeflogen wäre. Oder dreißigmal. Und wüsste, wie man Barbie-Haare wieder glatt bekommt. Es würde keinen Unterschied machen.

»Was willst du?«, frage ich noch einmal, widerwillig sanfter.

Dich, sagen seine Augen. Aber das auszusprechen wagt er nicht. Er sieht mich nur an. Dann holt er sich zögernd einen Stuhl aus der Ecke am Fenster.

»Darf ich?«, fragt er, auf den empfohlenen Sicherheitsabstand bedacht, und legt mir vorsichtig die Cookies auf die Bettdecke.

Ich starre an die weiße Decke, damit ich nicht doch noch anfange zu weinen.

»Du kannst den blöden Mundschutz abnehmen«, knurre

ich, und schon würde ich dieses Zugeständnis am liebsten zurücknehmen.

Er behält ihn auf. Zum Glück.

Denn unter der Maske verbergen sich diese weichen Lippen und das kantige, von der kleineren Narbe zerfurchte Kinn und auf seiner linken Gesichtshälfte das mäandernde Muster der gespenstischen Silberlinien, die sich bis unter seinen Haaransatz hinaufziehen – stumme Zeugen der schlimmsten Katastrophe in seiner Biografie, die nicht nur sein Leben für immer veränderte, sondern das seines besten Freundes Marty auf tragische Weise abrupt beendete. Durch seine Schuld, auch wenn es trotz allem ein Unfall war.

Ich kann durchaus verstehen, dass Storm lange gebraucht hat, mir davon zu erzählen. Was ihm passiert ist, was mit Marty geschehen ist, das ist furchtbar, gar keine Frage, und das war auch gar nicht mein Problem.

Es geht um Vertrauen.

Ein winziges, aber alles entscheidendes Detail hatte er in seiner Geschichte ausgelassen: dass sie auf dieser Promiparty in den Hollywood Hills nicht Martys Grammy-Trophäe gefeiert hatten – sondern seine. Die Feier galt ihm. Mein frisch gebackener Ex-Freund war nie der kleine, unbekannte Junge mit der Gitarre gewesen, der sich wegen seiner Narben und der schrecklichen Vergangenheit auf keine Bühne und schon gar nicht ins Rampenlicht getraut hatte – nein. Mein Ex-Lover gehörte zu Amerikas einstigen Shootingstars unter den Boybands. Und nicht nur das. Er war der Kopf der *Bay City Boys* gewesen – Stormy Bay *himself*. Dessen Karriere durch Drogenexzesse schon vor diesem Unfall mächtig auf der Kippe gestanden hatte und der danach im freien Fall abgestürzt war – bis er sich reuevoll in der Versenkung auf Entzug begeben hatte.

Ich habe mich nach unserer Trennung schlau gelesen. Und

mit jedem Artikel bin ich wütender geworden. Wütend darüber, für wie dumm er mich verkauft hat. Für wie naiv er mich gehalten haben muss.

Die Welt vergisst schnell. Aber ich nicht.

Wenn Maria ihn bei ihrer Rückkehr in unser gemeinsames Apartment nicht erkannt hätte, dann würde ich wohl heute noch glauben, dass ich die Erste gewesen wäre, die sein Talent auf eine Bühne gebracht hat. Oh, grausames Ende meiner Gutgläubigkeit.

Vertrauen.

Wann hätte er mir den Rest wohl erzählt? Bei unserer Hochzeit? Nach dem dritten Kind?

»Ich hatte mir einfach nur Ehrlichkeit gewünscht. Das war das Einzige, worum ich dich je gebeten habe«, bricht es aus mir heraus wie ein eitriger, überreifer Abszess. »Das war die Bedingung. Die Voraussetzung, unter der ich mich darauf eingelassen habe, auf das mit uns. Ich wollte mich nicht in dich verlieben! Ich wollte mich überhaupt nie wieder verlieben! Ich bin krank, da lässt man die Finger weg von so was. Es reißt andere ins Chaos. Und einen selbst. Vor allem tut es einfach nur weh, wenn es schiefgeht. Wie schon bei Jan. Und es war von Anfang an klar, dass es mit uns schiefgehen und wehtun würde. Du tust mir weh!« Die letzten Worte schreie ich beinahe.

Mir klappern die Zähne, weil mir jetzt wieder eiskalt ist, und ich rege mich so auf, dass mein Herz rast.

Die Tür geht auf, und eine Krankenschwester kommt herein, macht aber auf dem Absatz kehrt, als sie statt eines medizinischen Notfalls die Furie sieht, in die ich mich verwandelt habe.

Ich wüte weiter, lasse Storm überhaupt nicht zu Wort kommen. Er hat sich hinter den Stuhl gestellt und stützt sich an der Lehne ab. Anscheinend hat er wieder Schmerzen, ich schätze, der Langstreckenflug wird seiner Hüfte nicht gefallen haben. Ich zwinge mich, das zu ignorieren, er muss sich schleunigst eine andere Osteopathin suchen. Eine Nanosekunde lang formt sich der selbstmörderische Gedanke, dass ich ja meine Mutter bitten könnte, ihm jemanden … Oh nein! Diese Idee lasse ich in meinem Zorn verpuffen.

Ich schwitze.

»Du! Du hast mich heimtückisch und vorsätzlich dazu gebracht, es doch noch einmal zu riskieren. Ich habe mein Herz für dich geöffnet. Wieso hätte das gut gehen sollen? Bei allem, was sonst in meinem Leben so komplett scheiße läuft. Wieso habe ich tatsächlich glauben können, diesmal sei es anders?« Ich muss husten, und Storm beugt sich vor, um mir zu helfen, aber ich wehre ihn ab. »Dass mir einmal etwas Gutes widerfahren würde? Jemand meinen Weg kreuzt, der es ehrlich mit mir meint? Der selbst genauso viele Narben auf der Seele hat wie ich? Der weiß, wie das ist? Ich war so unglaublich bescheuert. Ich habe wirklich an uns geglaubt, Storm. Ich habe an dich geglaubt. Dir. Aber das war alles nur eine Lüge, nicht wahr?«

Er unternimmt keinen Versuch, sich zu verteidigen. Er lässt mich wüten.

Erschöpft schnappe ich nach Luft. Mein Puls rast, mir ist jetzt richtig schwindelig. Das Zimmer dreht sich um mich, und Storm dreht sich mit, aber ich will nicht, dass er sich um mich dreht oder ich mich um ihn. Ich will, dass das alles aufhört, diese Gefühle, das Herzrasen, die Hitzewallungen. Ich will meine Ruhe haben. Ich …

»Ich wollte es dir erzählen«, sagt er ruhig.

Da ist er wieder, dieser Schokoladencremeton in seiner Stimme.

»Wirklich. Ich wollte nur den Auftritt abwarten, damit du nicht denkst … Ich wollte doch nur, dass du mich unvoreingenommen hörst. Ohne dieses schreckliche …«

»Ich habe dich gehört, Storm. Jeden Tag. Ich … Ich kriege keine Luft mehr«, keuche ich plötzlich verwundert.

Storm starrt mich an.

Ich begreife, dass ich Deutsch gesprochen haben muss. Alles? Nur den letzten Satz? Irgendwas dazwischen? Ich kann nicht mehr klar denken. Ich sitze auf einem verdammten Karussell, und es dreht sich so schnell, dass mir übel wird. Das Ding soll anhalten. Und Luft brauche ich. Luft. Meine Finger tasten zitternd nach der Klingel. Hinter mir in der Wand ist ein Stöpsel mit einer Art Wasserhahn. Das ist der Zugang zur zentralen Sauerstoffversorgung. So nah und so nutzlos ohne Schlauchanschluss. Ich habe kein Besteck hier. Natürlich nicht. Diese kleinen durchsichtigen Schläuche mit den beiden Nupsis für die Nasenlöcher, die man sich wie eine Brille um die Ohren klemmt, brauche ich nur nachts zu tragen. Vierundneunzig Prozent, denke ich zusammenhanglos. Meine Sauerstoffsättigung ist momentan maximal bei achtzig. Aber ich kann die Anzeige des Pulsoxymeters nicht erkennen. Der blöde Fingerclip verschwimmt vor meinen Augen. Was ist denn nur los mit mir? Das hat doch nichts mit Leukämie zu tun? Die Halbmonde meiner Fingernägel verfärben sich bläulich. Meine Lippen bestimmt auch. Nicht panisch werden, ermahne ich mich. Leichter gesagt als getan.

Storms Augen sind weit aufgerissen. Er ist schneller als ich. Drückt auf den Knopf und ist mit zwei Sätzen bei mir. Er richtet mich auf, stützt meinen Rücken, und ich kralle mich in seine Hand.

»Atme langsam«, leitet er mich an und zieht sich die Maske herunter, damit ich seinen Mund sehen kann. »Los, komm, wir beide zusammen: Einatmen … Pause … Ausatmen. Pause. Gut so. Tief in den Bauch hinein.«

Wir hatten das schon mal. Damals, als unsere alte Nachbarin Mrs. Wolowitz gestorben war. Wenn ich panisch bin, neige ich zu Luftknappheit, das habe ich von der Chemo zurückbehalten. Niemand konnte mir bisher so richtig sagen, ob es psychisch bedingt ist oder eine Spätfolge. Es kommt aufs Gleiche raus.

Storm betet mir jeden einzelnen Atemzug vor, und ich puste und pruste ihm nach. Synchron, den Blick auf seine Lippen geheftet. Auf diese weiche, verletzliche Haut. Ich weiß, wie sie sich anfühlt, wie sie schmeckt, wie es ist, sanft mit den Zähnen daran zu zupfen, bis seine Zungenspitze mich dazu bringt loszulassen, meinen Mund zu öffnen für ihn, wie eine Ertrinkende.

Ich schließe die Augen, ich habe gar keine Luft, ihn zu küssen, selbst wenn ich es wollte, und ich will das verdammt noch mal nicht.

Ich. Brauche. Luft. Zum. Atmen.

Einatmen. Pause. Ausatmen.

Er gibt den Rhythmus vor, es funktioniert. Ich werde ruhiger und lockere meinen Griff um seine Hand. Seine Finger ruhen stark in meinem Rücken, ich spüre den Daumen, der zärtlich über mein Nachthemd streicht. Ich habe nicht mal einen BH an, wer trägt schon einen BH im Krankenhaus?

Ich fühle mich geborgen und sicher bei ihm. So absurd.

So vertraut.

Und so falsch. Nichts davon ist mehr wahr.

Das Problem ist nur, dass ich diesen Scheißkerl immer noch liebe.

»Ich packe das nicht, Storm«, presse ich mühevoll heraus und schmiege mich gleichzeitig an ihn. Tief atmen. Langsam sprechen. »Schon gar nicht … unter diesen … Voraussetzungen. Ich kann es dir nicht zumuten … Und mir auch nicht. Die Prognosen bei einem Rezidiv sind nicht so prickelnd, weißt du?«

Es klopft, und zeitgleich geht die Tür auf. »Alles in Ordnung?«

Neuer Versuch, andere Schwester. Sie scannt mit geschultem Blick die Lage und zieht die Augenbrauen hoch. Für sie muss es aussehen, als wäre sie in eine Versöhnungsparty mit vorhersehbarem Ausgang geplatzt.

Ich löse mich peinlich berührt aus Storms Stützgriff, der nach außen eher wie eine Umarmung wirkt.

»Ja«, lüge ich.

Ja? Ernsthaft?

Nichts ist in Ordnung, abgesehen davon, dass ich für den Augenblick tatsächlich wieder relativ normal atmen kann. Beinahe, als sei nichts geschehen. Ich schiebe es auf die Nerven, streife mir die Gänsehaut von den Armen, rutsche ein Stück höher im Bett, weg aus Storms Aura, und ziehe mir die Bettdecke bis über die Schultern. Mir ist zur Abwechslung mal wieder kalt.

Storm versteht den Wink mit dem Zaunpfahl, steht auf und zieht sich den Mundschutz zurück ins Gesicht.

Will er nicht, dass ich sehe, wie er meine Ansage aufnimmt? Was geht in ihm vor? Und warum interessiert mich das immer noch so sehr?

Er dreht sich um und krächzt: »Sorry.«

Er wirkt unsicher, wie er so dasteht, an seinem Mundschutz herumnestelt und zum Fenster hinaussieht.

Ich ertappe mich dabei, dass ich ihm auf den Hintern starre.

»Tut mir leid«, wende ich mich an die Pflegekraft und räuspere mich. »Ich muss wohl irgendwie an den Knopf gekommen sein.«

»Brauchen Sie irgendetwas, wenn ich schon mal da bin?«

Ein neues Leben? Einen neuen Körper? Funktionsfähiges Knochenmark?

Ich schüttle den Kopf und ringe mir ein Lächeln ab. Es ist ehrlich gemeint, die Schwester ist wirklich nett. »Nein, danke.«

Prüfend wandert ihr Blick über mich. »Zehn Minuten. Dann möchte ich Fieber und Blutdruck messen. Haben Sie schon abgeführt?«

Das sind genau die Fragen, die man gestellt bekommen möchte, wenn ein Mann im Raum ist. Peinlich berührt nicke ich. Wie gut, dass Storm noch nicht über den deutschen Grundwortschatz hinausgekommen ist.

Die Tür schließt sich, und mein Herz flattert wie ein hysterischer Vogel, der sich in einem Netz verfangen hat.

»Danke«, sage ich energisch, und Storm dreht sich zu mir. »Danke, dass du mir geholfen hast«, wiederhole ich. »Aber das ändert nichts an … Du kannst nicht bleiben, Storm. Was versprichst du dir davon?«

»Wir haben einen Pakt geschlossen.«

»Da ging es um den Hund!«

»Und um dich. Ich mache keine halben Sachen. Du kannst ihn nicht einfach kündigen.«

»Doch! Das kann ich, und das muss ich! Wir sind nicht mehr zusammen.«

»Ich bin trotzdem für dich da.«

»Das kann ich nicht von dir verlangen.«

»Es ist meine Entscheidung.«

»Ist es nicht.« Ich funkle ihn an. »Wie deutlich soll ich dir das noch sagen? Ich will nicht, dass du in drei Monaten auf meiner Beerdigung vor dem Sarg stehst.«

»Ich auch nicht.«

»Ich habe nicht vor, dir dein Leben zu versauen und *post mortem* als Alibi herzuhalten, wenn du die Kurve nicht kriegst!«

»Das wirst du nicht. Du kannst mich rauswerfen, von mir

aus. Dann warte ich draußen. So lange, bis klar ist, was mit dir los ist. Ich sage die Talentshow ab. Ich werde nicht gehen, bevor ich nicht sicher weiß, dass du wieder gesund wirst. Und wenn nicht, dann bleibe ich auch.«

»Das wirst du auf gar keinen Fall tun!«

»Dann werd wieder gesund. Das ist der Deal.«

»Storm, ich …«

Er packt den Griff meines Bettes am Fußende so fest, als hätte er Angst, dass ihn jemand von mir fortreißen könnte.

Meine Augen füllen sich mit Tränen. »Und wenn ich wirklich sterbe?«

»Dann werde ich erst recht an deiner Seite sein und auf dich aufpassen. Und dann, und nur dann, werde ich mich allein weiter um Sky kümmern.«

Mir fällt ein, was meine Mutter über ihren amerikanischen Feriengast gesagt hatte, und ich werde blass. Moment. Er hat nicht etwa …

»Du hast ihn doch wohl nicht mitgebracht, oder?«

Mein Herz rast.

Storm sieht mich trotzig an. Er drückt das Kreuz durch, aber er lässt das Bett nicht los. »Das würde ja wohl nur ein absoluter Schwachkopf tun!«

Natürlich hat er das. Idiot! Oh, wie ich diesen wilden Racker vermisse.

»Wir haben einen Pakt. Ich kümmere mich mit dir zusammen um den Hund.«

Das ist wundervoll.

Und wahnsinnig!

»Was hast du dir nur dabei gedacht? Wenn ich hier nicht mehr rauskomme, was soll dann werden? Das ist genau der Grund, weswegen ich Mrs. Wolowitz dieses Versprechen nie hätte geben dürfen.«

»Da waren wir schon zusammen.«

»Du bist ein hartnäckiger, engstirniger, sturer Holzkopf!«

»Absolut.«

Er lächelt, als ich mein missbilligendstes Schnauben vom Stapel lasse, zu dem ich gerade fähig bin, und seine Augen werden weich.

»Sky ist schier ausgeflippt, als er dich im Haus deiner Eltern gewittert hat. Er vermisst dich furchtbar. Und ich dich auch. Gib uns noch eine Chance. Ich liebe dich, April! Bitte verzeih mir. Ich brauche dich! Lass uns noch mal in Ruhe miteinander sprechen und die Dinge klären, die zwischen uns stehen.« Es klingt flehend.

Ich halte die Augen geschlossen, damit ich nicht doch noch schwach werde, und biete all meine verbliebene Kraft auf, um nachdrücklich den Kopf zu schütteln.

Er hat Sky mitgebracht, schießt es mir durch den Kopf. Schwachkopf! Sky ist hier!

Das alles ist Wahnsinn.

»Nicht heute«, sage ich. »Ich bin müde.«

Ich bereue es gleich wieder, aber dieses kleine Zugeständnis kommt mir fair vor. Die Stimme meiner Mutter klingelt in meinen Ohren: »Der weite Weg …«

»Okay«, sagt er leise und lässt mein Bett los. *»Fair enough.«* Er dreht sich zum Gehen.

Mein Blick gleitet über sein breites Kreuz, die schmale Hüfte, der linke Hüfthöcker steht etwas höher als der rechte. Die Schmerzen sind also wieder da, er entlastet den Knöchel, und die Schonhaltung macht es nicht besser.

»Warst du schon in der *Mühlenschänke?*«

Er sieht mich verblüfft an, die Hand bereits an der Tür.

»Das Gasthaus bei uns im Dorf«, erkläre ich. »Lass dir von meiner Mutter den Weg zeigen. Sie haben da wirklich gute …«

Himmel, ich muss wirklich Fieber haben. Storm isst

ebenso wenig Fleisch wie ich, die berühmten Heidschnucken-Gerichte interessieren ihn folglich nicht, und die Spargelsaison ist im Frühling – aber Pfifferlinge gibt es noch. Da bin ich mir sicher.

»… frische Pfifferlinge. Die sind fantastisch. Mit Klößen dazu. Und … man darf da auch mit Hund rein.«

»Klöße«, sagt er und nickt. »Ich liebe Pilze.«

»Ich weiß.«

»Mach's gut, April!«

Noch Sekunden, nachdem er fort ist, starre ich auf das weiße Türblatt. Dann flüstere ich: »Ich liebe dich auch, du Idiot, das ist ja das Problem.«

Ich lasse mich zurück in diese scheußlich flachen Kissen sinken und fühle mich schrecklich. Müde, leer und kalt. Mein Kopf schmerzt inzwischen, als ob er aus sämtlichen Nähten platzen will, und mein Nacken ist furchtbar verspannt, ich kann in diesen Betten einfach nicht liegen.

Ich klingle nach der Schwester, um sie nach einer Aspirin zu fragen oder was auch immer sie mir gerade geben dürfen, und muss mehrfach blinzeln, weil ich die Klingel doppelt sehe.

Er ist fort. Gut so.

Er hat Sky mitgebracht … Der arme Hund, das ist doch total bescheuert. Er hätte das nicht tun dürfen. Und trotzdem freue ich mich. Und ein beunruhigender Gedanke keimt irgendwo auf der Höhe meines Solarplexus. Es ist nur ein Funke, ein winziges bisschen Glut, nicht mehr. Das Flämmchen ist so zart, dass ein einziger Windhauch es sofort zum Erlöschen bringen könnte. Aber ein wenig Zunder und dazu ein Quäntchen Sauerstoff … Ich weiß noch nicht, wie, aber ich möchte das mit Storm und mir bereinigen.

Ganz vorsichtig atme ich aus – und zittere dabei.

Ich fröstle wie ein Schneider, als ob mich ohne ihn alle Wärme verlassen hätte.

# Kapitel 6

## Storm

Er war wie betäubt. Sie hatte schrecklich blass ausgesehen, so zerbrechlich. Aber das war es nicht allein. Seine größte Angst, mit der er sich den ganzen langen Flug über herumgeschlagen hatte, war, dass der Doc recht haben könnte. Dass sie ihm nicht verzeihen könnte, ihn tatsächlich nicht mehr wollte. Er hatte sich mit der Idee angefreundet, dass er mit ihr sprechen musste, egal, was dabei herauskam, und dass das Ergebnis tatsächlich das Ende sein könnte. Er hatte es mit einkalkuliert. Widerwillig. Aber er musste Gewissheit haben – im Zweifel, um damit abschließen zu können. Und sie auch. Das war er ihnen beiden schuldig. Er konnte den Gedanken nicht ertragen, dass sie sich wirklich dauerhaft von ihm trennen würde. Dass sie ihm nicht verzieh.

Er war durch die Hölle gegangen. Tausendmal. Mit schweißnassen Händen, als er sich ihren Eltern gegenüber geoutet hatte – als der Ex-Freund ihrer Tochter.

Maggie hatte ihr Wort gehalten, sie wussten von nichts. Aprils Vater hätte ihn am liebsten k. o. geschlagen. Er hatte es in seinem Blick gesehen, nachdem er die Mitbringsel auf den kleinen Tisch im Flur gelegt und darum gebeten hatte, für einen Augenblick hereinkommen zu dürfen. Es hätte nicht viel gefehlt. Und vielleicht hätte er es sogar verdient. Mit Sicherheit sogar.

Er war April nicht wert, das hatte er ihren Eltern unverblümt gesagt und ihnen die ganze Geschichte erzählt. Seine Sichtweise.

Sie hatten sich Bedenkzeit erbeten. Und am nächsten Morgen hatte ihre Mutter an seine Tür geklopft und ihm die Mitfahrgelegenheit in die Universitätsklinik in der Stadt angeboten.

»Ihr müsst das miteinander klären«, hatte sie gesagt, in ihrem gebrochenen Englisch, in dem jedes *th* wie ein *D* klang. »Ich würde mir nicht verzeihen, wenn dieser schwelende Konflikt Aprils Heilung behindern würde.«

»Ich kann es nicht aussprechen«, hatte sie sich entschuldigt.

Dabei hatte er gar nichts gesagt, warum auch? Das spielte doch keine Rolle! Ihn beschäftigte viel mehr, *was* sie gesagt hatte. Dass ihr Streit womöglich Aprils Gesundung beeinträchtigte.

»Ich singe im Chor«, hatte sie ihm unbedingt erklären wollen. »Da genügt ein Einzelner, der es wie ein *S* ausspricht, und der ganze Klang bricht zusammen. Ein *D* geht unter in der Gesamtharmonie. Es ist erträglich. Das habe ich mir beibehalten.«

Sie hatte ihn stolz angestrahlt, und dieser ganze absurde Dialog, ihre Gedankengänge und ihre Gesten, wenn sie sprach, erinnerten ihn so schmerzlich an April, dass er sie spontan in den Arm genommen hatte.

»Danke für Ihr Verständnis und Ihre Offenheit.«

»Danken Sie mir nicht zu früh«, hatte sie ernst gesagt und ihm dann zögernd und ein wenig hilflos auf den Rücken geklopft. »Was immer daraus wird, liegt bei Ihnen und April. Ich habe keine Ahnung, wie sie reagieren wird, und es spielt keine Rolle, was mein Mann oder ich darüber denken.« Sie zwinkerte ihm zu. »Das habe ich ihm übrigens auch gesagt.«

Die Angst, dass April ihn nicht mehr lieben könnte, war

verpufft wie ein schlimmer Albtraum. Sie war mit dem schalen Gefühl einer durchgeschwitzten endlosen Nacht in den Hintergrund getreten. Alles andere würden sie klären können. Zumindest hoffte er das, inständiger denn je.

Jetzt, nach ihrer Begegnung dadrin, war er sich sicher.

Es war noch nicht vorbei. Das war das Einzige, was zählte.

Sie wollte ihn nicht belasten. So, wie die Dinge standen, glaubte sie, es nicht zu dürfen. So wie schon einmal.

Bullshit.

Er hatte genug Kraft und Sturheit für sie beide, um das und alles andere durchzustehen. Er gab sie nicht verloren, solange da diese unleugbare Schwingung zwischen ihnen war, diese Chemie. Er spürte sie so verlässlich und intensiv wie auf der Bühne das beständige Wummern von Bässen unter seiner Haut. April war zum Rhythmus seiner Bassdrum geworden, das tragende Element, ohne das ein Chartstürmer niemals die Top Ten erreichen und immer nur eine Melodie ohne jede Tragkraft bleiben würde.

Oh ja, er brauchte sie. Er konnte ohne Weiteres zugeben, dass er ohne sie nichts war.

Und sie meinte, ihm die Starke vorspielen zu müssen.

»Wer von uns beiden ist denn wohl der Sturkopf?«, murmelte er.

Unfähig, etwas anderes zu tun, starrte er die Tür zu ihrem Krankenzimmer an. Desinfektionsmittel rann ihm von den Fingern und tropfte auf seinen Stiefel. Verständnislos blickte er auf seine Hände und verrieb den Alkohol. Er konnte sich nicht daran erinnern, wie lange er hier schon stand oder den Spender betätigt zu haben, aber das hatte er, ganz offensichtlich.

Es hatte ihn erschreckt, wie schnell sie sich so massiv verändert hatte. Als ob sie sich langsam in Luft auflöste, einfach diffundierte. Würde sie … sterben? War es das, worauf ihre Mutter ihn schonend hatte vorbereiten wollen? War das der Grund, weswegen April ihm keine zweite Chance geben wollte? War sie sich dessen so sicher? Aber warum hatte sie nichts gesagt? Oder hatten sie ihm etwas verschwiegen? Doch wenn es so schlecht um sie stand – hätte Maggie es ihm dann nicht ausgeredet, Sky mitzubringen? Ihm den langen Flug zuzumuten? Wäre sie dann nicht mit ihm zusammen hergekommen?

Nein, er würde sich jetzt nicht von Aprils Fatalismus anstecken lassen. Ihre Eltern hatten ihm erzählt, dass sie noch keine Diagnose für Aprils Beschwerden bekommen hatten. Die Ärzte tappten anscheinend bisher im Dunkeln, aber er traute April durchaus zu, dass sie meinte, es besser zu wissen. Dass sie sich – und ihre gemeinsame Beziehung – deswegen aufgegeben hatte. Und dass ihre Krankheit als Kriterium, es dabei zu belassen, ganz oben in einer ihrer Listen stand. Fett unterstrichen. Sie traf alle wichtigen Entscheidungen mit Listen. So war es auch bei Sky gewesen.

Sky. Lieber Himmel, der Hund! Sie mussten nach Hause zurück. Er wusste nicht, wie der Rüde sich in einer völlig fremden Umgebung verhielt, wenn er so lange alleine blieb. Und er wollte bestimmt keine seiner raren Sympathiepunkte dadurch verspielen, dass der Lümmel die Fußleisten in der Ferienwohnung zernagte oder auf den Teppich pinkelte.

Er musste Aprils Mutter finden.

Aber morgen würde er wiederkommen.

Storm ballte die Fäuste, sie klebten etwas von dem Desinfektionsmittel. Wenn April glaubte, sie könnte ihn so einfach abschütteln, kannte sie ihn schlecht. Dieser Krebs, wenn es denn überhaupt Krebs war, würde sie beide nicht auseinanderbringen. Sie hatten einen Pakt – jeden Tag, jede Stunde, die April atmete. Er würde sie glücklich machen. Und selbst wenn sie recht haben sollte, wenn es doch der Krebs war, na und? Vielleicht würden sie nicht ihren neunzigsten Geburtstag miteinander feiern – bitte schön! Ein Grund mehr, keine einzige kostbare Minute zu verschwenden.

Wie sollte man denn auch gesund werden, wenn man sich den ganzen Tag mit den fürchterlichsten Krankheiten beschäftigte? Sie las zu viele medizinische Fachbücher.

»Stur, stur, stur!«, zischte er.

Eine der Schwestern, die gerade Wasserflaschen auf einem Servierwagen sortierte, starrte ihn an, und Storm wandte sich ab, um sich zu sammeln. Er presste seinen Kopf gegen die Fensterscheibe.

Die Station lag im ersten Stock. Ein Stück links von ihm, auf einem quadratischen Rasenstückchen, das wie eine Oase in der Betonwüste aus Zufahrtswegen, Parkplätzen und Parkverbotszonen wirkte, stand die riesige alte Birke, die man auch aus Aprils Zimmer sah.

Er hatte eine Idee, wie er sie auf andere Gedanken bringen konnte, ohne ihre Sicherheit zu gefährden. Ein Hund zwischen immunsuppressiven Menschen auf einer Krebsstation, das war in der Tat ein ziemlich schlechter und sehr naiver Plan gewesen, das ging auf keinen Fall, das Infektionsrisiko, die Keime … Ihn hineinzuschmuggeln wäre fahrlässige Körperverletzung. Aber sie brauchte etwas – jemanden –, der ihr Mut gab, ihren Lebenswillen aktivierte.

Er tippte gedankenverloren mit den Fingernägeln gegen die Fensterscheibe.

Ein Hund im Krankenhaus. Er schüttelte den Kopf. Das ging nicht. Aber er hatte das Leuchten in ihren Augen gesehen, als er sich verplappert hatte. Allein das Wissen, dass Sky keinen Ozean von ihr getrennt war, sondern maximal eine halbe Stunde mit dem Auto, hatte ihr so viel Auftrieb gegeben. Wenn sie ihn doch nur sehen könnte …

Was, wenn er sich dort unten mit Sky hinstellte und ihre

Mom ihr zum Fenster hinüberhalf? Sie brauchte vielleicht nur eine stützende Hand. Nun, es würde ihm schon etwas einfallen. Und spätestens wenn April entlassen würde … Sie konnten sie ja nicht ewig hier drin behalten.

Sky würde auf sie warten. Und er sowieso.

»Ich hab was gut bei dir, Gott. Wenn es dich denn gibt«, knurrte er halblaut ins Himmelsgrau hinter dem mächtigen Baum, das mit einem der Parkhäuser zu verschmelzen schien.

Vielleicht war der Typ da oben schon so alt, dass man ihn ab und zu an die Dinge hier unten erinnern musste.

»Ich verstehe ja, wenn du keinen Bock auf mich haben solltest, obwohl du angeblich niemandem die Tür weist. Aber ganz abgesehen von mir – April ist ein guter Mensch. Sie hat diese Scheiße nicht verdient, also kümmere dich, okay? Bitte … Oder setz Marty drauf an. Ich weiß, dass Marty mir helfen würde, wenn er könnte. Also mach deinen Job, und mach ihn gut. Bitte. Und Amen und so.«

Als er sich vom Fenster wegdrehte, prallte er beinahe mit Aprils Mutter zusammen, die ihn aufmerksam beobachtete, zwei Pappbecher mit Kaffee in der Hand.

Verdammt, wie lange stand sie schon da, und was hatte sie gehört?

»Ich …«, setzte er an und nahm den Kaffee dankbar entgegen.

Er war lauwarm, aber dadurch konnte er ihn in einem Zug leeren. Er hatte gar nicht bemerkt, dass er durstig gewesen war.

»Beten ist immer gut«, sagte sie ihm in ihrem rostigen Englisch und stellte ihren leeren Kaffeebecher auf einem dafür vorgesehenen Servierwagen ab. »Es gibt eine kleine Krankenhauskapelle, wenn Sie …«

Er schüttelte verlegen den Kopf.

»Sollen wir dann los?«

»Wollen Sie nicht noch mal rein?«, fragte er erstaunt.

Sie schüttelte sacht den Kopf. »Wenn mein Mann nicht dabei ist, streiten wir uns immer, fürchte ich.«

»Aber … Wir hätten doch zusammen hineingehen können?«

Hatte er ihr die Gelegenheit genommen, ihre Tochter zu sehen? Sie sah ihn an, als könnte sie seine Gedanken lesen.

Der Geruch nach Desinfektionsmittel und Chlor war überall gegenwärtig. Aus irgendeinem der Zimmer kam ein schriller Alarmton und zerrte an seinen Nerven.

»Es ist in Ordnung«, beruhigte sie ihn. »Morgen wieder. Es wird sonst zu viel für sie. Was hat sie gesagt?«

Er suchte nach den richtigen Worten, aber er fand sie nicht.

Auf dem Weg den Gang hinunter wichen sie zwei Ärzten aus, die im Dauerlauf in die entgegengesetzte Richtung an ihnen vorbeirannten. Die Atmosphäre auf der Station änderte sich schlagartig.

»Nicht so gut, glaube ich«, antwortete er mit ein wenig Abstand. »Ich soll Pfifferlinge essen in der *Mühlenschänke*.«

Aprils Mutter lachte, und für einen kurzen Augenblick erinnerte sie ihn an Tante Maggie. Er erwartete beinahe, dass sie sich bei ihm einhängen würde, während sie weiter Seite an Seite den Gang hinuntergingen, fort von der hektischen Betriebsamkeit.

»Was ist daran so komisch?«, fragte er.

Aprils Mom giggelte immer noch.

»Die haben ab September nur am Wochenende geöffnet. April weiß das, und heute ist Montag.« Sie zwinkerte ihm zu, als er sie weiter verständnislos ansah. »Das können Sie als gutes Zeichen deuten. Ich kenne meine Tochter ein bisschen länger als Sie. Sieht so aus, als hätten Sie die Absolution erhalten – zumindest vorläufig.«

Vor dem Fahrstuhl blieben sie stehen. Er drückte den

Knopf, und Mrs. Fischer wühlte in ihrer Handtasche nach dem Autoschlüssel.

»Frau Fischer?«, rief jemand hinter ihnen, gerade, als die Türen zischend zur Seite glitten.

»Ja?«

Sie drehten sich um.

Einer der Pfleger winkte ihnen nervös. »Ich glaube, Sie kommen besser noch mal zurück. Ihre Tochter …«

Dann piepte ein weiterer Alarmton.

Sie sahen sich an, dann rannten sie gleichzeitig los. Storm war schneller, er erreichte die Tür zuerst, aber ein stämmiger Pfleger drängte ihn zurück.

»April«, rief er und wollte sich an ihm vorbeiquetschen, aber der Mann war stärker als er, obwohl er einen Kopf kleiner war.

»Warten Sie bitte draußen«, sagte die Pflegekraft unnachgiebig.

Hinter seinem Rücken sah er April, knallrot im Gesicht, die kobaltblauen Augen weit aufgerissen, die Bettdecke von sich gestrampelt. Zwei Schwestern bemühten sich, sie einigermaßen ruhig zu halten, und zwei Ärzte wuselten um sie herum, der eine drückte den Inhalt einer Spritze in ihren Zugang, während der andere ihr Herz abhörte, hinter ihren Ohren und am Unterkiefer herumtastete und ihr in die Augen leuchtete.

Storm sah ihre glänzenden Arme und Beine, das Nachthemd klebte auf ihrer Haut, und zwischen den Brüsten war es nassgeschwitzt. Sie schien zu glühen und streckte ihre Arme nach ihm aus.

»Storm?«, hörte er sie heiser krächzen.

Dann verdrehte sie die Augen, und ihre Gliedmaßen begannen unkoordiniert zu zucken.

»Sie krampft«, hörte er jemanden rufen und konnte sich

herleiten, was es bedeutete, weil er ja sah, was passierte. Aber er verstand nicht, was da geschah. Sie war doch eben noch relativ fit gewesen.

Er wollte hineinrennen, zu ihr, sofort, aber er wurde radikal abgeblockt wie bei einem Rugbyspiel.

»Was hat sie?«, herrschte er den Pfleger an, der ihn mit der Kraft eines Boxers an den Oberarmen festhielt.

Er zerrte ihn zur Seite, weil ein Gerät an ihm vorbei in den Raum geschoben wurde. Andere Arme griffen nach ihm, er wurde beiseite gedrängt. Dann knallten sie ihnen beiden die Tür vor der Nase zu.

»Was geschieht dadrin?«, fragte Storm schockiert.

»Ich weiß es nicht. Ich habe nur etwas von Lorazepam i.v. mitbekommen«, sagte Aprils Mutter wie in Trance. »Sie hat einen Krampfanfall … Ich dachte, sie hätten … Sie würden … Mein Baby!« Sie schlug sich die Hand vor den Mund und sah durch Storm hindurch, als wäre er gar nicht da, doch dabei krallte sie sich schmerzhaft in seinen Arm.

Er geleitete sie zur Wand, damit sie nicht mitten im Flur standen, allem und jedem im Weg, und hielt sie genauso fest wie sie ihn. Ertrinkende, Fremde, mit einem gemeinsamen Fokus.

Die Tür blieb zu. April lag in diesem Zimmer, auf der anderen Seite, nur so wenige Meter von ihm entfernt, und doch hätte sie sich genauso gut in einer anderen Galaxie befinden können.

Noch nie hatte er sich so schmerzhaft getrennt von einem anderen Menschen gefühlt, so unerträglich ohnmächtig und dem Universum hilflos ausgeliefert wie eben von April. Mit Ausnahme von Marty vielleicht, während der endlosen Stunden, in denen er ihn im Pool stehend, an diese menschenfressende Saugpumpe gefesselt, getragen und über Wasser gehalten hatte. Da war sein Freund bereits tot gewesen. April dagegen lebte. Sie lebte, verdammt noch mal, und das würde auch so bleiben, es musste!

Über dem Türstock ging ein rotes Lämpchen im Sekundentakt an und aus, anscheinend fand niemand die Zeit, den hektisch blinkenden stillen Alarm auszuschalten.

Andere Patienten hatten keinen Blick dafür, schlurften unbeteiligt den Gang hinunter, mit Infusionsständern auf Rollen als Gehhilfe oder als Gesellschaft, hielten an für ein Schwätzchen miteinander. Er musste an die Gassi gehenden Damen im Golden Gate Park in San Francisco denken.

Schwestern sortierten Papiere hinter ihrem Tresen, gingen Routinetätigkeiten nach, beantworteten Besucherfragen – der Stationsalltag lief weiter, während hinter dieser einen Tür die Erde bebte.

Mit Mühe riss Storm den Blick davon los.

»Wollen Sie zu Hause anrufen?«, fragte er. »Ihrem Mann Bescheid geben?«

Aprils Mutter sah ihn an, blinzelte, nickte dann zeitverzögert und griff in ihre Jackentasche. »Ja … ja, oh Gott. Das sollte ich wohl.«

Eine Schwester kam auf sie zu und bat sie, ein wenig abseits zu warten und sich zu setzen, der behandelnde Arzt würde auf sie zukommen, sobald er Zeit habe. Sie drängelte, weil Aprils Mutter so lange brauchte, bis sie das Handy in ihrer Tasche fand und keine Anstalten machte, sich fortzubewegen. Storm wimmelte die Pflegerin ab und bedeutete ihr gestenreich, dass sie schon so gut wie unterwegs waren.

Aprils Mutter starrte nervös auf das Display, so, als könnte sie es durch ihren Blick dazu zwingen, eine Funkverbindung zu erzeugen. Während sie es an ihr Ohr hob, sah sie Storm verzweifelt an. »Er geht nicht ran!«

Storm öffnete den Mund, da winkte sie ab und ging einen Schritt beiseite.

»Doch, jetzt! Oh … Helge? Helge!«

Sie hastete davon, anscheinend hatte sie Angst, jemandem im Weg zu sein, der in oder aus Aprils Zimmer wollte. Nach ein paar Schritten machte sie allerdings auf dem Absatz kehrt und eilte wieder auf ihn zu.

»Helge kommt gleich«, flüsterte sie ihm zu. »Meinst du, der Hund kann noch ein bisschen allein bleiben?«

Storm nickte abwesend, den Blick immer noch auf die Tür zu Aprils Zimmer geheftet, als könnte er sie mit einem Röntgenblick durchbrennen.

»Sky braucht Futter. Er muss sicher auch mal raus«, murmelte er wenig später mechanisch.

»Das hat Helge bereits erledigt.« Ihre Mutter folgte seinen Augen und hielt kurz die Luft an.

Die Tür öffnete sich für wenige Sekunden, wurde aber sofort wieder geschlossen. Eine Schwester rannte an ihnen vorbei, diverse Röhrchen mit Blut und anderen Flüssigkeiten auf einem kleinen Tablett balancierend.

Aus der anderen Richtung kam eine junge Frau mit burschikosem blonden Bürstenschnitt, großem College-Notizblock und einem Ball unter dem Arm. Sie ging zielstrebig an ihnen vorbei, direkt auf Aprils Zimmer zu.

Wie in Trance steuerte er ebenfalls darauf zu. Doch bevor er die junge Frau warnen und aufhalten konnte, wurde sie um ein Haar von der nächsten aus dem Zimmer herausstürzenden Pflegekraft umgerannt.

»Oh, Entschuldigung«, haspelte sie, sprang zur Seite und ließ dabei den Ball fallen.

Storm war mit der Aufmerksamkeit schon wieder bei dem Pfleger. Mit einem Fingerzeig versuchte er, ihn anzuhalten oder zumindest einen Blick auf April zu erhaschen, aber die Tür war bereits zugefallen.

Derweil steckte sich Aprils Mutter einen Finger ins freie

Ohr, drehte sich weg und wich dabei geschickt der dunkelgrünen Kugel aus, die in diesem Moment quer über den Flur auf sie zugerollt kam. Sie eilte bereits den Gang hinunter und redete dabei hörbar aufgewühlt auf ihren Mann ein.

»Fuck«, schimpfte die junge Frau, die noch versucht hatte, das Geschoss erst mit ihrem Block, dann mit ihrem hellgrauen Sneaker abzufangen. »Oh Gott, das tut mir leid«, rief sie und stolperte dem runden Ding hinterher.

Storm hob das auf, was er für einen Ball gehalten hatte, bevor es zwischen seinen Beinen unter einem Getränkewagen verschwinden konnte. Zu seiner Überraschung stellte er fest, dass es sich um eine kleine Wassermelone handelte.

»Danke schön!«, japste die Frau und richtete sich auf, offenbar unschlüssig, was sie nun eigentlich mit der Frucht anstellen sollte.

Sie musterte ihn mit dem Ausdruck wohlerzogen kaschierter Neugier, den er hier als häufigsten Reflex auf seine verstümmelte linke Gesichtshälfte erlebte.

»Wissen Sie zufällig … äh … wo die Toiletten …«

Okay, sie hatte sich doch erschreckt und brauchte einen Moment, um sich zu sortieren.

Auch das hatte er schon tausendmal erlebt. Es gab keine Reaktion, mit der er noch nicht konfrontiert worden wäre. Eine Zeitlang hatte er sich sogar den Spaß daraus gemacht, mit sich selbst zu wetten, wie die nächste Rückmeldung ausfallen würde. Wer würde sich so gruseln, dass ihm die Gesichtszüge entglitten, wer würde sich ekeln, wen ließe es kalt? Im Lauf der Zeit hatte er eine beeindruckende Trefferquote erreicht. Aber damit wurde das Spiel langweilig.

»Sorry, ich spreche kein Deutsch«, sagte er und bot ihr damit elegant einen Fluchtweg an.

Aber sie lachte nur und wiederholte ihr Anliegen auf Englisch.

Storm deutete den Gang hinunter, in die Richtung, in die Aprils Mutter gegangen war. Die Frau verschwand zügig.

Erheblich langsamer humpelte er zu der Stuhlreihe, auf die die Schwester vorhin gezeigt hatte.

Ein paar Minuten später kamen die beiden Frauen unabhängig voneinander zurück.

Die Melone im Arm der jungen Frau glänzte wie frisch gewaschen, und zu seiner Überraschung sah Storm, dass sie kurz stehen blieb, um die Frucht großzügig mit Desinfektionsmittel aus einem der Spender auf dem Flur einzusprühen.

»Er kommt gleich«, sagte Aprils Mutter, zog sich die Maske ins Gesicht und setzte sich neben ihn. »Ist etwas passiert? Gibt es irgendwas Neues?«

Storm schüttelte den Kopf.

Er fragte sich, wen diese Frau mit der Melone erschlagen wollte. Da war etwas an ihr … Ihre Art … Ein kleines Alarmglöckchen bimmelte, und er konnte nicht festmachen, woran es lag, aber er beäugte argwöhnisch jeden Schritt, den die Blonde machte.

Sie steuerte tatsächlich erneut Aprils Zimmer an, zögerte aber, ging einen Schritt vor, dann wieder zurück, blickte auf das Türschild und auf den blinkenden Alarm und machte dann unsicher ein paar Schritte auf Storm und Aprils Mutter zu. Dabei hielt sie die nun wohl sauberste Melone der Welt fest unter den Arm geklemmt, deutete mit ihrem Block auf Aprils Zimmertür und zog sich anschließend umständlich einen Mundschutz ins Gesicht, der um ihren Hals gehangen hatte, bevor sie noch einen Schritt näher auf die beiden zuging. »Gehören Sie zufällig zu April, oder liegt noch jemand im Zimmer? Ist alles in Ordnung dadrin?«

Aprils Mutter schüttelte den Kopf und machte ein ersticktes Geräusch.

Storm sah, dass ihr Kinn zitterte, und übernahm. Auch

wenn er nur die Hälfte verstanden hatte, er empfand die Fremde als ein wenig aufdringlich. Zu schade, dass sie fließend Englisch sprach, anders wäre es leichter gewesen, sie abzuwimmeln. Er hatte in keinem Fall vor, ihr irgendetwas zu erzählen.

»Schlechtes Timing«, brummte er und scannte sie ganz offen ab. »Bist du eine Freundin?«

»Nein, ich … Beziehungsweise ja … Ich hoffe zumindest … Wir haben uns erst vor ein paar Tagen kennengelernt«, sagte die junge Frau und lächelte entwaffnend. »Ich bin Journalistin, und April wollte mir … Verzeihung. Ich bin Sinja Mertens.« Sie klemmte den Block unter den Arm, mit dem sie die Melone hielt, und streckte ihm die rechte Hand hin.

Storm ignorierte die Geste.

»Du entschuldigst dich ganz schön oft«, stellte er fest.

»Tut mir …« Sie grinste. »Ups.«

»Was wollte meine Tochter?«, fragte Aprils Mutter.

»Oh, Sie sind ihre Mutter? Fantastisch! Haben Sie einen Moment Zeit? Ich schreibe einen Artikel über die Arbeit von Professor …«

Die Tür ging auf, und niemand hörte ihr länger zu. Mit einer geheuchelten Entschuldigung sprangen Storm und Aprils Mutter von ihren Sitzen und hielten auf den Arzt zu, der mit ernstem Gesicht das Zimmer verließ und sich Einmalhandschuhe von den Händen streifte.

»Was ist mit ihr?«, fragte Aprils Mutter und trat ihm halb in den Weg.

Storm drehte sich noch einmal zu der Journalistin um, die verwirrt zurückgeblieben war. Er fühlte sich zu einer Erklärung verpflichtet. Sie schien April zu mögen, und vermutlich beruhte das auf Gegenseitigkeit. »Das Timing ist gerade wirklich ganz schlecht. Warum kommst du nicht morgen wieder … oder übermorgen?«

Oder gar nicht, fügte er im Stillen hinzu und biss sich auf die Lippe. Er hatte ein sehr gespaltenes Verhältnis zur Presse, und es fiel ihm schwer, das nicht zu deutlich zur Schau zu stellen. Sympathie hin oder her, er hatte gelernt, misstrauisch zu bleiben. Er witterte Pressefuzzis inzwischen offenbar selbst, wenn sie wie Sinja Mertens Melonen durch deutsche Krankenhausflure schleppten, und er würde nicht zulassen, dass sie irgendetwas über April ... Nein. Das würde nicht passieren. Sie stand nicht im Rampenlicht. Niemand in der Öffentlichkeit interessierte sich dafür, dass sie hinter dieser Tür um ihr Leben kämpfte.

»Natürlich, ich ...«

Der Blick der jungen Frau folgte seinem, hinüber zu dem Arzt, der gedämpft mit Aprils Mutter sprach.

»Tut mir ehrlich leid, ich wollte nicht ... Sorry! Richte ihr gute Besserung aus, ja?«

Er nickte und nahm verblüfft die schwere Frucht entgegen, die sie ihm in die Hände drückte.

»Das sollte ein ... Du kennst bestimmt die Szene aus *Dirty Dancing*, oder? Egal. Nicht wichtig. Insiderwitz.« Sie verzog entschuldigend den Mund und hob die Schultern. »Liebe Grüße von Sinja, okay? Ich versuche es die Tage noch mal – wenn es dann besser passt ... geht ... Hoffe ich. Alles Gute!«

Sie eilte in Richtung Ausgang, aber nach ein paar Metern kehrte sie noch einmal um und bremste Storm aus, der bereits auf dem Weg zu Aprils Mutter und dem Mediziner war. Ungeduldig zog er die Augenbrauen hoch, als Sinja mit dem Finger auf ihn zeigte. Er wollte endlich wissen, was der Arzt sagte und was mit April los war.

»Hat dir schon mal jemand gesagt, dass du ziemliche Ähnlichkeit hast mit ...« Sie schnippte mit den Fingern und machte dann eine Geste, als ob sie an ihren Wangenseiten entlangstreichen würde. »Dieser Schauspieler, nein, warte ...

Sänger war der … Mir fällt gerade der Name nicht ein, aber ich sehe ihn vor mir. Du bist ihm wie aus dem Gesicht geschnitten, also …« Sie wurde rot, als ihr die Doppeldeutigkeit dieser Formulierung angesichts seiner Narben bewusst wurde. »Man muss sich nur die … Mit ein bisschen Fantasie …« Sie lachte verlegen auf. »Verrückt, oder? Na, nichts für ungut. Es spielt ja auch keine Rolle. Wiedersehn. Und noch mal gute Besserung für April.«

»Richte ich aus«, sagte er knapp.

Sie lächelte und ging den Flur hinunter.

Er sah der Journalistin nach, bis sie verschwunden war, dann hastete er zu der kleinen Nische, in der Aprils Mutter mit dem Doc stand. Sie war immer noch ins Gespräch mit dem Arzt vertieft und sah Storm nicht an, als sie ihn kommen hörte, aber ihre kleine Hand tastete nach ihm und krallte sich in seinen Jackenärmel, sobald sie die Chance dazu hatte.

Der Arzt hatte diesen speziellen Blick, ernst und sorgenvoll, doch gleichzeitig professionelle Zuversicht ausstrahlend.

Sie stellte ihn als Aprils Freund vor, übersetzte für ihn, und Storm entfuhr ein leiser Fluch.

»Oh, Sie sind Amerikaner? Woher denn?« Der Arzt horchte interessiert auf. »Dr. med. Markus Hanstedt« stand auf seinem Namensschild.

»Kalifornien.«

»Aha. War April vor Kurzem dort?«

»Ja, ein halbes Jahr etwa.«

»Auch in der Natur? Hatte sie Kontakt zu Tieren?«

Storm nickte vage. »Sie hat einen Hund. Und natürlich war sie mit dem viel draußen unterwegs …«

»Nun, die gute Nachricht ist, dass wir ein Rezidiv zum jetzigen Zeitpunkt mit ziemlicher Sicherheit ausschließen können«, sagte der Mediziner auf Englisch und wiederholte es auf Deutsch für Aprils Mutter, obwohl sie ihn mit Sicherheit verstanden hatte – zumindest hatte sie den Klammergriff um Storms Arm sofort gelockert. »Aber es sieht ganz danach aus, dass die Patientin sich eine Infektion eingefangen hat, die …«

»Sie heißt April«, unterbrach ihn Storm.

Der Arzt sah ihn seltsam an. Er zögerte etwas, bevor er sich einen Ruck gab und weitersprach. »Eine Infektion, die Aprils Gehirn oder die Hirnhaut in Mitleidenschaft gezogen hat.«

Aprils Mutter stöhnte. Storm drückte ihre Hand und hielt sich ebenso an ihr fest wie sie sich an ihm.

Kein Krebs. Das war doch schon mal gut, oder nicht? *War* das jetzt gut – oder schlecht? Die Worte des Arztes rotierten in seinem Kopf. Es ist keine Leukämie, jubelte ein Teil in ihm, und er wäre am liebsten losgerannt, um April die guten Neuigkeiten zu unterbreiten. Ihre Angst war unbegründet gewesen. Aber eine Infektion im Gehirn? Das klang bedrohlich. War das am Ende schlimmer als Leukämie? Und was hatte Sky damit zu tun?

»Das Fieber, die geschwollenen Lymphknoten, ihre Entzündungswerte … Wir haben in der falschen Richtung gesucht«, erklärte der Mediziner gerade.

»Wird sie wieder gesund?«

Dr. Hanstedt sah von ihm zu Aprils Mutter. »Nach erfolgreichem Durchbrechen des Krampfanfalls haben wir ein kraniales CT durchgeführt. Wir konnten Hirndruckzeichen ausschließen und haben daher direkt im Anschluss eine Lumbalpunktion vorgenommen. Jetzt müssen wir auf die Laborergebnisse warten, um herauszufinden, ob die Entzündung einen viralen oder bakteriellen Ursprung hat.«

Das war keine Antwort auf die Frage. Der Mann wich aus. Und das lag nicht an den verschiedenen Sprachen. Storm kannte dieses Verhalten. Seine Ärzte in den Staaten hatten die gleiche Nummer abgezogen, als er nach dem Unfall damals ganz simpel gefragt hatte: »Werde ich je wieder tanzen können?«

»Was können Sie tun?«, fragte Aprils Mutter mit zittriger Stimme.

»Sie bekommt bereits intravenös Antibiotika, um eine mögliche bakterielle Meningitis abzuschirmen. Wenn es anschlägt, ist das ein weiterer Hinweis darauf, um welche Form der Entzündung es sich handelt. Sobald wir den Blutausstrich und die Ergebnisse der PCR vorliegen haben, wissen wir mehr. Es könnten auch Herpes- oder andere Viren infrage kommen, aber ich habe noch eine andere Idee. Wenn sich mein Verdacht erhärtet, müssten wir Antikörper sehen.«

»Antibiotika? Aber ...« Aprils Mutter sah verwirrt zu Storm und wieder zurück zu dem Arzt.

»Ja. Wir geben ihr Cephalosporin plus Ampicillin. Die Symptomatik ist eher typisch für eine virale Enzephalitis. Aber bis zur endgültigen Abklärung behandeln wir jede Infektion in dieser Richtung sicherheitshalber mit Antibiotika.« Er räusperte sich und bat die beiden, sich mit ihm auf die Stühle an der Wand zu setzen. »Sollten sich im Direktpräparat der Lumbalpunktion doch Anzeichen für einen bakteriellen Infekt ergeben, müssten Sie beide zum Eigenschutz vorsorglich eine Einmaldosis Ciprofloxacin einnehmen.«

Aprils Mutter nickte, um Fassung bemüht.

»Eine Enzephalitis? Wo kann sie die herhaben?«, fragte Storm. Das ganze Fachchinesich nervte ihn.

Der Arzt legte den Kopf schief und runzelte die Stirn. »Ist sie in letzter Zeit von einer Zecke gebissen worden? Wenn wir den Erreger kennen, können wir das näher bestimmen, aber dann ist es vielleicht auch schon fast egal, so gesehen.«

»Sie haben einen Verdacht, sagten Sie?« Aprils Mutter sprach leise.

»Aprils Immunabwehr ist geschwächt. Die Ursachen einer Enzephalitis können vielfältig sein. Das ist eine seltene Komplikation, wie wir sie beispielsweise bei verschiedenen von Zecken übertragenen Krankheiten kennen.«

»Zecken«, wiederholte Storm.

Er hatte keine gesehen, aber das musste nichts heißen. Diese Biester waren in den ersten Entwicklungsstadien winzig. Hatten sie noch kein Blut gesaugt, übersah man sie schnell und kratzte sie einfach weg.

»Es ist eine Möglichkeit von vielen. Aber Sie haben Glück. Das ist zufälligerweise mein Spezialgebiet. Ich habe über spinnentierartige Parasiten promoviert. In Europa wäre eine Borreliose oder FSME die wahrscheinlichste Diagnose. Da sie in den letzten Wochen in den USA war, tippe ich allerdings eher auf eine Anaplasmose. Die ist hierzulande zum Glück noch recht unbekannt. Es würde zu den unspezifischen Symptomen und zu den Blutbildveränderungen passen: Unwohlsein, Fieber, Schmerzen, die geschwollenen Lymphknoten, der Schwindel, die Atemschwierigkeiten und Störungen des ZNS – dazu die Anämie und die Abnahme bestimmter Blutzellen bei angestiegenen Leber- und Entzündungswerten. Dreiviertel aller Menschen, die sich mit dem Erreger anstecken, merken überhaupt nichts davon oder glauben, sie hätten eine leichte Sommergrippe.«

Storm nickte. Das waren genau seine Gedanken gewesen. Dass sie sich einfach nur eine Grippe eingefangen hatte.

»Aber Aprils Immunsystem ist geschwächt …«

»Wie schlimm ist es?«, fragte er heiser und schielte den Gang hinauf, zu ihrem Zimmer.

Er war doch eben noch bei ihr gewesen.

Der Arzt schüttelte den Kopf. »Das kann ich nicht sagen. Um eine Prognose zu wagen, ist es zu früh. Wie gesagt, wir müssen erst das Labor abwarten und …«

»Wie schlimm?«, bohrte jetzt auch ihre Mutter nach.

Dr. Hanstedt legte den Kopf in den Nacken und sah an die Decke, dann senkte er ihn wieder und betrachtete seine radikal kurz geschnittenen Fingernägel. »Ich kann es nicht sagen ... Es ist gut, dass sie hier ist. Wir konnten sofort reagieren und tun unser Bestes.«

Das war Ärztecode für: »Es sieht nicht besonders gut aus.«

»Kann ich zu ihr?«

Dr. Hanstedt nickte in Zeitlupe. Storm sprang bereits auf, aber der Arzt gebot ihm Einhalt und schnitt eine Grimasse, als hätte er sich in den Finger geschnitten. »Moment. Bitte erschrecken Sie sich nicht. Wir haben ihr etwas Sedierendes zur Beruhigung gegeben, Antibiotika, Kortison und einen Fiebersenker. Sie schläft jetzt, und zur Sicherheit verlegen wir sie auf die Überwachungsstation.«

»Was? Sie sprechen aber nicht von einem künstlichen Koma, oder?«

»Nein.« Der Arzt zögerte. »Das scheint mir nicht nötig, solange es keine weiteren Komplikationen gibt.«

»Komplikationen?« Aprils Mutter war bleich geworden. Sie schlug sich die Hand vor den Mund und sah mit wachsendem Entsetzen von Storm zu dem Mann im weißen Kittel.

Er hatte Englisch gesprochen, und sie keuchte entsetzt auf, als er nun alles für sie auf Deutsch wiederholte.

»Mein Baby«, sagte sie angsterfüllt und fing an zu weinen.

Storm wusste nicht, wie er reagieren sollte. Er hatte die Frau gestern erst kennengelernt, aber immerhin war sie Aprils Mutter, und sie teilten eine fürchterliche Sorge. Also gab er dem Impuls einfach nach und nahm sie in den Arm.

»Danke, Doc.«

Der Mediziner drückte ihm mitfühlend die Schulter und stand auf. »Sie können für fünf Minuten rein. Aber dann fahren Sie nach Hause, ruhen sich aus und kommen erst morgen wieder. Okay? Wir rufen Sie sofort an, wenn sich etwas … verändert.«

Aprils Mutter löste sich von Storms Schulter.

Dr. Hanstedt war bereits gegangen.

»Wir können sie doch nicht allein lassen!«, widersprach sie und sah seinem wehenden Kittel hinterher, bis er im Stationszimmer verschwunden war.

Verstohlen wischte sie sich mit dem Handrücken die Tränen aus dem Gesicht.

»Das machen wir auch nicht«, versprach Storm. »Aber der Arzt hat recht, im Moment können wir nichts tun. Fahren Sie nach Hause, ich komme schon zurecht. Sie haben Gäste, um die Sie sich kümmern müssen, und ich …«

Sie schüttelte heftig den Kopf. »Das kommt überhaupt nicht infrage. Und der Hund kann doch auch nicht so lange allein bleiben.«

Im ersten Moment glaubte er, sie wollte nicht, dass er bei ihrer Tochter bliebe.

»Jetzt warten wir erst mal, bis Helge kommt, er müsste jeden Augenblick hier sein. Kann ich zuerst zu ihr?«

Er nickte und war überrascht, dass sie ihn das fragte. »Natürlich. Ich mache in der Zwischenzeit einen Anruf.« Er wedelte mit seinem Handy. »Ich schicke Ihren Mann rein, sobald ich ihn sehe.«

Er war kaum durch die Glastür ins Treppenhaus gegangen, da begegnete er Aprils Vater, der, drei Stufen auf einmal nehmend, die Treppe heraufrannte.

»Storm«, keuchte er, als er ihn erkannte. Sein Gesicht war rot. »Was ist passiert?«

Storm legte auf, gerade, als jemand am anderen Ende der Leitung abgehoben hatte, und ließ das Telefon sinken. »Sie hat plötzlich Fieber bekommen und …«

Ungeduldig winkte ihr Vater ab. »Was sagen die Ärzte? Wo kommt es her?«

»Sie vermuten, dass sie eine Entzündung hat. Im Gehirn«, fügte er heiser hinzu. »Kein Krebs also, aber ich weiß nicht, was ...« Er unterbrach sich.

Storms Blick fiel auf die geballten Fäuste von Aprils Vater, die dieser sofort löste, als er das bemerkte. Er blieb stehen und versuchte, zu Atem zu kommen.

»Ja, das sagte Anna. Ich bin hergefahren, so schnell ich konnte. Dann hat es also nichts mit ... eurer Begegnung zu tun?«

Er sah ihn scharf an, und Storm schluckte.

»Sie glauben doch nicht, dass ...«

»Junge, wenn sie dich nicht will, dann musst du das akzeptieren. Ich sehe das nicht so romantisch verklärt wie meine Frau. Verschwinde aus ihrem Leben. Sie hat andere Probleme, siehst du das nicht?«

Storm presste die Kiefer aufeinander. »Oh doch, das tue ich«, erklärte er nachdrücklich. »Und genau deswegen bleibe ich, ob es Ihnen passt oder nicht. Bei allem Respekt, Mr. Fischer, aber ob ich gehe oder bleibe, entscheidet allein April. Ich liebe Ihre Tochter, und ich weiß, dass sie mich auch liebt.«

»So? Weißt du das? Was ich gesehen habe, war ein heulendes Häufchen Elend, das einen Traum begraben hat.«

»Das hat sie nicht. Ich habe die Bücher gesehen. Wenn das mit uns schiefgeht, hat April immer noch die Medizin. Sie braucht mich vielleicht nicht so wie ich sie, aber ich werde jetzt für sie da sein. Ich werfe die Flinte nicht ins Korn, nur weil wir eine Krise durchleben. Würden Sie das an meiner Stelle tun?«

Ihr Vater grunzte und öffnete die Lippen, aber Storm war schneller.

»Ja, wir hatten uns gestritten, und sie hat sich von mir getrennt, ich habe Ihnen die Wahrheit erzählt. Aber wir sind auf einem guten Weg, wieder zueinanderzufinden.«

Das war eine gewagte Übertreibung, aber er würde sich nicht so einfach vergraulen lassen. Jetzt erst recht nicht!

»Wenn sie tatsächlich will, dass ich aus ihrem Leben verschwinde, dann wird sie mir das selbst sagen. Das, oder dass sie die Zeit, die uns vergönnt ist, mit mir teilen will. Gerade jetzt jedoch werde ich bei ihr bleiben und ihr zur Seite stehen. Das sollte ihr genug Energie geben, aufzuwachen und gesund zu werden. So oder so. Sie ist ein Sturkopf. Das wissen Sie sicherlich besser als ich. Sie schafft das. Wir schaffen das. Und jetzt gehen Sie zu Ihrer Frau, sie braucht Sie. Ich muss telefonieren und ein paar Dinge canceln.«

Aprils Vater nickte verblüfft. Er klappte den Mund auf, als ob er noch etwas sagen wollte, doch er schluckte es hinunter. »Gut, dann hätten wir das also geklärt«, sagte er schließlich, wandte sich zum Desinfektionsmittelspender und drückte den Hebel mit dem Ellbogen so heftig herunter, dass er verdächtig knarzte. Mit der gleichen Energie riss er die Glastür auf, die in die Station führte.

Storm hob sein Telefon und drückte auf Wahlwiederholung. Wie spät war es jetzt gerade an der Westküste? Er hatte keine Ahnung, aber es kümmerte ihn auch nicht. Er hatte schon mehr als einmal in seinem Leben einen Produzenten aus dem Bett geklingelt.

»Mr. Wheeler? Hier ist Storm Walker. Ich fürchte, ich muss für ein paar Wochen aussteigen. Ich kann die Pressetermine nicht wahrnehmen und wohl auch nicht an der Promo-Tour teilnehmen. … Nein, das ist leider kein Scherz. Es tut mir sehr leid. … Wo zur Hölle ich stecke? In Deutschland.«

Der Mann am anderen Ende wurde allmählich wacher.

»Ja, doch. Genau, das Deutschland in Europa.«

Storm hielt das Handy ein Stück weg vom Ohr. Wheeler schrie jetzt.

»Korrektur. Ich kann das Land verlassen, so oft und wann ich will«, sagte er ruhig. »Wir leben in einem freien Land. Zumindest dachte ich das … Ich bin in Europa aufgehalten worden. … Natürlich möchte ich meinen Vertrag erfüllen, aber jetzt im Moment geht es gerade nicht. … Nein, ich kann nicht in den nächsten verdammten Flieger steigen und meinen Arsch in Ihr Studio bewegen.«

Wheeler tobte und drohte damit, dass er einen anderen nachrücken lassen würde, es gäbe schließlich noch genügend Vorentscheide und Recalls, und *America's Topstar* sei nicht auf ihn angewiesen. Aber Storm kannte das Business. So einfach war es nicht, ihn hinauszuwerfen, und Wheeler wusste das auch. Und selbst wenn – sollte er doch. Die Erde drehte sich weiter.

Storm atmete tief durch, sah aus dem Fenster, wo Regentropfen in dicken Schlieren die Thermopenscheibe herabrannen, und merkte, wie egal ihm das alles war. Nur April zählte jetzt.

»Dann müssen Sie sich jemand anderen für Ihr Finale suchen. … Nein, das meine ich todernst. Ich weiß, was ich unterschrieben habe. Aber es gibt Wichtigeres im Leben. … Doch, in meinem schon! Das Leben meiner Freundin, wenn Sie es genau wissen wollen.«

Er biss die Zähne zusammen, das hatte er gar nicht erwähnen wollen. Es ging Wheeler nichts an. Aber der Produzent hörte ohnehin nur halb zu.

»Ich pfeife auf diese Chance«, antwortete Storm auf die nächste gebrüllte Kaskade. »Nein, ich kann hier jetzt nicht weg. … Das lässt sich nicht ändern. Es tut mir leid.«

Da Wheeler es einfach nicht kapieren wollte, rastete Storm schließlich doch aus, obwohl er sich geschworen hatte, Ruhe zu bewahren. Jetzt reichte es.

»Dann schieben Sie sich den Vertrag eben in Ihren gepuderten Arsch, ich werde Ihnen da nicht reinkriechen … Fein. Ja, schicken Sie mir die Rechnung. Ich freu mich drauf.«

Er drückte so heftig mit dem Finger auf den roten Hörer auf dem Display, dass das Gelenk knackte.

Konventionalstrafe. Pah. Sollte er doch.

*»Dickhead«*, murmelte er leise und war einen Moment lang versucht, das Handy gegen die Wand zu schmettern.

Wütend stopfte er es sich in die Hosentasche und ging zum Desinfektionsspender. Der Apparat ächzte noch stärker als vorhin bei Aprils Vater.

Die konnten ihn alle mal. Dann war das Geld eben weg.

Das Einzige, was zählte, war, dass April wieder gesund wurde. Und er würde da sein, wenn sie die Augen aufschlug. Er würde verdammt noch mal da sein, koste es, was es wolle.

## April

Humane Granulozytäre Anaplasmose. Keine Blasten im Blutausstrich. Kein Rezidiv. Die Worte hallen durch meinen leeren Verstand. Ich habe das Gefühl, in einer Kaugummiblase zu schweben. Sorgenfrei. Schwerelos.

Ich möchte wieder wegdämmern, und das tue ich auch. Schlafen ist so schön.

Zwischendurch bekomme ich mit, wie jemand meine Reflexe prüft, mir die Hand drückt, in meine Augen leuchtet, gleißendes helles Licht in meine Kinderzimmerträume, das ist so unsensibel! Ich kuschle mich ein, rolle mich zusammen, halte meinen Teddy im Arm. Ich liege im Zimmer meiner Kindheit, vielleicht sind wir auch in den Ferien?! Ich höre ja das Meer rauschen, direkt vor meinem Fenster. Ich bin höchstens neun Jahre alt. Im Fernsehen läuft eine Kindersendung, die Musik erinnert mich an etwas, aber ich bin zu müde, die Augen zu öffnen. Es geht mir wunderbar.

Ich dämmere wieder weg. Schlafen, endlich kann ich schlafen. Ich weiß nicht mehr, wieso das vorher nicht möglich war, aber genau jetzt könnte ich ewig weiterdösen. Ich liege wie auf Wolken, keine Schmerzen, kein Hunger, kein Durst, kein Gedankenkarussell, alles wie weggeblasen. Ich beschließe, endgültig aufzuhören mit dem Erwachsensein. Viel zu anstrengend.

»April?«

»Ich bin nicht da«, murmle ich und presse die Lider zusammen, damit sie nicht wieder hineinleuchten können.

»April?«

Das ist eine andere Stimme diesmal, ich kenne sie, aber ich erinnere mich nicht an das dazugehörige Gesicht.

»Noch fünf Minuten«, sage ich und drehe mich um. »Ich gehe heute nicht in die Schule. Ich habe Ferien. Lass mich!«

Jemand fasst meinen Arm an, daran sind Schläuche befestigt, nein, nur einer, aber ein anderer führt in meine Nase. Das Ding stört. Sanfte Hände legen sich um meine Finger und hindern mich daran, mir diese komischen Brillenbügel hinter den Ohren hervorzuklauben. Wieso trage ich denn eine Brille im Bett? Völliger Blödsinn. Habe ich die Papa gemopst? Aber ich fühle keine Gläser, da sind nur diese Bügel, und sie führen zu meiner Nase. Wie lustig. Na gut, dann lasse ich sie eben auf.

Als ich das nächste Mal ans Ufer des Halbbewusstseins schwappe, begreife ich, dass das sanfte Rauschen und Gluckern weder vom Meer noch von einem Aquarium kommt. So hört sich ein Kompressor an, aber wieso steht so ein Monstrum in meinem Kinderzimmer? Mein Teddy ist verschwunden. Dafür höre ich Musik. Jemand drückt mir Kopfhörer auf die Ohren. Sehr sanft. Ich mag das Lied. Es erinnert mich an jemanden. An Liebe. Mein Magen kribbelt. Mit einem Lächeln schlafe ich ein. Und mit dem Gefühl streichelnder Finger an meiner Wange.

Ich habe keine Ahnung, wie viel Zeit vergangen ist, als ich das nächste Mal aufwache. Leise Gitarrenmusik webt sich schmeichelnd in meinen Dämmerzustand. Ich brauche ein bisschen, bis ich die Melodie zuordnen kann. Sie kommt mir vertraut vor, ich verbinde etwas Wunderschönes damit. Wenn ich nur wüsste, was!

Es ist ein uralter Song aus den Sechzigern. *Never My Love* von The Association. Ich weiß es. Ganz plötzlich ist die Erinnerung wieder da. Viele bekannte Musiker haben den Song gecovert, Wilson Pickett, Barry Manilow, David Hasselhoff, Rita Wilson, Bryan Adams fallen mir ein. Keine Ahnung, woher ich das plötzlich weiß. In irgendeinem Schubfach meines Gedächtnisses lag die Information säuberlich aufbewahrt. Jemand hat es mir erzählt, aber diese Version hier kenne ich nicht. Oder doch? Doch!

Tonlos flüstere ich den Text mit. »Niemals, meine Liebe … Wie kannst du denken, dass meine Liebe zu dir enden wird, da du doch weißt, dass sich mein ganzes Leben um dich dreht … Niemals, meine Liebe … Niemals, meine Liebe …«

Ein angenehmes Knistern kriecht mir unter die Haut, als ich die Stimme erkenne. Ich lasse die Augen geschlossen, zu behaglich ist diese Traumwelt, ich möchte sie halten, mich von den Klängen wiegen lassen, solange es geht.

»Storm«, murmle ich glücklich und wähne mich einen seligen Augenblick lang in San Francisco. Ich rieche die Bucht, die Kräuter von der Dachterrasse, höre das Rascheln der Gardinen vor der offenen Tür, die zur Terrasse hinausgeht.

Ganz kurz nur blinzle ich durch meine Wimpern. Ich will noch nicht.

»Wie spät ist es?«, frage ich auf Englisch ins Halbdunkel des Zimmers. »Muss ich schon aufstehen? Fährst du mit mir nach Hawaii? Ich kann doch nicht sterben, bevor ich …«

Die Gitarrenmusik verklingt. Ich höre, wie das Instrument beiseitegestellt wird. Dann sind da Schritte. Eine Hand greift nach meiner, ich fühle starke, lebendig warme Finger.

»Bist du wach, Keks? Ich bin hier! Niemand stirbt!«

»Storm«, wispere ich heiser und blinzele. »Spielst du nicht weiter? Es klang so schön!«

Meine Augen schmerzen, als ich sie öffnen will, als ob sie an den Lidern festgeklebt wären. Sie fühlen sich trocken an, ich muss ein paarmal zwinkern und die Augäpfel bewegen, bis es erträglich wird. Und jetzt, da ich mich im Bett bewege und ein wenig räkle, ganz vorsichtig nur, um den Traum und seine Melodien nicht zu vertreiben, spüre ich auch meine Knochen wieder. Fort ist das angenehme Wolkengefühl. Mein Körper hat mich zurück – und ich seine Schmerzen.

Aber Storm ist noch da.

»Wie lange habe ich geschlafen?«

Seine Augen glänzen, er blinzelt die Feuchtigkeit weg. Sie sind gerötet, mit dunklen Ringen drunter, übernächtigt sieht er aus, ziemlich fertig sogar. Das Rot des Lidrandes lässt das helle Grün seiner Raubtieraugen noch intensiver wirken.

»April«, flüstert er und streicht mir mit zitternden Fingern übers Gesicht, ganz vorsichtig, als hätte er Angst, etwas zu zerbrechen. »Du warst … Du hast … Es ist alles gut«, stottert er, berührt meine Haare, drückt meine Hand. »Geht es dir … Oh Himmel, April, ich … ich liebe dich!«

Ich versinke in diesem hellgrünen Blick, der mich so besorgt ansieht, und recke mich ihm ein Stückchen entgegen, so gut ich kann. Ein waghalsiger Teil von mir möchte ihn gern küssen, ganz kurz nur, aber ich bin viel zu erschöpft.

Und dann kehren langsam, ganz langsam weitere Bruchstücke meiner Erinnerung zurück.

Ich liege im Krankenhaus, ich war umgekippt. Zu Hause in Deutschland, und davor ... Da war noch etwas. Es fällt mir nicht ein, noch nicht, doch, da war ein Streit. Ja, ja, der Streit. Alles fühlt sich auf einmal so unwichtig an. Verschwommen, nebensächlich. In diesem Augenblick ist alles egal – nur eins nicht, der Paukenschlag, der mein Herz verkrampft: Wir haben uns getrennt. Ich habe mich getrennt.

Und dennoch ist Storm da.

Immer noch.

Obwohl ich ihn so vehement nach Hause geschickt habe.

»Du bist wirklich ein zäher Brocken«, krächze ich.

Mein Hals fühlt sich rau und wund an.

Er liest mir meinen Wunsch nach einem Getränk von den Augen ab, schenkt mir ein Glas stilles Wasser aus einer bereitstehenden Flasche ein und hält mich so, dass ich vorsichtig ein kleines Schlückchen nehmen kann. Und dann noch eins, mit seinem Arm als verlässliche Stütze in meinem Rücken.

Meine Kehle schmerzt beim Schlucken. Ich habe noch nie etwas Köstlicheres getrunken, und ich fühle mich sicher und beschützt. Einen Moment lang schließe ich die Augen und genieße einfach nur diese Wahrnehmung, Storms warme Stärke in meinem Rücken und die weiche, lindernde Kühle in meinem Mund.

»Was machst du denn immer noch hier? Du musst zurück. Tante Maggie sagt, du bist direkt ins Finale gebuzzert worden.«

»Maggie hat ... Wann hast du mit ihr gesprochen?« Erstaunt zieht er die Augenbrauen hoch. »Ich habe meine Teilnahme abgesagt«, erklärt er, bevor ich antworten kann.

»Du hast was?!« Meine Stimme überschlägt sich, mein Rachen brennt, und ich muss husten.

»Es ist in Ordnung«, behauptet Storm und reicht mir noch einen Schluck Wasser.

»Den Teufel ist es!«, keuche ich. »Du. Musst. Musik. Machen!« Mir ist schwindelig. Ein paar Atemzüge lang konzentriere ich mich nur auf Luftzufuhr, dann spreche ich eine Spur ruhiger weiter. »Tante Maggie hat mir eine Nachricht geschrieben, gleich nach der Landung. Sie meint, du warst richtig gut. Das kannst du doch nicht wegwerfen! Und Maria …«

»Abwarten. Ich konnte ja nicht wissen, wie lange du auf Tauchstation gehst und was du dir sonst noch einfallen lässt, um nicht mit mir reden zu müssen.«

Ich bin zu kraftlos, um gleich weiterzustreiten.

Mit den Augen bitte ich um einen weiteren Schluck Wasser. Er lässt mich trinken und stellt das Glas dann schweigend und in sich gekehrt zurück.

»Wenn du mir sagst, welchen Tag wir heute haben, wäre das ein Anhaltspunkt für mich, wie lange ich es geschafft habe.«

Er grinst schelmisch und kommt mit seiner Aufmerksamkeit wieder zu mir zurück. Die Narben verziehen sein Gesicht ein wenig ungleichmäßig, wenn er lächelt. Ich habe mich so sehr daran gewöhnt, dass es mir erst heute wieder auffällt. Es verleiht ihm etwas Verwegenes.

»Das weiß ich selbst nicht mehr, ehrlich gesagt«, sagt er mit entwaffnendem Charme.

Die Tür geht auf, und eine Schwester steckt den Kopf hindurch. Als sie sieht, dass ich wach bin, kiekst sie und verschwindet gleich wieder. Ich ahne, dass sie gleich mit Verstärkung zurückkehren wird. Storm scheint Ähnliches zu denken.

Ich möchte seine Lippen spüren, ganz kurz nur, so wie jeden Morgen, so, als ob nichts geschehen wäre, bevor sie alle hereingestürmt kommen. Und er liest auch diesmal meine Gedanken und beugt sich über mich, streift meinen Mund hauchzart mit seinem, und ich spüre eine salzige Träne auf meine Wange tropfen, als sein Gesicht das meine berührt.

»Du bist wieder da«, sagt er leise, seinen Atem an meinem Kinn und seine Fingerspitzen an meiner Wange. »Geh nie wieder fort, geh nicht fort ohne mich, versprichst du mir das?«

»Du kratzt«, beschwere ich mich krächzend und verstehe immer noch nicht bis ins Detail, was die ganze Aufregung soll. In meinem Kopf dreht sich alles, als hätte ich drei Nächte mit ganz billigem Wein durchgezecht. »Was ist denn nur los? Warum … Au, mein Rücken«, unterbreche ich mich selbst und lasse den Versuch, mich allein aufzurichten, ganz schnell sein.

Misstrauisch sehe ich mich um. Überall Monitore und Apparate. Das ist doch nicht mein übliches Zimmer!

»Wo sind meine Bücher? Wo bin ich, Storm?«

Der Stapel auf dem Rollwagen ist verschwunden. Stattdessen hänge ich an einer Infusion. Gleich mehrere Beutel baumeln an dem Ständer. Glukose erkenne ich, NaCl, irgendwelche Medikamente, deren Aufschrift ich nicht lesen kann, eine Packung parenterale Nahrung – wie lange war ich denn weg, verflixt noch mal?

Unwillkürlich taste ich an meinen Hals, zum Schlüsselbein. Ich spüre Verbandsmaterial. Es ziept auf meiner Haut.

»Mein Port?«, frage ich.

Storm will antworten, da fliegt die Tür auf, und die Schwester kommt zurück, dicht gefolgt von einem Arzt, beide mit wehenden Kittelschößen.

Storm tritt beiseite. Ich versuche, seine Hand festzuhalten, will ihn nicht gehen lassen, und doch entgleiten mir seine Finger. Ich habe zu wenig Kraft.

»Schön, dass Sie wieder bei uns sind«, haut der Arzt jetzt in die gleiche Kerbe und lächelt mich an, als könnte ich nicht bis drei zählen.

Ich könnte schwören, dass ich ihn noch nie gesehen habe. Dr. Hanstedt, entziffere ich mühsam auf seinem Schild.

»Ich wüsste nicht, dass ich zwischendurch in die Ferien gefahren bin.«

»Sie haben uns einen ganz schönen Schrecken eingejagt, Frau Fischer.«

»Aha?!«

Meine Hand tastet immer noch vorsichtig über den Verband.

Ich sehe Storm an, der sich mit der Hüfte ans Fensterbrett lehnt, deutlich entspannter jetzt, und mir aufmunternd zulächelt.

»Wir haben den Port sicherheitshalber entfernt«, erklärt der Mediziner und greift routinemäßig nach meinem Handgelenk, um meinen Puls zu fühlen, während die Schwester auf der anderen Bettseite irgendwelche Werte abliest. »Um eine Infektion als Ursache für Ihre … Absence … ganz sicher auszuschließen. Es war ganz schön fahrlässig, das Ding so lange drin zu lassen, wenn Sie mich fragen.«

»Tu ich aber nicht.«

Er tut wiederum, als hätte er mich nicht gehört. Kluger Mann.

Geschäftig tastet er nun an meinem Kiefer entlang und überprüft meine Lymphknoten. »Besser«, sagt er und nickt. »Sie hatten ziemlich hohes Fieber, von jetzt auf gleich, und Sie haben gekrampft. Wir haben eine Weile im Dunkeln getappt, was da in Ihrem Köpfchen los war. Aber das zweite Antibiotikum hat glücklicherweise sofort gegriffen.«

Wenn er mich als Nächstes fragt, wie viele Finger ich sehe, beiße ich zu.

»Das zweite«, wiederhole ich dumpf und versuche, die Worte des Doktors mit meinen wirren Fieberträumen unter einen Hut zu bekommen.

Er nickt noch einmal und lächelt Storm an. »Nach Erhalt der Antikörper konnten wir zum Glück recht schnell auf Doxycyclin switchen, um die Anaplasmose zu behandeln.«

»Aha!?«

Es klopft an der Tür, und gleich darauf stürmen meine Eltern in den kleinen Raum, der jetzt ziemlich überfüllt wirkt.

»April, du bist wach! Dem Himmel sei gedankt!«

Sind die hierher geflogen?

Meine Mutter fällt ungestüm über mich her, mein Vater beschränkt sich darauf, mir zuzunicken und durch die Zudecke kurz mein Bein zu drücken. Näher schafft er es nicht an mein umlagertes Bett.

Die Schwester ist damit beschäftigt, meinen Blutdruck zu messen und mir die Sauerstoffbrille abzunehmen, der Arzt steckt sich die Stöpsel des Stethoskops in die Ohren, um mich abzuhören, und hilft mir etwas unbeholfen, mich aufzurichten.

Ich suche Storm zwischen den ganzen Menschen, die plötzlich um mich herumwuseln, und erspähe ihn im Hintergrund. Er packt seine Gitarre ein und sieht mich dabei an, sieht immer wieder zu mir herüber, durch die Lücken hindurch. Ich höre Plastikfolie knistern, als er den Deckel seines Koffers schließt.

»Bitte bleib«, formen meine Lippen.

Er lächelt mir zu, doch im nächsten Moment wird er bereits wieder vom Oberkörper der Schwester verdeckt, die irgendwas am Monitor nachjustiert.

»Storm!«, will ich rufen, aber es kommt nicht viel mehr als ein heiseres Krächzen heraus. Meine Hand greift ins Leere und fällt kraftlos auf die Decke zurück.

Später erfahre ich von meinem Vater, dass sie ihm zuerst gar nicht erlauben wollten, das Instrument mit zu mir hereinzunehmen. Er musste die Gibson vor den Augen der Pfleger zweimal hintereinander desinfizieren, und er hat es getan, ohne Rücksicht auf den teuren Lack – damit er mir etwas vorspielen konnte. Stundenlang, sagt Papa.

Storm hat sich mit meinen Eltern am Bett abgewechselt, vier Tage und Nächte lang, in denen ich auf der Überwachungsstation tief geschlafen habe. Sehr tief.

Gerade, als ich aufwachte, hatten sie sich für den Schichtwechsel auf den Weg gemacht, ausnahmsweise zu zweit, weil der Arzt ... Dinge ... mit ihnen besprechen wollte.

Sie haben sich Sorgen gemacht, ob ich wieder aufwache, höre ich heraus. Große Sorgen.

Aber jetzt bin ich anscheinend über den Berg.

Keine Leukämie, sagen die Ärzte. Meine Mutter, mein Vater, die Krankenschwester – alle reden auf mich ein. Mir schwirrt der Kopf. Mein Blut ist frei von Blasten, und auch im Knochenmark konnten keine Leukämiezellen gefunden werden. Dafür haben sie Antikörper gefunden, die auf eine durchgestandene Anaplasmose-Infektion hinweisen.

Ich kann mich nicht erinnern, dass mich eine Zecke gebissen hätte. Aber das bekommt man wohl auch nicht immer mit. Ich soll noch vier Wochen lang das Antibiotikum nehmen, und dann heißt es Daumen drücken, dass nichts zurückbleibt.

Die erhöhten Leberwerte, die geschwollenen Lymphknoten, die Thrombozytenarmut ... Es passt alles auch zu dieser Diagnose.

»Und die Anämie?«, frage ich heiser.

»Ihr Freund sagte, Sie haben sich in den letzten Monaten komplett vegan ernährt, stimmt das?«

Ich nicke schwach und richte mich ein wenig auf.

Mein Ex-Freund, müsste ich eigentlich korrigieren, aber ich bringe es nicht über die Lippen. Und den Arzt geht das auch gar nichts an. Irrelevant. Außerdem wäre das Öl in ein Feuer meines Vaters, von dessen Existenz ich ebenfalls keine Ahnung hatte. Aber ich habe die Blickwechsel zwischen den beiden gesehen, und ich nehme feinste Schwingungen auf. Hätte ich bloß nichts von meinem Liebeskummer erzählt.

Meine Augen suchen die von Storm, aber ich erhasche wieder nicht viel mehr von ihm als ein Stück Jeans und eine Hand am Gitarrenkoffer. Lange, feingliedrige Finger. Wir müssen ganz dringend reden. Unser Streit kommt mir gerade so lächerlich vor … Ich werde gesund werden. Ich muss nicht sterben! Ich darf leben!

Leben!

Zwischen all den Stimmen und den Geräuschen brummt ein Handy. Dr. Hanstedt ignoriert es geflissentlich.

»Nun, Sie studieren Medizin, wie ich hörte. Ich brauche Ihnen nicht zu sagen, wie wichtig es ist, Eisen und Vitamin B12 zu substituieren.«

»Aber ich habe doch …« Mein Hals brennt, und ich muss husten.

»Wann war Ihre letzte Regelblutung?«

Erschöpft lasse ich den Kopf wieder ins Kissen sinken. »Ich bin gerade durch …«

Der Arzt hebt vielsagend die Augenbrauen.

Bingo. Natürlich. Blutverlust ist nicht gerade förderlich bei latentem Eisenmangel, und den haben auch schon die meisten gesunden Frauen, selbst wenn sie sich nicht vegan ernähren.

»Hauptsache ist doch, dass es Ihnen wieder gut geht«, sagt der Arzt und lächelt milde.

»Wann kann ich nach Hause?«

Er lacht. »Haben Sie es so eilig, uns zu verlassen, kaum, dass Sie wieder bei uns sind, junge Dame?«

Wenn ich könnte, würde ich jetzt sofort aufspringen und meine Sachen packen.

»Herumliegen kann ich auch in meinem eigenen Bett. Da kann ich mich wenigstens in Ruhe gesundschlafen.«

Wieder dieses überhebliche Lächeln.

»Warten wir mal die nächsten achtundvierzig Stunden ab, bis wir das entscheiden, einverstanden? Ich möchte, dass Ihre Werte wirklich stabil sind, bevor Sie …«, er wirft einen Seitenblick auf Storm, der den Gitarrenkoffer senkrecht vor sich hingestellt hat und sich ächzend daran abstützt, »… sich wieder ins wilde Leben stürzen.«

»Da ist nicht viel mit wildem Leben«, sage ich matt, obwohl ihn das nun wirklich überhaupt nichts angeht. »Ich muss fürs Hammerexamen lernen.«

»Na, da haben Sie sich ja was vorgenommen.«

Jetzt mustert der Arzt mich mit derselben Arroganz wie eben Storm und treibt meinen Blutdruck damit zusehends auf die Palme.

Ich recke kampflustig mein Kinn. »Ich weiß.«

Endlich senkt er den Blick. Er vertieft sich in sein Klemmbrett und tut so, als ob er ganz dringend irgendwelche Werte von dem Geräteturm übertragen müsste, die alles von mir aufzeichnen, was man irgendwie messen kann.

»Tja, dann geben Sie sich mal Mühe und werden schnell gesund.«

Er zwinkert mir großmütig zu, und ich wünschte, meine Augen könnten Funken sprühen.

»Bin dabei«, brumme ich.

Ich spiele an dem blöden Fingerclip herum, der mal wieder die Sauerstoffsättigung in meinem Blut abliest.

»Wenn Sie brav sind, können wir Sie morgen früh auf die

Normalstation verlegen. *Quid pro quo.* Das ist doch schon mal ein Anfang.«

Arroganter, eingebildeter Schnösel! Ich bin nicht besonders gut im Schätzen, aber er ist garantiert nicht älter als Anfang dreißig. Das heißt, wenn mir diese blöde Leukämie nicht dazwischengekommen wäre, dann …

»Fantastisch«, flötet meine Mutter und nimmt meine Hand, wofür sie sich geschickt zwischen meinen Beinahe-Kollegen und mich manövriert. Sie drückt eine Spur fester zu als notwendig, das internationale Mutter-Tochter-Morsecode-Zeichen für »Beherrsch dich bitte und mach jetzt keine Szene«.

Ich schnaube vergrätzt und scanne den Raum nach Storm ab. Er ist verschwunden.

»Wo ist er hin?«, frage ich alarmiert und entziehe mich dem Klammergriff meiner Mutter.

Mein Vater räuspert sich. »Er musste los, den Hun–« Erschrocken bricht er ab und starrt Mama an.

»Helge!«, entfährt es ihr prompt.

»Was denn für einen Hund?«, frage ich und stutze einen Augenblick, bis meine Erinnerung hinterhergedackelt kommt. Dann muss ich mir auf die Unterlippe beißen, um nicht loszulachen.

Mein Vater macht ein Gesicht, als hätte er auf eine Zitrone gebissen. »Es … Das sollte eine Überraschung sein.«

»Du darfst ihm auf keinen Fall sagen, dass du es weißt!«, unterbricht ihn meine Mutter.

»Maggie hat uns erzählt, dass er Himmel und Hölle in Bewegung gesetzt hat, um dir dieses …«, er beißt sich gerade noch rechtzeitig auf die Zunge, »… um das möglich zu machen.«

»Tante Maggie hängt da auch mit drin?«, krächze ich ungläubig.

Natürlich tut sie das, blöde Frage, sonst hätte er ihr den Hund ja stehlen müssen. Ich hatte bisher noch keine Zeit, über die Details nachzudenken.

Sky wiegt locker vierundzwanzig Kilo. Der Arme ist zu schwer für die Kabine. Er musste im Frachtraum reisen, zwischen Koffern und Kisten – wie ein Gepäckstück!

»Und er hat ihm einfach so diese ewig langen Flüge mit Umsteigen zugemutet?«

Sogar in meinen eigenen Ohren klingt dieser Vorwurf extrem unfair. Aber dass sich jetzt ausgerechnet mein Vater einmischt und mir über den Mund fährt, damit hätte ich nun am allerwenigsten gerechnet.

»Er hat sich extra einen Mietwagen ab Frankfurt genommen und seinen Anschlussflug bis Hannover verfallen lassen. Und er hat deine arme Mutter an dem Tag bestimmt dreimal angerufen, um Bescheid zu sagen, dass er sich auf der Fahrt noch mal und noch mal verspätet, erst wegen Gassi gehen und Pause machen, und dann konnte er den Mietwagen nur bis zum Flughafen in Hannover buchen und brauchte ein Großraumtaxi für den Kennel …« Kopfschüttelnd bricht er ab.

»Tierlieb ist er wirklich«, pflichtet Mama ihm bei. »Er hat das Herz auf dem rechten Fleck, glaube ich. Und wir dachten doch alle, dass du …«

»Ich weiß«, knurre ich und verschränke die Arme vor meiner Brust, so gut das mit dem blöden Zugang und den Schläuchen geht. »Ich auch. Aber dass ihr ihm *das* gesagt habt!«

»Das musst du mit Maggie klären, da bin ich raus«, sagt meine Mutter und hebt abwehrend die Hände.

Der Arzt räuspert sich und fordert mit einer Geste die Sauerstoffbrille und den Fingerclip zurück. »Die brauchen Sie nicht mehr, so, wie es aussieht.«

Er grinst wieder.

Himmel, den hatte ich ja total vergessen. Ich verdrehe die Augen, nestle mir die gebogenen Schläuche hinter den Ohren hervor und reiche sie der Schwester, die mir bereits den Clip vom Finger gezogen hat.

Dann lasse ich mich zurück in die Kissen plumpsen. Das geht ja schon wieder gut los.

# Kapitel 7

## Storm

Auf dem Parkplatz rannte er geradewegs in die junge Frau mit der Melone. Im ersten Moment erkannte er sie gar nicht wieder, weil sie von außen halb in einem Autofenster hing und innig mit der Fahrerin knutschte. Dass sie durch den leidenschaftlichen Abschied für einen kleinen Stau auf dem überdachten Parkdeck sorgten, bekamen die beiden erst mit, als jemand hinter ihnen hupte – Klinik hin oder her.

»Sorry!«, quietschte sie, während sie die hintere Wagentür aufriss, einen kleinen Rucksack und eine Kameratasche herausholte und zum Bürgersteig rannte.

Irgendjemand applaudierte, sie deutete, verschmitzt lachend, eine kleine Verbeugung vom Bordstein aus an und winkte noch einmal in Richtung der dunkelhaarigen Frau mit Ballonmütze, die sie offenbar hierhergefahren hatte und mit einem breiten Grinsen die Fensterscheibe hochfuhr.

Storm schluckte. Er musste an April denken. An ihren zarten Kuss. Er vermisste sie – auch körperlich – auf eine Weise, die ihm die Eingeweide zerriss.

Er zog sich den Hut, den Aprils Vater ihm geschenkt hatte, tiefer in die Stirn und versuchte, sich hinter seiner Gitarre zu verstecken. Aber Sinja Mertens hatte ihn und den auffälligen Koffer auf seinem Rücken bereits entdeckt und sprintete winkend auf ihn zu.

»Hi! Wie geht's April?«, erkundigte sie sich etwas außer

Puste und schob sich nach Luft schnappend die Brille hoch. »Gibt es etwas Neues?«

»Sie ist aufgewacht«, gab Storm widerwillig Auskunft.

Die Journalistin schulterte ihre Fototasche und fasste sich mit der freien Hand ans Herz. »Oh, dem Himmel sei Dank, ich habe mir wirklich Sorgen gemacht, das sah ja dramatisch aus.«

Er nickte verkniffen und wollte weitergehen, aber sie lief einfach neben ihm her.

»Entschuldigung, ich wollte nicht … Wirklich schön, dass es ihr wieder gut geht. Meinst du, die würden mich jetzt schon zu ihr lassen? Ich wollte April nämlich fragen, ob sie nicht Lust hätte, bei einer kleinen Fotoreportage mitzumachen. Ich schreibe da dieses Porträt über Professor Kramer, und die Redaktion hat mir tatsächlich noch eine halbe Seite mehr Platz eingeräumt, und da dachte ich … Warte! Das kommt jetzt falsch rüber … Wir haben uns angefreundet und tagelang Canasta gespielt und geredet und … Himmel, du läufst ganz schön schnell … Jedenfalls hatte ich ihr von meinem Plan erzählt, bevor April … Und jetzt wollte ich …«

»Vergiss es«, knurrte er und rückte seinen Koffer gerade, der ihm beim Laufen unangenehm in die Nieren drückte.

Sie blieb abrupt stehen, und Storm hielt notgedrungen ebenfalls an, er wollte nicht komplett unhöflich sein.

»Oh Mann, du denkst echt, ich bin eine von diesen kaltblütigen Klatsch-Schreiberlingen, oder?«

Sie lächelte ihn entwaffnend an, aber ihre mausfarbenen Augen musterten ihn wachsam.

Storm schlug den Kragen seiner Jeansjacke höher und steckte die Hände in die Taschen. Ein paar gelbe Blätter wirbelten ihm vor die Füße. Es war windig, und er fror, weil er übermüdet und hungrig war.

»Ich denke gar nichts«, knurrte er. »Aber für heute ist die Besuchszeit gestrichen.«

Nur noch fünfzig Schritte bis zum Auto von Aprils Mom. Seine Hand umklammerte den Wagenschlüssel in der Jackentasche wie einen Rettungsanker.

»Du machst Musik?«

»Ja.«

»Cool. Ich bin nie über Blockflöte hinausgekommen.«

Er schwieg.

»Schokoriegel?« Sinja wartete seine Antwort nicht ab. Sie hob sich den Rucksack vor den Bauch, kramte darin und streckte ihm strahlend ein etwas verbogenes Snickers entgegen.

Sie erinnerte ihn an die nervige kleine Schwester eines Schulfreundes in der Highschool. Aber sein Magen knurrte trotzdem.

»Na, nimm schon«, sagte Sinja lachend. »Ich bin nicht die böse Königin, und das Ding ist nicht vergiftet.«

»Ist ja auch kein Apfel«, brummte er und nahm ihr den Riegel ab, damit sie endlich Ruhe gab.

Das Mädchen hatte wirklich unerschütterlich gute Laune.

»Also – was glaubst du? Kann ich ihr morgen ein paar Fragen stellen? Ist das okay?«

Er hob die Schultern. »Keine Ahnung, ehrlich. Warum schreibst du ihr nicht einfach und fragst sie selbst?«

Es stand ihm nicht zu, für April Entscheidungen zu treffen. Sie war ein kluger, erwachsener Mensch und wusste ganz genau, was sie wollte. Und wen. Wieder meldeten sich seine Eingeweide.

»Na, weil …«

Sein Telefon klingelte, ein Geschenk des Himmels. Er hatte es beim Hinausgehen wieder auf laut gestellt, damit April oder ihre Eltern ihn erreichen konnten, wenn es nötig war.

»Sorry, da muss ich rangehen!«, behauptete er, ohne die Nummer auf dem Display gesehen zu haben.

»Klar.«

Sie machte keine Anstalten, sich zu entfernen.

Die Lautstärke seines Klingeltons schwoll an. Er fühlte sich genötigt, tatsächlich abzuheben.

»Ja?«

»Ah, der feine Herr lebt noch.«

Wheeler.

»Ich hoffe, du hast es dir inzwischen anders überlegt, Junge. Das wird sonst teuer. Man spaziert nicht einfach auf meine Bühne, streicht Honorar und Publicity ein und setzt sich dann mir nichts, dir nichts nach Hannover in Deutschland ab.«

»Woher wissen Sie, wo ich bin?«, fragte er ruhig und wich Sinjas abwartendem Blick aus.

»Ich habe meine Quellen, Junge. Du hast keine Privatsphäre mehr, bis wir mit dem Finale durch sind, und wenn du das Ding rockst und gewinnst, erst recht nicht, ist das klar? Die Promo-Tour geht in ein paar Wochen los, und ich erwarte von dir …«

Storm legte auf.

»Schlechte Neuigkeiten?«, erkundigte sich Sinja.

Schulterzuckend wickelte er den Schokoriegel aus und biss ab.

»Nur ein hartnäckiger Fernsehfuzzi«, sagte er mit vollem Mund.

Das Handy klingelte erneut. War ja klar, dass Wheeler sich nicht so einfach abwürgen ließ. Er drückte den Anrufer weg und beschleunigte seine Schritte in Richtung Parkplatz. Er hatte erheblich längere Beine, aber Sinja folgte ihm tapfer auf dem Fuß. Es dauerte keine zehn Sekunden, bis das Telefon in seiner Hand erneut losschrillte. Storm betrachtete es unschlüssig stöhnend.

»Haha, die Sorte Vertreter kenne ich«, sagte sie. »Wollen einem ständig irgendwelche Abos verkaufen. Soll ich?«

Sie angelte bereits nach dem Telefon, und bevor Storm es sich versah, hatte sie darübergewischt und das Gespräch angenommen.

»Mertens? Nein, der ist nicht hier … *Oh, American? Who am I speaking to? … Who? … Oh, sorry, no – wrong number.*« Sie legte auf und zwinkerte ihm zu.

Storms Puls raste. Er hatte einer Journalistin sein Telefon überlassen, was war nur in ihn gefahren? Natürlich stellte sie Fragen. Nervös streckte er seine Hand nach dem Smartphone aus.

Sinja reichte es ihm. »Du solltest es lieber stumm stellen. So wütend, wie der Kerl klang, wird er es noch ein paarmal versuchen.«

»Ich muss erreichbar bleiben. Wegen April.«

»Oh, ja natürlich, verstehe.« Sie klang bedröppelt.

Er wusste nicht, ob der Name Wheeler außerhalb der kalifornischen Medienblase jemandem ein Begriff war, aber dass ein Pay-TV-Verkäufer seine Kunden anbrüllte, hätte nicht einmal seine Großmutter für glaubwürdig gehalten.

»Du hast mir deinen Namen noch gar nicht gesagt, glaub ich … Aber mein Gedächtnis ist im Moment auch ein Sieb. Daran könnte es ebenfalls liegen.« Sinja sah ihn aufmerksam an. »Also?«

»Storm«, sagte er widerwillig.

»Hi, Storm.« Sie winkte fröhlich, obwohl sie keine dreißig Zentimeter voneinander entfernt gingen.

Er hob höflich die Mundwinkel.

»Was ist eigentlich mit deinem Gesicht passiert? Ich meine … Darf ich das fragen? Sorry, Berufskrankheit. Birte, meine Freundin, regt sich immer tierisch darüber auf.« Sie lächelte schief. »Ich bin chronisch neugierig, sagt sie.«

Er gab ein undefinierbares Geräusch von sich und zupfte automatisch an seinem Hut, um ihn tiefer ins Gesicht zu ziehen.

Unvermittelt hob sie ihre linke Hand in sein Gesichtsfeld und wedelte grinsend damit herum. »Hier, guck, mir fehlt 'ne Fingerkuppe. Von wegen, Pferde sind Vegetarier.«

Tatsächlich war der Ringfinger ein Glied zu kurz. Es fiel erst bei genauerem Hinsehen auf.

»Ich habe mir einen Fingernagel tätowieren lassen. Ist ganz gut geworden, oder? Oh, warte.«

Die Fototasche drohte von ihrer Schulter zu rutschen, weil sie sie jetzt nicht mehr zusätzlich mit der Hand festhielt. Storm verlangsamte seinen Schritt, bis sie alles zurechtgerückt hatte.

Dann hatten sie endlich die Parkbucht mit dem Kleinwagen von Aprils Mom erreicht.

Er zog den Autoschlüssel aus der Jackentasche und blieb stehen. »Du, hör mal, ich muss jetzt wirklich nach Hause.«

»Oh, ja klar. Sorry.« Ihre Mausaugen huschten einmal schnell über das Fahrzeug. »War nett, mit dir zu plaudern.«

Er zögerte. »Wegen April. Wenn ihr euch angefreundet habt, freut sie sich sicher, dich zu sehen. Aber sie braucht in den nächsten Tagen noch viel Ruhe, hat der Doc gesagt. Heute geht es wirklich auf keinen Fall mehr. Dein Interview hat sicher noch bis morgen oder übermorgen Zeit, oder? Wann hast du Deadline?«

»Aber ja«, sagte sie leichthin und machte eine wegwerfende Geste, worauf ihr gleich wieder die Tasche mit ihrer Ausrüstung abzustürzen drohte. »Ich habe alle Zeit der Welt. Ich bin freie Mitarbeiterin bei einer Agentur. Die Reportage ist für eine Werbekampagne für die DKMS.«

Er musste ziemlich begriffsstutzig wirken, denn sie wiederholte die Abkürzung noch einmal ganz langsam.

»DKMS – die Deutsche Knochenmarkspenderdatei«, erklärte sie. »›Stäbchen rein, Spender sein‹ – nie gehört?«

Er schüttelte den Kopf, und sie lachte wieder.

»Nee, woher auch?! Aber ihr habt so was sicher auch in den Staaten. Ich bin jedenfalls echt glücklich mit dem Job. Das ist so was Sinnvolles, findest du nicht? Früher war ich bei einer ziemlich großen Tageszeitung, die hierzulande nicht den besten Ruf genießt. Das hat mich aufgefressen. Ein Haifischbecken, sag ich dir. Aber man lernt recherchieren und schreiben!«

Auf der anderen Straßenseite erregte jemand ihre Aufmerksamkeit, und sie winkte erfreut.

»Ah, da ist Professor Kramer. Er wollte mich rüber in die Kinderkrebsstation begleiten, er hat mir einen Interviewpartner drüben in K 10 vermittelt. Also, mach's gut. Wir laufen uns sicher noch über den Weg!«

Verblüfft nickte er.

Er hatte ihr unrecht getan. Er war ein misstrauischer Idiot, der inzwischen überall Gespenster sah.

Dann fiel ihm etwas ein.

»Sinja?«

»Ja?« Sie drehte sich um und kam noch einmal zurück.

»Sag mal … hat es schon mal jemand geschafft, einen Hund in die Klinik zu schmuggeln? Wie würde man da vorgehen – rein theoretisch? Ohne Patienten zu gefährden natürlich? Hast du eine Idee?«

»Du fragst für einen Freund, oder?«

Er runzelte die Stirn, und sie lachte schallend.

»Aaalso. Dass das aus gutem Grund streng verboten ist, weil Tiere ein enormes Infektionsrisiko bergen, das ist dir schon klar, oder? Du bist ja nicht blöd. So eine bellende oder miauende Keimschleuder würde für immunsuppressive Patienten den sicheren Tod bedeuten. Wen willst du denn umbringen?« Sie legte den Kopf schief, und ihre Augen blitzten.

»Natürlich weiß ich das. Ich dachte nur …« Verlegen kratzte er sich am Hinterkopf.

Auf der anderen Straßenseite wurde der Professor unruhig. Sinja winkte ihm noch einmal.

»Ich muss da jetzt rüber. Aber ich lass mir was einfallen, okay? Die Idee gefällt mir.« Sie steckte ihm augenzwinkernd ihre Visitenkarte zu. »Ruf mich an.«

Sky schleckte ihm winselnd immer wieder über den Arm und das Gesicht. Storm brauchte ein paar Sekunden, um sich zu orientieren.

»Hör auf, du Rüpel. Lass mich schlafen. Ich glaube dir nicht, dass du schon wieder rausmusst. Wir waren vorhin erst eine Stunde lang unterwegs!«

Die gestärkte Baumwollbettwäsche knisterte, als er den Hund sanft von sich schob, und die Wolke frischen Waschmitteldufts mischte sich mit dem von Fell und Pfoten und …

»Oahhhh … Hast du etwa eben gepupst?«

Sky winselte beleidigt und fing an zu hecheln.

Schlaftrunken drehte Storm sich zur Seite und angelte nach seinem Handy.

In der Ferienwohnung konnte er kaum die Hand vor Augen sehen, aber draußen war es noch nicht einmal dunkel. Unter den zugezogenen Vorhängen schien ein schmaler Streifen Spätnachmittagssonne durch.

»Weißt du außerdem, wie spät es ist? Nicht mal halb sieben Uhr abends!«, beschwerte er sich.

Das waren gerade einmal vier Stunden leichter Schlaf – immerhin zum ersten Mal seit Langem luxuriös ausgestreckt in einem richtigen Bett und nur mit Boxershorts bekleidet statt daueralarmbereit in Jeans, Socken und Hemd.

Das Telefon in seiner Hand vibrierte. Dann sprang es auf den Klingelton um. Darum also hatte Sky ihn geweckt.

Hellwach wischte Storm über das Display und hob es an sein Ohr. War etwas mit April nicht in Ordnung? Er hatte ihre Eltern gebeten, ihm zu jeder Tages- und Nachtzeit sofort Bescheid zu geben, wenn etwas sein sollte. Im Krankenhaus hatte er seine Nummer ebenfalls hinterlegt. Selbst, wenn es so schien, als ob April endlich auf dem Weg der Besserung war, Mrs. Wolowitz hatte auch nicht so gewirkt, als würde sie drei Stunden später sterben. Entschieden wischte er den furchtbaren Gedanken beiseite.

»Walker«, meldete er sich.

»*Hi, man!* Öhm … Cool! Storm Walker?«, fragte eine überrascht klingende Männerstimme nach.

Storm schwang seine Beine in einer einzigen, fließenden Bewegung aus dem Bett, knipste die Nachttischlampe an und fuhr sich mit der freien Hand über die Augen, um den letzten Schlaf loszuwerden.

»Ja. Was gibt's? Ist etwas mit April?«

»April? Was soll mit ihr sein?«, hakte der Fremde interessiert nach.

Storm hörte einen Stift über Papier kratzen.

Sky setzte sich unterdessen vor Storm hin und legte ihm einen Ball vor die Füße. Hunde waren Pragmatiker. Der Mensch war wach, er hatte eine Hand frei. Damit konnte er werfen – bitte jetzt.

»Du hast Nerven«, flüsterte er abgelenkt und kraulte den Hund hinterm Ohr.

Es klickte. Der Anrufer hängte ein. Er hatte den Satz wohl auf sich bezogen.

Storm grinste. Unbeabsichtigt, aber perfekt.

Mit einem erschöpften Stöhnen legte er das Handy zurück auf den Nachttisch und sah zu Sky, der ihn mit heraushängender Zunge ungetrübt erwartungsvoll anhimmelte.

»Schlafenszeit, Kumpel!«, sagte er, ignorierte die Spielaufforderung und ließ sich in die Daunenkissen plumpsen.

Sein Biorhythmus war durch die Tage bei April im Krankenhaus und den Jetlag obendrauf völlig durcheinander, während Sky zumindest mit der Zeitverschiebung überhaupt keine Probleme zu haben schien.

Storm bewunderte Menschen, die ihr Leben lang Schichtarbeit durchhielten. Er hatte einen Sommer lang in einer Fischfabrik am Hafen in Sausalito gejobbt, um die Miete für den Probenraum der Band zusammenzukratzen. Er war der Einzige gewesen, der schon alt genug war, um – abgesehen von Zeitungen austragen oder Gassirunden mit den Hunden reicher Hausbootbesitzer – Geld verdienen zu dürfen. In den Nachtschichten gab es Zuschläge, also hatte er die Unterschrift seiner Eltern gefälscht und sein Alter ein klein wenig heraufgemogelt. Der Vorarbeiter wusste mit Sicherheit, dass der schlaksige, hochaufgeschossene Junge mit den wilden Haaren viel zu jung sein musste, aber er hatte es stillschweigend akzeptiert. Kurz danach kam der erste Plattenvertrag. Gerade noch rechtzeitig, bevor die permanente Müdigkeit und der stete Wechsel von Früh auf Spät auf Nacht ihn irre gemacht hätten.

Mit verschränkten Armen starrte Storm an die Zimmerdecke. Der Anrufer hatte seinen Namen nicht genannt, die Rufnummer war unterdrückt gewesen, aber er hatte mit deutlichem Westküstenakzent gesprochen. Wer war das? Woher hatte er seine Nummer – und was wollte er von ihm? Nachdenklich löschte er das Licht. Wahrscheinlich Werbung, die landeten manchmal Glückstreffer. Vielleicht wollte ihm ja jetzt tatsächlich jemand ein Fernseh-Abo aufschwatzen, Karma und so.

der weitläufigen Klinikanlage, viel zu weit entfernt. Also hatte er Müsliriegel und Automatenkaffee zu seinen Hauptnahrungsquellen erhoben, zwischendurch aufgepeppt durch einen Apfel oder eine Scheibe Brot, die ihm Aprils Mom in ein Wachstuch eingeschlagen mitgebracht hatte, wenn sie ihn ablöste.

Er hatte die handgefertigten, in Bienenwachs getränkten, bunt gemusterten Baumwolltücher wiedererkannt. April hatte sie gefertigt und an alle in ihrem Umfeld verschenkt. Selbst ihr Praktikumsvater, Dr. Jonathan Roberts D.O., wickelte seine Sandwiches inzwischen in eine von Aprils Ökoverpackungen.

Storm hatte in den endlosen vergangenen vier Tagen sämtliche Schwestern und Pfleger kennengelernt. Nicht alle sprachen Englisch, aber sie gaben sich Mühe.

Nachdem er am zweiten Tag die Gitarre mitgebracht hatte, drückten sich alle gern ein paar Minuten länger in Aprils Zimmer herum, justierten Dosierpumpen neu, die bereits eine Stunde zuvor eingestellt worden waren, überprüften, ob im Badezimmer alles in Ordnung war, obwohl April sich nicht aus dem Bett entfernte und er die Besuchertoilette auf dem Gang benutzte – hauptsächlich, um sich zwischendurch die Beine zu vertreten, damit sein schmerzender Rücken durchhielt.

Er ließ sich nicht anmerken, dass er das Verhalten der Pflegekräfte durchschaute. Er sah es als Bonus, der letztlich April zugutekam – engmaschige Betreuung zu jeder Tages- und Nachtzeit.

Manchmal, nachts, kam eine Pflegekraft ins Zimmer, brachte ihm einen Kaffee und leistete ihm auf seinem einsamen Wachposten für ein paar Minuten schweigend Gesellschaft. Dann hatte er gedämpft alle Songs gespielt, die ihm einfielen.

Oft hatte er einfach nur herumgedaddelt, seine Finger Tonfolgen suchen und variieren lassen, die von irgendwoher durch ihn hindurchströmten. Mal kam es einer Meditation gleich, mal wurde es ein Gebet, mal eine Fingerübung, die ihn davon abhielt, direkt über dem Instrument zusammenzubrechen. Vor Sorge, Kummer und Müdigkeit.

April hatte so verletzlich ausgesehen, wie sie da lag, mit geschlossenen Augen, inmitten all dieser technischen Apparaturen. Fieberglänzend in einem Moment und dann wieder so bleich und blass und flach atmend, dass er sich beherrschen musste, um nicht aufzuspringen und an ihr zu rütteln oder sie zu kneifen. Nur um sicherzugehen, dass sie noch da war.

Er hatte ihr beim Schlafen zugesehen, die ganze Zeit, nur unterbrochen von den kurzen Unterbrechungen, wenn er vom Personal vor die Tür geschickt worden oder kurz nach Lüttjenwulbeek gefahren war.

Aber jetzt war sie wach.

Das war alles, was zählte.

Und doch hatte er ein extrem schlechtes Gewissen gegenüber Sky, weil sie sich das große Abenteuer Deutschland mit Sicherheit beide etwas anders vorgestellt hatten.

Als Storm sich die Zähne in dem kleinen Badezimmer der Ferienwohnung putzte, folgte Sky jeder seiner Bewegungen mit der Zahnbürste, dem Wasserglas und dem Handtuch.

Storm schnitt eine entschuldigende Grimasse. »Du hast das echt nicht verdient, Kumpel, und April braucht dich. Wir müssen euch irgendwie zusammenbringen, wenn sie sie noch länger dabehalten. Wir kriegen das schon hin.«

Ganz egal, wie lange es dauern würde, bis sie ihm wieder vertrauen konnte und sie alles bereinigt hatten, was zwischen ihnen stand – für Sky stand Aprils Herz sperrangelweit offen. Er war sich sicher, dass ihr der Hund den nötigen Auftrieb geben würde, um wieder gesund zu werden.

Der Doc hatte unmissverständlich klargemacht, dass es noch eine Weile brauchen würde, bis April wieder fit war – wenn ab jetzt alles gut ging und keine weiteren Komplikationen auftauchten.

Storm seufzte.

Eins nach dem anderen.

Theoretisch hätte er endlich eine Nacht in seinem Bett verbringen und Schlaf nachholen können. Aber es zog ihn zurück an Aprils Seite, egal, was der Arzt oder ihre Eltern sagten.

Er würde es so machen wie immer: den Zweitschlüssel nehmen und Aprils Mom den Wagen früh genug am Morgen wieder vor die Tür stellen.

Sie beide hatten innerhalb der vergangenen Tage eine generalstabsmäßige Logistik entwickelt. Im Prinzip übergab derjenige, der die Schicht bei April übernahm, dem oder der Scheidenden den Kleinwagen. Das sparte nicht nur Parkgebühren auf dem Klinikgelände, sondern auch enorm viel Zeit.

Storm war heilfroh, dass er nicht mehr mit dem Bus fahren musste. Die vier Umstiege von dem winzigen Dorf Lüttjenwulbeek (dessen Namen er immer noch nicht richtig aussprechen konnte) bis in die Uniklinik Hannovers, die Fußwege zwischen den verschiedenen Haltestellen und die verwirrenden Angaben auf den ganzen Schildern hatten ihn Schweiß und Nerven gekostet.

Über die Landstraße und den Schnellweg war die Klinik mit dem Auto dagegen in einem Drittel der Zeit zu erreichen – und sehr einfach dazu. Der Fernsehturm, der seine Ausfahrt markierte, war bei gutem Wetter bis dreißig Kilometer vor der Stadt zu sehen.

Er hatte Mrs. Fischers Angebot, ihr Auto mitzubenutzen, daher nur zu gern angenommen. Mr. Fischer fuhr mit seinem Firmenwagen, weil er meist direkt aus Hannover vom Sitz der

IT-Firma, wo er arbeitete, kam oder nach seinem Besuch im Krankenhaus direkt dorthin fuhr.

Aber jetzt war erst mal der Hund dran.

Storm schielte bedauernd auf den kleinen Küchentresen, wo Mrs. Fischer ihm am Morgen hübsch dekoriert mit geblümten Servietten frische Brötchen und eine Thermoskanne mit Kaffee bereitgestellt hatte. Inzwischen war der Kaffee nur noch lauwarm, und die Brötchen waren zäh.

»Egal.«

Er sah auf die Uhr, schmierte sich zwei Hälften für unterwegs und griff nach der Leine.

Sky fiepte aufgeregt.

»Na komm, du Racker. Eine kleine Runde durchs Dorf ist noch drin.«

Storm genoss die Umgebung und die klare Abendluft. April hatte ihm nie erzählt, wie schön es in ihrem Heimatort war. Die Natur wirkte ganz anders auf ihn als an der Westküste. Obwohl es hier bereits jetzt kühler war als im Winter in Kalifornien, kroch ihm die Kälte nicht so unter die Haut, wie sie es am Meer in der Bay tat. Dabei versicherte Aprils Mom ihm ständig, dass es untypisch kalt für September war und sicher noch einmal wärmer werden würde. Es machte ihm nichts aus. Er genoss die frische Luft, die Bodennebelschwaden über den Feldern und den verschlungenen Sandwegen, an deren Rändern vereinzelt sogar noch lilafarbene Tupfen verblühender Heidepflanzen leuchteten.

Sky witterte argwöhnisch, wenn sie tagsüber an einer Weide vorbeikamen, auf der eine Gruppe Heidschnucken stand. Ihm waren die Tiere wohl nicht ganz geheuer.

Aprils Vater hatte Storm erzählt, dass Heidschnucken nicht mit Schafen, sondern mit Mufflons verwandt waren und man ihre Wolle nicht spinnen konnte. Anscheinend waren sie auch schwer zu zähmen.

Auf ihren Streifzügen begegneten Storm und Sky selten Menschen, dafür eben Heidschnucken, Kühen und Pferden – und hin und wieder Rotwild.

Einmal stand ein junger Rehbock so dicht und so unbeweglich am Wegesrand, dass Storm ihn fast für eine Attrappe gehalten hätte. Doch kurz bevor Sky das Ende der lose baumelnden Laufleine erreicht hatte, drehte sich das Tier um und verschwand gemächlich im Dickicht. Storm konnte gerade noch die Leine festhalten und Skys Aufmerksamkeit auf sich lenken. Er war heilfroh, dass der Rüde keinen besonders ausgeprägten Jagdinstinkt besaß und die Leckerlis aus seiner Hand attraktiver fand als eine Verfolgungsjagd auf Abwegen.

Trotzdem fasste er den Hund seitdem kürzer und bemühte sich, mit seiner Aufmerksamkeit bei Sky zu bleiben, statt die ganze Zeit gedanklich um April zu kreisen und um das, was sein könnte – oder eben nicht.

Es gab wieder Wölfe in den Wäldern, hatte man ihm eingeschärft, und die Weidetiere wurden jeden Abend in den Stall getrieben. Für die Deutschen schien das ein Riesenthema zu sein, er kannte es nicht anders aus seiner Heimat. Bären, Pumas, Coyoten, Schlangen und giftige Pflanzen. Er hatte schon als Kind verinnerlicht, sich außerhalb der Städte achtsam zu bewegen.

Daher mied er am Abend oder in der Nacht die unbefestigten Schleichpfade durch die Feldmark und drehte auch jetzt eine ausgiebige Runde durch das Dörfchen – also im Zickzack mehrmals durch die wenigen Nebenstraßen, soweit die Straßenbeleuchtung reichte.

Sky schnupperte aufgeregt, als sie an der Dorfkneipe mit dem Gasthof vorbeikamen, von dem April ihm vorgeschwärmt hatte, und studierte begeistert sämtliche Markierungen und Duftnoten an Hecken, Laternenpfosten und Bäumen.

Die Pausen gaben Storm Gelegenheit, einmal mehr die norddeutsche Architektur zu bewundern, malerische Fachwerkhäuser aus Backstein, mit dunklen Eichenbalken und imposante Gehöfte, die, ganz anders als er es kannte, mitten im Dorf lagen und nicht weit weg von jeder Zivilisation.

Lüttjenwulbeek hatte neben der *Mühlenschänke* – zu der eine funktionierende Bockwindmühle gehörte, in der angeblich noch Getreide vermahlen wurde, wenn der Wind günstig stand – eine kleine Bäckerei und einen Kiosk mit einem fantasievollen Sortiment von Zeitschriften über Bier und losen Bonbons bis hin zu Klebeband und Kaffee, und außerdem beherbergte er eine Poststelle.

Zusätzlich gab es noch die Hofläden, von denen Storm bisher drei entdeckt hatte. Aprils Mutter hatte ihm alles darüber erzählt. Der eine verkaufte frisches Gemüse und Kartoffeln, die von den umliegenden Feldern stammten. Ein anderer hatte eine sogenannte »Milchtankstelle«, an der man aus einem gekühlten Automaten selbst Milch zapfen konnte, während man im Hintergrund das Muhen der Kühe im Stall hörte. Ein weiterer Nachbar verkaufte Eier, die Hühner und den Gockel hörte Storm bis in sein Schlafzimmer. In einem Schrank an der Hofeinfahrt konnte man sich selbst bedienen, eine kleine Kasse voller Wechselgeld lag auch darin.

Ob April wusste, in welcher heilen Welt sie groß geworden war?

Er begegnete drei anderen Hundebesitzern, die ebenfalls noch eine letzte Abendrunde mit ihren Vierbeinern machten. Alle grüßten freundlich.

Das war eine weitere Sache, die ihn immer noch ein wenig irritierte. Das erste Mal hatte er beinahe panisch reagiert, weil er fürchtete, dass ihn jemand erkannt hätte. Dann begriff er, dass sich die Nachricht, dass Aprils Mutter so spät in der Saison noch einen alleinstehenden Gast aus den USA beherbergte, wie ein Lauffeuer herumgesprochen haben musste. Außerdem war es anscheinend norddeutsche Sitte, jedermann bei einer zufälligen Begegnung mit ein paar Worten oder zumindest einem Kopfnicken einen guten Tag oder einen guten Abend zu wünschen.

Inzwischen murmelte er höflich mit und hoffte, dass ihn niemand ansprach, während er Skys Hinterlassenschaften in blaue Plastiksäckchen füllte und bis zum Mülleimer an der Bushaltestelle trug. Wenigstens das war gleich.

Der Rüde schlenderte von einer der zahlreichen Duftmarken seiner Gassivorgänger bis zur nächsten und schnupperte ausgiebig. Storm ließ ihm die Zeit. Natürlich wollte er wieder zu April, aber das Gefühl des beunruhigten Getriebenseins war gewichen.

Einer Eingebung folgend zog er die Visitenkarte von Sinja Mertens aus der Brusttasche seiner Jeansjacke. Nachdenklich tippte er mit den Fingerkuppen dagegen. »Was meinst du, Kumpel?«, fragte er den Hund.

Sky bewegte zwar die Ohren kurzfristig in Storms Richtung, aber das vor ihm stehende Grasbüschel war offenbar weit interessanter. Er drehte nicht einmal den Kopf.

Trotzdem rief Storm an.

»Pädiatrie«, sagte Sinja, als wäre das vollkommen logisch.

Er hätte tatsächlich selbst darauf kommen können. Dort waren manchmal Therapiehunde im Einsatz, er hatte einmal von Weitem einen gesehen, der in einem Spezialgeschirr über das Parkdeck geführt wurde. Wieso fiel ihm das jetzt erst ein?

Sky war ein bisschen stürmisch, aber er liebte Kinder und war mit allem und jedem verträglich, es war immerhin ein Ansatz.

Das Problem war nur, wie er April dorthin schaffen sollte, ohne dass irgendjemand – am allerwenigsten April selbst –

Fragen stellte? Vielleicht würde es doch erst mal auf eine Balkonnummer hinauslaufen. Wenn Sinja April ans Fenster lockte und er mit dem Hund unten stand … Er sah ihr überraschtes Gesicht schon vor sich, das Strahlen in ihren kobaltblauen Augen, das er so lange nicht mehr gesehen hatte. Sein Herz schlug schneller.

»Das lass meine Sorge sein.« Er hörte Sinja am anderen Ende glucksen. »Ich hab da eine Idee. Die Welt ist nämlich ein Kuhkaff, weißt du?!«

Sie verabschiedeten sich, und Storm zog das Handy erst wieder aus seiner Hosentasche, als Sky und er zurück am Gartenweg des mit aufgeschichteten Feldsteinen eingefassten Grundstücks angekommen waren.

Er hatte es inzwischen so eingestellt, dass nur eingespeicherte Rufnummern die Stummschaltung durchbrechen konnten. Daher war er überrascht, siebzehn Anrufe in Abwesenheit verzeichnet zu sehen. Im ersten Moment dachte er, Sinja hätte etwas vergessen, aber soweit er sehen konnte, stammten alle Kontaktversuche aus den Staaten – einige hatten es mehrmals versucht. Immerhin sechs Anrufer hatten eine Nachricht hinterlassen.

Was, zum Kuckuck, war da los?

Stirnrunzelnd schloss er die Wohnungstür auf, stellte das Handy auf Lautsprecher, damit er die Hände frei hatte, um Sky die Pfoten sauber zu wischen, und legte es auf die kleine Kommode im Eingangsbereich.

»Hallo Storm, hier ist Lindsay von *Stay in Touch*. Wir würden gern ein Interview mit Ihnen –«

Stirnrunzelnd spulte er vor.

»Meghan hier, vom *Chronicle*. Würden Sie mich bitte kurz zurückrufen?«

»*ABC News* … Wir haben gehört, dass Sie vermutlich nicht am Finale –«

»Hallo Storm. Hier ist Elsie. Junge, wie geht es dir? Bitte ruf mich an. Hast du meine Nummer noch? Sie ist 001 808 –«

Er hatte unwillkürlich die Luft angehalten, als er ihre Stimme erkannte. Jetzt atmete er keuchend aus und klickte weiter. Es war ein Fluchtreflex, aber er konnte nicht anders.

»Später, Elsie«, murmelte er und hörte den nächsten Anruf ab.

»Wir möchten eine Backgroundstory –«

»*VIP Flash* –«

Der erste Gedanke, der ihm durch den Kopf schoss, war: Woher zum Geier hatten die Beutegreifer der Klatschpresse seine Handynummer? Er gab sie nie an Fremde heraus, die Nummer war komplett privat. Die Einzigen, die sie kannten, waren Aprils Familie und die Chefriege der Fernsehshow … und Elsie. Er drückte den Gedanken an sie weg. Es schmerzte zu sehr. Und dann hatte er einen Verdacht.

»Charlie Wheeler, du Arschloch«, presste er mit zusammengebissenem Kiefer heraus. »Du willst mich erpressen, du elender Schweinehund.«

Und Tatsache, der letzte Anrufer war der Fernsehboss persönlich. Es grenzte auch an ein Wunder, dass der Produzent von *America's Topstar* ihn so lange in Ruhe gelassen hatte.

»Storm. Ich erinnere dich noch ein letztes Mal an deine Präsenzpflicht bis zum Finale. Du hast Pressetermine einzuhalten und zu kooperieren. Damit dir das leichter fällt, habe ich deine Nummer weitergegeben. Nur, falls du dich wunderst. Dein genauer Aufenthaltsort wäre ein Fressen für die Journaille. Wenn mich deine silbern-blaue Spinnennetzvisage nicht nächste Woche aus mindestens drei Zeitschriften anglotzt und du es tatsächlich wagen solltest, der Promo-Tour fernzubleiben, hetze ich dir unsere besten Medienanwälte auf den Hals. Ich mache dich persönlich haftbar, und das wird teurer als die lumpige Konventionalstrafe. Das sag ich dir im Guten.«

Storm starrte das Handy an.

Sechshunderttausend Dollar waren kein Pappenstiel, aber das war es nicht, was ihn daran so aufregte.

»Im Guten?«, zischte er. »Du kannst mich mal.«

## April

»Du kannst nicht hierbleiben«, wiederhole ich kraftlos. »Die werden dich am Ende noch ins Gefängnis stecken, oder sie brummen dir eine irre hohe Konventionalstrafe auf. Oder beides, wenn du nicht bezahlst. Und dann klebt dir die gesammelte nordamerikanische Regenbogenpresse erst recht an den Hacken.«

Ich rücke mich in meinem Krankenhausbett zurecht, und Storm schiebt mir sofort das Kissen in den Rücken. Die kleinste Bewegung strengt mich noch immer an. Aber ich darf tatsächlich schon morgen früh auf die Normalstation wechseln – weit weg, sogar von der Hämatologie, auf die Innere. Und das fühlt sich an wie ein doppelter Triumph.

»Und die südamerikanische«, stöhnt er. »Da waren wir richtig groß. Als Band«, fügt er zerknirscht hinzu.

In meinem Magen zieht sich etwas zusammen. Da ist wieder der Schmerz, dass er mir seine wahre Identität die ganze Zeit über verschwiegen hatte. Ich komme immer noch nicht dagegen an. Marias leuchtende schwarze Augen stehen sofort wieder vor mir, als ich mich daran erinnere, dass ich ohne meine Mitbewohnerin vielleicht noch immer keine Ahnung hätte, mit wem ich Nacht für Nacht das Bett geteilt habe. Entschlossen wische ich den Gedanken fort.

»Warum willst du das alles aufs Spiel setzen? Du stehst im Finale, du hast diesen verdammten goldenen Buzzer bekommen. Das ist deine Chance auf einen Neuanfang, Charlie Bucket.«

Er legt den Kopf schief.

Natürlich versteht er meine Anspielung, wir haben den Film von Tim Burton zusammen gesehen, ineinander verflochten auf unserer Couch im Penthouse, und uns dabei gegenseitig mit Erdbeeren gefüttert.

Nun schüttelt er stur den Kopf. »Nicht um diesen Preis. Ich brauche keine Schokoladenfabrik von Willy Wonka, mir genügt die kleinste, schiefste Hütte, solange ich bei dir sein darf. Ich brauche nur dich, April.«

Nachdenklich streichelt er meine Hand und betrachtet meine Finger.

Plötzlich schreckt er auf. »Oh, diese Sinja Mertens …«

Ich ziehe fragend eine Augenbraue hoch.

»Verdammt, ich habe total vergessen, dir die Melone mitzubringen. Wo ist die eigentlich abgeblieben?« Er kratzt sich am Kopf, und ich muss lachen, weil er mich so verwirrt ansieht.

Dann dämmert mir endlich, wovon er spricht. »Ach, sie hat das echt vorgehabt? Wie süß! Ich glaube, sie mag mich wirklich – und ich sie auch. Also, was ist mit Sinja?«

»Vergiss es, sie hat schon eine feste Freundin. Und noch nicht allzu lange, wenn du mich fragst.« Storm grinst und wartet genüsslich ab, wie ich wohl reagiere.

»Sollte ich eifersüchtig sein?«

»Bist du?«

»Wärst du es?«

»Sehr«, sagt er ernst, und seine Finger gleiten so zärtlich und begehrend zugleich meinen Unterarm hinauf, dass mir ein Schauer den Rücken hinabrieselt.

Seine hellgrünen Augen üben diesen Sog auf mich aus. Ich komme mir ein wenig vor wie Mogli aus dem *Dschungelbuch*, und ein Teil von mir würde sich auf der Stelle mit Haut und Haaren von ihm verschlingen lassen. Mein Körper erinnert sich zu gut an diesen süßen ziehenden Schmerz, an das Gewicht seines Körpers auf mir, in mir, daran, wie es ist, mich an seine nackte Haut zu schmiegen, ihn anzufassen, an all das Begehren und unsere Erregung.

Es dauert eine ganze Weile, bis ich meinen Blick blinzelnd abwenden kann. Mein Mund ist trocken. Ich ziehe meinen Arm ein Stück näher an meinen Körper, lege ihn wie einen Schutzwall vor meinen kribbelnden Bauch. So weit sind wir noch nicht.

Storm räuspert sich, verlegen löst er seine Hand. »Es kann jedenfalls sein, dass sie morgen bei dir auftaucht. Sie möchte dich interviewen für so eine Zeitung von einer Krebsstiftung. DKSM oder so.« Seine Stimme ist rau.

»DKMS«, stelle ich leise schmunzelnd richtig.

Er hebt die Schultern. »Auf jeden Fall soll ich dich grüßen. Ich habe ihr erzählt, dass du wegen der Osteopathie in die Staaten gegangen bist. Sie hat wohl eine Überraschung für dich.«

»Eine Überraschung?«

Ich brauche gar nicht so zu tun, ich habe tatsächlich keine Ahnung, was es sein könnte, und Storm brauche ich das wohl erst recht nicht zu fragen. Aus verständlichen Gründen mag er ihren Berufsstand nicht besonders. Und sie kennen sich ja auch gar nicht wirklich. Wobei …

»Wie geht es eigentlich Sky?«, frage ich.

Jetzt ist mein Herzenshund so weit geflogen, und doch trennen mich immer noch Lichtjahre von meinem *Velvele*. Jeder weiß, dass Hunde und Krankenhäuser sich gegenseitig ausschließen.

»Er flippt jedes Mal aus, wenn er deinen Geruch an mir wahrnimmt.«

»Eher den nach Desinfektionsmittel und Krankenhaus.«

»Du musst ganz schnell gesund werden. Er vermisst dich sehr, glaube ich. Und wenn er das auch nur halb so sehr tut, wie ich ihn vermisst habe …«

»Hast du?«

»Natürlich. Immer noch.« Er räuspert sich. »Fast so sehr wie dich! Was meinst du, wie oft ich bei Maggie und Lydia vor dem Grundstück herumgelungert habe, um herauszufinden, wo du steckst und wie es dir geht?! Bei Doc Roberts übrigens auch«, ergänzt er grimmig und streicht sich über das Kinn, als hätte mein Praktikumsvater ihn geschlagen. »Hat er nicht«, sagt er, als hätte er meinen Gedanken gelesen. »Aber es hat nicht viel gefehlt. Das kannst du mir glauben.«

»Geschieht dir recht«, rutscht es mir heraus.

Er nickt und sieht mich noch einmal mit so einem Storm-Blick an, dass ich beinahe alles vergessen könnte. Ich stöhne leise.

»Versuch zu schlafen«, sagt er sanft. »Ich bin hier.«

Ich schüttle den Kopf. »Das darfst du nicht!«

Er weiß genau, was ich meine. Ich sehe es an seinem Blick.

Storm atmet tief durch, sieht zum Fenster hinüber, vor dem eine eifrige Nachtschwester die Jalousien hinuntergelassen hat, bevor ich sie stoppen konnte, und sieht mich fest an. »Sag mir, dass ich wirklich gehen soll. Sag mir, dass du mich nicht mehr liebst, und ich buche heute noch meinen Rückflug.«

Ich schlucke und versuche, das Herzrasen wegzuatmen. Ich bringe keinen Ton hervor. Stattdessen schießen mir Tränen aus den Augen, und ich kann nichts dagegen tun.

Storm nickt feierlich, sieht auf unsere Hände, die sich gegen meinen Willen gefunden und ineinander verhakt haben, drückt beruhigend zu und nickt noch einmal. »Gut«, sagt er schließlich und lächelt, als er den Blick wieder hebt. Seine Augen schimmern feucht, und dann beugt er sich vorsichtig zu mir herüber, und seine Lippen berühren sanft die meinen. »Dann brauchen wir darüber ja nie wieder zu sprechen.«

»Storm! Ich … Das ist nicht so einfach! Nur, weil ich …«

Er legt mir einen Finger auf die Lippen, und ich breche ab.

»Mach es nicht kaputt, Keks. Bitte nicht. Nicht heute Abend. Schlaf drüber, okay?«

Ich nicke widerstrebend.

Am nächsten Morgen ist er fort und hat ein Sehnsuchtsloch in meinem Herzen und ein großes Fragezeichen in meinem Kopf hinterlassen.

Ich bin noch tief in Gedanken versunken, als meine Mutter eine halbe Stunde nach dem Frühstück ins Zimmer schießt und in überbordendem Aktionismus anfängt, meine Sachen zusammenzusuchen und zu packen.

»Mama, die Ärzte entscheiden erst nach der Visite, ob sie mich auf die Normalstation gehen lassen.«

»Papperlapapp«, trällert sie fröhlich. »Ich habe Dr. Hanstedt auf dem Flur abgefangen, und er sagte, er wüsste nicht, was dagegenspricht. Du würdest ja bereits wieder aussehen wie das blühende Leben, und deine Werte hätten sich quasi über Nacht verbessert.«

»Ist das so?«, frage ich und fühle mich ein bisschen wie ein Teenager.

Mütter müssen definitiv nicht alles wissen.

Sie zwinkert mir zu. »Du willst doch sicher deine Bücher wiederhaben, oder?«

»Auch«, gebe ich zu. Und ein wenig mehr Bewegungsspielraum.

Ergeben nehme ich wenig später in dem Rollstuhl Platz, den mir eine Schwester ins Zimmer bringt, und lasse mich – immerhin infusionsfrei – durch die Gänge in Richtung Fahrstuhl schieben.

Mein neues Zimmer teile ich mir mit zwei anderen Frauen. Eine wird allerdings heute noch entlassen und ist mit Packen beschäftigt. Die Glückliche. Ich möchte auch nach Hause, aber wann das sein wird, ist noch nicht bis zu mir durchgedrungen.

Sei's drum. Nach der einsamen Enge des Zimmers auf der Überwachung, das bis in den hintersten Winkel mit allerlei Monitoren und anderen technischen Geräten vollgestopft war, empfinde ich das Mehrbettzimmer beinahe so charmant wie eine Jugendherberge.

Es gibt Vorhänge an den Fenstern – okay, das gab es auf Station 13 auch –, aber jedes Bett hat einen eigenen Fernseher, und die Putzkolonne schiebt sich nur einmal am Tag durchs Zimmer – schwört Peggy jedenfalls, die agile Mittvierzigerin im Bett neben mir, die uns gleich etwas von ihren Keksen anbietet. Undenkbar auf der Krebsstation! Teilen! Selbst gebackenes! Aus einer Tupperdose! Ich bin euphorisch.

Es macht ein plumpsendes Geräusch, als meine Mutter zum Abschied meine Fachbücher auf das Rollwägelchen wuchtet, von wo ich sie selbst in die darunter befindlichen Etagen einsortieren werde. Ich habe ein Lernsystem, das geht nicht einfach nach Größe oder Gewicht, sondern nach Themen und Prüfungsrelevanz.

»Obendrauf muss frei bleiben«, weist mich eine drahtige Schwester an und misst meinen Blutdruck, weswegen ich ihrem Wunsch *leider* nicht sofort entsprechen kann.

Das werden wir noch sehen!

Meine Mutter verabschiedet sich schmunzelnd. Den Gesichtsausdruck ihrer Tochter kennt sie zur Genüge.

Normalität.

Ich lebe.

Ich bin zurück.

Doch dann bekommt meine Hochstimmung einen Dämpfer. Eine Stunde später schicken meine zukünftigen Kollegen eine PJlerin vor, die mir mitteilen darf, dass ich trotz aller Fortschritte noch mindestens drei Tage bleiben soll.

»Haben Sie dazu irgendwelche Fragen?«

Ich schüttle stumm den Kopf und starre ihr nach, bis die Tür wieder ins Schloss gefallen ist.

Nicht undankbar sein. Der liebe Gott hat mir weit mehr gegeben als den kleinen Finger, und ich will nicht nur die ganze Hand, sondern obendrein auch noch das Silbertablett, auf dem mir mein Leben quasi ein drittes Mal geschenkt wurde, behalten.

Einsichtig, aber mit geblähten Nasenflügeln atme ich aus.

Ich habe ihnen wohl wirklich einen Schrecken eingejagt. Humane Anaplasmose ist in unseren Breiten immer noch eine Seltenheit, und prompt werde ich bei der nächsten Visite wieder von allen möglichen Assistenzärzten und Ärztinnen und PJlern bestaunt. *Quod erat demonstrandum* – was zu beweisen war.

Ich erfahre von einer gut gelaunten Assistenzärztin, dass es bereits ein ziemlicher Kraftakt war, den Antikörpertest zu bekommen. Er wurde extra aus den Staaten eingeflogen. Ich komme mir beinahe ein bisschen wichtig vor.

Die weiteren Tests und Perspektiven sind allerdings weniger lustig.

Da ich keinen Port mehr habe, geht nun wieder alles über die erheblich dünnere Braunüle in und aus meinem Arm. Die hat sich allerdings zugesetzt und lässt sich auch nach mehreren unangenehmen Versuchen einer Studentin, die sich tausendmal dafür entschuldigt, nicht freispülen. Trotzdem bin ich einfach nur froh, dass sie mir keinen neuen zentralen Venenkatheter geschoben haben.

»Famulatur?«, frage ich.

Sie nickt bedröppelt. »Erster Tag.«

»Nicht unterkriegen lassen!«

Ich zwinkere ihr zu, und sie seufzt mit einem scheuen Seitenblick auf die resolute Schwester, der sie zugeteilt ist.

Die knöpft sich bereits meinen anderen Arm vor und legt mir blitzschnell einen neuen Zugang. Anscheinend ist sie der Meinung, dass die arme Famulantin mich genug gequält hat.

Meine OP-Wunde – dort, wo mir der Port entfernt wurde – schmerzt. Ich darf deswegen auch immer noch nicht duschen, aber immerhin aufstehen und mich waschen wird mir erlaubt. Der Gang zur Toilette und wieder zurück kommt mir so anstrengend vor wie die Besteigung eines Himalaya-Gipfels, und ich kann mich kaum länger als eine halbe Stunde aufs Lernen konzentrieren, bevor ich so müde werde, dass mir buchstäblich die Augen zufallen, dabei ist noch nicht mal Mittag.

Die Stationsärztin überlegt, mich aufgrund meiner Vorgeschichte erneut an Infusionen zu hängen, sogar eine Blutkonserve ist zwischendurch im Gespräch. Ich höre nicht richtig zu. Noch mal Röntgen, CT, MRT, EEG – sie wollen ganz sicher sein, dass sich auch wirklich nichts in meinen Hirnwindungen abspielt, von dem sie besser wissen sollten.

Ich verbuche es als Fortschritt, dass ich immerhin angehalten werde, mich stationstauglich anzuziehen und ein bisschen zu bewegen – auch wenn sie mich zu den entsprechenden Ambulanzen kategorisch im Rolli schieben.

Als ich am späten Nachmittag meinen letzten Untersuchungstermin hinter mir habe und erschöpft das Krankenzimmer betrete, erzählt mir Peggy, dass »so ein Typ« nach mir gefragt hätte. »Auf Englisch.«

Mein Herzschlag beschleunigt sich.

Auf meinem frisch gemachten Bett liegen eine Rose und eine Tüte Chips, und das sind ganz besondere, meine Lieblingssorte aus den USA: *Organic Spices and Vegan Sour Cream*.

Ich spüre ihren verstohlenen Blick in meinem Nacken, als

ich die zerknautschte Packung an meine Brust drücke wie einen Schatz, und wirble herum. »Wann war das? Wo ist er hin?«

Sie zuckt mit den Schultern, stöpselt sich Kopfhörer ein und widmet sich strickend wieder dem Nachmittagsfernsehen, irgendeiner deutschen Telenovela.

Unsere Betten sind weiter auseinandergerückt worden, anscheinend bekommen wir erst mal keine neue Nummer drei ins Zimmer.

»Keine Ahnung. Halbe Stunde vielleicht?« Ihre Augen kleben am Bildschirm.

Aber kaum habe ich meine Crocs ausgezogen und mich in Socken aufs Bett gehievt, lässt sie ihre Strickarbeit sinken, nimmt einen der Kopfhörer heraus und spricht mich doch noch mal an.

»War das dein Freund?«

Werbepause in der Flimmerkiste. Aha.

»Wenn ich das wüsste, wäre ich einen Schritt weiter«, erwidere ich, reiße die Chips-Packung auf und atme glücklich den Duft nach geröstetem Mais und Chili ein.

Mein Anflug von extrem guter Laune kollidiert irgendwie mit ihrem eher verstörten Gesichtsausdruck.

»Alles in Ordnung?«, erkundige ich mich besorgt und frage mich, ob es ungehörig ist, wenn ich meine Chips nicht mit ihr teilen möchte, oder ob sie womöglich die Essgeräusche beim Fernsehen nerven könnten.

»Ja, ja«, sagt sie leichthin.

»Auch was?« Mit schlechtem Gewissen halte ich ihr nun doch die Packung hin.

Peggy schüttelt den Kopf. Sie greift nach der Fernbedienung und schaltet ungeduldig durch sämtliche verfügbaren Programme.

Das ist so Neunziger, denke ich stirnrunzelnd. Ich streame eigentlich nur noch.

Als ich gerade beschließe, ihre sonderbare Stimmung nicht auf mich zu beziehen, lässt sie die Fernbedienung sinken und nimmt einen neuen Anlauf.

»Kommst du denn gut damit klar? Das tut mir so leid – für euch beide.«

Was meint sie? Storm wird ihr ja wohl kaum zwischen Tür und Angel unsere turbulente Geschichte erzählt haben.

Verwirrt frage ich nach. »Was jetzt genau?«

»Ich glaube, ich könnte das nicht. Also, wenn mein Freund zum Beispiel ... plötzlich fünfzig Kilo zu- oder abnehmen würde ... Ich meine, klar, die inneren Werte und so, aber ... Ich stelle mir das schlimm vor, wenn man mit jemandem zusammen ist, der sich dann plötzlich optisch ... so sehr verändert. Also, nicht falsch verstehen. Ich bewundere das, finde ich echt toll«, plappert sie weiter und starrt zwischendurch abgelenkt auf den Bildschirm, wo jetzt die Werbeunterbrechung vorbei ist und die Telenovela weiterläuft.

Sie läuft rot an, ich wahrscheinlich auch.

Sie vor Verlegenheit, ich vor Wut.

Gleichzeitig bin ich so baff, dass mir keine schlagfertige Antwort einfallen will.

Klar könnte ich sie anlügen und behaupten, dass Storm verletzt wurde, als er eine Bombe entschärft und tausend Kindern das Leben gerettet hat. Die Wahrheit, dass er ein berühmter Musiker war, der im Alkohol- und Drogenrausch in den Pool gestürzt und zu nah an die Pumpe geraten ist, würde sie bestimmt genauso schocken – und noch viel mehr, dass ich nicht einmal wusste, dass Storm berühmt war, als wir zusammenkamen. Womit wir wieder an meinem wunden Punkt sind, an dem ich immer noch ein bisschen zu knabbern habe. Aber das tut jetzt nichts zur Sache.

Ich könnte sagen, dass mir seine Narben noch gar nicht aufgefallen sind, oder umgekehrt: dass ich einen Narbenfetisch habe und wir uns in einem speziellen Forum kennengelernt haben. Oder dass ich ihm die Narben zugefügt habe. Morbide. Und ein bisschen eklig.

Ich könnte ihr tatsächlich einen Vortrag über die inneren Werte halten und darüber, dass ich mich viel eher von jemandem trennen würde, weil er plötzlich schräge politische Ansichten äußert oder einer radikalen Sekte beitritt. Aber Fakt ist, dass sie recht hat, wenn ich ganz ehrlich bin: Das Auge isst mit.

Nur sehe ich seine Narben nicht mehr. Und in diesem Augenblick wird mir klar, dass ich sie noch nie wirklich wahrgenommen habe. Nicht so, wie es Peggy und andere vielleicht tun – als störend, als Makel, als etwas, das ihn für mich entstellen würde. Diese wulstigen Linien, die so aussehen, als hätte ein Grundschulkind versucht, ein aufgeplatztes Sofakissen mit Zweikomponentenkleber zu flicken – sie sind eben da. Ich finde sie interessant, aus medizinischer Sicht, sie lösen Gefühle in mir aus, weil ich ihre tragische Geschichte kenne, und in gewisser Weise lassen sie Storms Augen noch mehr leuchten und seinen perfekten Mund noch sinnlicher wirken.

Ich denke an das Lied von Leonard Cohen, das Storm im Fernsehen gesungen hat, an jenem Abend, als ich nach Hause geflogen bin.

Für mich.

*»There's a crack in everything. That's how the light gets in.«*

Ich habe die Liedzeilen anscheinend laut zitiert. Peggy sieht mich fragend an, und ich lächle, weil mir gerade etwas klar wird. *Sie* werde ich nicht fragen, ob sie mit mir und Sinja Canasta spielen möchte. Und da ist noch eine Sache.

»Seine Risse und Sprünge sieht man schon von Weitem«, sage ich in einem Anflug von Nachmittagsphilosophie. »Meine vielleicht erst auf den zweiten oder dritten Blick. Aber Energie folgt immer unserem Fokus – und ich liebe ihn. Offenbar. So, wie er ist. Ich glaube, das habe ich von Anfang an. Und ich tue es immer noch.« Ich sehe meine Chipstüte an, als wäre sie das Ei des Kolumbus, greife noch mal hinein und nicke. »Ja, das wird es wohl sein … Und dann ist alles andere wirklich egal. Wir sind fest zusammen.«

»Oh«, sagt Peggy.

Ich zerbeiße krachend ein paar Chips und schließe beglückt die Augen, als ich danach an der Rose schnuppere.

Storm hat recht, es ist eben doch so einfach.

Dass er nicht auf mich gewartet hat, finde ich trotzdem megaätzend. Es ist ja ganz schön, dass Peggy das nun weiß, aber als Hauptperson sollte Storm zumindest als Zweiter zwingend das Update unseres Beziehungsstatus hören.

# Kapitel 8

## April

Dreimal geht die Tür zu unserem Zimmer an diesem Nachmittag noch auf, und jedes Mal flattert mein Herz. Aber das erste Mal sind es Angehörige von Peggy. Der zweite Besucher ist ein Mitarbeiter von der Krankenhausbücherei mit einem Rollwagen verschiedener Romane von Krimi bis Schnulze. Als es zum dritten Mal klopft, überlasse ich es direkt Peggy zu antworten. Letztlich ist die Antwort eh rhetorisch.

Umso erstaunter bin ich, als ich gleich darauf in Sinjas Gesicht blicke.

»Hey! Störe ich?«

Nur zu gern lasse ich den dicken Wälzer über Endokrinologie auf die Bettdecke sinken. »Überhaupt nicht! Komm rein!«

Sinja grinst. »Eigentlich wollte ich ja fragen, ob du auf einen Kaffee mit rauskommst. Schluss mit Magentee und Trübsal. Ich weiß, dass du darfst, alles recherchiert! Und danach schuldest du mir eine Revanche.« Sie wedelt mit einem Kartenspiel.

Ich muss lachen. »Offensichtlich. Wer hat dir erzählt, wo du mich findest?«

»Das zwitschern die Vöglein von den Bäumen.« Sie breitet theatralisch die Arme aus und schlägt ein paarmal mit den imaginären Flügeln. Als sie Peggys entgeisterten Blick aufschnappt, fängt sie an zu kichern. »Los, komm schon, schwing dich in deinen Bademantel oder nimm eine Jacke mit und raus aus den Federn. Du brauchst frische Luft. Ich wollte dich etwas fragen. Und vielleicht verrate ich dir nebenbei sogar, dass du Tagesgespräch in der Hämatologie bist. Grandiose Phönix-Nummer übrigens, die du da hingelegt hast, wenn ich das mal so salopp sagen darf.«

Phönix. Meine Gedanken sind sofort bei Storm. Was, wenn er ausgerechnet wiederkommt, während ich mit Sinja durch die Gänge flaniere? Oder meine Eltern?

»Aber ich kann doch nicht einfach ...«

»Glaubst du, du verpasst hier was?« Sie sieht mich spöttisch an. »Nimm doch dein Handy mit, dann bist du erreichbar.«

Ich registriere den leisen Unterton und erschrecke. »Oh Gott, entschuldige. Ich hatte den Flugzeugmodus drin, weil ich mich sonst nicht aufs Lernen konzentrieren kann. Hast du versucht, mich anzurufen?«

»Das ein oder andere Mal ...« Sie grinst. »Zur Strafe gibt's jetzt die große Dosis frische Luft. Und zwar ohne Betäubung!«

»Und das geschieht mir sooo recht«, bekenne ich freimütig.

Ja, manchmal ist es wirklich einfach!

Ich angle nach meiner Lieblingsstrickjacke und ziehe sie mir behutsam über den Unterarm, damit ich nicht mit einer Masche an der Braunüle hängenbleibe. Maria hat mir die Jacke aus babyweicher anthrazitfarbener Alpakawolle aus Peru mitgebracht. Eine Herde weißer Alpakas marschiert in einem traditionellen Muster auf Brusthöhe ringsherum. Ich habe nie etwas Weicheres besessen.

»Wie weit willst du mich denn entführen?«

»Das verrät ein guter Kidnapper nicht.« Sie sieht berechnend an mir und meinen Jogginghosen herab und nickt. »Tauglich.«

Ich lache.

»Gib mir zwei Minuten, ich möchte mir wenigstens die Haare kämmen, wenn wir die Station verlassen?«

»Ausnahmsweise.«

Sie lässt sich wirklich keine Information aus der Nase ziehen.

Ich sehe auf mein Handy, um die Uhrzeit abzulesen. »Wenn ich in einer Stunde noch nicht zurück bin, schick einen Suchtrupp los«, bitte ich die verdutzte Peggy.

»Mach zwei draus«, sagt Sinja und zwinkert ihr zu. »Wann kriegt ihr hier Abendessen?«

»Zwischen fünf und halb sechs.«

»Unchristlich!«, ruft sie erschüttert und wendet sich wieder an mich. »Schmeckt es wenigstens, oder soll ich dir zur Abwechslung etwas anderes besorgen?«

»Es ist okay«, gluckse ich und schlüpfe in meine Crocs.

Sinja runzelt die Stirn. »Lieber feste Schuhe. Und das Essen sollen sie dir warmhalten oder kühlstellen oder was auch immer. Du kümmerst dich drum, ja?«

Peggy nickt verdattert.

Eine Minute später stehen wir auf dem Gang. Unsicher schlage ich meine Strickjacke enger um mich.

»Darf ich bitten?« Sinja deutet mit einladender Geste auf einen Rollstuhl, in dem zwei gefüllte Coffee-to-go-Becher vor sich hin dampfen und einer Tüte Donuts Gesellschaft leisten. »Der Latte mit dem *V* ist vegan, und frag mich nicht, wie schwer es war, den hier auf dem Gelände zu bekommen – okay, es war ganz einfach, ich geb's zu. Ich habe unseren kleinen Ausflug außerdem ordentlich im Stationszimmer angemeldet, falls du dich das fragen solltest. Und das Taxi hier ist Anweisung vom Chef, also steig ein und spar dir die Beschwerde.«

»Würde ich nie wagen.«

Mein Herz klopft, und ich nehme sogar ziemlich dankbar in dem Gefährt Platz und unseren Reiseproviant auf den Schoß. Der duftende Milchschaum versöhnt mich bestens mit dem Umstand, dass ich vorerst nicht an einem Halbmarathon teilnehmen werde.

»Außerdem ist so ein Rolli die perfekte Tarnung«, flüstert sie von hinten in mein Ohr, und dann schieben wir los.

»Und du verrätst mir immer noch nicht, was du mit mir vorhast?«, frage ich, als wir das Gebäude verlassen.

Für ein simples Interview hätten wir uns ja einfach in die Cafeteria setzen können – wobei mir die frische Luft um so vieles besser gefällt.

»Auf keinen Fall. Überraschung. Aber ich sag dir, die Welt ist so was von klein, du wirst staunen.«

»Aha?!«

»Keine Fragen!«

Ich schließe kurz die Augen und inhaliere in tiefen Zügen den ungefilterten Sauerstoff. Die Sonne scheint, und wenn ich das Motorenbrummen der parkplatzsuchenden Besucher und von ein paar Ambulanzfahrzeugen herausfiltere, höre ich sogar ein paar Spatzen in den spätblühenden Heckenrosen schimpfen. Es hat grob geschätzt um die zwanzig Grad, und ein warmes Lüftchen streicht mir über die Unterarme, weil ich die Ärmel meiner Alpakajacke wie immer hochgeschoppt habe. Maria würde mir was erzählen, aber sie sieht es ja nicht.

Einen Moment lang huscht der Gedanke durch meinen Kopf, dass meine besten Freundinnen derzeit meine Patentante und meine ehemalige Mitbewohnerin in Kalifornien sind. Die anderen hat mir der Krebs geraubt – auf die eine oder andere Art. Aber vielleicht entsteht hier ja tatsächlich etwas Neues. Man nennt das Resilienz – die Fähigkeit, an Krisen zu wachsen, statt an der Vergangenheit zu zerbrechen.

Und man kann es trainieren. Ich habe das fest vor – und ich platze vor Neugier.

Sinja bremst an einer begrünten Einbuchtung mit einer Parkbank und wuchtet ihre Fototasche darauf.

»Okay, die Aussicht hier ist eher suboptimal, aber wir haben noch ein bisschen Zeit, und ich dachte, im Patientengarten im Innenhof sitzt man so dämlich auf dem Präsentierteller.« Sie setzt sich, schlüpft aus dem Rucksack und streckt ihre Hand nach dem zweiten Kaffee aus, während sie mit der anderen zielstrebig ein Hefeteilchen aus der Tüte wühlt, die ich ihr hinhalte.

»Und verrätst du mir jetzt die Überraschung?«

»Nö.» Sie scheint sich prächtig zu amüsieren.

»Himbeerzuckerguss. Himmlisch«, säuselt sie versonnen und nimmt einen großen Bissen. Dann balanciert sie den Donut kauend auf ihrem Oberschenkel, bedeutet mir mit einem Finger, kurz zu warten, und zieht den Reißverschluss einer der vielen Außentaschen an ihrem Gepäck auf. Aus einem Brillenetui fördert sie einen dunklen Aufsteckclip zutage, schiebt ihn auf ihre Brille und strahlt mich an. »Viel besser«, sagt sie grinsend und guckt dann betroffen. »Mist. Hättest du auch eine Sonnenbrille gebraucht? Meine Augen sind total lichtempfindlich geworden durch diese ganze Bildschirmarbeit, aber ich hab echt nicht dran gedacht … Sorry.«

»Nein, alles gut«, sage ich lachend und beschirme meine Augen mit der Hand. »Ich find's herrlich. Frische Luft und dann noch dieses Wetter. Danke für dieses spontane Kidnapping! Was auch immer du noch mit mir vorhast, es hat sich jetzt schon gelohnt!«

Sie macht eine wegwerfende Geste und schlürft einen Schluck Kaffee. »Das ist noch gar nichts. Warte mal ab. Aber Journalisten tun nichts ohne Hintergedanken, das weißt du ja.«

Ich erwidere ihr Lächeln. »Dein Interview, ich erinnere mich. Ich stehe dir nach wie vor gern zur Verfügung, aber …«

»Nein, nein, nein!«, unterbricht sie mich kauend. »Alles gut. Mein Artikel ist fast fertig. Ich bin schon an was Neuem dran, das hat aber nichts mit dir zu tun. Glaube ich jedenfalls.« Sie sieht meinen skeptischen Blick und ergänzt: »Das Interview machen wir morgen. So.« Sie sieht auf ihre Uhr, steht auf, klopft sich letzte Donutkrümel von der Hose und streckt ihre Hand nach meinem leeren Pappbecher aus. »Bereit?«

»Kommt darauf an, wofür.«

Sie lacht und legt den Kopf schief, während sie die Becher und die leere Tüte in ihren Rucksack stopft. »Alte Freunde wiedertreffen. Du wirst staunen!«

»Neuropädiatrie?«, frage ich verwundert, als wir fünfzig Meter weiter die automatische Tür eines der unzähligen Klinikgebäude auf diesem Campus betätigen.

Die Eingangshalle mit den Stühlen im Wartebereich liegt genauso verlassen da wie der Glaskasten des Pförtners.

»Jepp«, antwortet Sinja unbeeindruckt und schiebt mich zielsicher einen Gang hinunter. »Du studierst doch Medizin, und du bist tierlieb, und da dachte ich, das hier interessiert dich vielleicht. Ein Pilotprojekt. Im Sozialpädiatrischen Zentrum arbeiten sie schon eine ganze Weile mit Therapiehunden.«

»Therapiehunde?«

Ich verstehe nur Bahnhof.

»Genau. Ich bin mit einer gemeinsamen … Bekannten darüber ins Gespräch gekommen. Sie ist Physiotherapeutin, und stell dir vor, ihr kennt euch. Die Welt ist ein Kuhkaff, ich sag's ja.«

Sie schiebt mich um eine dunkle Kurve, das Flurlicht

springt erst durch unsere Bewegung an. Die Gänge liegen verlassen da, die einzigen Geräusche außer unseren Stimmen stammen von Sinjas Füßen und den Gummireifen meines Rollstuhls.

»Aber hier ist niemand mehr.«

»Eben drum. Wir haben auf den Feierabend gewartet«, erklärt sie fröhlich und bremst.

Wie aufs Stichwort geht vor uns eine Tür auf, und eine Frau kommt heraus, eigenartigerweise mit dem Rücken zu uns. Sie spricht leise auf jemanden im Zimmer ein und fährt herum, als sie uns wahrnimmt.

»Oh, ihr seid schon da!«, ruft sie. »Ich wollte eben nach euch Ausschau halten. Wie schön, dich wiederzusehen, April!«

»Birte!«, rufe ich hocherfreut. » Du bist die Überraschung? Das gibt's ja nicht! Was machst denn du hier?«

Birte ist die Physiotherapeutin, durch die ich die Wunder der Osteopathie kennengelernt habe und die mich davon abgehalten hat, mein Medizinstudium hinzuwerfen. Sie hat mich angefixt, alles über Osteopathie lernen zu wollen und mit meinem Studium zu verknüpfen.

Und jetzt steht sie vor mir und lacht.

»Das könnte ich dich auch fragen, aber ich habe es ja schon gehört! Es ist so schön, dich zu sehen!«

Mit drei Schritten ist sie bei mir, das ist genau die Zeit, die ich benötige, um aus dem Rollstuhl aufzustehen. Dann liegen wir uns in den Armen.

»Ich habe dir so viel zu verdanken!«, kiekse ich heiser und drücke eine Träne weg. »Ich habe mein Medizinstudium wieder aufgenommen und meine Famulatur in den Staaten gemacht, und du bist schuld, weißt du das überhaupt?«

»Ich?« Sie lacht und schiebt mich in gespielter Entrüstung ein Stück von sich weg. »Ich arbeite einfach nur hier, zweimal die Woche, mit meiner Assistentin und Co-Therapeutin.« Sie zwinkert Sinja zu und wendet sich gleich wieder zu mir. »Möchtest du sie kennenlernen?«

Verwirrt nicke ich.

Birte geht in den Raum zurück und kommt mit einem Hund in neongelber Weste heraus. »Darf ich bekannt machen? Das ist Bini. Sie hilft mir schon seit einem Jahr ganz hervorragend in der Physiotherapie drüben in der Kinderklinik. Vor allem, wenn ich osteopathisch mit hypermotorischen oder autistischen Kindern arbeite, ist sie wirklich ein Segen.«

»Das kann ich mir sehr gut vorstellen.«

Langsam lasse ich mich auf die Knie nieder und halte der Hündin meine Hand zum Schnuppern hin. Bini wartet auf die Erlaubnis ihres Frauchens, dann leckt sie ganz zart darüber und wedelt zurückhaltend mit der Rute. Dabei drückt sie sich ganz vorsichtig an mich, als dezente Aufforderung, dass ich sie streicheln soll.

Es ist so wundervoll, ein Hundefell zu spüren, dass es mir einen Kloß in die Kehle treibt. Und doch – Bini ist nicht Sky. Bevor ich mein eigenes Wuschelmonster wiedersehe, wird es noch mindestens drei lange Tage dauern. Ich komme mir wieder schrecklich undankbar vor, als ich mich bei diesen Gedanken ertappe. Es hätte auch alles ganz anders kommen können. Bei einer erneuten Krebsdiagnose hätte ich monatelang auf Kontakt zu jedweden Tieren verzichten müssen. Und immerhin ist Sky in Deutschland.

Reumütig kraule ich Binis Hals. Und dann genieße ich selbstversunken einfach nur ihr Fell und ihre Anwesenheit.

»Du bist ein toller Hund, und du hast dir eine fantastische Aufgabe und ein wunderbares Frauchen ausgesucht.« Neugierig hebe ich den Kopf. »Aber das ist noch nicht die ganze Geschichte, oder? Was machst du hier in der Neuropädiatrie?«, frage ich Birte.

Sie strahlt. »In Braunschweig hat eine Oberärztin so tolle Erfolge mit ihrer Hündin erzielt, dass wir es hier auch ausprobieren dürfen. Bini ist eine ausgebildete Therapiehündin. Sie lenkt die Kinder ab, wenn ihnen Blut abgenommen wird oder wenn sie für ein EEG still liegen müssen. Sie macht das so hervorragend, dass wir tatsächlich gerade über Verstärkung für unser Team nachdenken.« Sie macht eine bedeutungsschwangere Pause und sieht von mir zu Sinja. »Tatsächlich wurde mir für heute Abend ein vielversprechender Bewerber angekündigt. Aber anscheinend verspätet sich der Kandidat. Oder wie sehe ich das?«

Bini bellt einmal und fixiert etwas oder jemanden hinter mir. Dann höre ich auch, dass sich von dort Schritte nähern.

»Oh, wenn man vom Teufel spricht«, sagt Sinja lachend.

Ich drehe mich auf dem Hosenboden sitzend um, und das ist gut so, denn sonst wäre ich in der nächsten Sekunde entweder umgerannt worden oder hätte ganz von alleine das Gleichgewicht verloren und wäre gestürzt.

»Sky!«, quietsche ich.

Da kommt auch schon ein hysterisch fiependes braunes Fellbündel auf mich zugeschossen, schleckt mir übers Gesicht, bevor irgendjemand es daran hindern kann, und wuselt winselnd und jaulend auf und über und um mich herum.

Bini verdrückt sich zwischen die Beine ihrer Besitzerin und guckt sich das Spektakel lieber aus sicherer Entfernung an.

Und noch jemand steht einige Meter von uns entfernt und sieht mir dabei zu, wie ich halb auf dem Boden liegend mit einer wild gewordenen Labradorlawine in neongelber Weste kämpfe.

»Storm«, keuche ich, als mir das Risiko etwas kalkulierbarer scheint, nicht sofort eine schlabbernde Hundezunge in meinen Mund zu bekommen, sobald ich ihn öffne, und rapple mich hoch.

»Keks«, sagt er kaum hörbar in dem Geräuschwusel aus Hundelauten aller Oktaven.

»Was um alles in der Welt …«

»Ich wollte dich gestern Abend nicht bedrängen. Ganz egal, ob und wie das mit uns weitergeht, du bist nicht allein, auch wenn du das manchmal glaubst. Ich dachte, du brauchst vielleicht einen Freund, der dich daran erinnert, dass du geliebt und gebraucht wirst. Die letzten Tage hier schaffst du auch noch.«

»Oh, Storm.«

Mir ist ein bisschen schwindelig, als ich mich bemühe aufzustehen. Storm ist sofort bei mir und zieht mich hoch.

Aus dem Augenwinkel sehe ich, dass Birte und Sinja sich dezent zurückgezogen haben und Arm in Arm mit Bini in der Ecke bei den Getränkeautomaten stehen, wo sie sich bemühen, uns nicht allzu auffällig zu beobachten.

Ich frage mich kurz, ob Birte die Frau aus Storms Erzählung ist, in deren Autofenster Sinja gehangen hat, und ob die beiden ein Paar sind.

Dann interessiert mich nur noch, ob wir beide ein Paar sind.

Ich presse mich ganz nah an Storms Körper. Er hält mich fest, und ich strecke mich auf die Zehenspitzen und küsse ihn, gehalten von seinen Armen. Ohne die würde ich vermutlich umkippen, weil mein Kreislauf gerade nicht hinterherkommt.

Aber ich weiß, was ich will.

Und wen.

Und ich kann mich darauf verlassen, dass er mich hält. Wann immer ich es ihm erlaube.

Zart zuerst, ganz sanft berühre ich seine Lippen, und als er meinen Kuss vorsichtig erwidert, öffne ich meinen Mund und flüstere: »Nicht ob, Storm, nicht wie. Wenn du mich noch willst, ich bin hier, und ich gehe zusammen mit dir, egal wohin. Sobald man mich hier rauslässt. Ich brauche nur dich – und diesen verrückten Hund.«

Und dann brauche ich meine Zungenspitze … jetzt sofort … für etwas anderes.

## Storm

Storm nahm einen Schluck von der Rhabarbersaftschorle und verzog ein wenig das Gesicht. Sauer – aber gut. Er konnte kaum glauben, dass er ganz entspannt mit Aprils Eltern in der *Mühlenschänke* saß, deutsche Soft Drinks ausprobierte und auf eine Portion Pfifferlinge wartete.

Sky war sofort zu seinen Füßen eingeschlafen, nachdem sie sich an einen Tisch gesetzt hatten. Die Aufregung und Freude, April endlich wiedergesehen zu haben, hatten ihn offensichtlich geschafft.

Und eigentlich hatte auch Storm vorgehabt, nur schnell eine Kleinigkeit zu essen und sich dann schlafen zu legen, um sich endlich mit der Zeitumstellung anzufreunden.

Nun schien es doch ein längerer Abend zu werden, aber er war so euphorisch, dass ihn das in keiner Weise störte.

Er hatte selbst Aprils Mutter nicht in den Coup mit Sky eingeweiht gehabt. Teils aus Sorge, dass sie sich verplappern und die Überraschung verderben würde, teils, weil er nicht wusste, wie es bei ihren Eltern ankommen würde, dass er seinen Plan, Sky in die Klinik zu schmuggeln und mit April zusammenzubringen, nie aufgegeben hatte. Und am Ende hatte sicherlich auch mit hineingespielt, dass er keine Ahnung hatte, wie April selbst das Ganze aufnehmen würde. Ob sie es für einen billigen Versöhnungsversuch halten oder ihm tatsächlich glauben würde, dass ihm ihre Genesung alles bedeutete – ganz egal, ob sie noch mit ihm zusammen sein wollte oder nicht.

Ihm war schwindelig vor Glück, wenn er an ihren Kuss dachte, die Leidenschaft, mit der sie ihm zu verstehen gegeben hatte, dass sie es noch einmal mit ihm versuchen würde. Und an den zweiten Kuss.

Als sie auf dem Weg zurück zum Bettenhaus halbwegs mit ihren Eltern kollidiert waren, die sich augenscheinlich bereits auf die Suche nach ihnen begeben hatten, waren sowohl April als auch er ein bisschen überrumpelt gewesen.

»Mama. Papa. Das trifft sich hervorragend. Ich bin noch nicht dazu gekommen, euch hochoffiziell den Mann meines Lebens vorzustellen«, hatte sie auf Englisch gesagt, damit er es auch verstand.

Sie klang ein bisschen außer Puste, obwohl sie im Rollstuhl saß und Storm sie zurückschob, hemdsärmelig und so schnell er konnte, weil die Sonne lange untergegangen war und die Wärme mitgenommen hatte. Er fürchtete, dass sie frieren würde, seiner Jeansjacke über ihrem dicken Strick zum Trotz.

»Ihr habt euch bestimmt viel zu erzählen. Aber ich muss jetzt was essen und mich gesundschlafen. Morgen früh muss ich fit sein. Ich gebe ein Interview«, hatte April vergnügt verkündet.

Damit hatte sie alle drei vor der Tür stehen lassen, allerdings nicht, ohne Storm noch einmal für einen ausgiebigen Kuss zu sich hinunterzuziehen und sich dabei weder um Skys aufgeregtes Gebell noch um die Anwesenheit ihrer Eltern zu kümmern.

»Na los, nun haut schon ab«, hatte sie kichernd gesagt und Sky zum Abschied durch den Pelz gewuselt.

Dann war sie durch die automatische Tür gerollt.

Und hier waren sie nun.

Anna und Helge hatten ihm offiziell angeboten, sie beim Vornamen zu nennen. Das kam offenbar einem Ritterschlag gleich, zumindest verhielt sich Anna, mit Seitenblicken auf ihren Mann, so. Storm wusste, dass man sich in Deutschland viel länger mit dem Nachnamen anredete als in den Staaten, aber bis dahin war ihm nicht bewusst gewesen, dass diese Vertraulichkeit so etwas Besonderes war.

Der Wirt brachte ihnen persönlich das Essen, erkundigte sich zwischendurch, wie es ihnen schmeckte, und setzte sich am Ende mit einer Runde Schnäpsen »aufs Haus« zu ihnen. Es war offensichtlich, dass Aprils Eltern Stammgäste waren.

»Storm ist Musiker«, schwärmte Anna und wechselte ins Englische. »Er hat April quasi aus dem Koma gesungen.«

»Sie lag nicht wirklich im Koma«, murmelte Storm verlegen.

Anna drückte seine Hand und sah ihm in die Augen.

Ihr Blick war von demselben irritierenden Kobaltblau wie Aprils.

»Jedenfalls wird sie in vier Tagen entlassen. Und ich glaube, das verdanken wir unter anderem dir.«

Sie prostete ihm zu. Auch die beiden Männer hoben ihre Schnapsgläser und kippten das scharfe Getränk in einem Zug hinunter. Storm hob sein Glas wie die anderen und lächelte höflich, aber er stellte es wieder ab.

»Musiker«, wiederholte der Wirt beeindruckt auf Deutsch. »Cool. Und was spielst du so?«

Er bewegte seine Hände über den Tisch, als würde er Klavier spielen, und dann, als hätte er eine Flöte.

»Gitarre«, antwortete Storm und unterstützte das Wort ebenfalls mit entsprechenden Gesten.

»Storm war im Fernsehen«, ergänzte Anna und fügte auf Deutsch hinzu: »Er nimmt an einer Talentshow teil, so ähnlich wie bei uns *DSDS*.«

»Ach herrje«, machte der Wirt betroffen.

»Nein, nein«, warf Aprils Vater ein und rieb sich über das Gesicht. »Der Junge ist gut.« Er nickte Storm aufmunternd zu. »Wirklich gut.«

»Hmm … Das muss er wohl, wenn sie … Tut das nicht weh?«

»Thies!« Aprils Mutter sah bestürzt vom Wirt zu Storm und wieder zurück.

»Oh, 'tschuldigung. Nichts für ungut.« Er zeigte auf das einzige noch gefüllte Schnapsglas, und als Storm den Kopf schüttelte, nahm er es schulterzuckend an sich, leerte es und sah ihn dann wieder neugierig an. »Was anderes vielleicht? Whiskey? Brandy? Heidegeist?« Er deutete in Richtung des Tresens.

Storm schüttelte erneut den Kopf. »Nein, danke«, antwortete er auf Deutsch.

Ein paar Floskeln hatte er bereits gespeichert.

»Er trinkt keine harten Sachen«, erklärte Helge.

Thies zog die Augenbrauen in die Höhe. »Ach. Hätte ich ganz anders eingeschätzt.« Mit einem Ruf in Richtung der Tresenkraft bestellte er eine zweite Runde Schnaps und sah fragend zu Storm. »Likör wenigstens?«

Anna übersetzte, und Storm ließ sich nach einigem Hin und Her zu einem selbst gemachten Blaubeerlikör überreden.

»Man soll Menschen nicht nach ihrem Aussehen beurteilen«, sagte sie an Thies gewandt und lächelte.

»Um Himmels willen, bloß nicht!« Der Gastwirt lachte dröhnend und rieb sich mit einer Hand über die Halbglatze und mit der anderen über den ebenso kugeligen Bauch. »Ihr kennt mich doch, ich trage das Herz nun mal auf der Zunge. Wir haben alle unsere Baustellen, oder nicht?«

Storm hatte keinen Plan, wovon sie redeten, also lächelte er weiter freundlich.

Nachdem auch die zweite Runde geleert worden war, sammelte Thies nachdenklich die leeren Gläser zusammen und stellte sie auf sein rundes Tablett. »Vielleicht hat er ja mal Lust, bei uns aufzutreten?« Er deutete mit dem Kinn in Richtung einer ziehharmonikaartigen Schiebetür, die das Lokal teilte. »Will er mal gucken?«

Die Schnäpse hatten offenbar seine Zunge gelöst, denn er wiederholte die Frage auf Englisch direkt an Storm gerichtet.

Storm stand auf und folgte dem Mann.

Sky wollte ihnen hinterher, doch er bedeutete dem Hund, liegen zu bleiben.

»Good dog«, sagte Thies.

Storms Mundwinkel verzogen sich zu einem breiten Grinsen. Er hatte da eine Idee.

»Was haltet ihr davon, wenn wir April mit einem kleinen Willkommens-Gig überraschen?«, fragte er, als sie nach ein paar Minuten zum Tisch zurückkehrten.

Der Wirt hatte einen Umweg zum Tresen gemacht, um seinen Kalender zu holen, und schlug ihn bereits auf, bevor er sich setzte. »In vier Tagen, sagt er?«

»Da wird sie hoffentlich entlassen, das stimmt.« Aprils Mutter zögerte. Sie sah fragend zu Helge.

Ihre Hände lagen ineinander verschränkt auf dem Tisch.

Ihr Mann runzelte kurz die Stirn, dann zog er seine Hand fort, formte eine Faust und klopfte mit den Knöcheln auf den Tisch. »Das könnte ihr gefallen, glaube ich. Großartige Idee!« Seine Augen blitzten voll Tatendrang. »Was meinst du, Liebes?«

»Wird das nicht zu anstrengend?«

»Unserer Tochter?« Aprils Vater grinste vielsagend und schüttelte den Kopf.

»Dann ist das also abgemacht«, sagte der Wirt und nickte

zur Bestätigung. »Geschlossene Gesellschaft? Wie viel Platz soll ich euch reservieren?«

Aprils Mutter erschrak. »Was würde das denn kosten, Thies?«

Storm kam dem Gastwirt zuvor. »Keine Kosten auf beiden Seiten«, schlug er vor und sprach extra so langsam, dass Thies seinen Worten folgen konnte. »Es ist außerhalb der Feriensaison, hier sind nur Stammgäste. Sieh dich um. Ist es nicht so? Ich spiele gratis, jeder, der mag, kann zuhören, aber April und ihre Familie haben reservierte Plätze in der ersten Reihe. Wenn es deinen Gästen nicht gefällt, ziehst du den Stecker und kannst uns rauswerfen. Aber frühestens nach drei Liedern, okay? Wenn es den Leuten gefällt und sie bleiben, hast du Umsatz, und ich verspreche dir ein weiteres Konzert. Mit genug Vorlauf für Werbung. Deal?« Er streckte Thies seine Hand hin.

Der kratzte sich am Nacken und überlegte kurz, dann schlug er ein. »Deal. Klingt so, als hätte ich tatsächlich nicht viel zu verlieren, oder?«

Storm starrte blicklos durch die einen Spaltbreit offen stehende Ziehharmonikatür in die Gaststube hinüber. Er saß in der Vormittagssonne auf einem Barhocker, die Gibson auf seinem Oberschenkel und schlug Akkorde an, um mit Hilfe von Aprils Vater die Saalakustik zu prüfen. Helge stellte sich in jede Ecke des Raums und beschrieb, wie er den Klang wahrnahm. Wenn der Saal halbvoll oder gar ganz mit Menschen gefüllt wäre, würde sich der Sound noch einmal verändern, aber das war einigermaßen kalkulierbar. Gemeinsam justierten sie die Lautsprecher und stellten die Monitorbox und ein antikes Mischpult auf, das Thies weiß der Geier woher aufgetrieben hatte. Das Ding sah aus, als hätte es seit den Achtzigern oder Neunzigern auf irgendeinem Dachboden vor sich hin geschlummert, aber es war von brauchbarer Qualität und funktionierte einwandfrei. Auf der Suche danach hatte Thies die Freiwillige Feuerwehr, die Kirchengemeinde, den gemischten Chor und sogar einen Schützenverein abgeklappert, wenn Storm es richtig verstanden hatte. Fündig geworden war er bei einem pensionierten Musiklehrer, der es ab und zu für kirchliche Jugendfreizeiten aus der Mottenkiste holte. Zumindest hatte es entsprechende Aufkleber an den Seiten.

Zu einem anderen Zeitpunkt hätte es Storm sehr gereizt, herauszufinden, wie viele verschiedene Vereine in so einem kleinen Dorf existieren konnten. Er wüsste gerne, ob theoretisch jeder Einwohner Lüttjenwulbeeks vom Säugling bis zum Greis in vier Vereinen gleichzeitig Mitglied war. Er würde April fragen, was es mit diesen ganzen Gruppen und freiwilligen Aktivitäten auf sich hatte, aber seine Neugier musste warten.

Besonders die Vorstellung, dass man sich in Deutschland organisierten Gruppen regelmäßig zum Schießen traf, erstaunte ihn. Er hatte immer gedacht, gerade die Deutschen fänden es bedenklich, dass in den Staaten jeder eine Waffe tragen durfte. Thies meinte, das sei etwas ganz anderes.

Es gab noch so vieles, das April ihm erklären musste.

Aber nicht heute. Keine Zeit. Jetzt waren es nur noch zwei Tage. Nur noch zwei Tage Vorbereitung.

Wenn er daran dachte, bekam er Herzrasen und schweißnasse Hände.

Einerseits.

Andererseits hätte er, ohne mit der Wimper zu zucken, jede Zeitmaschine betreten, um die Tage und Stunden vorzuspulen, bis April endlich durch diese Tür kommen würde.

Zurück zu ihm.

Er verbrachte Stunden in der *Mühlenschänke* und spielte, übte, ging mit dem Hund, beschäftigte Sky, beschäftigte sich, um sich abzulenken vom nervösen Warten.

Der Raum war dekoriert.

Aprils Mom hatte ein paar Schulfreundinnen und Kommilitonen Bescheid gegeben, die teilweise gar nicht mitbekommen hatten, dass April in den Staaten gewesen war – und jetzt wieder zurück. Storm fragte sich, ob April sie dann wirklich dabeihaben wollte, aber das würde sich zeigen, jetzt war es eh zu spät.

Er hatte genug damit zu tun, seine Aufgabe zu erfüllen.

Dazwischen, wenn er bei April im Krankenhaus war, musste er aufpassen, sich nicht zu verplappern und etwas über das geplante Überraschungsfest zu verraten.

Tag zwei:

»Du kommst spät heute.«

»Ich habe mich im Wald verlaufen.«

Aprils spöttisches Gesicht. »Hast du kein GPS?«

»Der Handyakku war alle.«

Tag drei:

»Wieso musst du schon wieder los?«

»Ich möchte Sky nicht so lange allein lassen.«

Aprils traurige Augen.

»Kommst du später noch mal mit deiner Gitarre vorbei und spielst mir was vor?«

»Stört das nicht die anderen in deinem Zimmer? Ganz bald hast du es geschafft. Nur noch einmal schlafen, dann spiele ich für dich, so viel du willst.«

Sie ließ ihren Notizblock mit einer angefangenen Liste sinken. Natürlich hatte sie Pläne gemacht: einen Zeitplan, was sie wann lernen wollte, einen, was sie ihm alles in der Umgebung zeigen wollte, und einen, wo er überall wegen Gigs anfragen könnte – oder sie mit ihm zusammen.

»Lass es langsam angehen, April. Wir haben alle Zeit der Welt. Du hast alle Zeit der Welt.«

Sie hatte neue Bettnachbarinnen bekommen. Eine schwerhörige ältere Dame und eine junge Frau, gerade mal zwanzig, schätzten sie. Beide hatten Stöpsel in den Ohren und bekamen nichts mit von ihren Gesprächen an Aprils Bettkante. Hörgeräte die eine, Kopfhörer die andere.

April seufzte und strich einen Programmpunkt durch, bevor sie ihn anlächelte. »Du hast ja recht.« Sie zog die Stirn kraus. »Aber ich will diese Prüfung schaffen. Das ist mein Ticket, um mit dir wieder zurück in die Staaten zu fahren, verstehst du? Dann könnte ich mein PJ bei Doc Joe machen oder in Kanada oder im Mittleren Westen. Wo auch immer es dich hinverschlägt, ich könnte an deiner Seite sein – oder zumindest nicht weit weg. Doc Joe hat Kontakte zu verschiedenen osteopathisch arbeitenden Kliniken und meinte, mit einem Empfehlungsschreiben von ihm und meinen Zeugnissen und Referenzen würden die mich alle für ein paar Wochen oder Monate nehmen.«

»Du denkst zu viel, Keks.«

Sie legte den Kopf schief und lutschte einen Augenblick lang auf dem Ende ihres Kugelschreibers herum. »Kann sein.«

Ihr Blick veränderte sich beinahe unmerklich. Das Blau wurde dunkler, die Pupillen zogen sich einmal kurz zusammen, bevor sie sich wieder weiteten. Lockendes kobaltblaues Glitzern. Er musste unvermittelt an eine Katze denken, die einen Singvogel in den Zweigen eines Baumes erspähte.

»Ich habe keine Infusion mehr dran«, erwähnte sie ganz beiläufig. »Wir könnten uns eine ruhige Ecke suchen. Irgendwo. Nur du und ich.«

Sie wies mit einem angedeuteten Seitenblick auf die benachbarten Betten. Die ältere Dame hatte seit einer Stunde Besuch von ihrer Tochter und zwei Enkeln, die mehr oder weniger gebremst durch den Raum tobten, die junge Frau im übernächsten Bett hörte so laut Musik, dass die dröhnenden

Bässe in irgendeinem Technobeat die Kinder noch mehr aufzustacheln schienen.

»Es gibt nichts, was ich mir mehr wünschen würde.«

Er ertappte sich einmal mehr bei der inneren Frage, wann sie wohl wieder Lust empfinden würde, wann es okay sein würde, sie zu fragen, vorsichtig. Irgendwann. Er hatte es nicht eilig. Er wollte sie auf keinen Fall drängen. Er war einfach nur froh, sie auf dem Weg der Besserung zu sehen. Es würde dauern, so lange es eben dauerte. Er konnte warten. Aber ein Kuss … Sie zu streicheln … Wenn sie es auch wollte …

Er vermisste sie, diese Momente der Zweisamkeit, der Intimität und Nähe, ganz unabhängig vom Sex. Einfach nur ihre Haut zu spüren. Sie atmen zu hören, wenn sie neben ihm schlief.

»Komm mit. Ich zeig dir was.«

Er hatte keine Ahnung, was sie vorhatte.

Sie nahm im Rollstuhl Platz wie eine Königin – seine Königin – und sah ihn herausfordernd an. Wissend, spöttisch, geheimnisvoll. Dann ließ sie sich von ihm durch endlose Gänge schieben, ein Ziel vor Augen, das sie allein kannte. War das ihre kleine Revanche für die Überraschung mit Sky?

Wenn er rückblickend daran dachte, wie sie ihn durch den Jeansstoff angefasst hatte, im toten Winkel dieses leeren Klinikbalkons vor nicht einmal zwei Stunden, dann konzentrierte sich seine Sehnsucht schlagartig auf einen sehr konkreten Bereich etwa zehn Zentimeter unterhalb seiner Gürtelschnalle. Und wuchs. Genauso unpassend, wie es ihm dort vorgekommen war. Unangemessen.

Er rückte den Barhocker zurecht und stimmte die Gitarre, um sich abzulenken von der Erinnerung, deren Echo immer noch in ihm pulsierte.

Generalprobe jetzt.

Er beneidete Cellospieler, die sich hinter ihrem Instrument verstecken konnten.

Himmel.

»April, wir können doch nicht hier …«

»Ich will dich, Storm.«

Sie hatte sich aus dem Rollstuhl erhoben wie eine Erscheinung, ein Fleisch gewordener Engel, auf diesem einsamen Balkon am Ende eines stillgelegten Klinikflurs. Ihre Hand hatte sich in seine Hose geschoben, und ihre Augen hatten dabei so begehrend gelodert, wie sie das bei Engeln ganz sicher nicht tun. Die Morgensonne hatte Reflexe auf ihr Haar gezaubert. Sie strahlte auch von innen her, wenn sie ihn ansah, aber sie wirkte noch immer so blass, so zart, als ob sie nicht von dieser Welt wäre – ganz im Gegensatz zu dem, was ihre Finger suchten und fanden, im Schutz ihres Körpers, den sie ganz eng an seinen presste. Sicher nicht nur aus Leidenschaft, sondern auch, weil er ihr Halt gab und Wärme an diesem kühlen Frühherbstmorgen.

Er hatte noch den Duft ihres Haars in der Nase. Es hatte ihn alle Willenskraft gekostet, sie von sich zu lösen, das Versprechen ihrer Finger, die sich um ihn schlossen, ihrer Zunge in seinem Mund. Süß und drängend. Fordernd. Sie spielte mit seinen Erwartungen, seinem Zwiespalt, seiner Sehnsucht – und seinem Körper.

»April, warte.«

Es hatte nicht viel gefehlt, und er hätte sie direkt an die Wand gepresst, sich ihre Beine um die Taille geschlungen und vor Begierde alles um sich herum vergessen.

»Weißt du eigentlich, wie viel Beherrschung mich das gerade kostet?«

Er keuchte, als er sie mit einem Griff um ihr Handgelenk

zwang, ihn loszulassen, bevor sie ihn in einem äußert unfairen Kampf in Sekundenschnelle besiegen würde.

»Sag es mir«, flüsterte sie und biss ihn ins Ohrläppchen.

April bewegte sich rückwärts von ihm fort, setzte sich aufreizend langsam auf ein kleines Tischchen, schob einen halbvollen Aschenbecher beiseite, und noch langsamer, in Zeitlupe beinahe, spreizte sie die Beine.

Storm stöhnte.

Sie trug noch ihr Nachthemd unter dem Bademantel – und nichts darunter als seidig lockendes Dunkel.

»Warum quälst du mich so?«

»Fass mich an.«

»April ...«

»Komm zu mir.«

Wie ein hypnotisiertes Kaninchen hatte er sich einen Schritt auf sie zubewegt. Und noch einen. Bis er willenlos zwischen ihren Beinen stand und sie seine Hand gefangen nahm und entführte. Ohne Umschweife. Auf direktem Weg zu ihrem Tempel.

Ihre Haut war kühl und lodernd zugleich. Ihre Mitte kochte, schwül und feucht. Ein Paradoxon der Physik.

Unter dem dünnen Stoff ihres Baumwollnachthemds zeichneten sich ihre Brustwarzen ab, rieben sich in der kühlen Morgenluft neugierig an dem Stoff, als ob sie hindurchäugten, zu ihm. Er beugte sich zu ihr, bis ihre Münder sich fanden, küsste sie, ließ sich überrollen von der sich schnell aufbauenden Welle ihrer Lust, mitreißen, weil er gar keine andere Wahl hatte. Er hätte ihr nicht entkommen können, selbst wenn er gewollt hätte. Und das wollte er nicht, oh nein.

Er sank ein, tauchte ein, öffnete nur zwischendurch kurz die Augen, um zu beobachten, wie sie sich treiben ließ, sich ihm und seinen Fingern überließ. Er ließ sie sanft mit den Wellen schaukeln, die er unter seinen Fingerkuppen spürte, ein kleiner Sturm im Wasserglas. Er reduzierte die Geschwindigkeit, genoss das leise Beben, die samtige Zartheit ihrer Haut, ihr verhaltenes Stöhnen, wenn er tiefer in sie hineinglitt. Dann lenkte er gegen den Wind, spürte, wie sie Fahrt aufnahm, hinaus aufs offene Meer, jeder Vernunft zum Trotz. Sie wollte kein Dümpeln im Hafen. Sie forderte die Weite des Ozeans und war selbst wie die aufgewühlte See. Immer, wenn sie am wenigsten damit rechnete, änderte er den Kurs, steuerte über die Wellenkämme, ließ das Boot springen, bevor sie brachen, gab ihr wieder Zeit zum Atmen, Erholungspausen in Wellentälern, nur um erneut Geschwindigkeit aufzubauen, tief einzutauchen, Bögen zu schreiben und über Schaumkronen zu gleiten wie Delfine im Meer.

April stöhnte vor Lust, und die Resonanz dieser Töne sammelte sich in seinem Schritt und forderte Raum. Sein Glied pochte vor Verlangen.

Wo sie waren, wann sie waren, Ort, Zeit – er vergaß alles um sie herum, während er mit seiner freien Hand über ihre wunderschönen Brüste glitt, über ihre nackte Haut unter dem dünnen Stoff, mit den harten Erhebungen spielte.

Er küsste sie hitzig, duplizierte synchron mit seinem Mund, was seine Finger taten, und stellte sich vor, dass er sie vollständig spüren würde. Ganz bei ihr sein, in ihr sein, so tief und ganz und gar eins bis zur vollkommenen Auflösung von zwei zu einem einzigen miteinander verschmolzenen Wesen, das gemeinsam atmete, mit einem einzigen Herzen und einem einzigen rauschenden Puls. Ein Fleisch.

Sein Penis war zum Zerreißen gespannt. Aber jetzt zählte nur sie. Er war nur für sie da. Nur für sie.

April krallte sich an ihn, als die Welle über ihr zusammenschlug, bäumte sich auf und presste ihren Kopf an seine Brust, grub ihre Zähne hinein, um nicht zu schreien. Schnaufend, keuchend, Wangen und Augen fiebrig gerötet. Ihre Beine zitterten, als sie sie um seinen Unterarm schloss.

Er wollte sich zurückziehen, aber sie hielt ihn fest, mit den Augen und mit ihrer Hand. »Bitte. Bleib.«

Er spürte nicht enden wollendes Pulsieren um seine Finger, Zucken, Vibrieren.

Eine Weile verharrten sie so, konzentrierten sich schweigend darauf, ihren Atem zu kontrollieren. Küssten sich.

Dann lachte sie leise. Kehlig, immer noch kurzatmig.

Überrascht sah er sie an.

Sie zog sich die Unterlippe durch die Zähne, richtete sich auf und folgte mit dem Finger der ausgeprägten Wölbung abwärts am Reißverschluss seiner Jeans entlang. »Und was machen wir jetzt mit dir? Willst du dir lieber einen Kaffee über die Hose kippen, oder darf ich dir jetzt helfen, damit du wieder öffentlichkeitstauglich bist?«

»Wir könnten auch einfach ein wenig warten«, schlug er heiser und wenig überzeugend vor und richtete sich vorsichtig auf.

»Oder du bleibst genau so stehen und behältst den Gang im Blick, ob jemand kommt.«

Sie wartete nicht ab, was er darauf erwidern würde.

Er hörte das metallische Klicken seiner Gürtelschnalle und das langsame Ratschen des Reißverschlusses, mit dem sie ihn befreite. Und gleich wieder gefangen nahm. Besitzergreifend zog sie ihn an sich, packte ihn aus und legte ihre Finger um sein Glied. Ganz langsam bewegte sie ihre Hand, strich auf und ab, umtanzte seine Eichel, spielte mit ihm, spielte mit dem Feuer.

»April, ich …«

»Soll ich aufhören?«

»Ja. Nein! Ich … Du … Aber …«

Himmel, er würde explodieren, wenn sie nicht … Worauf sollte er achtgeben?

»Ich habe dich auch vermisst, Storm. Alles an dir. Jedes winzige Detail. Und auch die größeren …«

Sie schloss ihren Mund um ihn. Er spürte ihre Zähne, ihre Zunge und wusste nicht, wohin mit seinen Händen. Er musste sich irgendwo festhalten, damit er sich nicht verlor, nicht die Orientierung verlor, das Oben und das Unten oder was auch immer das war, es war bereits egal. Vielleicht hatte es auch nie eine Rolle gespielt.

Seine Finger gruben sich in den Putz der Außenwand. Er suchte Halt mit dem Rücken, mit den Händen, und dann war da ein Gedanke, ein einziger nur, der es zurück an die Oberfläche schaffte: nicht ohne sie.

»April, warte, nicht … Ich …«

»Es ist alles gut, lass dich gehen.«

Sie richtete sich auf, suchte seinen Mund und küsste ihn, bevor er seinen Satz beendet hatte. Salzig, süß, frech hatte sie ihn unterbrochen. Es war vollkommen egal, er hatte ohnehin vergessen, was er sagen wollte und in welcher Sprache. Er war keiner mehr mächtig. Das Einzige, was er wahrnahm, war das tosende Heranrauschen einer Welle, die ihn jeder Kontrolle beraubte, willenlos machte und sämtliche Sinne tausendfach schärfer stellte.

Er fühlte, hörte, schmeckte, spürte April. Ihren Mund, ihre Haut, ihren Atem an seinem, heiß und feucht, das Gewicht ihres Körpers.

Ihre Hände, die sie hartnäckig dort behielt, wo sich alle Energie zentrierte. Sie bewegte sie unabhängig voneinander. Intensiv, so intensiv, so … Sein Glied zuckte.

Welle.

Sie brach ohne Vorwarnung, schlug direkt über ihm zusammen, in ihm, riss ihn mit und raubte ihm für einen Moment Atem und Herzschlag, bevor er keuchend nach Luft schnappte wie ein Fisch auf dem Trockenen, nein, wie ein

Schiffbrüchiger, plötzlich an Land geworfen. Oder vielleicht ein bisschen von beidem.

Sein Bewusstsein registrierte April in seinen Armen, er hielt sie ganz eng, ganz fest. Er würde sie nie mehr loslassen. Nicht, so lange sie ihn ebenso so sehr wollte wie er sie.

Lange standen sie so. Arm in Arm verschlungen, nur mit dem Atem und Herzschlag des anderen beschäftigt.

Dann hörten sie Schritte. Verdammt nah.

April löste sich zuerst, millimeterweise. »Beweg dich nicht«, flüsterte sie. »Halt mich fest. Ich geb dir Deckung.«

Leise glucksend drehte sie sich nur so weit, dass ihr Bademantel ihm genug Sichtschutz gewährte, sich die Hose zurechtzurücken und den Reißverschluss hochzuziehen.

April ließ es sich nicht nehmen, seinen Gürtel zu schließen, die Zähne lasziv in die Unterlippe geschlagen, während sie ihn mit vergnügt funkelnden Augen ansah. »*To be continued …* Fortsetzung folgt«, sagte sie leise.

»Und ist das ein Versprechen, eine Prophezeiung oder eine Drohung?«, flüsterte er heiser zurück.

Sie legte den Kopf schief.

Bevor sie antworten konnte, schob ein fremder Krankenpfleger mit Stoppelbart die Tür auf – in der Sekunde, als sie den Gürtel in die letzte Schlaufe fädelte.

Sie wendete den Kopf und lächelte den Pfleger an.

Verdutzt hielt der in der Bewegung inne, in einer Hand ein Feuerzeug und eine einzelne Zigarette. »Das ist hier eigentlich nur für Personal«, sagte er irritiert.

»Wir sagen's nicht weiter«, erwiderte April und zwinkerte ihm zu, was ihn offenbar noch mehr verwirrte. Dabei ließ sie sich wieder in den Rollstuhl gleiten, zog die Schöße ihres Bademantels zu und schob ein zerknülltes, feuchtes Taschentuch in die Manteltasche. Dann schnippte sie spielerisch mit Daumen und Zeigefinger in Storms Richtung. »James, bitte zurück in mein Zimmer. Ich glaube, meine Durchblutung ist genug angeregt für den Moment. Es wird kühl hier draußen.«

Und fort waren sie.

Das Handy brummte in seiner rückwärtigen Jeanstasche. Aber er hatte nicht vor, ranzugehen. Nicht jetzt.

# Kapitel 9

## April

Auspacken. Waschen. Hundespaziergang mit Storm und Sky durch mein Dorf. Abendessen. Schlafen. Und ab morgen: vollpower lernen.

In den Regenerationspausen aus einer Liste von etwa fünfundzwanzig Ausflugsvorschlägen in die nähere Umgebung auswählen und Sightseeing für Storm abarbeiten, dann wieder Prüfungsvorbereitung für mich, diverse Club-Konzerte für Storm. Das ist der Deal, er soll nicht aus der Übung kommen, er braucht Publikumsroutine, denke ich, und dass es bestimmt gut ist gegen Lampenfieber. Ein bisschen Kleingeld in seiner Urlaubskasse ist sicher auch nicht zu verachten.

Dann bestehe ich das Hammerexamen, und wir fliegen zurück in die Staaten.

Ich habe endlich wieder einen Plan. Pläne sind mein Leben. Ich bewundere Menschen wie meine Tante Maggie oder Storm dafür, aber ich kann das nicht – so einfach in den Tag hineinleben, ohne Risiken zu kalkulieren, Pros und Contras gegenüberzustellen oder zu wissen, was als Nächstes ansteht. Ich meine, auf welcher Basis soll man denn dann vernünftige Entscheidungen treffen?

Storm schiebt seine jedenfalls gerade einfach nur auf. Und ich bin mir ziemlich sicher, dass das nicht gut ist.

»Willst du wirklich nicht rangehen?«

Das ist bestimmt der zehnte Anrufversuch heute – den ich mitbekomme.

»Nope. Unterdrückte Rufnummer. Da hebe ich nie ab.«

»Aber wenn es wichtig ist?«

»Rufen sie noch mal an.«

»Und du gehst wieder nicht ran.«

Er grinst breit und wuchtet meinen Koffer in den Kofferraum von Mamas Wagen.

Ich bin den ganzen Weg vom Bettenhaus bis zum Parkdeck gelaufen. Ohne Rollstuhl, ohne Unterstützung, einfach nur Hand in Hand mit Storm.

Bevor ich einsteige, halte ich einen Moment inne, lasse meinen Blick von außen über die Betonklötze der Medizinischen Hochschule gleiten und atme tief durch. Die Luft schmeckt nach Freiheit und frisch gemähtem Rasen.

Ich. Bin. Entlassen.

Drei Worte, die die Welt bedeuten. Und ich kann sie sogar noch toppen.

Fünf Worte:

Ich. Bin. Als. Geheilt. Entlassen.

Das ist dann wohl die goldene Ehrenmitgliedskarte im Schippenclub. Ach, was sag ich: Platin!

»Wollen wir?« Storm hält mir die Autotür auf und lächelt mich an.

Mit einem gigantischen Breitmaulfroschgrinsen steige ich ein und schnalle mich an. »Soll ich dir zeigen, wo es die beste Pizza der Stadt gibt?«

Storm startet den Motor und grinst. »Jetzt schon hungrig?«

»Immer!«

»Was hältst du davon, wenn wir das auf einen anderen Tag verschieben?«, fragt er schmunzelnd, während er sich in die Schlange der Wartenden vor dem Parkautomaten einreiht. »Ich könnte mir vorstellen, dass deine Mutter etwas vorbereitet hat. Aber verrate mich nicht, okay? Das soll bestimmt eine Überraschung sein.«

Ich sinke ein Stück tiefer in die Lehne. »Hab ich's doch geahnt! Deswegen war sie so komisch gestern. Und jetzt verstehe ich auch, wieso Papa gestern nicht vorbeigekommen ist. Er hat so gar kein Pokerface.«

Ich betrachte Storms Profil. Er konzentriert sich auf den deutschen Feierabendverkehr und fädelt sich selbstsicher am Weidetorkreisel in die Auffahrt zur B3 ein, stadtauswärts auf den Schnellweg Richtung Celle, als hätte er das schon tausendmal gemacht. Na ja, hatte er beinahe. Auf jeden Fall ein paar Dutzend Male.

»Ein Amerikaner in Hannover«, kommentiere ich lächelnd. »Steht dir … Sag mir bitte, dass das kein Riesending wird, okay? Ich habe jetzt echt keinen Bock auf Nachbarn und bucklige Verwandtschaft. Womöglich noch alle mit Luftballons und Fähnchen bei uns im Wohnzimmer …«

Ein wissendes Lächeln umspielt seine Mundwinkel. »Du kennst deine Mom.«

»Eben.«

»Kein rappelvolles Wohnzimmer, das verspreche ich dir hoch und heilig.«

Ich seufze erleichtert und sehe zum Fenster hinaus in den Rückspiegel, wo der Telemax langsam kleiner wird.

»Ich würde es wirklich gern ruhig angehen.«

Storm sieht mich flüchtig von der Seite an, dann überholt er einen langsamen Lieferwagen.

»Das musst du Sky sagen.«

Ich kichere. »Oh Himmel, ich freue mich so auf den unser *Velvele*!«

Ich lege ihm die Hand auf den Oberschenkel, und Storm streichelt mir beim Schalten mit zwei Fingern über das Bein.

»Mach ein bisschen die Augen zu. Ich kenne den Weg.«

»So. Einmal kurz wach werden, bitte.«

Als ich die Augen aufschlage, rollt der Wagen gerade in eine der Parkbuchten vor der *Mühlenschänke*.

»Ich dachte, Mama kocht?«, frage ich.

»Ich hab was vergessen«, sagt er kleinlaut. »Magst du kurz mit reinkommen?«

»So schüchtern plötzlich?« Ich kichere und folge ihm gehorsam.

Drinnen wird leider sofort Ilona, die Wirtin, auf mich aufmerksam. Sie zieht eben die Saaltür hinter sich zu und kann in der Körperdrehung gerade noch das vollgestellte Tablett ausgleichen, bevor ihr sämtliche leeren Gläser herunterrutschen.

»Thies! Sieh mal, wer da ist!« Kreischend stellt sie die Ladung auf dem nächstbesten Tisch ab, fliegt auf mich zu und wirbelt mich herum. »Lass dich ansehen, Kleines! Wie geht's dir? Du musst mir alles erzählen. Wie ist Kentucky?«

»Kalifornien«, korrigiere ich lächelnd und drehe mich zu Storm um, aber der ist verschwunden.

Nanu?

Es ist kaum was los, nur zwei Tische sind besetzt. Kein Wunder, es ist noch nicht mal achtzehn Uhr und ein ganz normaler Werktag, das kann innerhalb einer Stunde vollkommen anders aussehen.

»Hast du meinen Freund gesehen?«

»Nein«, kommt es wie aus der Pistole geschossen.

Sie sieht mich an, als hätte ich sie gefragt, ob sie heimlich an den Mühlenlikör geht, der zum Verkosten auf dem Tresen steht. Ich lache.

»Er war doch eben noch hier. Wir sind zusammen reingekommen. So groß …« Ich zeige mit der Hand etwa anderthalb Köpfe über meinen. »Spricht nur Englisch und hat ein paar Narben im Gesicht.«

»Vielleicht ist er auf die Toilette gegangen?«

Bevor ich antworten kann, spüre ich zwei Pranken auf der Schulter, und Thies wirbelt mich zu sich herum.

»Tatsache, da ist ja unsere Kleine. Willkommen zurück, April!«

»Ich bin schon lange nicht mehr klein«, widerspreche ich kichernd.

»Ach Quatsch, komm her!«

Er drückt mich so innig an sich, dass ich kaum Luft bekomme.

Als kleines Mädchen hat Thies mich nach dem Essen, während Papa bei der Bedienung die Rechnung bezahlte, immer mit in die Küche genommen, vorbei an all den andern Gästen. Ich kam mir vor wie eine Prinzessin, und ich wusste, was darauf folgte. Ich durfte mir ein Eis aussuchen – aus der größten Gefriertruhe der Welt – zumindest war das damals meine feste Überzeugung.

In unserem Rücken tuschelt irgendjemand, aber das stört mich kein bisschen.

Thies dirigiert irgendwen irgendwohin, schiebt uns an die Seite, damit wir niemandem im Weg stehen, und lässt mich immer noch nicht los.

»Hast du Storm gesehen? Meinen Freund? Er hat von deinen Pfifferlingen geschwärmt, ich weiß, dass du ihn kennengelernt hast.«

Thies lacht dröhnend, als ich versuche, den Kopf zu drehen, und lenkt meine Aufmerksamkeit wieder auf sich.

»Ja, natürlich hab ich das. Hast du gedacht, er lädt dich kurz hier ab und macht sich aus dem Staub?«

Ich runzle die Stirn. »Nein, natürlich nicht, ich …«

»Er ist Richtung Toilette verschwunden. Sah ziemlich eilig aus.« Thies zwinkert mir zu. »Magst du eine Tasse Tee?«

Ich ziehe eine Augenbraue hoch, aber meine körperliche

Anspannung lässt etwas nach, etwa im selben Maß wie Thies' Klammergriff.

»Nein, danke. Lieber eine Rhabarbersaftschorle.«

»Kommt sofort!«

»Aber dann will ich auch alles über Kentu– … über Kalifornien hören«, wirft Ilona ein, die eben mit einem neuen, randvollen Tablett an uns vorüberfegt und im Saal verschwindet.

Thies dreht mich mit einem sanften Griff um meine Taille wieder zu sich und klopft mit der flachen Hand auf die Sitzfläche eines Barhockers am Tresen.

»Mit Eis oder ohne?«

»Ich trinke doch nie mit Eis«, erinnere ich ihn lächelnd und klettere brav auf den Stuhl, während er auf die andere Seite der Theke wechselt. »War ich so lange weg, dass du das vergessen hast?«

»Na, hätte ja sein können, dass du deine Gewohnheiten in der Ferne geändert hast«, sagt er grinsend und bückt sich, um eine Flasche Mineralwasser und eine mit hausgemachtem Rhabarbersaft unterm Tresen hervorzuholen.

»Hab ich nicht.« Ich schüttle den Kopf.

»Mach mal kurz die Augen zu«, bittet er mich plötzlich.

»Warum denn das?«, frage ich, tue ihm aber den Gefallen.

»Darum.«

Auf einmal fühle ich warme Finger vor meinen geschlossenen Augen.

»Schön zulassen«, befiehlt eine weibliche Stimme, und ich spüre, wie jemand den Barhocker dreht. »Und jetzt komm vorsichtig runter.«

»Sinja? Bist du das?«, frage ich staunend. »Ihr habt doch wohl nicht … Das wird jetzt aber keine …«

Auf einmal ergibt das alles einen Sinn. Dass Storm keine Pizza holen wollte, die dringende Pause hier, Ilonas erschrockener Gesichtsausdruck, all das Getuschel im Saal … Aber wieso ist Storm verschwunden? Das verstehe ich immer noch nicht richtig.

Sinja kichert zufrieden. »Los, komm mit. Augen zu und durch, heißt es doch, oder? Ich führ dich. Schön zulassen, dann nehme ich die Hände weg.«

»Du lieber Himmel«, stöhne ich und nicke. »Was habt ihr denn da bloß ausgeheckt?«

An Sinjas Seite taste ich mich ein paar Schritte durch den Raum.

Dann schiebt jemand die Ziehharmonikatür auf, und mir ist, als könnte ich eine ganz andere, irgendwie gespannte Atmosphäre auf dieser Seite des Raumes regelrecht auf der Haut spüren. Ich kann nicht sagen, wie viele, aber ich nehme Menschen wahr. Augen, die auf mir ruhen. Meine Nackenhaare kribbeln, als Sinja mich immer weiter in den Saal hineinführt.

»Darf ich denn jetzt wieder gucken?«, flüstere ich und werde rot dabei.

Das ist so ein merkwürdiges Gefühl, nicht zu wissen, wer da alles um einen herum ist … Und da sind noch mehr Geräusche.

»Nein, noch nicht«, antwortet Sinja. »Gleich. Gleich geschafft.«

Sie ändert ihre Position, jetzt nimmt sie mich an beiden Händen und geht vor mir her, rückwärts offenbar, dirigiert mich um etwas herum, drückt mich ein wenig herunter und führt meine Finger dann so, dass ich Stuhllehnen zu fassen bekomme. Jemand schiebt mir von hinten behutsam ein Sitzpolster an die Kniekehlen.

»Setz dich«, lädt sie mich ein. »Glaub mir, du möchtest sitzen, wenn du die Augen öffnest. Aber erst, wenn ich es sage.«

»Okay«, antworte ich zögernd, beinahe fragend, ertaste den Stuhl hinter mir und nehme Platz.

Lieber Himmel, was haben die denn vor mit mir? Das wird doch wohl kein Heiratsantrag werden, oder? Dafür wäre es ein bisschen früh. Und auch ein ungewöhnlicher Ort … Trotzdem klopft mein Herz dreimal so schnell als noch vor fünf Minuten. Mein Mund ist trocken, ich würde jetzt wirklich gern was trinken. Oder zumindest zwinkern. Ob ich mal vorsichtig kniepe?

Da ist wieder dieses Geräusch, das ich erst nicht einordnen konnte. Ein metallisches Klackern, dann ein Rumpeln, irgendwo direkt vor mir, über mir. Dann erkenne ich es … So klingt es, wenn ein angeschaltetes Mikrofon zurechtgerückt wird.

»Storm!«, wispere ich und kann nicht länger an mich halten.

Ich muss blinzeln, weil ich geblendet bin von hellem Scheinwerferlicht.

*»This one goes to a very special lady …«*, sagt er ganz leise, und seine Stimme kriecht mir unter die Haut.

Er sitzt nur wenige Meter von mir entfernt auf einem leicht erhöhten Bühnenpodest und strahlt zu mir herunter. Sein Gesicht ist geschminkt, dunkelblau, fast schwarz, durchzogen von silbernen Linien, die spinnennetzartig seine Narben nachzeichnen und zur Kunst erheben. Und seine hellgrünen Augen leuchten aus dem Dunkel hervor wie die einer Raubkatze in der Nacht.

*»For April«*, sagt er etwas lauter und beginnt zu singen, mit diesem schokoladig schmelzenden Bass, der mich einhüllt wie ein duftendes Cremebad und so wunderbar weich von innen die Seele wärmt und mein Herz berührt. *»Oh, my love, my darling …«*

Ein Kloß macht mir das Schlucken schwer, als ich das Lied erkenne und die Lippen mitbewege, ohne meine Augen von seinen zu lösen.

*»I've hungered for your touch …«*

*Unchained Melody* von Alex North und Hy Zaret. Er hatte mir bei einem Glas Wein auf der Dachterrasse in San Francisco einmal die Geschichte dieses Songs erzählt, den ich erst durch den Film *Ghost* mit Patrick Swayze und Demi Moore kennengelernt hatte. Bereits 1955 wurde das Lied für einen anderen Film komponiert, und gleich vier Versionen davon schafften es im selben Jahr gleichzeitig in die Top 40. Danach wurde das Stück bis heute von unzähligen Weltstars gecovert. Von Elvis Presley bis Cher, von U2 und Cyndi Lauper bis Susan Boyle – und Storm.

Ich bekomme kaum mit, dass Thies mir meine Rhabarberschorle bringt und dezent auf das Tischchen neben mir stellt. Ich habe keine Augen für den Raum und seine liebevolle Deko mit Luftballons und Willkommensschildern. Ich erspähe kurz aus dem Augenwinkel meine Eltern, Sinja und Birte und ein paar andere Gesichter aus dem Dorf, sogar ein paar alte Klassenkameraden meine ich flüchtig gesehen zu haben.

Ich bin komplett gebannt von seiner Stimme, seiner Gitarre, der Art, wie er mich ansieht, und mir rinnen Tränen die Wange hinunter, Tränen der Dankbarkeit, der Erleichterung, der Freude, es löst sich alles in diesem Moment, ich fließe einfach über, und es ist ganz egal und in Ordnung.

Applaus brandet auf, als er fertig ist, und ich drehe mich erstaunt um und merke erst jetzt, dass hinter uns noch mehr Menschen stehen, sich verstohlen am Raumteiler herumdrücken.

Storm stimmt gleich den nächsten Song an, *Hold My Girl* von George Ezra, dann folgt *Take Me To Church* von Hozier.

Ich bin mit meinem Musikgeschmack immer ein wenig hinterher, aber es sind alles Lieblingssongs von mir. Lieder, die mit uns zu tun haben, mit dem Auf und Ab unserer Beziehung. Sie erzählen eine ganz private Geschichte in der Reihenfolge, wie er seine Setlist aufgebaut hat, aber so, dass nur ich den roten Faden erkennen kann. Dazwischen streut er immer wieder eigene Kompositionen ein, ein paar, die ich schon kenne, und ein paar, die ich noch nie von ihm gehört habe.

Meine Mutter rückt neben mich, legt mir den Arm um die Schulter und reicht mir ein Taschentuch. Mein Vater hält auf der anderen Seite meine Hand, nickt lächelnd zur Bühne hinauf und gibt Storm einen Daumen hoch.

Da heule ich noch ein bisschen mehr und lache und weiß überhaupt nicht, wohin mit meinen Gefühlen und meinen Händen und mir.

Irgendwer schiebt mich in einer Pause von hinten in Richtung Bühne, mein Vater dreht sich grinsend zu mir hinüber, greift den Impuls auf, geht mit mir und hilft mir den halben Meter hinauf.

Storm hievt die Gitarre an dem breiten Riemen auf seinen Rücken, damit sie ihm nicht im Weg ist, und zieht mich mit leuchtenden Augen an sich. Dann küsst er mich vor aller Augen, und alle johlen und klatschen und pfeifen, als ich meine Arme um ihn schlinge. So stehen wir lange, ganz eng, und dann rufen alle, dass sie eine Zugabe wollen.

»Was wollen sie?«, fragt Storm lachend, seine Lippen immer noch ganz dicht an meinem Mund.

»Du sollst weiterspielen, hast du noch ein Lied?«

Er nickt langsam und lässt meine Finger nur widerstrebend, sehr langsam durch seine gleiten, als ich mich löse.

»Dann spiel, du Marvel-Held. Nutz deine Superpower.«

Er grinst verlegen und winkt ins Publikum, damit die sonst so zugeknöpften norddeutschen Dörfler sich beruhigen.

Ich bin ein bisschen geblendet, weil einer dieser Scheinwerfer direkt auf uns gerichtet ist, und muss mir eine Hand über die Augen legen, um im Saal irgendwas erkennen zu können. Oder irgendwen. Zum Beispiel, meinen Vater, damit er mir von der Bühne wieder hinunterhilft und ich dabei nicht über irgendwelche Kabel fliege.

Storm wartet, bis ich wieder Platz genommen habe.

Mein Herz schlägt mir bis zum Hals, und mein Gesicht glüht. Ich frage mich, wie er das macht, denn ich habe das Gefühl, er sieht nur mich an, mich ganz allein, als er sich kurz räuspert und erklärt, dass er das folgende Lied für mich geschrieben hat.

Dann wird es still im Saal, und er fängt an zu spielen.

Es ist ein langsames Stück, traurig zuerst, es handelt von verspieltem Vertrauen, von einem jungen Mann, der von Geistern heimgesucht wird, von seinen Seelenqualen und wie überzeugt er davon ist, alles zu verlieren, weil er meint, seine Geliebte würde entsetzt davonlaufen, vor dem grauenvollen Spuk, der ihn Nacht für Nacht zu einem Dämon werden lässt. Er setzt alles daran, ihr niemals nach Einbruch der Dunkelheit zu begegnen, und beinahe kommt sie genau dadurch ums Leben, weil er nicht da ist, um sie zu beschützen. Er glaubt, sie wäre tot, und will sich in einen Abgrund stürzen. Doch ein Engel hat Mitleid mit ihm und führt ihn durch die Nacht, bleibt an seiner Seite, bis der Morgen graut, und da erkennt er ihr Gesicht im Gesicht des Engels, und nicht nur sein Fluch ist gebrochen, sondern auch der Engel kehrt zurück zu den Lebenden.

»*… and the angel had mercy on him, as their love was like a flame. And the heavens had mercy on them, and … April was her name. All the angels had mercy on them, Storm and April were their names, April was her name.*«

Mein Gesicht ist tränennass, als er den Song leise verklingen lässt, die Gitarre abstellt und die Mikros ausmacht.

Dann kommt er an den Bühnenrand, hockt sich hin und schwingt sich mit einem eleganten Seitsprung herunter.

Die Leute klatschen frenetisch und hören eine ganze Weile nicht damit auf, als ob sie nicht begreifen wollen, dass die Show nun vorbei ist.

Ich frage mich, wie so wenige Leute so viel Krach machen können, und bin völlig geplättet, als ich mich umdrehe und sehe, wie voll der Saal hinter mir geworden ist. Brechend voll. Ich blicke in jede Menge bekannte, aber noch viel mehr unbekannte Gesichter, Gäste, die einfach das Gratiskonzert cool fanden.

Hinter den wenigen bestuhlten Reihen für die Gäste meiner Überraschungsparty stehen Wildfremde neben flüchtigen Bekannten aus dem Dorf, bunt gemischt und für norddeutsche Verhältnisse recht dicht um Stehtische und Wandkonsolen geschart.

Ich weiß von der letzten Bürgerversammlung, dass Thies hier gut und gern neunzig oder mehr Leute bewirten kann. Um die hundert waren es, als es um eine in der Nähe geplante Stromtrasse ging, für mehr ist der Saal auch brandschutzrechtlich gar nicht zugelassen, doch ungefähr dieselbe Anzahl tummelt sich hier jetzt auch gerade.

Der Applaus ebbt nur langsam ab.

Ehe ich michs versehe, werde ich abgedrängt von begeisterten Zugabe-Ruferinnen. Sogar ein paar Jugendliche in Blaumännern mit orangefarbenen Abnähern, die wohl direkt vom Trainingsabend der Freiwilligen Feuerwehr herübergekommen sind, flitzen zwischen den Erwachsenen herum. Ein paar Leute fotografieren, Blitzlichter flammen auf.

Ich frage mich wirklich, wo diese ganzen Menschen so schnell alle hergekommen sind.

Später erzählt mir Ilona stolz, dass irgendwer ein paar Minuten vom Anfang des Auftritts mitgefilmt und als kostenlose Live-Veranstaltung auf den regionalen Seiten der umliegenden Dörfer gepostet hat.

Wenn ich den Ausdruck in Thies' hochrotem Gesicht richtig deute, dann ist er darüber ziemlich entzückt. Mit der in den Lärm gebrüllten Ankündigung, dass es Getränke ab sofort nur noch am Tresen gibt, knipst der Wirt das große Saallicht an und scheucht die immer noch vereinzelt klatschenden Menschen hinüber in die Gaststube.

Ich bemühe mich, der Menschenmasse zu trotzen, und kämpfe mich weiter zu Storm durch. Aber genau wie er werde ich immer wieder abgedrängt, beglückwünscht und mit Fragen gelöchert.

Der Abstand zwischen der Bühne, zwischen Storm und mir vergrößert sich zusehends. Lachend hebe ich die Schultern, als sich unsere Blicke über den Köpfen der anderen treffen.

Als die Leute endlich einsehen, dass es wirklich keine Zugabe mehr geben wird und Thies es ernst gemeint hat mit den Getränken, schieben sich die ersten Gäste Richtung Ausgang. Die Menge zerstreut sich enervierend langsam und macht es mir schwer, zu Storm durchzudringen, der genau wie ich umlagert wird. Immer wieder muss ich Hände schütteln und Genesungswünsche entgegennehmen.

Irgendwer lässt einen Hut rumgehen, in dem bereits Münzen klimpern und ein paar Scheine rascheln. Mir wird er auch unter die Nase gehalten, und als ich nichts hineinwerfe, ernte ich einen schiefen Blick von einem Teenager mit Zahnspange.

»Der Typ war echt krass, oder? Mach mal was locker, seine Frau war schwer krank, und sie müssen die Rechnung bezahlen.«

»Ist das so?«, frage ich grinsend.

»Mann, das isse doch«, höre ich ein Mädchen zischen, während ich in der Menge bereits weitergeschoben werde.

Ich entdecke Birte und Sinja im Gedrängel hinter mir, aber der Weg zu ihnen ist genauso abgeschnitten wie der zu Storm.

»Wieso ist der eigentlich hier aufgetreten und nicht in

Celle oder Hannover?«, fragt ein schlaksiger Rotschopf seinen Kumpel.

»Blödbrot, weil das ein Geheim-Gig war!«

»Dorfkneipe ist total angesagt für so was, das machen sogar die ganz Großen. Wollen wir noch in die Disco?«

»Nee, darf nicht.«

Ich hätte gern noch weiter gelauscht, aber da bekommt mich Tante Gundula, unsere pensionierte Postbotin, am Ellbogen zu fassen. »Huhu, April! Das war sehr schön! Nur wieso ist dein Freund so dunkel geschminkt? Darf man das denn noch als Weißer? Ich habe gelesen, dass das nicht mehr politisch korrekt ist.«

»Aber Paprikaschnitzel albern finden«, frotzelt ein untersetzter Landwirt, dessen Name mir gerade nicht einfällt, und zwinkert mir zu.

»Gar nicht«, antwortet Gundula empört.

»Alter, war das etwa seine Freundin da vor uns?«

Die Gang mit dem Hut mogelt sich ein zweites Mal vorbei und lenkt Gundula ab. Umständlich fummelt sie einen Schein aus ihrem Geldbeutel, woraufhin ich mich dezent zurückziehe.

»Glaube ja. Jemand hat erzählt, dass sie einen Tumor hat«, sagt ein Junge mit modischem Haarknoten.

»Nicht so laut, Mann.«

»Sie ist Amerikanerin, die versteht uns nicht«, mischt sich ein kaugummikauendes Mädchen ein und hängt sich an seinen Arm. »Aber er ist Deutscher. Total romantisch mit den beiden.«

»Ja, voll süß, dass er für sie gespielt hat«, stimmt ihre Freundin zu. »Aber die Mucke war nicht so meins.«

»Meins schon«, rufe ich ausgelassen.

Verdutzte Gesichter, verschämtes Kichern, dann ziehen sie eilig ab.

Ich muss grinsen.

Als ich mich nach vorn drehe, ist Storm plötzlich bei mir und alles andere damit egal. Ich schmiege mich in seine Arme und schließe die Augen. Er riecht nach frischem Männerschweiß, nach Deo und Duschgel, Theaterschminke und ein wenig nach Hund.

»Da bist du ja, Keks«, sagt er leise und hält mich ganz fest. »Hat es dir gefallen? War es auszuhalten? Bist du mir böse?«

»Böse?«, frage ich staunend und löse mich aus der Umarmung, damit ich ihm in die Augen sehen kann.

Er zuckt mit den Schultern und lächelt verschmitzt. »Dieser Ansturm war jedenfalls nicht beabsichtigt.«

Bevor ich etwas darauf erwidern kann, hat sich eine Frau um die fünfzig zwischen uns gedrängt und will ein Selfie mit Storm.

»Aber verdient. Für dich!«, sage ich schmunzelnd, als sie wieder weg ist, und strecke mich auf die Zehenspitzen, um ihn ausgiebig zu küssen. Denn das darf nur ich. »Ich weiß gar nicht, was ich sagen soll. Danke! Vielen, vielen Dank, für das alles hier! Noch nie hat jemand ein Lied für mich geschrieben und dann noch so eins und … Das ist … Ich bin überwältigt, Storm.« Ich greife nach seinen Händen und drücke sie. »Weißt du eigentlich, was für ein unglaubliches Talent du hast? Habe ich dir das in San Francisco eigentlich je gesagt? Ich liebe deine Musik, deine Stimme, wie du singst. Das ist so … Es macht mir Gänsehaut, überall, und ich …«

»Überall?«

Ich stocke, als ich sehe, wie sich die feinen Linien in seinen Augenwinkeln und die beiden Fältchen um die Mundwinkel immer mehr vertiefen.

»Ach herrje! Ich höre mich gerade an wie ein richtig peinliches Groupie, oder?« Ich lächle auch, lasse seine Finger los und lege meine Hände auf seinen Bauch. Dann lasse ich sie langsam tiefer rutschen und hake sie in seinen Hosenbund. »Okay, über den Rest reden wir später … allein.«

»Also ein Groupie von *der* Sorte.« Er zieht verschmitzt eine Augenbraue hoch. Dann hebt Storm mich hoch und wirbelt mich ein bisschen wackelig herum. »Nein, Keks, ich danke dir. Du bist niemals peinlich, und auch nicht das, was du sagst. Ich bin so froh und unendlich erleichtert, dass es dir gefallen hat. Geht's dir gut? War das anstrengend für dich? Die vielen Leute? Damit habe ich wirklich nicht –«

Weiter kommt er nicht, denn ich schlinge meine Arme um ihn, wühle mich in seine Haare, versiegle seinen Mund mit meinem und bedecke ihn mit Küssen.

Wahrscheinlich ist mein halbes Gesicht bereits voll silbern-petrolblauer Schminke, aber das ist mir komplett egal.

Unsere artistische Einlage verschafft uns allerdings nur kurzfristig Luft.

Über Storms Schulter sehe ich Birte und Sinja winken. Sie halten sich vornehm zurück und zeigen in die Richtung, in die sich der Großteil des Pulks voranschiebt. Ich nicke, zum Zeichen, dass ich verstanden habe, wo sie auf uns warten.

Zögernd nähern sich ein paar andere Leute, die ich vom Sehen kenne, selbst unsere Pastorin ist darunter. Ich weiß nicht, ob diese Menschen eher zu ihm wollen oder zu mir, aber ein paar Minuten möchte ich mit Storm jetzt ganz alleine genießen, bevor ich bereit bin, ihn noch länger mit seinen und meinen und unseren Fans und Freunden, Verwandten und Bekannten zu teilen. Ein paar Minuten Small Talk, Willkommensgrüße, Lob und gute Wünsche halte ich noch aus und freue mich ja auch darüber. Aber als die Pastorin sich zum Gehen wendet, nutze ich die Gelegenheit und ziehe Storm mit mir durch die halb von einem Vorhang verborgene Nebeneingangstür, die zugleich den Notausgang markiert. Sie führt direkt zu den Reserveparkplätzen, die in der Hochsaison für Übernachtungsgäste reserviert sind.

Thies und Ilona vermieten im ersten Stock drei oder vier Zimmer, aber die Nachfrage ist eher an Messezeiten gekoppelt – und die Heideblüte. Doch die ist vorbei.

Es ist längst dunkel und empfindlich kalt im Freien, aber die Luft ist frisch und angenehm nach der Stickigkeit des aufgeheizten Saals. Der Kies knirscht unter unseren Schuhen, als Storm mich wieder an sich zieht. Wir lehnen uns an die Hauswand, außerhalb der Reichweite des Bewegungsmelders, und küssen uns. Storm wärmt mich mit seinem Körper. Alles in mir sehnt sich nach seiner Nähe und saugt sie in sich auf wie eine welkende Blume das Wasser.

»Bist du mir wirklich nicht böse?«, fragt Storm nach einer ganzen Weile.

Ich sehe ihn begriffsstutzig an.

»Weil ich dich nicht vorgewarnt habe. Du siehst erschöpft aus. Du wolltest nach Hause, zur Ruhe kommen und zu Sky, und ich glaube, du hast immer noch nichts zu essen gehabt, oder? Das war ein ziemlicher Überfall von uns.«

Ich lache. »Hab ich's mir doch gedacht, dass du das nicht allein ausgeheckt hast.«

Er drückt mir grinsend einen Kuss auf den Mund. »Die Verschwörung zog sich durch bis zur Regierungsspitze und in die üblichen wohlunterrichteten Kreise.«

Ich drücke mich ganz eng an seinen Körper, krieche mit meinen Armen unter seine Jacke und wühle mich durch die Lagen, bis ich seine nackte Haut spüre, seinen Rücken, die Brust, den Bauch. Ich schmiege mich an ihn, so nah ich kann, und er hält mich fest an sich gedrückt und teilt seine Wärme mit mir.

»Es war wirklich wunderschön, Storm. Und zum Thema Zuhause kann ich dir noch etwas sagen, was ich in den vergangenen Tagen und Wochen begriffen habe: Du bist mein Zuhause – kein Ort, egal, wo auf dieser Welt, weder Lüttjenwulbeek noch San Francisco, Paris oder Timbuktu.«

Er gibt ein sonores Geräusch von sich, das Überraschung und Sorge ausdrückt, aber auch so etwas wie vorsichtige Freude.

Er räuspert sich, und seine Stimme klingt belegt, als er leise antwortet: »Dann werde ich alles dafür tun, das immer für dich zu sein … Solange du es mir erlaubst.«

Wir küssen uns noch einmal, lang und intensiv.

Schweigend sehen wir zusammen in den Nachthimmel hinauf, über den graue Wolken jagen. Der Wind hat aufgefrischt, typisch für diese Jahreszeit. Ich lausche fasziniert dem Klangteppich aus dem Rauschen in den Bäumen, drüben im leeren Biergarten, Storms beständigem ruhigem Herzschlag und dem Knirschen unter unseren Füßen, wenn Storm sein Gewicht verlagert, um mich sanft im Rhythmus seines Herzens zu wiegen. Es fühlt sich an, als ob wir auf diese Weise mit der Natur um uns herum verschmelzen, die gleich hinter den Berberitzenhecken und Holunderbüschen beginnt.

»Meinst du, das ist wirklich so?«, frage ich nach einer Weile.

Storm löst seine Wange aus meinem Haar. »Was genau?«

»Was du in deinem letzten Song beschrieben hast. Dass man den Fluch brechen kann – gemeinsam, dass er verschwindet, wenn man sich genug liebt …«

Er schweigt einen Moment und küsst mich auf die Stirn. »Ich glaube, alles ist möglich, wenn man einander vertraut und den Engel an seiner Seite erkennt – und machen lässt. Gemeinsam kann man das Beste im anderen hervorzaubern. Einer im anderen. Zu gleichen Teilen. Das ist die Magie wahrer Liebe. Und ja … ich glaube daran. Wieder, April. Ich glaube wieder daran. Das verdanke ich dir. Ich glaube an dich. An uns, dass wir es schaffen können, die Vergangenheit zu überwinden, und das wird uns eine Zukunft schenken.«

Ich nicke langsam und sehe hinauf zu den Sternen, die vereinzelt durch die Wolkenlücken glitzern, bevor sie erneut verdeckt werden. Wie freche Blitzer, die sich wie der kleine Häwelmann einfach nicht schlafen legen lassen wollen. Ich denke an mein Damoklesschwert, an den Tod, der einmal mehr versucht hat, mich auf seine Seite zu ziehen. An den dunklen Schatten, den ich schon so viele Jahre immer in meiner Nähe spüre.

Mir wird bewusst, dass er schon viel länger neben mir im Dunkel lauert, nicht erst seit der Krebsdiagnose. Ich spüre ihn schon seit dem Tod meiner Schwester. Allgegenwärtig. Vielleicht kommt daher meine Faszination für Raben und Krähen. Vielleicht habe ich gehofft, dass die mystischen Vögel Botschaften zwischen mir und Amber hin- und hertransportieren könnten. Dass ich auf diese Weise mit ihr verbunden bleiben könnte, obwohl ich zum Schippenclub gehöre, zu denen, die weiterleben dürfen – und sie nicht. Und vielleicht habe ich mir selbst deswegen nicht erlaubt, wirklich zu leben und geliebt zu werden – weil sie es nicht mehr darf.

»Ich habe dir doch von meiner Schwester erzählt«, sage ich unvermittelt. »Dass Amber tödlich verunglückt ist, als ich noch klein war. Ich kann mich kaum an sie erinnern. Aber es hat mich aufgefressen, meine Eltern leiden zu sehen. Dann wurde auch noch ich krank … Ich hatte das Gefühl, der Tod hat unsere Familie fest im Griff. Aber vielleicht muss ich umgekehrt … den Tod loslassen.«

Ich hole seufzend Luft.

Storm nickt, seine Arme beschützend um mich gelegt, und lässt mich reden.

»Ich habe da dieses Gefühl, dass ein Schwert über mir

hängt. An einem sehr dünnen Faden, und dass alle, die in meine Nähe kommen, von diesem Schwert verletzt werden. Aber ich habe nie begriffen, dass ich die Hand ausstrecken und es abnehmen kann. Oder einfach beiseitetreten.«

»Einfach weggehen«, sagt Storm nachdenklich, mit gerunzelter Stirn. »Das Schlachtfeld verlassen und dich bewusst für das Leben entscheiden.«

Ich nicke zögernd. »Ja«, sage ich, und mir wird klar, dass er recht hat, in dem Moment, als ich es ausspreche. »Das ist es wohl. Lebendig sein dürfen. Ohne schlechtes Gewissen. Ohne Angst, wie lange ich es sein darf.«

Er schiebt mich ein Stück weg von sich, und sofort fange ich an zu frieren.

Storm sieht mich ernst an. »Ich glaube, das ist genau wie bei mir und Marty. Wir brauchen einen weiteren Pakt«, sagt er. »Sie sind tot, und sie kommen nicht zurück. Aber wir können sie lebendig halten. Anders. Nicht, indem wir uns vor dem Leben verschließen, weil sie nicht mehr daran teilhaben können, sondern indem wir für sie doppelt lebendig sind. Weißt du, wie ich das meine?«

Ich kann ihn nur ansehen, weil der Kloß in meiner Kehle es mir unmöglich macht zu sprechen. Ich nicke stürmisch.

Storm ergreift meine Hände und legt sie gefaltet in seine. »Ich erlaube mir, Storm Walker, zu den Lebenden zurückzukehren, zu dir, April Fischer, und dich daran zu erinnern, dass auch du lebendig bist und frei von Schuld. Ich halte dich, solange du mich lässt.«

Ich nicke stumm und schlucke mehrmals, bevor ich sprechen kann. Meine Antwort ist ein heiseres Flüstern, doch meine Stimme wird mit jeder Silbe stärker. »Ich, April Fischer, gelobe dir, Storm Walker, dass auch ich mir gestatte, zu den Lebenden zu gehören. Ich werde dich daran erinnern, dass auch du lebendig bist und sein darfst – und glücklich dabei, frei von Schuld. Hier gehören wir beide hin, und keine Macht der Welt wird uns daran hindern. Bevor wir irgendwann sterben, alt und grau, wollen wir leben.«

Okay, das ist mit Abstand das Kitschigste und Pathetischste, was ich je von mir gegeben habe, aber scheiß drauf. Mir rieselt ein Schauer über den Rücken, und ich heule wie ein Schlosshund, als wir unser Versprechen mit einem innigen Kuss besiegeln. Und dieses Frösteln hat nichts mit der Kälte zu tun.

Mir ist, als ob eine enorme Last von mir abfällt. Ich kann beinahe das Klirren hören, mit dem das Damoklesschwert in eine Trillion staubkornkleine Scherben zerspringt, die vom Wind in die Nacht getragen werden.

»Ich fühle mich frei«, murmle ich überrascht und überwältigt und atme tief ein.

Tränen strömen mir über die Wangen und rinnen kitzelnd meinen Hals hinunter. Und als ich zu ihm aufblicke, sehe ich auch in Storms Augenwinkeln etwas silbrig glitzern. Zitternd strecke ich meine Hand aus, wische ihm zärtlich eine wässrige Perle ab und fasse ihn sanft ums Kinn, um sein Gesicht in Richtung der wieder angesprungenen Hofbeleuchtung zu drehen.

»Jetzt ist die Farbe vollständig verschmiert«, sage ich kichernd. »Ich glaube, es wird Zeit, dass du dich abschminkst, mein silbern-blauer Engel.«

Storm schmunzelt. »Ich fürchte, das haben wir beide nötig. Es könnte sein, dass ich etwas abgefärbt habe.«

»Weißt du was …? Lass uns das zu Hause tun. Lass uns … einfach zusammen abhauen. Wäre das okay für dich? Magst du kurz drinnen Bescheid sagen? Meinen Eltern und Sinja und Birte?«

Storm sieht mich verblüfft an. »Ja … klar. Es ist deine Party, Keks.«

»Es ist genauso gut deine«, sage ich lachend. »Dein erster Gig in Deutschland. Wie voll der Laden auf einmal wurde! Hammer, oder?«

Storm grinst verlegen. »Na ja, also, eigentlich ist es der zweite Auftritt. Thies hat auf eine Generalprobe bestanden. Er sagte, er wolle nicht die Katze im Sack kaufen. Deswegen war ich neulich Abend nicht im Krankenhaus. Tut mir leid.«

»Der alte Fuchs! Tja. Jedenfalls hast du jetzt jede Menge Fans. Ich meine … die hattest du natürlich schon vor Jahren, in Übersee … mit der Band, du kennst das alles, du bist ja kein Newcomer, also …«

Hilflos breche ich ab, aber Storm weiß, was ich sagen will.

»Doch, das bin ich, und das ist gut so. Es ist genau das, was ich mir in meinen Träumen erhofft habe. Und du hast es möglich gemacht, du sturer Dickschädel. Ohne dich hätte ich das nie geschafft, die Gigs in San Francisco, die Fernsehshow, der Auftritt dadrin … Das Gefühl, dass diese Leute wirklich mir zugehört haben, nicht meinem Ruf oder meinem Namen oder einer ehemaligen Boyband, die zuletzt wegen der Exzesse ihres Bandleaders mehr berüchtigt als berühmt war – und sich am Ende so zerstritten hat, dass ihre Mitglieder nicht mal denselben Highway benutzen wollten …«

»Das ist alles Vergangenheit.«

Er nickt und küsst meine Hände. »Dank dir … Aber wenn die wüssten, wem sie da eben applaudiert haben.«

Wir grinsen uns an.

»Dem Finalisten von *America's Topstar*, wenn ich mich recht erinnere.«

Ich presse meine Lippen noch einmal auf seine.

Storm räuspert sich unbehaglich. »Jetzt komm.« Entschlossen greift er nach meiner Hand. »Sky wartet auf dich. Er wird außer sich sein vor Freude.«

»Oh, ich freu mich auch. Und meine Füße frieren ab.«

»Himmel, sag doch was.« Erschrocken sieht er mich an. Dann umspielt einmal mehr ein lausbubenhaftes Lächeln seinen Mund. »Ich weiß, was die wieder auftaut. Ein schönes heißes Bad.«

»Höre ich da etwa eine Zweideutigkeit aus der Art, wie du das Wort *heiß* betonst, heraus?«

Er beugt sich zu mir, legt seine Wange ganz dicht an meine und flüstert in mein Ohr, sodass sein warmer Atem ein Kribbeln durch meinen ganzen Körper auslöst. »Ich weiß überhaupt nicht, was du meinst, aber du darfst es mir gern erklären, wenn wir dich wieder auf Temperatur haben.«

Und dabei umfasst er meine eisigen Pobacken und reibt seinen Körper auf ziemlich eindeutige Weise an meinem.

Plötzlich geht die Tür auf, und wir fahren auseinander wie Teenager, die beim Rauchen erwischt werden.

Lärm und fröhliches Lachen umringen uns schlagartig, ein greller Lichtkegel fällt auf uns, der mich für einen Moment blendet und einen Schritt zurückweichen lässt.

»Hier steckt ihr.«

»Sinja!«

»Oh, ich hoffe, ich unterbreche euch nicht bei etwas Unanständigem?!« Sie grinst frech. »Oder vielleicht doch? Wolltet ihr etwa abhauen, ohne Bescheid zu sagen?«

»Wir hatten gerade vor …«

»Ja«, unterbricht mich Storm und zieht mich wieder in seinen Arm. »Könntest du uns drinnen entschuldigen?«

Sinja grinst breit und greift hinter sich. »Als hätte ich's geahnt! Ich hätte hier eine herrenlose Gitarre und zweimal Pfifferlinge vegan zum Mitnehmen. Keine Ahnung, wer das bestellt hat, oder doch?«

»Oh, du bist ja total –«

Sinja unterbricht mich. »Bedank dich bei deinem Vater, April. Toller Mann, der sein Töchterchen ziemlich gut kennt.«

Ich verdrehe seufzend die Augen, während Storm den Gitarrenkoffer und die Tüte entgegennimmt.

»Das Töchterchen ist beinahe dreißig.«

»Und gerade aus dem Krankenhaus entlassen worden, nachdem sie all ihre Lieben eine Weile auf Daueradrenalin gehalten hat.« Sie legt den Kopf schief. »Sei gnädig mit deinen Eltern, die sind schwer in Ordnung.«

»Ich weiß«, murmle ich reumütig und rechne ihr insgeheim hoch an, dass sie mir nicht nach dem Mund redet. »Mache ich. Du bist ein Schatz, Sinja! Du hast was gut bei mir.«

Sie macht ein Foto von uns beiden, wie wir da mit Gitarrenkoffer, Essen in Tüten und verschmierter Kriegsbemalung stehen, macht eine Pistolengeste mit Daumen und Zeigefinger und schnalzt mit der Zunge.

»Ich komme drauf zurück. Wir telefonieren, ja? Da steht immer noch die Aktion für die Spenderkartei aus. Ich weiß ja jetzt, wo ich dich finde. Danke für den schönen Abend, auch von Birte. Und jetzt ab mit euch! Ihr seht ganz schön verfroren aus, und mir wird auch kalt.« Sie weist mit dem Kinn auf die Gaststätte hinter sich. »Ich klär das dadrin. Na los, geht euch aufwärmen, bevor du uns gleich wieder krank wirst, Süße, und genießt den ersten Abend zusammen in Freiheit.«

»Bin schon dabei«, sage ich.

»Hey, noch was«, ruft sie uns nach, als wir uns bereits in Bewegung gesetzt haben.

Ich sehe sie fragend an.

»Vergesst nicht, euch zu waschen!«

# Storm

Er war so verdammt unsicher und nervös gewesen. Wie sie die Idee auffassen würde, ob sie es mochte – die Party, das Konzert, seinen Song, den er für sie geschrieben hatte – oder ob sie den Saal gleich wieder rückwärts verlassen würde. Und ihn gleich mit, diesmal dann endgültig.

Das Gegenteil war der Fall gewesen. Er hätte nie damit gerechnet, wie sehr er sie berührt hatte.

Sie hatte sich ihm geöffnet, sich verletzlicher gezeigt als beim Tod von Mrs. Wolowitz. Er hatte von ihrer Schwester gewusst, dass sie bei einem Reitunfall gestorben war. April hatte es erzählt und ein Foto von ihr im Apartment gehabt, und natürlich hingen auch Bilder in ihrem Elternhaus, aber die Zusammenhänge waren ihm nicht so klar gewesen. Jetzt ergab alles noch viel mehr Sinn. Das Überbehütende ihrer Eltern, das Destruktive, Fatalistische, das April und er gemeinsam hatten. Erschreckend und logisch zugleich, wenn man ihre Geschichten wie Blaupausen übereinanderlegte. Ihre bisherigen Leben waren komplett unterschiedlich verlaufen, und doch gab es so viele Parallelen darin.

Er hatte nur sie gesehen, als er auf der Bühne gesessen hatte, vom ersten bis zum allerletzten Ton. Die Gibson hatte ihm Halt gegeben, aber sie hatte nicht verhindert, dass er sich splitterfasernackt gefühlt hatte. Es war in Ordnung gewesen. April war da gewesen. Sie hatte ihm zugehört, gebannt an seinen Lippen gehangen, auch das vom ersten bis zum allerletzten Ton. Für ihn hatte es nur sie und ihn in diesem Raum gegeben. Dass es ganz und gar nicht so gewesen war, hatte er erst bemerkt, als der Beifall ertönt war.

Thies war geschäftstüchtig, er hatte das Glitzern in seinen

Augen gesehen, als sie verhandelt hatten, aber es hatte ihn wirklich überrascht, wie viele Menschen so spontan gekommen waren und seine Musik hören wollten. In einem Dorf, auf dem platten Land, an einem Werktag im September, ohne Plakate und Ankündigung im Radio.

Das Adrenalin dieses besonderen Auftritts pulsierte noch immer durch Storms Adern. Eigentlich ging es sogar fließend in eine andere Erregung über, die sich mehr und mehr steigerte, seit er die Tür zur Ferienwohnung aufgesperrt hatte, hinter der Sky bereits wie ein aufgezogenes Matchboxauto lauerte und sich heiser kläffte, seit er Aprils flüsterleise Stimme im Hausflur gehört hatte.

Er war mindestens so aufgekratzt wie der Hund, aber darunter schwang eine tiefe Ruhe mit. Die Gewissheit ihrer Liebe.

Er ließ Wasser in die Wanne ein, ein pflegendes Schaumbad, das ein wenig medizinisch roch, nach Zitronenmelisse, und quietschorange aussah. Dann half er April beim Ausziehen und eilte splitterfasernackt noch einmal in die Küche, um das Essen außer Reichweite von Sky in Sicherheit zu bringen. Man wusste nie, was der kleine Racker sich einfallen ließ, wenn er für eine Weile nicht im Mittelpunkt der Aufmerksamkeit stand.

Als Storm zurückkehrte, saß April auf dem Wannenrand, nackt, mit dem Rücken zu ihm und wärmte ihre Füße im heißen Wasser. Ihre Silhouette mit der schlanken Taille glich einem kostbaren Streichinstrument, und er sehnte sich danach, sie zum Klingen zu bringen.

Langsam, beinahe ehrfürchtig ging er die letzten Schritte auf sie zu. Sie drehte sich zu ihm um, als sie ihn kommen hörte. Und offenbar gefiel ihr, was sie sah.

Am nächsten Morgen wachte Storm davon auf, dass irgendwo draußen ein Hahn krähte. Im ersten Moment konnte er das durchdringende Geräusch nicht richtig einordnen, bis ihm wieder einfiel, wo er war. Und wer an seiner Seite lag. Seine Hand wanderte schlaftrunken über das Laken und fand eine warme Kuhle in der anderen Betthälfte.

April war nicht da, aber sie musste eben erst aufgestanden sein. Er hörte sie im Bad summen, dann lief Wasser in der Dusche. Lächelnd richtete er sich auf und beschloss, schon einmal Tee zu kochen und frisches Obst zu schneiden. Sie liebte Smoothies.

Storm dachte zurück an seinen ersten Morgen im Apartment – damals, vor gefühlten Äonen. Sie hatte ihm einen Selleriebananenshake mit Gurke und frischer Minze dagelassen, bevor sie zur Uni gefahren war – und ihn, einen Fremden, damit allein in der Wohnung zurückgelassen.

Dann hatte sie sich seinen kaputten Fuß vorgenommen, sein Herz und seine ganze Seele. Und ganz allmählich war er wieder zu einem Ganzen zusammengewachsen. Er würde zwar nie wieder der sein, der er vor dem Unfall war, aber das war ebenfalls gut so.

Vielleicht sollte er jedoch auf das Angebot von Dr. Roberts zurückkommen und sich zumindest anhören, was er für ihn tun konnte. Nachdenklich strich er sich über die Wange und folgte mit den Fingern den anderen Spuren jener verhängnisvollen Poolnacht, die sich wulstig und verwachsen vom Kinn bis unter den Haaransatz zogen. Knapp zwei Jahre lag das schrecklichste Ereignis in seinem Leben inzwischen zurück.

Er sollte es April zuliebe tun. Und weil er versprochen hatte, dem Selbsthass abzuschwören. War das nicht eine unabdingbare Konsequenz von *lebendig sein*?

Er sah zu Sky, der vor ihm auf dem Küchenboden saß und hoffnungsvoll mit dem Schwanz wedelte.

»Bettler«, sagte er grinsend und warf dem Labradormischling ein Stückchen Banane zu.

Sky schluckte gierig und übersprang das Kauen.

»Langsam«, mahnte Storm glucksend und gab ihm ein zweites Stück.

Diesmal schmatzte der Rüde genießerisch mit offenem Fang auf dem Obst herum und ließ dabei seine weißen Zähne und das rosabraun gesprenkelte Zahnfleisch sehen.

Storm ging in die Hocke und kraulte den Vielfraß am Hals. Kein Hund mochte es, wenn jemand sich über ihn beugte. Das wirkte bedrohlich auf sie, Menschen vergaßen das oft.

»Ohne dich würde ich heute nicht hier stehen, Buddy. Weißt du das eigentlich? Du hast mein Leben verändert. Komplett umgekrempelt, mich zu einem besseren Menschen gemacht. Und da heißt es immer, es ist doch nur ein Hund.«

»Ach, und ich dachte, ich war das?« April lehnte lächelnd im Türrahmen.

»Bei dir habe ich mich schon bedankt, wenn ich mich recht erinnere. Aber ich tu's gern immer wieder. Jeden Tag … und jede Nacht.«

»Ich nehm dich beim Wort.«

Ihre Haare waren unter einem Handtuchturban versteckt, in der kleinen Kuhle zwischen ihren Schlüsselbeinen glitzerten Wasserperlen. Sie trug eins von Storms T-Shirts, das ihr natürlich viel zu groß war – und als Minikleid ohne Unterwäsche ausgesprochen sexy wirkte.

»Croissants?«, fragte sie und zauberte eine kleine Papiertüte hinter ihrem Rücken hervor.

Das Rascheln ließ Sky sofort überlaufen. Mit zwei Sätzen brachte er sich vor April in Position und machte Männchen.

Sie hob die Tüte schmunzelnd ein Stück höher. »Mir scheint, das könnte euch beiden gefallen.«

»Warst du so etwa draußen?«, fragte Storm verwirrt.

Sie lachte, umrundete vorsichtig den Hund und machte ein paar Schritte auf Storm zu, wobei sie sich ein Stückchen Croissant abbrach und aus der Tüte naschte.

»Nein. Mein Vater war beim Bäcker. Er hat mir eine Nachricht geschickt, dass er die für uns vor die Tür gelegt hat.«

Ihre Mundwinkel zuckten belustigt, als sie dicht genug vor ihm stand, um sehr punktuell die direkte Wirkung zu spüren, die ihre Nähe auf ihn hatte.

»Frühstück im Bett?«, fragte sie mit kehliger Stimme und hielt auch ihm ein Eckchen des duftenden Blätterteigs an die Lippen.

»Ganz egal, wo«, gab er heiser zurück und ließ es sich in den Mund schieben. »Aber essen müssen wir auch was.«

# Kapitel 10

## April

Es wird Mittag, bis wir uns schließlich aus den Federn wälzen. Storm hat mir das Versprechen abgerungen, heute nicht für das anstehende Examen zu lernen, sondern das Ankommen im Alltag langsam angehen zu lassen. Dafür habe ich ihm meine Liste mit möglichen Ausflugszielen vorgelegt. Ich möchte ihm so viel zeigen!

Eine Kutschfahrt durch die Heide ist ein Muss. Auch wenn die Blütezeit vorbei ist, die weiten braunroten Flächen zwischen einzelnen Wacholdersäulen und Sandwegen und dazwischen mit ein bisschen Glück eine ziehende Heidschnuckenherde, ohne das gesehen zu haben, kann er – können wir – nach meiner Prüfung nicht in die Staaten zurückfliegen. In die Altstadt von Celle müssen wir selbstverständlich auch noch, das Schloss ansehen, die mittelalterlichen Fachwerkhäuser, die sich krumm und bucklig über die Gassen neigen, mit den teils gewagten Überständen, weil für die Besteuerung nur der Grundriss auf Erdgeschossniveau zählte. Hannover muss sein, mit dem Schrägaufzug die kupferne Rathauskuppel hinauffahren und den Blick über den Maschsee und die Dächer der Stadt bis zum Deister schweifen lassen. Hamburg wäre schön oder rüber ans Wattenmeer, in den Harz, nach Goslar oder an die Okertalsperre … Es ist zu schade, dass wir nicht im Frühling oder Sommer hier sind. Er hat bestimmt noch nie ein Schützenfest erlebt. Auch das Maschseefest wäre ein schönes Event gewesen oder die Weihnachtsmärkte im Winter.

»Wird dir das nicht zu viel?«

»Wir müssen ja keinen Marathon rennen«, tue ich seinen Einwand ab. »Das wäre heute vermutlich wirklich nicht drin.«

Er hat absolut recht, wir werden das niemals alles schaffen. So gern ich es möchte, ich muss leider Prioritäten setzen. Und mein Kreislauf macht zwischendurch tatsächlich noch immer gern, was er will. Meine Kondition ist durch den Krankenhausaufenthalt und das lange Liegen enorm zurückgegangen, und nach unserer äußerst aktiven Nacht merke ich schon jetzt die Vorläufer eines satten Muskelkaters. Mir tun alle Knochen weh, aber das würde ich niemals zugeben.

»Worauf hast du denn am meisten Lust?«, frage ich und unterbreite ihm meine Vorschläge in Form von ausgefächerten Prospekten und Flyern, die ich aus dem Info-Schubfach im Flur geholt habe, das meine Mutter für ihre Gäste immer auf dem neuesten Stand hält.

Storm grinst und beugt sich quer über den Tisch zu mir herüber, um mich vielsagend zu küssen.

Heißt es nicht, bei Muskelkater soll man sofort weitertrainieren? Ich schließe die Augen und genieße die Antwort.

Dann klingelt ein Handy.

»Musst du da rangehen?«, murmle ich zwischen seiner Zungenspitze und meinen Lippen.

»Ich glaube, das ist deins«, gibt er ebenso gering ambitioniert zurück.

Wir lassen es noch eine ganze Weile klingeln. Erst, als der Anrufer zum dritten Mal ansetzt, und Sky ein Machtwort bellt, löse ich mich schweren Herzens und mache mich auf die Suche nach der Quelle der Unterbrechung. Das Telefon liegt unter einem Stapel mit Klamotten vom gestrigen Tag.

»Oh«, quietsche ich, als ich das eingespeicherte Bild der Anruferin erkenne.

Sky winselt leise. Er hört an meinem Tonfall, dass der ihm versprochene Spaziergang sich noch einmal weiter nach hinten verschiebt.

»Tante Maggie«, kiekse ich, auch zur Erklärung für Storm.

»Grüß schön«, flüstert er mir zu und greift nach seiner Gitarre.

»*Sugarplum*, wie schön, deine Stimme zu hören! Geht's dir gut, Schätzchen?«

»Das kann man so sagen«, sage ich lächelnd. »Storm und ich sind offiziell wieder zusammen, ich bin als geheilt entlassen, und Sky rollt sich gerade zu meinen Füßen ein. Was will ich mehr?«

»Das klingt in der Tat hervorragend, auch wenn wir dich hier drüben ganz schön vermissen. Was macht unser *Velvele*? Hat er den Flug gut verkraftet? Ich konnte dich das ja bisher nicht fragen, es gab da gewisse Geheimhaltungsauflagen.«

Sie kichert ausgelassen, und mir wird ganz warm ums Herz, weil ich meine verrückte Patentante und meine ganze Familie so schrecklich gernhabe.

»Storm hat sich hervorragend um ihn gekümmert, und diesen Hund bringt nichts aus der Ruhe, solange er etwas zu fressen hat, das weißt du doch.«

Tante Maggie lacht schallend. »Oh ja. Ich erinnere mich nur zu gut an Lydias Geburtstagstorte.«

»Was?!«

»Ups. Das durfte ich dir gar nicht erzählen, oder?«

Ihre Armbänder klirren, und ich sehe sie vor mir, wie sie sich vor die Stirn schlägt.

»Ach, was soll's. Er hatte ein bisschen Durchfall von der Schlagsahne, aber es war ja nichts Gefährliches drin. Und schließlich ist es nicht so, dass er das ganze Ding gefuttert hätte.«

Ich will mir lieber nicht ausmalen, was Schreckliches hätte geschehen können, wenn in der Torte Schokolade verarbeitet worden wäre – oder Birkenzucker … Xylit ist tödlich für Hunde!

»Alles gut, *Sugarplum*«, sagt Maggie, als könne sie meine Gedanken lesen. »Mach dir nicht schon wieder Sorgen, okay?«

»Okay.« Ich atme tief durch. »Weswegen rufst du eigentlich an? Ich meine, ich freue mich tierisch, deine Stimme zu hören, aber hast du einen bestimmten Grund?«

Sie räuspert sich und klingt plötzlich ernst. »Den gibt's in der Tat, Liebelein. Magst du mir mal Storm geben?«

Stirnrunzelnd gebe ich das Handy weiter.

Storm sieht mich fragend an, dann legt er die Gitarre beiseite und nimmt mir das Telefon ab. Ich kann nicht verstehen, was Maggie sagt, aber in Storms Gesicht ziehen Wolken auf. Er lächelt mir beruhigend zu, doch seine Augen und die Falten auf seiner Stirn widersprechen dem. Und dass er in Boxershorts und Socken seinen Sweater nimmt und damit durch die Terrassentür in den kleinen Garten der Ferienwohnung verschwindet, macht mein mulmiges Gefühl nicht besser. Während er in die bereitstehenden Crocs schlüpft, nutzt Sky die Gelegenheit und zischt durch Storms Beine mit ins Freie, und so sitze ich mit einem Mal ganz allein auf dem Küchenstuhl, betrachte meine schönen Ausflugslisten und die Flyer und frage mich, ob meine heile Welt nicht gerade schon wieder zu bröckeln beginnt.

»Was ist denn so Geheimes los, was Tante Maggie nicht auch mir sagen kann? Ihr habt ja wohl nicht noch eine Überraschung geplant?!«

Es ist ein lahmer Scherz, und Storm lässt sich Zeit, darauf einzugehen, als er eine Ewigkeit später zurückkehrt.

Zuerst schließt er die Tür hinter sich und kniet sich dann umständlich hin, um Skys Pfoten mit einem Handtuch trocken zu rubbeln, bevor der aus dem Sand in seinem Fell einen Strand in der Wohnung anlegt. Das Gras ist feucht, und dieser Hund zieht Erde an wie ein Magnet, selbst, wenn er nicht buddelt.

»Da schleicht irgendwer rum und zieht Erkundigungen über mich ein.«

»Aha?!«

Das kann ja nun alles Mögliche heißen, vom Millionär, der einen integren Erben sucht, über Finanzbehörde oder CIA bis hin zum Plattenboss …

Ächzend richtet Storm sich auf und stolpert in die Bewegung, bevor er sich fängt und ausgleichen kann. Als er sich drei Schritte später zu mir an den Tisch setzt, würde ein Laie seinem Gangbild bereits nichts mehr anmerken. Doch mir kann er nichts vormachen. Sein Knöchel ist noch immer nicht wieder ganz so tragfähig, wie er es sein sollte.

Sky schüttelt sich unterdessen und schießt in Richtung Schlafzimmer davon.

»Gib mal her«, fordere ich und tippe mir mit der Hand auf den Oberschenkel.

Gehorsam legt er seinen Fuß darauf ab. Ich ziehe ihm den Socken aus, beginne mit einer kleinen Reflexzonenmassage und arbeite mich von oben nach unten durch. Als ich bei seiner Ferse ankomme, windet er sich, als hätte jemand Feuer unter seinem Stuhl gemacht.

»Hab ich mir gedacht«, brumme ich konzentriert.

Dort verbergen sich die korrespondierenden Bereiche für Hüfte, Beine, Knie und Füße.

»Du bist eine Sadistin«, jammert er.

Prompt ertönen Skys Pfoten auf dem Laminat, und der wilde Racker kommt zurückgeeilt. Natürlich muss er nachsehen, ob ich seinem großen Freund wehtue.

»Das wusstest du«, gebe ich trocken zurück und knete unbeirrt weiter, bis sich unter meinen Fingerkuppen alles halbwegs ausgeglichen anfühlt, während Sky mir winselnd über die Hände schleckt.

»Lass das, Sky, das kitzelt«, beschwert sich Storm, als die Hundezunge über seine Fußsohle schlabbert.

Ich blende alles aus. Unbeirrt gleite ich mit den Händen höher und widme mich dem Knöchel selbst. Ich schließe die Augen, um die feinen Strukturen von Faszien, Verwachsungen und Narbengewebe zu erfassen und das unmerkliche Pulsieren der Lymphe zu spüren. Durch die leichte Fußfehlstellung ist Storms Beinachse noch immer geringfügig asymmetrisch. Das führt zu einer Reihe von Folgebeschwerden.

»Deine Kopfschmerzen sind wieder da, stimmt's?«

»Ich korrigiere: sadistische Hexe«, nuschelt er, während er scharf einatmet und sich mit beiden Händen an der Sitzfläche des Stuhls festhält.

Ich lache. »Wer weiß, was ich noch alles weiß. Leg dich besser nicht mit mir an.«

»Das habe ich ganz bestimmt nicht vor. Ich bin ja nicht lebensmüde.«

Wir sehen uns an. Nicht mehr. Der Gedanke steht in Großbuchstaben in seinen hellgrünen Raubtieraugen geschrieben. Sein Blick besagt außerdem, dass er sich sehr wohl mit mir anlegen würde, schon wieder, auf eine sehr körperliche Art, die mir durchaus gefallen würde. Ich senke rasch den Blick und dränge den Impuls zurück, mich auf seinen Schoß zu setzen, mit nichts an als seinem T-Shirt, und genau das zu provozieren. Entschlossen ignoriere ich das Kribbeln meines Beckenbodens, der sich nur zu gut erinnert, wie sich … Diverses anfühlt, was gerade mal eine Beinlänge von mir entfernt ist.

Fokus, April! Man fällt nicht über seine Patienten her!

Eisern lenke ich meine Aufmerksamkeit zurück auf Storms Knochenhaut, auf die Übergänge zwischen *Talus*, *Calcaneus* und dem seitlich daran anliegenden *Os naviculare*, gleite vorsichtig vom *Malleolus medialis* bis zum *Malleolus lateralis*, die zusammen die Malleolengabel bilden, und bete dabei *Ligamentum tibiofibulare posterius, Ligamentum fibulotalare anterius, Ligamentum fibulocalcaneare* vor mich hin – die Namen der Bänder, die das obere Sprunggelenk halten, wo ich kleine Impulse setzen will, die seine Heilung beschleunigen sollen.

»Und hast du einen Verdacht, wer da hinter dir her ist?«, frage ich nach einer Weile konzentrierter Stille und blinzle ihn durch ein halb geöffnetes Auge an.

Storm hört nicht auf, Sky zu streicheln, der ihm hingebungsvoll den Kopf auf den Oberschenkel gelegt hat.

»Es sieht so aus, als hätte die Presse von irgendwas Wind bekommen.«

»Irgendwas wie …?«

Er nickt. »Wer sich unter der Spinnwebenschminke verbirgt. Zumindest fürchte ich, dass es nicht mehr lang dauern wird, bis irgendjemand das den falschen Leuten erzählt.«

»Du meinst doch wohl nicht, dass Tante Maggie …«

Ich höre auf, seine Wade zu massieren, stelle den Fuß ab und stehe auf, um mir an der Spüle die Hände zu waschen.

Erschrocken sieht er mir nach. »Was? Nein! Um Himmels willen! Das habe ich damit überhaupt nicht andeuten wollen. Es gibt nur leider eine ganze Menge Leute, die mich geschminkt und ungeschminkt gesehen haben. Wenn darunter auch nur einer ist, der …« Er bricht ab und rauft sich die Haare. »Das sind nur meine Befürchtungen. Es wird viel geschrieben im Moment, Keks. Die Macher von *America's Topstar* haben mich als Außenseiter auf den Thron des Publikumslieblings gehoben. Wenn ich nicht so funktioniere, wie sie wollen, werden sie mich nicht einfach nur fallen lassen wie eine heiße Kartoffel, sie werden nachtreten. Weil auch das Quote bringt, verstehst du?«

Ich schlucke trocken. »Was haben sie dazu gesagt, dass du ein paar Wochen in Europa bleiben willst? Musst du früher zurück?«

Er weicht meinem Blick aus und dreht das Handy auf dem Tisch wie einen Kreisel.

»Storm?«, frage ich und unterbinde die nervöse Dreherei, indem ich meine Hand auf seine lege.

Er hört auf und sieht mich mit verkniffenem Mund an. »Ich muss dir etwas … Ich bin draußen.«

Mein Herz setzt einen Schlag lang aus, mir wird schwindelig, und ich halte mich an der Spüle fest.

»Der Produzent hatte ja bereits damit gedroht, mir die Presse auf den Hals zu hetzen, wenn ich nicht kooperiere. Es scheint, als hätte er seine Drohung wahrgemacht. Die Zeitungen drüben sind voll davon, dass ich in Deutschland untergetaucht sei, sagt Maggie.«

»Aber … du musst ihnen die Wahrheit sagen. Dass ich krank war! Dass du nicht wusstest, ob ich sterben würde!«

Storm schüttelt den Kopf. »Ich zieh dich da auf keinen Fall mit rein, April. Das wäre ein gefundenes Fressen für diese Leute. Es sind Blutsauger. Aasfresser. Geier.«

»Ja, aber … es könnte dir doch genauso gut positive Schlagzeilen bringen, Druck erzeugen, und dann müssten sie vielleicht …«

»Nein.« Seine Gesichtszüge verhärten sich. »Du kennst Wheeler nicht. Sie würden uns keine ruhige Minute lassen. Wenn die Schnüffler jetzt schon bei Maggie und Lydia vor der Tür stehen …«

»Aber wie haben sie die Querverbindung herausgefunden?«

»Wahrscheinlich war mir bereits jemand auf den Fersen, als ich dich bei ihnen gesucht habe. Journalisten werden dafür bezahlt, Storys zu wittern. Irgendwer hat seine Sache gut gemacht. Sie kennen deinen Vornamen aus der Show, sie wissen von Wheeler, dass wir in Deutschland sind. Mein geschminktes Gesicht war nach dem Auftritt auf diversen Covern von Klatschzeitungen, und überall in den sozialen Netzwerken –«

Meine Gedanken überschlagen sich. »Dann ist es vielleicht keine so schlaue Idee, wenn du hier weitere Konzerte gibst, oder?«

»Zumindest nicht in der Aufmachung.« Er fährt sich müde durchs Gesicht.

»Und wenn du ab jetzt ungeschminkt auftrittst, zählt irgendjemand anders eins und eins zusammen. Das geht also auch nicht.«

»Vielleicht höre ich auch nur die Flöhe husten. Aber ich bin mir unsicher, ob ich es riskieren sollte. Schachmatt sozusagen.« Er macht eine zerknirschte Grimasse. »Dabei könnte ich die Gage gerade jetzt ziemlich gut gebrauchen.«

»Weil?«, frage ich bang. Kommt da etwa noch mehr? Doch bevor er antworten kann, habe ich die Gleichung bereits selbst ausgerechnet. »Oh Gott, Storm. Ich habe doch nicht etwa recht gehabt, oder? Sie verlangen tatsächlich eine Konventionalstrafe?! Du bist vertragsbrüchig geworden, und jetzt … Sag doch was! Wie teuer wird das?«

Er zieht die Luft ein, und ich sehe, wie seine Kaumuskeln die Zähne aufeinanderpressen. »Wenn ich abbreche, sind sechshunderttausend Dollar fällig. Das ist quasi alles, was ich noch habe.«

»Was?«, kreische ich so laut, dass Sky hochschreckt, sich nach allen Seiten umsieht und bellt. »Du warst doch nur ein einziges Mal auf der Bühne von *America's Topstar*! Wo soll denn jemand so viel Geld hernehmen?«

»Na ja«, sagt Storm kleinlaut. »Das ist wohl der Nachteil, wenn man direkt ins Finale gebuzzert wird. Ich habe quasi ein paar Stufen übersprungen. Das ist das dämliche Kleingedruckte. Wenn ich jetzt reumütig zurückkehren würde, dann …«

»Okay«, sage ich. »Entschieden. Dann fliegen wir eben sofort zurück.« Hektisch sehe ich mich um. »Ich gucke nach Flügen!«

»April …«

»Lass mich nur machen.« Ich angle nach meinem Smartphone und google Verbindungen. »Am besten wir fahren mit dem Auto wieder nach Frankfurt und versuchen, von dort einen Direktflug nach L.A. oder San Francisco zu bekommen. Mein Vater bringt uns sicher. Oje, das wird eine Tortur für Sky, hin und her in so kurzer Zeit. Aber was soll's …«

»April!«

Ich bin nicht zu bremsen. »Wir haben schon Schlimmeres gemeistert, nicht wahr, *Velvele*?«

»Hör doch mal bitte eine Sekunde zu und lass mich ausreden.« Storm greift meine Handgelenke und zwingt mich, das Telefon hinzulegen und ihn anzusehen. »Es ist zu spät, Keks, okay? Selbst, wenn ich in der nächsten Stunde dort auf der Matte stünde, es würde nichts mehr ändern. Der Produzent hat mich achtkantig rausgekickt, weil ich die Interviewanfragen nicht beantwortet habe. Er hat mir die Meute schon auf den Hals gehetzt, als du noch in der Klinik warst. Jetzt krempeln sie die Ärmel auf zum Leichenfleddern.«

»Aber …« Hilflos breche ich ab.

»Wheeler ist ein *Douchebag*, ein Arsch. Es ist nur noch eine Formsache. Maggie sagt, sie haben schon einen Nachfolger aus dem Hut gezaubert und der Presse präsentiert. Aber das ist mein Problem. Mein Risiko. Ich habe das in Kauf genommen, als ich hergeflogen bin, und ich würde es sofort wieder tun. Ich habe diese Summe auf der Bank, du weißt das, und ich wüsste nicht, wofür ich sie lieber verwenden würde.« Er grinst schief. »Na gut, das ist vielleicht ein bisschen übertrieben, ich wüsste schon so ein, zwei nettere Dinge. Dich an einen meiner Lieblingsorte entführen zum Beispiel. Was ich sagen will ist: Das Geld zu beschaffen ist nicht das Problem, es ist da. Und weißt du noch was: Irgendwie bin ich sogar erleichtert darüber, dass es vorbei ist. Ich will nicht wieder in diesem Haifischbecken herumzappeln. Für mich ist die Hauptsache, dass es dir wieder gut geht, dass du gesund bist. Für alles andere finden wir eine Lösung. Du lernst jetzt und machst wie geplant deine Prüfung. Und ich lasse mir etwas einfallen, wie ich das Übrige klären kann. Ich kenne einen guten Anwalt, der schuldet mir noch was. Vielleicht kriegen wir die Summe noch ein bisschen nach unten geschraubt, weil Wheeler Fakten geschaffen hat. Einverstanden?«

Mein Herz rast wie verrückt. »Aber …«

»Einverstanden?«, wiederholt Storm, sieht mich beschwörend an und schließt seine Arme um mich.

Ich fühle sein Herz so heftig pochen wie meins. Will er tatsächlich alles sausen lassen, was er sich aufgebaut hat? Seine Karriere? Seine Zukunft? Das darf nicht sein! Nicht für mich! Für niemanden! Wir kriegen das repariert. Aber jetzt ist nicht der richtige Augenblick. Ich kenne diesen Blick. Im Moment bekommt man nichts in diesen Quadratschädel eingehämmert. Er hat das die ganze Zeit mit sich herumgetragen und sich nichts anmerken lassen. Sechshunderttausend Dollar. Er gibt das alles auf. Für mich. Ohne mit der Wimper zu zucken. Bin ich das wert? Ich versuche, mich mit seinen Augen zu sehen, mit diesem katzengrünen Leuchten. Es will mir nicht gelingen, aber ich werde meinen Teil des Paktes einhalten. Ich bin für ihn da. Immer.

Schließlich nicke ich. »Okay«, sage ich leise und dann noch einmal nachdrücklicher. »Okay. Wir kriegen das hin. Gemeinsam schaffen wir auch das.«

»Genau.« Er lächelt mich aufmunternd an, hebt mein Kinn mit seinem Zeigefinger an und küsst mich zärtlich.

Die Welt da draußen kann uns mal.

»Na dann«, sage ich und atme aus. »Wenn wir jetzt also nicht packen müssen – was machen wir als Nächstes?«

Sky bringt sich fiepend in Erinnerung.

Storm strahlt mich an, und da ist keine Spur Bedauern in seinem warmen Blick, nur Liebe.

»Was hast du denn Schönes auf deiner Liste, das wir an einem angefangenen freien Tag zusammen mit Hund unternehmen können?«

Draußen scheint die Sonne, und darum nutzen wir das gute Wetter und fahren mit Mamas Auto in Richtung Uelzen. Während wir bereits unterwegs sind, telefoniere ich ein paar Anbieter ab und finde tatsächlich noch spontan Platz für uns drei bei einer zweistündigen Planwagenfahrt mit Kaffee und Blechkuchen in die Ellerndorfer Wacholderheide.

Die wunderschöne Landschaft, die Pferde und Skys Begeisterung bringen uns auf andere Gedanken. Ich genieße den Frieden und die Ruhe, die von den dahinzuckelnden Haflingern ausgehen. Skys Kopf hängt mit hechelndem Maul aus der Kutsche.

Außer uns ist nur noch eine junge Familie mit an Bord, die Eltern sind etwas jünger als wir, und ihr Kind ist höchstens drei oder vier Jahre alt.

»Mama, was hat der Mann da?« Sie zeigt mit ausgestrecktem Finger auf das Narbengeflecht, das Storms linke Gesichtshälfte in einen Flickenteppich verwandelt.

Die Mutter wird rot. »Emma, nicht.«

»Er war schlimm verletzt, aber ein Arzt hat ihn wieder zusammengenäht«, erkläre ich dem Kind lächelnd.

»Der muss aber noch üben«, stellt Emma mit gerunzelter Stirn fest.

Ich übersetze für Storm, und er grinst und nickt.

»Tut das noch weh?«

Wir schütteln beide den Kopf.

Emmas Blick wandert von mir zurück zu Storm. »Doch, ich glaube schon, aber ich weiß, wie man das heile machen kann.« Sie sieht ihn ernst an.

Dann zwängt sie sich mit Nachdruck aus der Hand ihrer Mutter, macht ein paar tapsende Schritte auf ihn zu und streckt ihre kleinen Fingerchen in Richtung seiner Wange. Widerstrebend lässt ihr Vater den Jackenkragen der Kleinen los. Storm fängt sie auf, weil die Kutsche so holpert und Emma das Gleichgewicht zu verlieren droht. Ihre Mutter verdreht entschuldigend die Augen, als Storm fragend die Augenbrauen hebt. Sie zuckt verlegen mit den Schultern, und beide verziehen in einer Mischung aus amüsierter Hilflosigkeit und Resignation das Gesicht. Also greift er das Kind um die Taille und stellt es zwischen uns auf den Sitz. Emma nimmt das als selbstverständlich hin, sie hat offensichtlich eine Mission. In kindlicher Ernsthaftigkeit berührt sie mit ihrer winzigen Hand Storms geschundene Wange, fährt sachte und hochkonzentriert die gezackten Linien nach und stützt sich dann auf seiner Schulter ab, damit sie ganz dicht ein paarmal darüberpusten kann.

Dann fängt sie mit piepsiger Stimme an zu singen. »Heile, heile Gänschen, 's ist bald wieder gut …«

Das Lied habe ich zum letzten Mal gehört, als ich etwa im selben Alter wie Emma mit einem aufgeschürften Knie bei meiner Urgroßmutter auf dem Schoß saß. Meine Augen brennen plötzlich, und ich muss ein paarmal blinzeln, damit ich wieder klar sehen kann.

Storm bedankt sich und küsst der Kleinen die Hand.

Kichernd klettert sie zu ihren Eltern zurück, und ich wische mir verstohlen eine Träne vom Lidrand.

Der Kutscher hält an einem geschotterten Parkplatz. Ein Stück bergan gibt es einen kleinen Kiosk und einen Spielplatz.

Kaffeepause. Die Pferde brauchen Zeit, um zu verschnaufen. Unser Fahrer löst die Mundstücke aus ihren Trensen und legt ihnen Heu vor. Wir Zweibeiner bekommen Butterkuchen vom Blech zum Thermoskannenkaffee, und sogar an eine Schüssel Wasser für Sky ist gedacht worden.

Emma hat Storm bereits vergessen, und der Hund interessiert sie auch nicht besonders. Sie pflückt trällernd Grashalme und Löwenzahn vom Wegesrand und legt sie den Kutschpferden als Garnierung auf die Heuhaufen. Dann entführen ihre Eltern sie in Richtung eines traditionellen Schafstalls, dessen Dach fast den Boden berührt und dem langgezogenen Gebäude das Aussehen eines Zeltes verleiht.

Storm und ich dagegen spazieren ein wenig durch die hügeligen Heideflächen. Es ist kaum etwas los, und ich genieße die himmlische Ruhe. Vogelzwitschern, das leise Summen von Bienen und Hummeln, die über letzte lilafarben blühende Erikapflanzen fliegen, und dazwischen unsere Schritte auf dem knirschenden Sand sind die einzigen Geräusche weit und breit.

Storm setzt sich auf einen Findling und zieht mich auf seinen Schoß. Ich lehne mich an seine Schulter und schließe für einen Moment die Augen, aber trotz der Idylle um uns herum kommen meine Gedanken nicht zur Ruhe.

Sechshunderttausend US-Dollar.

»Hey«, sagt Storm leise und nimmt meine Hand. »Was würdest du davon halten, wenn ich mich vielleicht wirklich noch mal von Dr. Roberts beraten lasse … Du weißt schon, was mein Gesicht angeht. … Wenn wir zurück sind? Nach deiner Prüfung. Du kommst doch mit mir zurück, oder?«

Erstaunt sehe ich ihn an. »Natürlich tue ich das. Zweifelst du daran?«

Er kräuselt den Mund. »Ich werde dann keine gute Partie mehr sein. In den ganzen Beauty-and-the-Beast-Geschichten ist der hässliche Typ wenigstens reich.«

»Und deswegen willst du dich operieren lassen?« Erschüttert starre ich ihn an. »Ich liebe dich so, wie du bist.«

Er schüttelt bedächtig den Kopf und küsst meine Finger, so, wie er es vorhin bei dem kleinen Mädchen getan hat. »Ich weiß, Keks.« Er grinst schief. »Oder zumindest hoffe ich das.« Er sieht in die Weite der Wacholderheide und schweigt einen tiefen Atemzug lang. »Das ist es nicht. Aber Emma hat mir etwas klargemacht.«

Ich ziehe fragend die Brauen in die Höhe.

»Diese Narben signalisieren: Seht her, was ich Furchtbares getan habe. Ich bin es nicht wert, dass mich irgendjemand auch nur ansieht. Du tust es einfach trotzdem. Du versuchst, mir diesen Schmerz zu nehmen, doch das kannst du nicht, wenn ich nicht selbst bereit bin, mir zu vergeben. Ein Teil von mir hat vielleicht sogar versucht, Marty durch diese Entstellung bei mir zu halten. Und dann kommt so ein kleines Mädchen, legt einfach ihren Finger auf meine Narben und pustet, weil es fest überzeugt ist, dass es davon besser wird. Und vielleicht ist es das, Keks. Als ich es ihr gestattet habe, als das Kind mich berührt hat, da hat etwas in mir geklickt. Ich muss es mir selbst erlauben, heil zu werden, damit du mich lieben kannst. Damit das Licht – damit dein Licht – mich wirklich erreichen kann … bis in die tiefsten Schichten, verstehst du? Die Narben an sich sind okay, sie sind ein Teil von mir.«

Er streicht sanft über die Stelle unter meinem Schlüsselbein, wo ich zwei Jahre lang den Port mit mir herumgetragen habe. Als Mahnmal, als Erinnerung an das Damoklesschwert. Mir hat die Entscheidung, mit diesem Teil meiner Vergangenheit abzuschließen, der Arzt abgenommen.

»Und von dir.«

*»Memento mores«*, sage ich krächzend. Mein Hals fühlt sich rau und geschwollen an.

Storm nickt. Er zögert, und seine Stimme bricht beinahe,

als er weiterspricht. »Wir werden nie vergessen, wo wir herkommen. Die Vergangenheit ist ein Teil von uns. Aber dieser … dieser nach außen getragene Selbsthass … der darf gehen. Er gehört nicht mehr zu mir. Und das habe ich dir zu verdanken und einem unerschrockenen dreijährigen Windelpaket.«

Ich nicke und kann schon wieder nicht sprechen, weil ich so einen Kloß im Hals habe.

»Ich würde Emma gern einen Riesenteddy kaufen oder ein Pony. Aber ich fürchte, dann würden ihre Eltern mich einsperren lassen.«

»Schneller als du ›Polizei‹ sagen kannst«, stimme ich lachend zu.

Ich küsse ihn. Auf die Nase, auf die Stirn, auf die zerfetzte Schläfe und die abstrus zusammengewachsenen Puzzleteile seiner Wange, seines Kinns – und schließlich auf den perfekten Mund.

»Ich liebe dich auch, Storm Walker, so, wie du bist, damit das ganz klar ist. Und ich habe ein untrügliches Gefühl dafür, dass wir auf einem sehr guten Weg sind.«

## Storm

Er lag lange wach an diesem Abend und starrte die Zimmerdecke an. April atmete gleichmäßig neben ihm, ihre Hand auf seiner nackten Brust. Sanft strich er über ihren Unterarm. Es beruhigte ihn und erfüllte ihn mit Zuversicht, sie so dicht neben sich zu spüren. So klein und zerbrechlich und doch so stark.

Sie hatte auf ihrer kurzen Wanderung durch das Naturschutzgebiet ein paarmal innehalten müssen. Sie wollte es sich nicht anmerken lassen, aber er wusste, dass sie immer noch mit der Luftnot kämpfte, mit der allgemeinen Schwäche, beides Nachwirkungen der Infektion, die sie ungeduldig werden ließen und zornig, wenn ihr Körper sich nicht so schnell regenerierte, wie sie es wollte. Sie brauchte kalifornische Sonne, nicht dieses norddeutsche Oktobergrau mit Nieselregen, Nebel und fallenden Blättern.

Sie hatten sich langsam geliebt in dieser Nacht. Zärtlich, behutsam. Sie hatten alle Zeit der Welt. Seit langer Zeit fühlte er zum ersten Mal wieder Frieden in sich, fühlte, dass er angekommen war.

Und doch wollte diese Unruhe nicht von ihm ablassen. Er spürte, dass sich etwas über ihnen zusammenbraute, vor dem er nicht weglaufen konnte.

Maria hatte angerufen und erwähnt, dass jemand vor ihrem Apartment gestanden und gewartet hatte. Schon den zweiten Tag in Folge. »Keine Journalistin«, hatte sie gesagt. »Zumindest keine Fotografin. Aber sag April nichts, hörst du? Sie macht sich nur wieder Sorgen, und jetzt zählt nur ihr Examen, nichts anderes. Luigi hat sie fortgeschickt, wer auch immer das war.«

Es war längst keine Option mehr, sich nicht auf April einzulassen, sie nicht zum Zentrum seines Universums zu erheben. Er hatte sich eingebildet, dass er das könnte, zwischendurch – nein, nur ganz am Anfang. Er hatte gegen seine Gefühle angekämpft, damit sie nicht mit ihm unterginge. Aber sie hatten beide schwimmen gelernt. Er würde immer Wege finden, sie zu beschützen. Seite an Seite. Zusammen. Er focht nicht länger gegen seine Vergangenheit an. Jetzt rangen sie gemeinsam um eine Zukunft.

Und was den Rest anging: San Francisco war weit weg. Vielleicht hörte er wirklich nur das Gras wachsen. Wer in

Deutschland interessierte sich schon für eine dämliche US-Musikshow? Es mussten ziemlich viele Zufälle zusammenkommen, damit man sie hier aufspürte – und dann noch herausfand, wer er wirklich war. Es sei denn, jemand hätte Insiderinformationen und war bereit, sie zu verkaufen.

Das war es, wovor Maggie ihn gewarnt hatte – unter dem Siegel der Verschwiegenheit, damit April vor der Prüfung nicht noch abgelenkter war als ohnehin schon. Ein schmieriger Typ hatte Lydia an der Einfahrt abgefangen, weil er sie für eine Hausangestellte hielt, und gezielt nach dem Hund und den Bewohnern des Apartments in der Western Addition gefragt, er hatte den Straßennamen und die Hausnummer gewusst und dass der Concierge Luigi hieß. Lydia hatte so getan, als ob sie kein Wort Englisch spräche und den Typen auf Bairisch dahin gewünscht, wo der Pfeffer wächst. »Ich wusste doch, dass sich das irgendwann auszahlt, dass ich ihr das Fluchen in diversen deutschen Mundarten beigebracht habe!« Maggie hatte schallend darüber und über die Verwechslung gelacht, bevor sie sehr ernst geworden war. »Sag, um Himmels willen, April nichts davon. Sie wird sich so schon genug Sorgen machen. Natürlich musst du es ihr erzählen. Später. Aber nicht jedes Detail, nicht sofort, hörst du? Diese Prüfung ist verdammt wichtig für sie. Bereite sie einfach schonend vor. So viele Informationen wie nötig, so wenig wie möglich.« Er hatte es ihr versprochen. Und doch war es beinahe schiefgegangen.

Es gab also ein Leck.

Seine wahre Identität kannte in San Francisco nur eine Handvoll Leute. Das schränkte den infrage kommenden Personenkreis ein – doch bei niemandem konnte er sich so einen Verrat vorstellen.

Er hatte Maggie die paar Leute aufgezählt, die ihm eingefallen waren, und sie hatte versprochen, ihre Fühler auszustrecken, wie sie es nannte, und ihn auf dem Laufenden zu halten. Es war schlimm, jemanden zu verdächtigen. Und genauso schlimm, überhaupt keine Ahnung zu haben, wer so etwas tun könnte.

Storm stöhnte.

Und selbst, wenn es jemand herausfand? War das ein Weltuntergang? Die Zeit arbeitete für sie. In einem Monat würde sich niemand mehr darum scheren, dass der längst ausgeschiedene Kandidat aus der ersten Runde der Show in Wahrheit der verkrachte Leadsänger einer aufgelösten Boyband war – geschweige denn, wo er steckte. Jetzt, da er nicht mehr aktiv im Rennen von *America's Topstar* war – kalter Kaffee, *so fucking what*! Insofern steckte in allem Übel auch etwas Gutes. Er konnte weiter inkognito Musik machen, sich ausprobieren, in aller Ruhe seinen eigenen Stil finden und – wer weiß – vielleicht sogar ein kleines Album bei einem unabhängigen Indie-Label produzieren, wenn er genug Material zusammenhatte. Vielleicht einen Live-Mitschnitt? Ganz ohne Druck. Die kleinen Gigs kamen gut an, und wenn es in Deutschland funktionierte, warum das Ganze nicht auch in den Staaten versuchen?

Wenn seine Musik gut angenommen würde, konnte er sich immer noch outen. Zu diesem Zeitpunkt wäre es auch völlig egal, wenn es jemand anders herausfände, bevor er es tat. Denn dann würde trotzdem die Musik im Vordergrund stehen. Seine Kunst. Nicht seine düstere Geschichte aus seiner Vergangenheit.

Nur jetzt – jetzt wäre kein guter Zeitpunkt. Aus genau diesem Grund. Sie würden ihn hämisch zerreißen, es würde an keiner Stelle um seine Arbeit gehen, sondern nur um sein Privatleben. Und April all dem aussetzen – das durfte auf keinen Fall geschehen. Es musste ihm etwas einfallen.

Zwei Wochen lagen noch vor ihnen, bis April ihre Medizinprüfung ablegte. Er hatte ein schlechtes Gewissen, sie in dieser Phase und nach allem, was bereits gewesen war, mit seinen Problemen zu belasten, und genauso bedrückte es ihn, schon wieder ein paar winzige Details der Wahrheit auszulassen. Sie hatten einander Ehrlichkeit versprochen. Das meinte das ganze Paket. Aber er durfte sie nicht noch mehr verrückt machen, Maggie hatte recht. Erst musste er herausfinden, was wirklich Sache war. Sie würde ihr Examen schaffen. Dann würden sie weitersehen. Er musste mit seinem Anwalt sprechen.

Mit diesem Gedanken fiel er in einen unruhigen Schlaf.

April weckte ihn mit einem Kuss. »Raus aus den Federn, du müder Prinz. Wir bekommen in zwanzig Minuten Besuch.«

»Was?« Schlaftrunken rieb er sich über die Augen. »Wie spät ist es denn?«

»Halb neun durch«, erklärte sie vergnügt und hüpfte auf der Matratze herum.

Wie konnte sie um diese Uhrzeit schon so wach sein?

»Birte und Sinja kommen zum Frühstück«, sprudelte sie weiter. »Eigentlich hatte ich ja heute von neun bis zwanzig Uhr Lernzeit für mich geplant– aber essen müssen wir ja auch, und ich brauche Pausen, Qualitätszeit, damit mir das Hirn nicht explodiert, also fange ich eben mit einer Pause an. Nur damit du nicht denkst, du wärst der Einzige hier, der in der Lage wäre, von einem Plan abzuweichen.«

Er räkelte sich. »Magst du die Theorie nicht auf morgen verschieben? Ich könnte dir sehr anschauliches Lernmaterial zur Verfügung stellen, mit dem du Anatomie in der Praxis studieren könntest.«

Er tastete nach ihren Armen, um sie über sich zu ziehen, aber sie durchschaute seinen Plan und robbte kichernd rückwärts vom Bett.

»Und führe mich nicht in Versuchung! Dafür würde ich mir gerne ausgiebig Zeit nehmen … später. Ein bisschen Disziplin muss sein. Los, hoch mit dir, du Faultier, schwing dich unter die Dusche! Sky und ich haben bereits Brötchen geholt. Morgen bist du dran.«

Sinja plapperte die ganze Zeit über das Fotoprojekt, das sie mit April auf den Weg bringen wollte, diese Werbung für eine neue Leukämie-Aufklärungskampagne, bei der Knochenmarkspender gesucht werden sollten. Sie sprachen Englisch, ihm zuliebe, aber er hatte trotzdem zwischendurch Schwierigkeiten, ihnen zu folgen.

Er hing eigenen Gedanken nach, über Geld, Musik, Gigs – und immer und immer wieder April. Songtexte schwirrten ihm im Kopf herum, Fragmente. Jedes Mal, wenn sie ihm eine Frage stellte, schreckte er auf – und begegnete Birtes intensivem Blick.

Sie musterte ihn die ganze Zeit … über ihr Brötchen hinweg, über den Rand ihrer Kaffeetasse. Er fühle sich zurückversetzt ins Apartment, zu dem Moment, bevor Maria ausgerufen hatte, dass sie jetzt endlich wüsste, woher sie ihn kannte. Birte machte ihn nervös.

Sinja und April scherzten miteinander, sie waren mit ihrer Aufmerksamkeit ganz woanders.

Zwischendurch legte April ihm die Hand auf den Oberschenkel, suchte seine, um sie zu streicheln, sich rückzuversichern, dass er da war. Er bestätigte ihren fragenden Blick jedes Mal mit einem Lächeln.

»Ich habe eine Idee«, platzte Birte endlich heraus und brach die Spannung.

Er war beinahe erleichtert.

»Storm und ich verschwinden jetzt da hinüber auf die Couch. Hast du Rizinusöl da?«

April sah irritiert von ihr zu Storm. Er hob ebenso verwundert die Schultern.

»Ich glaube nicht. Ich müsste drüben bei meinen Eltern fragen … Willst du ihm einen Einlauf verpassen?«

Birte lachte schallend. »Nein, ich beschränke mich aufs Äußerliche. Es gibt nichts Besseres für Narbengewebe« erklärte sie, als sie Aprils Blick sah. »Haben die dir das drüben etwa nicht beigebracht?« Sie schüttelte ungläubig den Kopf. »Das sind Basics, Mädchen. Verklebungen und Verwachsungen von Faszienketten können sich über das gesamte Organsystem auswirken.«

»Das weiß ich natürlich. Selbstverständlich habe ich mit Storm daran gearbeitet. Ich dachte, du meinst …« Verlegen brach sie ab.

»Dass das Entstören von Narben esoterischer Humbug wäre?« Birte lächelte offen.

»So ähnlich«, gab April zu.

»Ist es nicht. Narben sind Erinnerungen des Körpers an Ereignisse. Unser Bindegewebe speichert Emotionen. Wenn du die Verklebungen löst und das Narbengewebe pflegst, ist das heilsam für Körper und Psyche. Die Verkettungen sind dabei nicht immer auf den ersten Blick ersichtlich. Eine Blinddarmnarbe kann auch mal zu chronischen Knieschmerzen führen. Hast du häufig Kopfschmerzen?«, wandte sie sich an Storm. »Und kann es sein, dass du ziemlich heftig schnarchst?«

»Kommt vor«, gab er mit einem Seitenblick auf April zu. »Warum hast du nie …«

»Psst!«, bestimmte Birte. »Ihr macht euren Kram, meine Süße gibt mir die Autoschlüssel, und ich bin gleich wieder da.« Sie zwinkerte Storm zu. »Ich habe immer Rizinusöl im Handschuhfach, man kann ja nie wissen. Mach's dir schon mal bequem da drüben, ich sehe doch, dass du auf den Stühlen nicht gut sitzen kannst.«

»Kannst du nicht?« Aprils Augen wurden immer größer.

»Alles gut, Keks, wirklich.«

Sie schnaubte wie Sky, wenn er Parfüm eingeatmet hatte.

Fünf Minuten später lag er auf einer Gymnastikmatte und einer gefalteten Wolldecke auf dem Fußboden, weil Birte beschlossen hatte, dass sie ihn lang ausgestreckt »haben« wollte und das Sofa zu kurz war.

Ihre Hände bewegten sich nur minimal, beinahe unmerklich über seine Wangenknochen, den Haaransatz und zogen ganz sanft an seinem Schädelansatz im Nacken. Sie steckte ihm die Finger in die Ohren, prüfte seine Kiefergelenke, glitt millimeterweise mit beiden Händen über die Innenseite des Unterkiefers an Zahnwurzeln und Zungenbein entlang, bis ihre Finger sich am Kinn trafen. Dort verharrte sie. Wenn er sich ganz stark konzentrierte, meinte er, kleinste Unterschiede im Druck ihrer Fingerkuppen zu spüren, wie ein feines Pulsieren. Sie sprach nicht. Jedenfalls nicht mit ihm. Es war eher, als ob sie nach innen lauschte, was sein Körper ihr erzählte. Er döste zwischendurch weg, ohne es zu bemerken. Als er kurz wach wurde, saß sie zu seinen Füßen und massierte seinen Fuß. Sie hatte eine weitere Decke über ihn gelegt, damit er nicht auskühlte.

Bilder schwappten in ihm hoch, er war sich nicht sicher, ob sie mit ihren Berührungen zu tun hatten oder damit, was sie im Vorfeld erzählt hatte. Aber er schmeckte das Chlor des Pools in den Beverly Hills, den Eisengeruch von frischem Blut, hörte das Schwappen des Wassers, und er fröstelte, Martys totes Gewicht in seinen Armen. Er bekam kaum Luft. Das zumindest erklärte sich durch Sky, der seinen schweren Kopf quer auf seinen Brustkorb gelegt hatte. Der Rest war Qual und Gnade zugleich. Er schwitzte, doch als er sich unter ihren Händen zunehmend entspannte, wurde ihm wieder kühl. Ein Gefühl von Dankbarkeit, beinahe Frieden durchströmte ihn. Es war kein

Flashback, er hatte es unter Kontrolle – vielleicht zum ersten Mal, und er wusste nicht, was ihn mehr erleichterte. Das oder das seltsame Bild, als ob Marty ihm zunickte und mit diesem gütigen Blick, den er nie ganz verstanden hatte, die Hand auf seine Schulter legte und freundschaftlich drückte.

»Das solltest du ein paarmal wiederholen«, erklang Birtes Stimme wie durch Watte gedämpfter Singsang. »Siehst du hier? … An der Stelle langsam ausstreichen … Das entspannt das Gewebe und bringt Ruhe rein.«

Gemurmel, Aprils Stimme, dann wieder Birte, die Worte erreichten ihn nicht. Er dämmerte weg, unendlich müde, den Arm auf Skys Rücken.

Als er wieder zu sich kam, hörte er nur das Ticken der Wanduhr und das leise Schnarchen des Hundes. Benommen stützte er sich auf die Ellbogen.

Sinja saß am Tisch, Kopfhörer im Ohr, die sie sich herauszog, als er sich aufrichtete.

Jemand hatte ihm ein Sofakissen unter die Kniekehlen geschoben. Nicht einmal das hatte er bemerkt.

»Wo sind denn alle?«, fragte er.

Sinja grinste. »Wenn du mit ›alle‹ meine Frau und deine Freundin meinst – die sind seit einer Dreiviertelstunde im Schlafzimmer verschwunden. Meinst du, wir müssen uns Sorgen machen?«

Er strubbelte sich durch die Haare. »Wow, das war …«

Sie lachte kehlig. »Kann ich mir vorstellen. Wenn du so lange weg warst, dann ging das richtig tief rein. Wie fühlst du dich?«

»Irgendwie … anders … neu.« Ihm fiel nichts Besseres ein.

Sie nickte. »Birte hat Zauberhände. Und das meine ich jetzt nicht sexuell.« Sie zwinkerte ihm zu.

»Und …« Er blickte in Richtung der geschlossenen Schlafzimmertür.

»April kriegt auch eine. Birte meinte, sie hätte sich körperlich ein bisschen übernommen – wobei auch immer.« Sie grinste vielsagend, und Storm spürte eine warme Röte über seinen Hemdkragen hinaufwandern.

Behutsam schob er Sky von seinem Bauch und stand auf.

»Langsam«, mahnte Sinja und schenkte ihm ein Glas Wasser ein. »Hier, viel trinken.« Aufmerksam beobachtete sie ihn, während er das Glas leerte und sich ein zweites einschenkte.

Er hatte tatsächlich Durst.

»Es ist vielleicht ganz gut, dass die beiden dadrin beschäftigt sind. Ich wollte etwas mit dir besprechen. Unter vier Augen.«

»Okay?« Storm krauste die Stirn. »Hab ich was angestellt?«

»Sag du's mir.« Sie wischte ein paarmal auf ihrem Smartphone herum, dann schob sie es zu ihm hinüber und spielte einen Videoclip ab.

Ein winziges Filmchen, verwackelt aufgenommen aus dem Publikum vor einer großen Open-Air-Bühne, ein paar Meter hinter dem Graben, der Absperrung für die Fotografen. Die Handykamera schwenkte zuerst über die pfeifende Menge. Dann folgte die Aufnahme von einem Sänger, der sich unter Buhrufen und Gelächter aus vielen tausend Kehlen zwischen riesigen Lautsprechern und Monitorboxen nach vorn kämpfte, bis an den Bühnenrand. Was er sagte, ging unter im von Blitzlichtgewitter untermalten Pfeifkonzert.

Storm wusste, was als Nächstes passiert war.

»Mach das aus«, bat er tonlos.

Sein Mund war trocken, sein Herz raste, und seine Hände wurden feucht. In seinen Ohren hallten die Pfiffe und Buhrufe wieder.

Bis heute konnte er sich nur verschwommen an das Geschehen erinnern, er war bis obenhin mit Schmerzmitteln und Aufputschmitteln zugedröhnt gewesen, doch er kannte die Aufnahme. Dieses und ein Dutzend anderer Filmchen gingen nach dem Auftritt wochenlang viral.

Er zuckte zusammen und duckte sich vor den Wurfgeschossen von damals, die dicht an seinem Kopf vorbeigezischt waren. Storm war dabei gewesen, sich die Hosen herunterzuziehen, um ihnen zu demonstrieren, wo sie ihn lecken konnten. Alle. Vor allem Ron. Aber irgendeine Cola-Dose hatte ihn vorher am Kopf getroffen und ihn ausgeknockt.

Auf seiner Stirn stand kalter Schweiß. Auf einmal war alles wieder da.

Das war am 20. März vor zwei Jahren gewesen, zwei Monate nach Martys Tod, der erste Tag des Lollapalooza Festivals im Parque O'Higgins, Santiago de Chile.

Sie hatten ihn halbwegs zusammengeflickt und zwischen den Headlinern Eminem, Twenty One Pilots und Florence and the Machine auf der Hauptbühne platziert. Vor achtzigtausend Zuschauern sollte er eine Art Solo-Comeback hinlegen, damit die Zeitungen endlich über etwas anderes schrieben, als immer und immer wieder den tragischen Unfall und Heldentod seines Managers auszuweiden.

Martys Ex-Lebensgefährte Ron hatte ihn hinterher diverse Male in sadistischer Genugtuung gezwungen, sich die verwackelten Handybilder anzusehen.

Er hatte ihm den Gig eingeredet. Ohne die Band, ein Neuanfang, der Beginn einer strahlenden Solokarriere. Storm war viel zu benebelt gewesen, um zu widersprechen, geschweige denn, um die wahren Hintergründe zu begreifen. Dass seine Band sich von ihm losgesagt hatte und nirgendwo mit ihm hinging, bevor er seinen Entzug zu Ende bringen würde.

Er solle froh sein, dass die Idioten weg waren, er müsse sich einfach nur zusammenreißen, das hatte Ron ihm immer und immer wieder vorgekaut. Dass er es Marty schuldig sei und sich hinterher gern weiter zudröhnen könne oder zurück in die Reha. Aber jetzt täten ihm seine Fans gut, nicht dumpfes Rumsitzen in der Klapse, und selbst die müsse ja auch von irgendwas bezahlt werden.

Er hörte Rons Stimme, er sah sein Gesicht. Er roch seinen Schweiß.

Der Raum begann sich zu drehen, ihm war schlecht. Er durfte nicht hineinfallen in diesen Strudel, sich nicht davon wegreißen lassen.

Santiago de Chile sollte den Startpunkt einer kompletten Südamerika-Tour markieren. Ron hatte Storm in irgendeinen hautengen Glitzerfummel gesteckt und Tänzerinnen, eine Plastik-Band und jede Menge Medikamente besorgt, damit er es bis zum Hocker in der Bühnenmitte schaffte. Er hatte irre Summen dafür ausgegeben – Storms Privatvermögen –, alles, was noch übrig war. All das hatte Storm erst später erfahren, sehr viel später.

Atmen, er musste atmen. Storm krallte sich am Tisch fest und fixierte einen Kratzer im Lack. Er brauchte einen Fixpunkt. Einatmen, ausatmen. Das alles war vorbei. Er würde diesen Flashback überstehen.

Aber was zur Hölle hatte Sinja vor?

Er hatte Ron vertraut, als dieser Martys Geschäfte übernommen hatte. Es war so naheliegend gewesen. Ron wusste mit allem Bescheid, er kannte sich aus, Marty hatte ihm alles beigebracht. Dachte Storm jedenfalls. Vor allem wusste Ron, wie man fremdes Geld durchbrachte. Das wurde ihm klar, als sie ihn nach dem Desaster beim Lollapalooza aus der Reha warfen, mit einem ungedeckten Scheck. Da war Ron bereits abgetaucht, irgendwo in Mexiko. Storm wusste bis heute nicht, ob Ron von Anfang an geplant hatte, ihn richtig auflaufen zu lassen, ihn bloßzustellen vor der ganzen Welt, als Rache für den Tod seines Lebensgefährten.

»Was willst du?«, fragte er erschöpft und sah Sinja in die

Augen. »Falls es dir um Geld geht – ich habe keins mehr. Und April kennt die Geschichte. Sie weiß, wer ich bin und was ich war. Es hat also keinen Sinn, mich zu erpressen.«

»Ich hatte also recht«, sagte sie und lehnte sich zurück. Ihre Miene verriet keine Emotion. Dann grinste sie, und ihre Augen blitzten. »Als ich dich zum ersten Mal im Krankenhaus getroffen habe, weißt du noch? Ich habe ein Gedächtnis für Gesichter. Ich wusste, dass ich dich von irgendwoher kannte.«

# Kapitel 11

## April

Als Birte und ich gut gelaunt aus dem Schlafzimmer zurückkehren, fühlt sich die Luft im Wohnraum der Ferienwohnung zum Schneiden an.

Storm und Sinja sitzen sich am Tisch gegenüber und starren sich an wie zwei Boxer.

»Alles okay?«, frage ich. »Wer zuerst blinzelt, hat verloren?«

Sie erwidern nichts auf meinen Scherz, aber sie lösen den Blick so abrupt voneinander, dass es eigentlich ploppen müsste. Was geht denn hier ab?

Sinja schüttelt den Kopf, als ob sie aus einer Art Trance erwacht.

»Nein«, sagt sie und lehnt sich zurück. »Nein, mir ist nicht nach Spielen.«

Sie sieht zu mir hoch und lächelt. Unsicher. So kenne ich sie gar nicht.

»Wollen wir los?«, wendet sie sich an Birte und greift in einer fließenden Bewegung bereits nach ihrer Jacke, die über der Stuhllehne hängt.

»Ja, äh … Klar?«, antwortet die und sieht ebenso verwirrt von einem zur anderen, bis ihr Blick bei mir landet.

Ich hebe die Schultern und begleite die beiden zur Tür.

Aus Sinja ist nichts herauszuholen außer einem Dank für das schöne Frühstück und dass wir uns vielleicht ein andermal wegen der Kampagne zusammensetzen sollten.

Ich lege meine Hand auf das gerahmte Foto an der Wand, damit es aufhört zu klappern, nachdem ich die Tür hinter den beiden geschlossen habe. Ich habe es vor ein paar Jahren geschossen. Es zeigt eine Krähe, die auf der Wetterfahne oben auf unserem Dach sitzt und genüsslich eine Kirsche futtert. Mir war gar nicht aufgefallen, dass meine Mutter es hier hingehängt hat. Vielleicht mag sie meine Fotos doch?

»Was war das denn?«, frage ich, als ich allein zurückkehre.

Storm zerdrückt gedankenverloren mit dem Teelöffel Brötchenkrümel auf seinem Teller.

»Sie weiß Bescheid«, sagt er. »Sie weiß, wer ich bin. Sie hat es herausgefunden und sich alles zusammengereimt.«

Erst jetzt hebt er den Blick und sieht mich an.

Ich setze mich und bin für einen quälend langen Moment ausschließlich damit beschäftigt, mich zu erinnern, wie man das mit dem Einatmen macht.

»Und jetzt? Sinja wird doch nicht …«

Storm schüttelt den Kopf und schiebt die Krumen in eine Ecke des Tellers. »Sie sagt nein, das wird sie nicht.«

Die Art, wie er das betont, macht mich hellhörig.

»Du glaubst ihr nicht?«

Er zuckt mit den Schultern. »Du vertraust ihr. Also tue ich das auch. Aber sie ist Journalistin. Sie lebt von Informationen.«

»Sie arbeitet bei einem Gesundheitsblatt.«

»Und war vorher bei der Regenbogenpresse.«

»Oh.« Ich erinnere mich dunkel, dass sie so etwas erwähnte. »Und jetzt?«

»Nichts und.« Storm bringt ein schiefes Lächeln zustande. »Wir machen weiter wie geplant. Du lernst, ich schreibe Songs, wir warten ab, was passiert. Wir lassen uns nicht unterkriegen, *remember*?«

»Aber warum hat sie es dir gesagt?«

Storm sieht mich lange an und greift nach meiner Hand. »Ich weiß es nicht … Sie sagte, sie wolle helfen. Aber ich brauche keine Hilfe.«

»Irgendwie habe ich das Gefühl, dass das nur die halbe Geschichte ist.«

Er schluckt und sieht zur Seite. Bedrückt. Zerrissen. Rauft sich durch die Haare. Streichelt den Hund. Sieht mich an.

»Kaffee?«

Ich nicke.

»Ich muss dir was erzählen«, sagt er leise. »Ich habe Maria und Maggie versprochen, es nicht zu tun, aber mein Versprechen dir gegenüber wiegt schwerer. Die ersten Hyänen haben sich auf meine … auf unsere Fährte gesetzt. Noch nichts Konkretes, aber Leute erkundigen sich. Da recherchiert irgendwer. Und Sinja weiß, wer ich bin. Ich finde, du hast ein Recht, das zu erfahren. Du würdest merken, dass ich abgelenkt bin und das vielleicht falsch interpretieren. Ich mache mir keine Sorgen, April, und das brauchst du auch nicht. Ich habe das im Griff. Ich weiß, wie es ist, in der Öffentlichkeit zu stehen, ich habe gelernt, damit umzugehen und klare Grenzen zu ziehen. Meine Baustelle, nicht deine, ich kümmere mich. Okay?«

»Okay«, sage ich zögernd.

»Gut.« Er küsst mich ernst auf den Scheitel. »Jetzt weißt du, was ich weiß. Und nun lern weiter, damit dein hübscher Kopf sich wieder mit wichtigen Dingen beschäftigen kann.«

Die nächsten Tage fließen zäh wie Lava dahin. Ganz dicht unter der erkaltenden Oberfläche glüht der Boden, auf dem wir uns ganz vorsichtig bewegen. Wir klammern uns an die vertrauten Strohhalme: Storm komponiert und textet, ich kämpfe darum, mir den Stoff meines kompletten Medizinstudiums noch mal neu ins Hirn zu quetschen, und habe zunehmend das Gefühl, es mit einem überquellenden Koffer zu tun zu haben, den man vor lauter Klamotten einfach nicht mehr zukriegt.

Wenn wir kurz davor sind, an Sauerstoffmangel zu kollabieren, zerrt uns Sky an die Luft.

Ab und zu gelingt es uns sogar selbst, uns gegenseitig aus der Routine zu ziehen. Dann arbeiten wir die auf der Liste markierten Ausflüge ab, manche mit, manche ohne Hund – alles streng nach einem festgelegten Zeitplan, den ich für uns beide aufgestellt habe und den wir einhalten wie eine Diät.

In diesen verordneten Pausen erlauben wir es auch meinen Eltern wohldosiert, uns hinterm Ofen vorzulocken. Dann gehen wir essen oder ins Kino.

Noch seltener besucht uns Sinja, wenn sie Birte begleitet, die abwechselnd Storm oder mich behandelt.

Dass Sinja Storm wiedererkannt hat, bleibt als Thema tabu. Ich habe ihm versprechen müssen, sie nicht darauf anzusprechen. Er will nicht, dass es unsere Freundschaft belastet, und letztlich hat er natürlich recht damit, dass es keine Rolle spielt – spielen darf. Wir leben im Hier und Jetzt.

Aber.

Es schwelt.

Und es belastet.

Dieser Boden ist trügerisch, eine dünne Haut auf der Lava, die jederzeit reißen kann. Dazu kommt die unsichtbare Wand, die zwischen Sinja und Storm entstanden ist, obwohl wir alle tunlichst vermeiden, unsere Gespräche auch nur in die Nähe von potenziellen Fettnäpfen treiben zu lassen.

Ich weiß nicht, wie lange ich mich noch beherrschen kann, nicht einfach loszubrüllen. Um Druck abzulassen. Ich versuche, die Gedanken an Damoklesschwerter und glühenden Boden beiseitezuschieben. Es geht nicht einmal um Sinja – jeder könnte sich genau das zusammenreimen, was sie herausgefunden hat. Jeder, der sich nur ein kleines bisschen für Musik und Promiklatsch interessiert. Jeder, der nicht in den vergangenen zwei bis drei Jahren komplett mit sich beschäftigt war oder hinter dem Mond gelebt hat – mit anderen Worten: jeder außer mir.

Nach meiner Prüfung, habe ich Storm versprochen. Danach kümmern wir uns um das Außen, um eingebildete oder reale Bedrohungen um uns herum.

»Vorher blenden wir alles andere aus. Den Fokus auf das Positive. Auf das, was uns Kraft gibt.«

Dazu gehört auch, dass ich nicht bohre, ob und was es für Neuigkeiten aus den Staaten gibt. Es fällt mir schwer. Aber ich kriege das hin. Fokus, April!

Ich bin am meisten davon fasziniert, dass Storm seit Birtes dritter Behandlung nicht mehr schnarcht.

Sie hat sich in den Kopf gesetzt, uns durch diese Zeit zu »osteopathisieren«, wie sie es grinsend nennt, und rückt zweimal in der Woche mit ihrer transportablen Liege bei uns an.

Ich weiß nicht, wie ich ihr das jemals danken oder es wiedergutmachen kann. Mein Rücken fühlt sich so durchlässig an wie seit Jahren nicht mehr, und das trotz des stundenlangen verkrampften Sitzens.

Ich frage mich, ob ich eines Tages auch nur im Ansatz dahinkommen kann, in meiner Wahrnehmung und in dem Gefühl meiner Finger so fein zu werden. Aber ich werde alles daransetzen – und außerdem stehe ich total darüber, wenn Storm mich damit aufzieht, dass ich es an den Tagen zwischen Birtes Besuchen selbst versuche.

»Also, bei Birte hat sich das anders angefühlt … Birte hat irgendwie weiter links … Mehr da … Nein, fast … Etwas tiefer bitte … Noch ein Stückchen … Nein, noch tiefer … Du könntest mich zum Beispiel hier berühren …«

»Lass das, Storm, das ist keine Osteopathie …«

»Ist es nicht?«

»Das geht höchstens als Tantra durch …«

»Es ist mir ganz egal, wie du das nennst, Keks, solange du genau da weitermachst …«

»Später vielleicht …«

»Sadistin.«

»Wie du meinst!«

Ich beiße mir schmunzelnd auf die Unterlippe, als ich daran denke, wo und wie unsere letzte osteopathische Übungsstunde endete. Ja, ein paar Dinge kann ich dann schon besser als Birte …

Die zweite, nein, dritte unglaublich positive Veränderung ist: Storm bewegt sich, ohne zu hinken – nicht einmal mein geschultes Auge kann eine Unschärfe in seinem Gangbild erkennen. Vielleicht bilde ich es mir auch nur ein, aber ich habe das Gefühl, auch seine Narben verändern sich, seine Gesichtszüge werden zusehends weicher, glatter …

Und das ist wirklich gut.

Schlimm ist, was uns aus den USA an Nachrichten erreicht. Ich habe Storm versprochen, es nicht zu googeln, damit ich mich nicht aufrege, und er hat auch Maria und Tante Maggie eingenordet, mich in Ruhe lernen zu lassen und nicht von meinen Prüfungen abzulenken. Aber allein die Tatsache, dass die beiden mich so regelmäßig anrufen und sich nach unserem Befinden erkundigen, verrät mir mehr, als ich wissen möchte. Sie drucksen beide herum, was die genauen Inhalte angeht, aber ich bin ziemlich geschickt darin, zwischen den Zeilen zu lesen.

Storm geht nur noch an sein Handy, wenn er die Nummer kennt – und das hat er mir ebenfalls eingeschärft. Mich verwirrt das alles, ich komme mir vor, als wären wir auf der Flucht – letztlich sind wir das auch, irgendwie –, obwohl wir uns kaum weit wegbewegen von meinem Schreibtisch und seiner Gitarre. Und ich halte das nur ganz schwer aus. Es nimmt mir die Luft zum Atmen.

Und dann pfeife ich auf alles.

Ich lade Birte und Sinja zu einem Spieleabend mit mir und Storm ein.

»Wir müssen mal wieder auf andere Gedanken kommen, alle vier«, behaupte ich und locke sie in die Höhle des Löwen.

Storm zögert, aber schließlich organisiert er eine Flasche Wein und Chips, und da sitzen wir nun.

Ich mische die Karten und warte auf eine gute Gelegenheit, das Thema anzusprechen.

Sinja kommt mir allerdings zuvor und bricht das Schweigen hinter all dem unverfänglichen Small Talk.

»Hör mal, Storm, ich kann das nicht. Lass mich doch bitte etwas schreiben und dagegen angehen«, bricht es aus ihr heraus, noch bevor ich die Karten ausgegeben habe.

»Wogegen …?«, will ich wissen.

»Nein«, unterbricht er sie schroff. »Wir hatten eine Abmachung, Sinja. Wir wollten nicht darüber reden, bevor …«

»Lass sie, Storm«, mische ich mich ein und lege die Spielkarten beiseite. »Das ist überfällig. Lass uns das aus der Welt schaffen, bevor es …«

»Aus der Welt schaffen?« Storm sieht mich verletzt an. »Wie soll das gehen, April? Ein Fingerschnippen und alles ist wieder gut?«

Birte setzt ihr Glas an die Lippen.

»Ich kenne einen guten Anwalt«, sagt Sinja. »Er ist Spezialist für Medienrecht, und auch wenn in den USA sicher einiges anders …«

»Nein.«

»Ich möchte wenigstens endlich reinen Tisch machen dürfen. Ich halte das nicht aus. Bitte, Storm!«

»Wer würde davon profitieren?«

Die beiden funkeln sich an.

»Kann mich mal bitte jemand aufklären?!«, fordere ich und sehe von einem zur anderen. »Vielleicht sagt ihr uns erst mal ganz konkret, was überhaupt los ist? Oder weißt du das, Birte?«

Sie verzieht das Gesicht und schenkt mir Wein nach.

Aha, anscheinend bin ich tatsächlich die Einzige, die keine Ahnung hat.

»Bitte«, sagt Storm und lehnt sich zurück. »Erzähl's ihr.«

Sinja holt tief Luft. »Es tut mir leid, April. Ich bin nicht stolz darauf, aber ich habe euch ein bisschen hinterhergeschnüffelt – harmlos … wirklich. Ich fand es einfach nur spannend, herauszufinden, was Storm hierher verschlagen hat. Ich hatte nie vor, eine Story daraus zu machen, geschweige denn, sie zu verkaufen. Bitte!« Sie blickt unsicher zu Birte, die stumm den Stiel ihres Weinglases zwischen den Fingern dreht. »Ich habe Storm auf dem Krankenhausflur erkannt, das stimmt. Es war kurz, nachdem wir uns über den Weg gelaufen sind. Aber ich bin nicht so eine abgefuckte Schmierenschreiberin. Das musst du mir bitte glauben, April! Ich … ich bin nicht so! Unsere Freundschaft bedeutet mir viel zu viel!« Sie unterbricht sich selbst und atmet noch einmal durch. Ihre Stimme zittert.

Birte nickt Sinja aufmunternd zu. Storm presst die Lippen aufeinander und ordnet seine Spielkarten zu einem ordentlichen Stapel. Ich konzentriere mich aufs Atmen und darauf, dass mein Mageninhalt da bleibt, wo er hingehört.

»Okay, lasst mich von vorne beginnen. Anfangs war ich mir nicht sicher, ob er es ist. Ich meine, Stormy Bay in Hannover in der MHH – wie wahrscheinlich ist das bitte?« Sie lacht bitter.

Für einen Augenblick sehe ich Maria vor mir und fühle mich zurückversetzt in das Penthouse in San Francisco, an den Tag, als meine Welt zerbrach. Mir ist schlecht. Es ist, als ob ihr Bild Sinjas Gestalt überlagert, doch es ist nur ein halbes Déjà-vu – Sinjas Stimme bleibt die ihre.

»Stormy Bay«, wiederholt sie und streut, ohne es zu ahnen, Salz in meine Wunde. »Er …« Sie sieht Storm an, aber der blickt weiter auf seine Karten. »Diese Ähnlichkeit ist mir nicht aus dem Kopf gegangen. Ich habe recherchiert, versucht, die Lücke zu schließen, einfach aus Gewohnheit, aus beruflicher Routine. Stormy war nach dem Skandal ja komplett abgetaucht. In der Szene wurde von plastischer Chirurgie gemunkelt, von Bankrott und einem bürgerlichen Leben unter falschem Namen. Er war einfach weg, als hätte ihn der Erdboden verschluckt – und ausgerechnet ich habe ihn gefunden.«

Storm grunzt abfällig.

»Ich bin keine Promi-Jägerin, April, kein Paparazzo. Solche Storys haben mich noch nie interessiert, bitte glaubt mir das, alle beide. Ich bin nicht diejenige, die nach Tragödien an der Tür von Familienangehörigen klingelt oder Promis mit der Kamera auflauert, bis jemand in der Nase bohrt oder vergisst, den Bauch einzuziehen. Ich mag auch nicht in Redaktionskonferenzen sitzen und mir fiktive Geschichten ausdenken, die man dann dem Künstler oder Royal mit der geringsten Klagequote andichtet. Das verursacht mir Brechreiz und das Bedürfnis, Kollegen zu würgen. Deswegen bin ich nach meiner Ausbildung da weg, so schnell ich konnte. Das ist nicht meine Welt, nicht meine Art des Journalismus. Das war nie mein Plan!« Sie sieht eindringlich von Storm zu mir.

»Aber du hattest einen Plan?« Storms Stimme könnte Papier schneiden.

»Nein! Dreh mir doch bitte nicht das Wort im Mund um. Da waren wir schon mal. Ich habe keinen Spaß daran, über andere herzuziehen, nie gehabt, egal, wie viel Kohle dabei rauspringen könnte. Ich tauge genauso wenig als Polizeireporterin, Politikredakteurin oder Lokaljournalistin. Ich habe die Sinnhaftigkeit in meinem Schreiben gesucht. Und bei der Krebsstiftung habe ich sie gefunden. Ich wollte etwas bewirken mit meiner Arbeit, genau wie du. Meine Artikel retten Leben.« Sie grinst schief. »Okay, das klingt jetzt ziemlich hochtrabend – vielleicht tun sie das nicht direkt, aber sie machen Menschen aufmerksam. Sie tragen dazu bei, ein Bewusstsein zu schaffen.«

»Ich glaube, ich verstehe, was du meinst. Aber warum hast du ihm dann gedroht, trotzdem etwas über ihn zu schreiben?«

»Gedroht?« Sinja sieht mich erschüttert an, dann fliegt ihr Blick zu Storm, der immer noch mit finsterem Blick die Spielkarten bearbeitet. »Lieber Himmel, weißt du, was da drüben pressemäßig gerade los ist?«

Ich schüttle den Kopf. »Nein, keine Ahnung, sag du's mir. Und vor allem auch, was das damit zu tun hat.« Storm will Sinja unterbrechen, aber ich winke ab. »Lass sie reden, jetzt will ich gern ihre Version hören, dann bist du wieder dran.«

Sinja schließt kurz die Augen, um sich zu sammeln. »Wie gesagt, wenn jemand seine Ruhe haben will und ein neues Leben anfängt, dann soll er das tun, absolut. Ich bin einfach nur neugierig, Berufskrankheit. Und ich habe dieses Faible für amerikanische Musikshows, die ich über ein verschlüsseltes VPN aus den Staaten streame.«

»Ich dachte, damit guckst du nur Serien?«, frage ich mit belegter Stimme.

Sie hatte das ein- oder zweimal erwähnt, mir beim Canastaspielen von ihren Lieblingsfilmen im Originalton vorgeschwärmt und um wie viel die Synchronisation oft dem Wortwitz oder Timbre der Originalstimmen hinterherbliebe.

Sinja schneidet eine gequälte Grimasse. »Ganz ehrlich, ich habe nur eins und eins zusammengezählt. Stormy Bay inkognito hier in der Heide – das ist eine Sache. Aber dass du als Storm Walker bei *America's Topstar* mitmachst …«

Ich ziehe scharf die Luft ein, als sie das so locker ausspricht.

»Es ist beinahe beleidigend einfach gewesen. Ich habe dich ohne Maske und mit der ganzen Schminke im Gesicht auf der Bühne gesehen, Storm. Du bist bei der Fernsehshow ins Finale gebuzzert worden und hast eine April gesucht. Die sitzt hier vor uns. Was glaubst du, wie viele Frauen es mit diesem Vornamen in Deutschland gibt? Sie werden dich finden, Storm. Du hast eine unverwechselbare Stimmfarbe, und auch wenn sie jetzt tiefer und voller ist als damals bei den Bay City Boys – ich weiß nicht, wie lange du die Schmierenschreiber hinhalten kannst. Du kannst die Fernsehzuschauer vielleicht noch eine Weile an der Nase herumführen, aber die US-Presse ist dir auf den Fersen, Storm. Die führen nichts Gutes im Schilde, und die Einschläge kommen dichter. Gestern war jemand in der MHH und hat Fragen gestellt. Ich weiß nicht, womit du deinen Fernsehboss so gegen dich aufgebracht hast, aber ich kann es mir denken. Er hat dich zum Abschuss freigegeben, und es genügt ein Funke, eine einzige Person, die sich verplappert, ein Zuschauer, ein Journalist, der wie ich ein gutes Gehör und Augen im Kopf hat, und deine Maskerade und euer Versteck hier fliegen auf.«

»Und du willst das beschleunigen«, stellt Storm sarkastisch fest und nimmt einen großen Schluck Wasser.

»Ganz im Gegenteil, Himmelarsch. Ich wollte einen Artikel schreiben, um zu helfen. Wie oft muss ich das denn noch erklären?«

»Ich hab's auch noch nicht ganz verstanden«, gebe ich zu und sehe verwirrt zwischen den dreien hin und her.

»Lass mich mal«, meldet sich jetzt Birte zu Wort. »Ich hatte mal eine Verletzung an der Hand, ein Glassplitter musste gezogen und die Wunde genäht werden. Blöde Stelle, ich hatte

Angst. Die Ärztin sah sich das Ganze an, hielt meinen verletzten Arm fest, stellte sich dann so vor mich, dass ich das Operationsfeld nicht sehen konnte, und kniff mich völlig überraschend ins Bein. Ich war genauso verblüfft wie schockiert, habe mir schimpfend und fluchend mit der freien Hand über die schmerzende Stelle gerieben und überhaupt nicht mitbekommen, dass ihre Kollegin mir in der Zwischenzeit in aller Seelenruhe den Splitter gezogen und bereits angefangen hatte, die Wunde zu nähen.«

»Aber –« Weiter komme ich nicht.

Sinja fällt mir ins Wort. »Dein Bild hinkt«, sagt sie eilig. »Es geht um Ablenkung, ja. Aber ich will bestimmt keinen zweiten Schmerzreiz setzen. Mein Artikel soll niemandem wehtun, im Gegenteil!« Sie sieht uns beschwörend an.

Birte verdreht die Augen.

»Das sagen Ärzte auch immer«, sage ich.

Birte nickt und versteckt ihr Grinsen hinter einem Schluck Wein.

Storm schweigt.

Er mischt die Karten erneut und teilt aus.

»Also. Was willst du schreiben?«, fragt er, als er damit fertig ist.

»Wenn du es mir erlaubst – wenn ihr es mir erlaubt –, dann würde ich einen Artikel über euch schreiben, der die Journaille davon ablenkt, wer du wirklich bist. Es wird keine Rolle mehr spielen, wenn ich darüber schreibe, dass du krank warst, April, und in deine Heimat zurückgeflogen bist, um Storm nicht zu belasten oder seiner Karriere im Weg zu stehen. Aber er hat genau die sausen lassen und ist um die halbe Welt geflogen, um dich zu finden und dir beizustehen. Das ist die reine Wahrheit, oder nicht?« Sie räuspert sich. »Natürlich müsste ich ein wenig auf die Tränendrüse drücken, aber ich brauche die Geschichte ja nicht einmal auszuschmücken. So, wie sie ist, ist sie der Hammer. Ich möchte einen Aufruf zur Solidarität daraus machen. Mit der Öffentlichkeit im Rücken können wir genug Druck erzeugen …«

»… dass sie dich im Finale zulassen«, beende ich ihren Satz.

Ich greife nach Storms Hand und versuche, in seinen hellgrünen Augen zu lesen, was er denkt. Aber das ist unmöglich, es ist, als ob ein Sturm in seinem Inneren tobt, der seinem Namen alle Ehre macht.

»Ich würde euch den Text natürlich zu lesen geben und nur damit rausgehen, wenn ich euer Okay habe.«

Zögernd wende ich meinen Blick wieder zu Sinja. »Und du meinst tatsächlich, das würde jemand drucken?«

»Sie werden sich draufstürzen.«

»Glaubt ihr wirklich, dass … Und würde es wirklich die Meute davon ablenken, in Storms Vergangenheit zu stochern?«

»Das ist pures Dynamit«, prophezeit Sinja, und ihre Augen blitzen. »Es wird die Fernsehleute zwingen, Stellung zu nehmen. Wenn die Fans mitkriegen, dass du der Grund warst, weswegen Storm rausgeworfen wurde … Sie müssen ihn wieder ins Finale lassen!«

»Es könnte sogar klappen«, sagt Storm zögernd, er runzelt dabei jedoch die Stirn. »Aber der Preis ist zu hoch. Ich kann nicht zulassen, dass sie dich da mit hineinziehen, April. Das bedeutet, den Teufel mit dem Beelzebub auszutreiben.«

»Aber ich hänge doch schon längst drin!« Ich lege meine zweite Hand auf seine und verschränke unsere Finger, als könnte ich ihn damit von unserer gemeinsamen Kraft überzeugen. »Wir stehen das durch. Wir haben einen Pakt, *remember*? Und nicht nur einen! Du sagst selbst, dass sie dir – uns – auf den Fersen sind. Glaub mir, ich könnte mit wesentlich ruhigerem Gefühl in diese Prüfung gehen, wenn ich wüsste, dass sie dich feiern wollen und nicht zerfleischen.«

»Das ist ein Tanz auf dem Drahtseil.«

»Ich weiß. Aber wir haben ein gutes Balancegefühl, oder nicht? Und wir kommen ihnen zuvor. Noch haben sie unser verborgenes Nest hier nicht ausgehoben.«

»Aber das werden sie«, unkt er mit finsterem Blick, lässt aber meine Hand nicht los.

»Na ja«, sagt Sinja leise. »Nichts für ungut, aber du bist kein Weltstar, Storm – noch nicht. Das Thema beschäftigt die Fans in den Staaten, hier in Europa – entschuldige – interessiert das keine Sau. Wir werfen ihnen einen Köder über den Teich, der sie lange genug beschäftigen wird, damit ihr in Ruhe einen Plan B entwickeln könnt, wie es danach weitergehen kann – also, für den Fall, dass du das Finale gewinnst, wovon ich übrigens ausgehe.« Sie zwinkert ihm zu.

»Und ich erst recht«, hänge ich mich dran. »Ich glaube an dich, Storm. Aber hey – einen Schritt nach dem anderen, oder? Das haben wir lange genug geübt.«

Birte lacht. »Die einzig wahre Einstellung, wenn ihr mich fragt, und das meine ich nicht nur unter Reha-Gesichtspunkten.«

Alle Augen heften sich auf Storm. Ich kann sehen, wie es hinter seiner Stirn arbeitet, wie die Farbe seiner Augen sich von matter Jade zu einem flirrenden Schilfmeer wandelt, hinter dem das katzenartige Raubtier unschlüssig herumstreicht, überlegt, abwägt, eine Entscheidung treffen will.

Er nickt. Langsam. Bedächtig.

Ich bemerke erst, als ich ausatme, dass ich in meiner Anspannung die Luft angehalten habe.

»Okay«, sagt Storm. Es ist nicht viel mehr als ein Flüstern, und er grinst schief. »Ich schätze, es wäre ziemlich dekadent, sechshunderttausend Dollar einfach aus dem Fenster zu werfen, oder?«

Sinja pfeift durch die Zähne, als sie die Summe hört.

»Das ist eine kluge Entscheidung«, lobt Birte, und ich realisiere, dass nicht nur ich für ein paar Sekunden mit dem Atmen ausgesetzt habe.

»Dann sind wir wieder gut?« Sinja sieht Storm bang über ihre Brillengläser hinweg an.

Wieder nickt er, und mir fällt ein Stein vom Herzen.

»Oh Gott«, stöhnt sie erleichtert und greift nach der Weißweinflasche. »Ich brauch jetzt was zu trinken. Noch jemand?«

Storm hält eine Hand flach über sein Glas. »Moment«, bittet er. »Du darfst unsere Geschichte schreiben. Nur eins: Ich habe dein Wort, dass ich das Startsignal gebe, wann wir damit an die Öffentlichkeit gehen. Du bist Profi, Sinja, aber ich auch. Und glaub mir, ich weiß am besten von euch allen, was nach so einem Artikel auf uns hereinbrechen kann. Wir werden das auf jeden Fall bis nach Aprils Prüfung hinausziehen.«

»Aber –«

Er lässt Sinja nicht ausreden. »Das ist meine Bedingung.« Storm sieht mich eindringlich an. »Du bist diesem Wirbel nicht gewachsen, Keks, nicht jetzt.«

Ich öffne den Mund, um heftig zu protestieren, als er bereits weiterspricht.

»Nicht in den nächsten zwei Wochen. Ich werde alles von dir fernhalten, was dich vom Lernen ablenkt und deinen Zeitplan mehr als ohnehin schon durcheinanderbringt. Das ist der Grund, weswegen ich dieses ganze Thema vertagen wollte, aber das hat ja leider nicht geklappt – und das ist gut so«, ergänzt er rasch, als er Sinjas waidwunden Blick sieht.

Er schmunzelt, aber dahinter verborgen sehe ich Sorge in seinen Augen schimmern, als er zärtlich meine Wange berührt und eine vorwitzige Haarsträhne hinter mein Ohr streicht.

»Du würdest mir nie verzeihen, wenn du wegen mir deine Approbation verhunzt, das ist also purer Eigennutz. Nichts und niemand wird deine berufliche Zukunft aufs Spiel setzen, am allerwenigsten ich, dafür tue ich alles, was in meiner Macht steht. Jetzt zählt nur deine Prüfung, Keks. Wir sind hier erst mal sicher. Ihr habt recht. Noch weiß niemand außer Sinja und Birte, wer – und wo – wir sind. Niemand aus den Staaten wird sich die Mühe machen, uns hier aufzustöbern. Und es sind nur noch zwei Wochen bis zu diesem Examen.« Er seufzt. »Um alles andere kümmern wir uns danach. Es war überfällig, das Unausgesprochene zwischen uns aus der Welt zu schaffen, da gebe ich euch vollkommen recht. Aber der Artikel muss warten, bis April ihre Prüfung bestanden hat. Das ist meine Bedingung. Sind wir uns da einig?«

Birte und Sinja nicken, und Birte rempelt mich unterm Tisch an.

Was für ein irre toller Mann, sagt ihr Blick, und mein Herz öffnet sich noch weiter, als es ohnehin schon ist, ich könnte überschäumen vor Glück.

Stürmisch recke ich mich hinüber, greife Storms Kopf mit beiden Händen und ziehe ihn zu mir, bis seine Lippen mit meinen verschmelzen. »Deal«, flüstere ich.

»Dann haben wir das ja geklärt, aber einen Kuss von Sinja könnt ihr alle beide vergessen«, sagt Birte trocken und schnappt sich das Kartendeck.

»Wer ist dran mit abheben? Das bin dann wohl ich. Ihr habt ja schon.«

Und so ziehen wir das durch. Meine Tage verschwimmen zwischen Lernkarten, Podcasts und gefühlten Tausenden von alten Examensprüfungen und Fallbeispielen. Ich kreuze und kreuze und kreuze, bis ich auch alle Fragen außerhalb der Medizin im Geist nur noch mit A, B, C, D oder E beantworte. Im innerlichen Dauermodus spiele ich *Wer wird Millionär* für Fortgeschrittene, und die einzigen Fachgebiete sind innere Medizin, Pädiatrie, Chirurgie und Psychologie. Vierundzwanzig Stunden am Tag, sieben Tage die Woche. Selbst, wenn ich schlafe, verfolgen mich Tumormarker, meningeale Reizzeichen und partielle Agonisten von μ-Opioidrezeptoren. Ich frage mich immer öfter, warum ich mir das antue und wem ich damit eigentlich etwas beweisen will. Aber das sind nur die Nerven.

Und dann ist es so weit. Es ist der Vorabend von Tag eins meiner Examensprüfungen. Bestimmt zwanzig Mal kontrolliere ich meinen Rucksack. Personalausweis, Prüfungseinladung, Trinkflasche, Müsliriegel, eine Packung Nüsse – alles fertig, damit ich morgen früh nichts vergesse. Außer ein paar Kleinigkeiten zu essen und etwas zu trinken dürfen wir nichts mit in den Saal nehmen. Selbst Stifte und Radiergummis bekommen wir gestellt.

Die mir zugeteilte Sitzplatznummer ist 73. Ist das eine gute Zahl? Ist sie schlecht? Es ist so eine Nicht-Zahl. Mir fällt nichts dazu ein, sonst kann ich immer irgendwas mit Zahlen assoziieren. Mit 18 habe ich meinen Führerschein gemacht, 47 Stiche hat Storm an seinem Sprunggelenk. Tante Maggie ist 56, und Mrs. Wolowitz wurde 78. Aber 73?

Aus purer Verzweiflung habe ich die Zahl gegoogelt. Im Periodensystem in der Chemie steht sie für das Element Tantal, bei Amateurfunkern wird sie als Abkürzung für »Viele Grüße« verwendet, und es ist die Lieblingszahl von Sheldon Cooper aus der Serie *The Big Bang Theory*. Die 73 ist nämlich nicht nur eine permutierbare Primzahl – ihre Spiegelzahl 37 ist auch eine –, und sie ist sogar als binärer Code ein Zahlenpalindrom: Vorwärts wie rückwärts geschrieben lautet es 1001001.

Ich werde also an einem Platz sitzen, den mir eine autistische Serienfigur mit grenzwertigem Sympathielevel und unglaublichem IQ streitig machen würde. Tantal wird auch in der Chirurgie eingesetzt, für Knochennägel und Implantate.

Doch was soll mir das alles sagen? Vermutlich nur, dass ich ein Kapitel im Lexikon unnützen Wissens beisteuern könnte, statt mich um erheblich wichtigere Antworten zu kümmern.

Zum Beispiel: Welche der aufgeführten Erkrankungen kommt als Ursache einer Tachypnoe nicht infrage? A: Pneumonie, B: Sepsis, C: Hirnblutung, D: Paracetamolintoxikation, E: Kardiomyopathie.

D ist richtig, ich weiß das. Ich kann es im Schlaf. Aber ich musste die Aufgabe fünfmal lesen, weil ich jedes Mal das Wörtchen »nicht« überlesen und mich bis zur Verzweiflung gewundert habe, wieso ich vier mögliche Diagnosen anzubieten hätte – und es nur eine Lösung geben kann.

Ich bin nervös. So nervös wie noch nie in meinem Leben. Ich habe Prüfungsangst, sie wächst jeden Tag. Dabei tue ich mein Bestes, sie bloß nicht zu gießen und auch nicht in die Sonne zu stellen, diese sonderbare, fleischfressende Pflanze namens Panik.

»Verdorren sollst du«, murmle ich und betrachte mich von außen mit den besorgten Augen eines Therapeuten. Werde ich jetzt etwa psychotisch?

Ich bekomme schweißnasse Hände, wenn jemand die Zahl 73 erwähnt. Auf einmal sind alle älteren Menschen, denen ich begegne, 73 Jahre alt, Frauen wiegen 73 Kilo, irgendjemand hat den amerikanischen Nachrichtensender auf den Programmplatz 73 des Fernsehers in der Gästewohnung gespeichert, und Storm ist bestimmt schon 73 Minuten mit dem Hund Gassi. Außerdem fange ich an, Sheldon Cooper wirklich zu mögen. Das finde ich in der Summe äußerst bedenklich!

Ich will definitiv nicht wissen, was in der Welt los ist. Völlig erschöpft pfeffere ich die Fernbedienung in die eine Sofaecke und mein Handy mit der Lern-App in die andere. Dann ziehe ich mir die Kopfhörer aus den Ohren, werfe sie hinterher und schlage die Hände vors Gesicht.

Tief durchatmen, April. Mach dir einen Kaffee, iss ein Stück von Mamas selbst gebackenem Apfelkuchen und gönn dir eine Pause.

*The Big Bang Theory* ist gestrichen bis nach dem Examen.

Ich seufze. Das klingt nach einem Plan.

Als ich aus der Küche zurückkehre, klingelt das Telefon. Marias Foto blinkt auf dem Display. Als hätte sie einen sechsten Sinn dafür, wann ich die Stimme einer guten Freundin hören muss.

»Ich glaub, ich pack das nicht«, platze ich ohne Einleitung heraus.

Am anderen Ende höre ich ein Schniefen.

»Maria? Was ist los?«

»Entschuldige, ich weiß, dass du lernst und mitten in deinen Prüfungsvorbereitungen steckst. Ich wollte nur … ich …« Der Rest des Satzes geht in unverständlichem Schluchzen unter.

»Maria, was hast du? Was ist denn bloß passiert?«

So kenne ich meine Freundin überhaupt nicht. Maria kann höchstens fünf Minuten am Stück nicht lachen oder singen. Wenn sie mal richtig schlechte Laune hat, bedeutet das hängende Mundwinkel für längstens zehn Sekunden, und danach stürzt sie sich in die Küche und fängt an, Wut oder Frust kreativ zu verwandeln und aus diesem Motor die wundervollsten Dinge zu zaubern: *Picarones* – süße peruanische Teigkringel –, *Empenadas* – gefüllte pikante Teigtaschen – oder *Mazamorra Morada* – violetten Maispudding mit Milchreis. Und wenn San Francisco mal für vier Tage am Stück ohne einen Sonnenstrahl im Nebel verschwunden ist, reicht es fürs Aufladen der Batterien immer noch zu Popcorn aus irgendwelchen Maissorten, die ich in Deutschland noch nie gesehen habe und deren Namen ich nicht aussprechen kann.

»Gibt es Schwierigkeiten mit deinem Visum? Ärger mit der Ausländerbehörde? Ist mit deiner Familie alles in Ordnung?«

»Nein, ja … aber … aber … ich vermisse dich«, höre ich aus der Tränenflut heraus.

»Oh, Süße, ich dich doch auch«, sage ich gerührt und gehe mit dem Telefon an meinem Ohr zur Küchennische hinüber, um mir einen Tee aufzubrühen. »Ich würde jetzt auch viel lieber auf unserer wunderbaren Dachterrasse sitzen, mit dir über die Bay gucken und über schlechte Fernsehserien lästern, das kannst du mir glauben. Aber das ist doch nicht allein der Grund, warum du zum Anstieg des Meeresspiegels beiträgst, oder?«

»Murphy ist ein *pendejo, un hijo de puta!*«

Aha, da kommen wir der Sache schon näher.

Es folgen noch eine Reihe weiterer wüster Beschimpfungen meines ehemaligen Kommilitonen, dann putzt sie sich geräuschvoll die Nase.

»Was hat er denn jetzt wieder angestellt?«, frage ich vorsichtig und spiele im Geist alle möglichen bis hin zu den unwahrscheinlichsten Szenarien durch.

Hat er die wunderschönen getöpferten Erbstücke von Marias indigener Großmutter zerbrochen? Marias Ersparnisse geklaut, die sie Woche für Woche in der Kaffeedose auf dem Regalbord über dem Herd sammelt und ihrer Familie nach Peru schickt? Hat sie sich womöglich zu mehr als nur Wäschefotos hinreißen lassen? Murphy fotografiert neben schönen »Landschaften« und Friedhöfen auch gern hübsche Frauen. Und Maria ist erstens megahübsch, und zweitens hat sie bei unseren Telefonaten ein paarmal durchblicken lassen, dass er sie anbaggert.

»Ich hätte ihn dir nicht als Mitbewohner empfehlen dürfen. Das tut mir furchtbar leid, Maria. Ich bin ein Schaf. Aber er hat sich mir gegenüber immer korrekt verhalten, und er schien so verzweifelt auf der Suche …«

»Ach Quatsch, du kannst doch nichts dafür, Süße.« Ihr

Schniefen nimmt langsam ab. »Ich bin selbst schuld, was lasse ich mich denn auch mit so einem *cojudo* ein.«

Ich habe nicht den leisesten Schimmer, was wirklich los ist, aber ich mag auch nicht bohren. Läuft da etwa mehr zwischen den beiden?

»Wir haben uns einfach nur gestritten, das wird schon wieder. Es macht Spaß, mit ihm zusammen auf der Couch abzuhängen nach einem langen Tag im Büro. Wir haben sogar *America's Topstar* zusammen geguckt, die Wiederholung im Nachtprogramm damals.« Sie lacht gequält. »So lange bleibe ich normalerweise nie auf. Er ist wirklich niedlich mit diesen Teddybäraugen, findest du nicht?«

Ich spüre den üblichen Stich, wenn jemand diese Sendung erwähnt, sie erinnert mich in erster Linie immer noch an Storms und meinen Streit, die Trennung und meinen überstürzten, tränenblinden Abflug aus San Francisco.

Außerdem wüsste ich nicht, was Murphys eher tiefliegende und engstehende Augen zu »Teddybäraugen« machen würde. Ich kann mich, ehrlich gesagt, nicht einmal an seine Augenfarbe erinnern.

Maria spürt mein Zögern. »Oh Shit, sorry, ich wollte nicht an offenen Wunden rühren.«

»Alles gut«, behaupte ich. »Die sind ordentlich verschorft inzwischen.«

Bei mir schrillen ganz andere Alarmglocken.

»Maria?«

»Was?«

»Du hast dich doch nicht in ihn verknallt, oder?«

Pause am anderen Ende.

Ich riskiere einen Schluck Tee, aber er ist noch zu heiß, und ich verbrühe mir beinahe die Zunge.

»Vielleicht ein bisschen?«

Noch mal Pause.

Es gelingt mir, die Tasse halbwegs sicher zurück auf die Arbeitsplatte zu balancieren und kleckerfrei abzustellen.

»Und es ist einseitig?«

»Eher das Gegenteil. Dachte ich … Ich weiß nicht, ich weiß gar nichts mehr. Ich werde nicht schlau aus ihm, das ist es ja. Er schnüffelt in meinen Sachen herum, April. Ich habe ihn dabei erwischt, wie er in meinem Telefon herumgescrollt hat, in meinen Kontakten, verstehst du? Ich will keinen eifersüchtigen Mann!«

»Nein, das braucht niemand«, sage ich.

Ich bin ein wenig hin- und hergerissen. Natürlich nehme ich Maria ernst, und ich hatte ja selbst hin und wieder ein komisches Gefühl bei Murphy, aber ich weiß auch, dass sie in allem ein Zeichen sieht und ein wenig zu Übertreibungen neigt und dass er im Grunde ein guter Kerl ist, ein harmloser Nerd, sonst hätte ich ihn schließlich niemals als Nachmieter vorgeschlagen. »Vielleicht wollte er nur etwas googeln?«

»Wetterbericht.«

»Was?«

»Er sagte, er hat nur nach der Wettervorhersage gesucht.«

»Aha.«

Irgendwie erleichtert mich das gerade.

»Da waren auch andere komische Momente. Nur so ein Gefühl, weißt du? Ich komme in mein Schlafzimmer, und mein Nachthemd liegt anders auf der Stuhllehne, als ich es in Erinnerung habe. Oder der Brief von meiner Großmutter, den ich als Lesezeichen in dem Buch über europäischen Impressionismus benutze, das du mir geschenkt hast, steckt plötzlich auf einer anderen Seite …«

»Vielleicht ist es ihm beim Staubsaugen runtergefallen?«

»Kann sein. Und vielleicht wollte er auch nur mal an meinem Schlafshirt schnuppern. Aber ist das nicht creepy, April?«

»Ein bisschen«, gebe ich zu.

Ich muss daran denken, wie Storm mich damit aufgezogen hat, dass Murphy mit mir zum Fotografieren in die Wüste fahren wollte. Ich denke immer noch, dass er einfach ein harmloser Nerd ist. Möchte er mehr von Maria und traut sich nicht? Sie kann ziemlich temperamentvoll und einschüchternd wirken.

»Aber deswegen weinst du doch nicht, oder?«

»Nein.«

»Wie passt das zusammen, April? Er kann so nett sein, er bringt mir Blumen mit und kocht, er macht Fotos von mir, egal, wo ich stehe oder was ich tue – und dann bringt er einfach so eine … eine … eine fremde Frau mit nach Hause.«

»Er hat was?«

Jetzt bin ich völlig verwirrt.

»Er sagt, wir seien ja nur Mitbewohner, und er versteht nicht, wieso ich mich so aufrege, und er wollte sie ja nur fotografieren …«

»Moment! Was genau meint Murphy mit ›aufregen‹?«

»Es könnte sein, dass ich ein wenig überreagiert habe«, sagt Maria kleinlaut.

»Nämlich?«

»Wie war deine Prüfung eigentlich?«

»Die geht erst morgen los.«

»Ach verdammt, und ich belaste dich mit meinen Zipperlein, das wollte ich nicht. Ich dachte, du wärst schon durch. Wie kommst du mit dem Lernen voran?«

»Maria, hör auf abzulenken. Was heißt ›überreagiert‹?«

»Ich habe vielleicht einen Teller nach ihm geworfen.«

»Du hast …« Ich schnappe nach Luft.

Vielleicht?!

»Daneben natürlich. Ich wollte ihn ja gar nicht treffen. Aber die Frau ist davongerannt.«

»Sie war dabei?«

»Ja, natürlich, *dios mio!* Habe ich Tomaten im Mund? Er hat auf dem Sofa mit ihr rumgeknutscht, als ich nach Hause kam.«

»Das hast du gesehen?«

»Natürlich nicht. Aber glaubt er denn, ich bin blöd?! Sie hatte Reizwäsche an. Und er auch nicht viel mehr als Jogginghosen und seine Kamera. Dieser *cojudo.*« Sie schnaubt wie ein wütendes Pferd. »Ich glaube, ich werfe ihn raus!«

Ich bin für einen Moment abgelenkt, weil ich den Schlüssel in der Haustür höre und gleich darauf, wie Storm sich Jacke und Schuhe auszieht und Sky die Pfoten abtrocknet, bevor er ihn hereinlässt. Ein kugelblitzartiger Fellball schießt mir um die Beine und begrüßt mich winselnd, schleckend und japsend.

»Oh, ist das Sky?«, fragt Maria. »*Velvele, chico* – wie geht es ihm?«

»Wer sonst?«, erwidere ich kichernd, weil Skys Zunge zwischen meinen Fingern kitzelt und ich Marias jiddisch-spanische Sprachsprünge niedlich finde.

Dann schleicht sich Storm an und drückt mir einen zarten, frischen Herbstkuss auf die Lippen.

»*Hola*, Maria! *Que tal?*«, ruft er ins Telefon, nachdem ich ihm signalisiert habe, mit wem ich spreche.

»Ah, Storm! *Hola! Muy bien!*« Sie seufzt. »Mir geht es schon viel besser. Du meinst, er hat sie wirklich nur fotografiert? Vielleicht lasse ich ihn doch hier wohnen. Aber den Teller muss er mir ersetzen, der Schuft.«

Ich lache. »Ach, Maria. Fühl dich gedrückt!«

»Ich umarme dich auch!«

»Aber mach keine Wäschefotos mit ihm, okay?«

»Nein, niemals. Ich bin katholisch.«

»Ich weiß.«

»Ich muss Schluss machen.«

»Hab dich lieb.«

»Ich dich auch ... April?«

»Ja?«

»Danke. Und viel Glück für die Prüfung! Du schaffst das!«

»Was war los?«, fragt Storm, als ich das Handy zurück auf den Tisch lege. »Liebeskummer?«

»Woher weißt du das?«, frage ich verblüfft.

Er zuckt mit den Schultern. »Stille Wasser sind tief. Das ist genau der Hebel, um eine Frau wie Maria aus der Reserve zu locken. Er wirkte ziemlich besitzergreifend, als ich in der Wohnung war, nachdem ...«

»Kann sein. Er ist ein komischer Typ, aber Maria findet ihn anscheinend wirklich gut.«

Storm streicht mit dem Finger sanft über meine Stirnfalten und glättet sie nachdrücklich. »Weswegen machst du dir dann Sorgen?«

»Ich mach mir keine.« Ich schüttle den Kopf. Dann fällt mir etwas ein. »Sag mal, würdest du mein Handy benutzen, um damit den Wetterbericht zu googeln? Oder irgendwas anderes?«

»Du meinst, während wir gemeinsam am Tisch sitzen und du beide Hände voll hast?«

»Nein, ich meine, wenn ich nicht im Raum bin, sondern auf dem Klo oder so.«

Er zuckt mit den Schultern. »Warum sollte ich? Ich hab doch mein eigenes Telefon.«

»Und wenn dein Akku alle wäre?«

»Ich würde dich fragen. Glaubst du etwa, ich würde dir nachschnüffeln?«

»Nein«, sage ich nachdenklich. »Nein. Du nicht. Eben.« Dann wische ich sämtliche Gedanken an Murphy beiseite. »Alles gut. Ich habe noch eine Dreiviertel-Examensprüfung zu kreuzen. Danach kann ich keine Testaufgaben mehr sehen. Aber jetzt bin ich eh gerade draußen. Wollen wir was kochen?«

»Das klingt hervorragend. Dein Glück, dass ich heute Vormittag frisches Gemüse im Hofladen gekauft habe. Die Bäuerin hat mich sogar verstanden.«

»Angeber«, sage ich glucksend. »Du brauchtest ja nur auf das zu zeigen, was du willst. Und den Preis hat sie dir garantiert auf dem Taschenrechner hingehalten. Das macht sie immer so.«

»Du bist ein wandelnder Lügendetektor. Überleg dir das mit der Medizin. Geh zum FBI.«

»Nee. Ich weiß, was ich will. Ich schmeiß alles hin und werde Prinzessin.«

Storm lacht, und mir rieselt ein angenehmer Schauer über den Rücken, als er mich an sich zieht und seine Hände in meine Haare gräbt, um mir tief in die Augen zu sehen.

»Wer würde es wagen, dich zu degradieren? Du bist eine Königin – meine Königin, Keks.«

Am nächsten Morgen muss diese Königin nur leider zum Zweiten Staatsexamen antreten, aber das will sie auch, damit sie es endlich hinter sich hat.

Ich war noch nie in meinem Leben so nervös vor einer Prüfung: Daran ändert weder das Entspannungsbad etwas, das Storm mir vor dem Zubettgehen einlässt, noch meine wasserdampfgeborene Schnapsidee, allein und keusch in meinem Jugendzimmer zu schlafen, damit ich runterfahren kann – ohne Mann, ohne Hund und dafür mit vier Weckern.

Ich bin total überreizt. Storm macht all meine Allüren und Spinnereien mit, er erträgt mich mit stoischer Gelassenheit, aber der Schuss geht trotzdem nach hinten los. Ich halte die Einsamkeit nicht aus. Ich stelle alles infrage, mein Studium, die Medizin, mein Leben. Will ich das wirklich? Ich hatte doch einen Grund, das alles hinzuwerfen! Für wen tue ich das alles? Warum tue ich mir das an? Ich bin versucht, Birte anzurufen, aber ich verwerfe den Gedanken sofort wieder. Erstens ist es spät, zweitens kann mir niemand diese Fragen beantworten außer der müden Frau im Badezimmerspiegel. Aber die sieht mich ebenso ratlos an wie ich sie.

Als ich in mein Zimmer zurückkehre, fällt mein Blick auf den Schreibtisch und sein Schubfach. Der Phönix. Vielleicht war er es, der mich gerufen hat. Wie konnte ich ihn vergessen? Er liegt noch da, wo ich ihn vor Wochen in meiner Wut und meinem Kummer verbuddelt habe. Ganz hinten, unten, hat er geduldig und schweigend auf mich gewartet.

»Gib mir Kraft«, bitte ich und lege mir den Anhänger reumütig um den Hals.

Kühl und beruhigend schmiegt er sich an meine Haut und über mein nervös klopfendes Herz.

Ich tigere zurück in mein knarzendes Bett und starre nach oben. Ich muss an meine Schwester denken. Amber hatte nie Zweifel. Glaube ich.

Ich wälze mich hin und her, gehe zum dritten Mal aufs Klo, trinke ein Glas Wasser, lege mich hin, strample die Bettdecke weg, weil mir heiß ist, und hole sie mir wieder, weil ich gleich darauf friere. Mir fällt die dachschräge Decke auf den Kopf.

Seit ich aus dem Krankenhaus entlassen wurde, ist dies meine erste Nacht allein.

Tausend Erinnerungen stürzen auf mich ein. Nicht alle sind rosig. Ich denke an den Krebs, an Liebeskummer, an ersten heimlichen Sex und den ersten Kater. An umarmte Kloschüsseln und vergeigte Klausuren, an Kissenschlachten und tiefe Gespräche mit meiner besten Freundin Rebecka, die kurz vor dem Abi in eine andere Stadt gezogen ist. So schade, dass wir auseinanderdrifteten. Wo mag sie heute stecken?

Ich denke an Fallbeispielfragen mit A, B, C, D, E – und an Kreuze, Kreuze, Kreuze.

Dann halte ich es nicht mehr aus.

Mitten in der Nacht packe ich meine Wecker und wandere zurück zu Storm, in Schlafshirt und Wollsocken schleiche ich die Treppen hinunter und quer durch den Garten. Es ist zwei Uhr morgens.

Storm sitzt noch vor seinem Laptop, über die Gitarre auf dem Schoß gekrümmt, neben sich eine dampfende Tasse Tee.

Ich bleibe einen Augenblick stehen, bevor ich mich bemerkbar mache, und genieße den Anblick. Mein Herz zieht sich zusammen und pocht ganz unwissenschaftlich. Dadrin sitzt mein Mann, in Boxershorts, mit freiem Oberkörper, die Füße von einem wuscheligen braunen Fellbündel verborgen, das träge im Halbschlaf den Kopf in meine Richtung dreht und mit dem Schwanz wedelt.

Ich glaube, dass er heimlich Sport treibt, und schäme mich ein wenig, weil das auf meiner Prioritätenliste keinen Platz mehr findet, obwohl die Ärzte mich angemahnt haben, meine Kondition langsam wieder aufzubauen. Auch das ist wichtig fürs Immunsystem. Aber eine Sache nach der anderen, ein Tag nach dem nächsten.

Als Storm mich durch die Terrassentür sieht, legt er die Gitarre beiseite, steht mit einem Lächeln auf, das mich von innen wärmt, und lässt mich herein.

»Konntest du auch nicht schlafen?«

Ich schüttle den Kopf, glücklich wie ein regennasser Hund, der ans prasselnde Kaminfeuer eingeladen wird.

»Na komm.«

Er nimmt mich bei der Hand, geht mit mir ins Schlafzimmer hinüber, und wir stellen gemeinsam die Wecker auf. Ich krieche ins Bett, das nach seinem Aftershave duftet und ein bisschen nach mir, und als er zwei Minuten später hineinsteigt und das Licht löscht, robbe ich ganz dicht an ihn und schmiege mich an seine breite Brust. Auch wenn ich seinen gleichmäßigen Herzschlag im Geist in ein EKG verwandle und die halbe Nacht auf nicht vorhandene Unregelmäßigkeiten in seiner Atmung lausche, um sie zu diagnostizieren und Therapiepläne zu entwerfen – hier finde ich immerhin ein wenig Ruhe. In seinem Arm, der sanft um meine Schulter liegt. Zwischendurch dämmere ich sogar ein bisschen weg.

Ausgeruht geht allerdings anders.

Ich bin vor dem ersten Wecker wach, aber zwischen dem zweiten und dem dritten schlafe ich tatsächlich noch mal ein, und so ist es Storm, der mich schließlich zärtlich weckt.

Die Morgenroutine rauscht an mir vorüber. Storm zwingt mich, wenigstens ein bisschen Müsli und einen Toast zu essen. Dann bringt er mich in die MHH, weil ich so aufgeregt bin, dass ich Angst habe, einen Unfall zu bauen, wenn ich selbst fahren würde – und er kennt den Weg ja inzwischen so gut wie ich.

## Storm

April erstaunte und faszinierte ihn immer wieder aufs Neue. Im Krankenhaus, als sie liegend gegen die Infektion und die Viren gekämpft hatte, war sie lautlos in den Widerstand gegangen, scheinbar hingegeben und schwach und trotzdem voller Kraft, weil sie eins war mit sich und der Welt, auf sich fokussiert, lauschend, fließend – das war es, sie war trotz allem im Fluss gewesen. Hier nun kämpfte sie wie ein Underdog. Mit einer Energie, die fast schon etwas Wütendes hatte, verbissen, zornig, aggressiv. Sie hatte die Fäuste geballt, wenn sie über ihren Büchern saß, hatte ihre Kiefer selbst im Schlaf noch so aufeinandergepresst, dass das Knirschen klang, als würde sie im nächsten Moment Zähne ausspucken. Sie kam ihm vor wie eine dieser Catcherinnen im Ring, sie wollte die Medizin bezwingen, das Wissen in ihren Kopf prügeln, selbst wenn sie dabei fast k. o. ging. Er fragte sich, ob das gut war, ob das so sein sollte, wenn man etwas von Herzen wollte.

Er fühlte sich an sich selbst erinnert, an seine eigenen Kämpfe auf den immer größer werdenden Bühnen, damals mit der Band. Er hatte geglaubt, das eine um des anderen willen in Kauf nehmen zu müssen – und er war fast daran zerbrochen. Es hatte ein Menschenleben gekostet, beinahe zwei, und dieser Preis war um ein Vielfaches zu hoch gewesen. Nichts, gar nichts auf dieser Welt war ein Menschenleben wert. Aber wenn er jetzt nichts daraus machte, aus diesem geschenkten Leben, dann wäre Martys Tod umsonst gewesen, und das war noch schrecklicher als alles Bisherige.

Er war sich unsicher, ob er aus einer Mücke einen Elefanten machte. Ob er Gespenster sah, die nur Schatten seiner eigenen Dämonen waren und seine Wahrnehmung verstellten. War er wirklich unvoreingenommen? Ging es um April – oder um ihn?

Er musste ihr diese Chance geben, für sich selbst herauszufinden, was sie wirklich wollte. Er würde für sie da sein und sie auffangen, wenn sie fiel – und alles dafür tun, dass es gar nicht erst so weit kam. Aber er konnte ihr nicht abnehmen, durch ihre eigenen Prüfungen zu gehen, ihre Täler zu durchschreiten, und dieses Examen schien eins davon zu sein. Ein tiefes Tal. Aber sie würde hoffentlich gestärkt daraus hervorgehen.

Er konnte nur da sein und beten, dass ihr Kampfmarsch etwas Konstruktives barg. Er hoffte es für sie. So sehr. Dass sie diesen Dämon bezwingen würde, der auf ihrem Rücken hockte und sie antrieb. Dass es ihr gelingen würde, herauszufinden, was wirklich ihr Motor dafür war, sich das alles anzutun. Ihre Eltern? Der Ehrgeiz, das Studium trotz aller Widrigkeiten abzuschließen, es zu packen? Aus Prinzip? Das würde zu ihr passen. Egal.

Im Moment hatte er keine Chance, mit seinen Bedenken zu ihr durchzudringen. Sie würde es womöglich gründlich missverstehen, dabei wollte er ihr weder dieses Examen ausreden, noch ihren Traum zerstören. Es war nur … Er war sich beinahe sicher, dass es sie nicht glücklich machen würde, als Ärztin zu arbeiten. Auch nicht in den USA. Doch solange es ihr Traum war, würde er die Seifenblase ganz bestimmt nicht zum Platzen bringen.

Es war ihr Weg, ihr Dämon – und er hatte weiß Gott seine eigenen.

Erst in der Therapie hatte er begriffen, dass die einzelnen Entwicklungsschritte mit Zwiebelschalen vergleichbar waren. Es galt, eine nach der anderen abzuschälen, tiefer zu blicken, den Kern freizulegen. Und das konnte man niemandem abnehmen, so schwer es ihm auch fiel. Gerade, weil er sie liebte.

Sein Kern war die Musik. Schon immer gewesen.

Aprils Zwiebelschalen waren dieses Studium, die Prüfungen, sie hasste Krankenhäuser, weiße Kittel, den Geruch von Desinfektionsmittel.

Ihr Kern hatte mit dem zu tun, was er fühlte, wenn sie ihn massierte, wenn sie ihre Finger wie eine Blinde über seinen Körper tasten ließ und zielsicher innehielt, wo es einen Impuls brauchte, noch bevor er selbst spürte, dass genau dort der Schmerz verborgen saß und wartete, bis sie ihn sanft herauslockte, besänftigte und in Frieden auflöste. Wenn ihre Finger klassische Musik wären, dann Mozart. Wären sie Pop, dann die Bangles, die sanfteste Ballade einer Heavy-Metal-Band oder Leonard Cohens *Halleluja*. Ein schwebender Choral in allen musikalischen Genres.

Doch wie sollte er das ihr gegenüber in Worte fassen?

Gar nicht.

Er drückte ihre Hand.

Was jetzt im Auto neben ihm saß, war ein … Zombie im Kampfmodus. Mit Punkmusik oder Techno. Er lachte leise.

»Was ist?«, fragte April aufgeschreckt und wischte sich über die Mundwinkel. »Habe ich mich irgendwo eingesaut? Müsli? Smoothie? Kugelschreiber?«

»Nichts dergleichen, Keks.«

Er wäre am liebsten rechts rangefahren, nur um sie in den Arm zu nehmen und zu küssen. Aber er fürchtete, dass sie es nicht genießen, sondern vor lauter Nervosität vermutlich komplett ausrasten würde, obwohl sie mehr als eine Dreiviertelstunde Puffer eingebaut hatten, für Stau oder Baustellen, die womöglich eine unangekündigte Vollsperrung der A37 nach sich gezogen hätten.

»Du schaffst das«, sagte er zum x-ten Mal.

»Ja.« Sie nickte, den Blick starr geradeaus auf den träge, aber stetig dahinfließenden Verkehr gerichtet. Dann sah sie ihn kurz an. »Hey. Ich bin nicht so nervös, wie ich aussehe, klar?«

»Klar«, sagte er und bemühte sich, seine Mundwinkel unter Kontrolle zu bringen, während er den Blinker zum Überholen eines Lasters setzte, obwohl der bereits hundert Stundenkilometer fuhr.

Er hatte sich immer noch nicht daran gewöhnt, dass die Angaben auf dem Tacho in Kilometern angegeben waren und nicht in Meilen.

April seufzte und drehte den Becher mit dem Smoothie, den er ihr für den Weg gemacht hatte, in ihren Händen. »Ich bin in Wahrheit noch viel nervöser, aber das verrate ich dir nicht.«

»Hast du gerade was gesagt?« Er grinste schelmisch. »Ich

habe nichts gehört. Aber ich kann dir sagen, was ich gesehen habe: einen Menschen, der sich voller Energie und Disziplin aufs Lernen gestürzt hat und alles, wirklich alles getan hat, was in seiner Macht steht, was überhaupt möglich ist, um bestens gerüstet in dieses Examen zu gehen. Der Rest muss von woanders dazukommen. Hab Vertrauen, dass das geschieht, was gut ist. Gott würfelt nicht, du *Schmock*, würde Mrs. Wolowitz sagen.«

»Würde sie?«

Immerhin hatte er es geschafft, dass April seine Hand nach dem Schaltvorgang etwas weniger fest umklammerte und zaghaft lächelte. Mit der anderen glitt sie wieder und wieder über den Phönix-Anhänger, den er ihr geschenkt hatte. Sie war gestern Nacht damit zu ihm zurückgekehrt.

»Ja, wahrscheinlich hast du recht, mein *Jingelchen*.« Sie zwinkerte ihm zu, ein verschmitztes Glitzern zwischen dunklen Wimpern.

Dann schloss sie die Augen, und ihr Gesichtsausdruck änderte sich. Er kannte diesen versunkenen, komplett nach innen gerichteten Blick und hätte sich nicht gewundert, wenn auf ihrer Stirn wie auf einer Leinwand chemische Formeln für Arzneimittelzusammensetzungen oder irgendwelche Vorgänge im menschlichen Körper aufgetaucht wären.

Sie atmete hörbar aus, als sie den Schnellweg verließen und über den Kreisel in die Karl-Wiechert-Allee einscherten. Ab hier entzerrte sich der Berufsverkehr, aber ihre Körperhaltung war noch immer so angespannt, als säße sie sprungbereit auf einem Schleudersitz, und ihre Stimme zitterte ein wenig.

»Okay. Ich schätze, dann bin ich wohl bereit.«

Er griff nach ihrer Hand und drückte sie. »Hey, Keks. Du rockst das Ding. Ich weiß es. Okay?«

Sie nickte tapfer.

»Und wenn nicht, denk an Plan B: Wir machen eine

Strandbar in der Südsee auf. Du entstresst Touristen mit deinen Zauberhänden, und ich spiele dazu.«

»Hawaii, abgemacht?«

»Hawaii.«

»Das gefällt mir. Dann brauche ich da eigentlich gar nicht mehr hin, oder? Okay, dreh um!«

Er lächelte gutmütig und setzte den Blinker zum Unigelände. »Auf gar keinen Fall. Du wirst das jetzt hübsch durchstehen. Strandbars haben immer irgendwo ein Loch in der Wand. Plan C: Da können wir dein Zeugnis drüberhängen! Außerdem zieht ein Doktortitel Kunden an.«

»Dafür könnten wir auch deine Tour-Plakate nehmen oder all die Artikel, die Sinja und du mir vorenthaltet.«

»Guter Versuch. Du kriegst sie alle zu sehen, wenn du da übermorgen wieder rauskommst, Deal?«

Sie seufzte. »Deal.«

Sie waren auf dem Unigelände angekommen, und April griff nach ihrem Rucksack und der Jacke, die Hand bereits am Gurt.

»Soll ich warten?« Er fuhr auf einen der Haltestreifen, machte den Motor aus und zog die Handbremse an.

Sie sah auf ihre Uhr, bevor sie glucksend antwortete. »Beinahe sechs Stunden lang? Wie soll ich denn so eine horrende Taxirechnung bezahlen?«

»Och, ich wüsste da was …« Er grinste und strich ihr sanft mit dem Zeigefinger über den Oberschenkel.

»Untersteh dich! Wenn ich wüsste, dass du die ganze Zeit hier draußen im Auto sitzt und wartest, könnte ich mich garantiert nicht konzentrieren. Lass uns uns um kurz nach zwei da hinten am Parkhaus treffen.« Vage zeigte sie in Richtung der grauen Parkdecks.

Sie beugte sich für einen verhuschten Kuss zu ihm und öffnete die Wagentür.

»Hey«, rief er ihr nach, bevor sie die Tür zuschlagen konnte.

Fragend streckte sie ihren Kopf noch einmal ins Wageninnere.

»Du bist meine Nummer eins, Keks. Egal, ob als M.D., Dr. med., D.O. oder n.a.b.m. ost. s.o.a.«

Sie runzelte die Stirn. »N.a.b.m. ost. s.o.a.?«

*»Not academic but most special of all.«*

Sie sagte nichts, aber ihre Augen glänzten verräterisch, und sie küsste ihn noch einmal, diesmal so, als ob er ihr mit einer einzigen Berührung ihrer Lippen das Lebenselixier für diesen ganzen, anstrengenden Tag geben würde.

Er lehnte sich zurück und sah ihr nach, als sie in Richtung der Hörsäle lief, die als Prüfungsräume für die Staatsexamen ausgeschrieben waren.

Seine Lippen kribbelten.

Sie würde ihren Kern finden, sobald sie diese Zwiebelschale hinter sich gelassen hatte.

Zeit, dass er sich um seine eigenen Schichten kümmerte.

# Kapitel 12

## April

*N.a.b.m. ost. s.o.a.* – mein Gott, wie ich ihn liebe. Die Autotüren schlagen hinter mir zu, und ab da ist es, als ob ich mich selbst von außen dabei beobachte, wie ich Schritt für Schritt auf das Gebäude zuschreite. Seltsam distanziert nehme ich mich wahr, souverän und selbstbewusst.

Ich zeige meinen Ausweis und die Einladung zur Prüfung, nehme mir ein paar der bereitliegenden Bleistifte und Radiergummis, und der Countdown läuft.

All meine Sinne sind bis zum Äußersten geschärft. Meine Beine zittern, als ich auf den Platz mit der Nummer 73 zusteuere. Ich setze mich, nehme den kühlen Kunststoff unter meinem Po wahr, den glatten Tisch unter meinen Handflächen. Die Bleistifte klappern lauter als sonst, als ich sie ablege. Ich greife um meinen Nacken und lege die Kette mit dem Phönix ab, den Storm mir geschenkt hat. Ich will ihn sehen, während ich hier sitze, die ganze Zeit, damit ich meinen Fokus zentrieren kann.

*Let's go*, Sheldon, murmle ich tonlos und streiche über das Aufgabenheft und den dazugehörigen Antwortbogen.

Das ist der nächste Meilenstein in Richtung Approbation.

Ein Gedanke fliegt durch meinen Kopf, den ich nicht einordnen kann, weil er so plötzlich da ist und gleich wieder weg: Amber wäre stolz auf mich. Ich wundere mich, doch dann läuft die Zeit, wir dürfen die Hefte aufschlagen, und meine

Aufmerksamkeit gilt nur noch dem, was das IMPP, das Institut für medizinische und pharmazeutische Prüfungsfragen, jetzt von mir wissen will. Die Welt kann warten, und das wird sie auch.

## Storm

Er angelte nach seinem Handy, das zwischen einer Packung Taschentücher, Pfefferminzdragees und der Sonnenbrille von Aprils Mom in der Mittelkonsole lag, nahm einen Schluck von dem Smoothie, den April kaum angerührt hatte, und deaktivierte den Flugmodus.

Nicht erreichbar zu sein war die einzige Möglichkeit, von den dauernden Anrufen aus den USA zumindest phasenweise verschont zu bleiben.

Achtzehn waren es an diesem Morgen. Es wurden weniger, weil er sie meist direkt weiterdelegieren konnte. Sie alle wollten seine – und Aprils – Story hören, noch mal und noch mal. Er verwies sie an Sinja. Er würde Interviews geben, ja. Auch Fototermine waren möglich, zu seinen Bedingungen und erst nach ihrer Rückkehr in die Staaten. Wann das sein würde? Geduld. In ein paar Tagen wüsste er mehr. Bis dahin könnte er an eine sehr nette deutsche Kollegin verweisen. Er habe ihr die Exklusivrechte für die deutsche Berichterstattung überlassen.

Sinja fungierte als Exklusiv-Reporterin oder zwischengeschaltete Pressestelle und hielt ihm – und April – auf diese Art komplett den Rücken frei. Sie wollte partout kein Geld mit dieser Sache verdienen, das hatte sie noch weiter in seiner Achtung steigen lassen. Bei jedem Satz, den sie schrieb, versicherte sie sich, ob er sich damit wohlfühlte, und übersetzte ihm alles.

Sie hatten sich darauf geeinigt, sämtliche Einkünfte aus diesen ganzen Presseanfragen an die Krebsstiftung zu spenden. Das war Aprils Idee gewesen. So konnte Sinjas Auftraggeber nichts einwenden – zumal sie auch das öffentlich machten und hofften, darüber noch weitere Synergieeffekte zu erzielen.

Storm hatte zunächst gezögert, er fand das beinahe übergriffig, aber Sinja war aus ganzem Herzen einverstanden. Ihre Spendenbereitschaft war das i-Tüpfelchen gewesen, das ihm die letzte Sicherheit gab und wirklich Frieden schließen ließ mit dieser verrückten Idee. Zumal ihre Art zu schreiben sich um Meilen von dem abhob, was sonst über ihn verbreitet worden war – nicht nur inhaltlich, sondern auch vom Stil her.

Wheeler schäumte. Das hatte Storm von einem Vögelchen aus der Redaktion erfahren, zwischen den nächsten Interviewanfragen und einer Nachricht von Sinja, die das weitere Vorgehen mit ihm abstimmen wollte.

»Ein paar neue Fotos wären gut.«

Er textete zurück, dass sie damit bis nach den Prüfungen warten mussten.

Sie saßen am längeren Hebel, und die Zeiten, in denen er für die Presse alles stehen und liegen gelassen hatte, waren vorbei.

Es war genau, wie Sinja vorhergesagt hatte. Gleich ihre erste »Pressemeldung« war drüben wie eine Bombe eingeschlagen. Die nordamerikanische Regenbogenpresse hatte sich sofort auf den vermeintlichen Skandal gestürzt. Sinjas erster Text stellte ganz sachlich die Fakten richtig. Aber er war von einem geradezu künstlerischen Foto untermalt, das Storm in voller Bühnenschminke zeigte, wie er mit Sky draußen im Park des Unigeländes neben einem Rollstuhl mit Infusionsständer kniete. Aprils Gesicht an seiner Schulter wurde geschickt durch Lichtreflexe verborgen, die dem Bild etwas beinahe übernatürlich Romantisches verliehen. Idee, Inszenierung und Technik waren Sinjas und Aprils Gemeinschaftswerk gewesen, sie wollten es so. Storm hatte ein deutliches Grummeln im Magen gespürt, aber er hatte sich gebeugt.

Der Artikel wurde im *Chronicle* abgedruckt und zog postwendend weitere nach sich. In den Tagen danach stieg die Zahl der Anrufe um das Zehnfache, dann ließ der Wirbel genauso schnell wieder nach. Aber er hatte gezündet, die Lunte brannte und steckte weitere in Brand.

Ein Blatt schrieb vom anderen ab und versuchte, die Konkurrenz mit Details – egal ob echten oder ausgedachten – zu übertrumpfen.

Er war einmal mehr erstaunt darüber, welche Macht Journalismus besaß und wie er funktionierte – die vierte Gewalt, wohl wahr. Nie hätte er gedacht, dass diese winzige Nachricht, die kaum eine Meldung wert war, dieser Sturm im Wasserglas, sich zu einem solchen Tsunami aufbauen würde. Aber alle stürzten sich darauf wie eine ausgehungerte Meute: Storm Walker, der unbekannte, geheimnisvoll geschminkte Teilnehmer einer Castingshow, hatte seine Freundin wiedergefunden, nach der er bei einem zu Herzen gehenden Auftritt öffentlich gesucht hatte. Dies allerdings nur, um zu erfahren, dass die Sterbenskranke nach Deutschland zurückgekehrt war, um dort wegen einer unbekannten und sehr seltenen Krankheit behandelt zu werden. Sie strickten ein Melodram daraus, wie er ihr mit dem geliebten Hund nachgereist war, und es verbreitete sich wie ein Lauffeuer von der Westküste bis zur Ostküste und von New Mexiko im Süden bis hinauf nach Alaska im Norden. Storm wurde zu einem tragischen Helden hochstilisiert.

Die Bereitschaft der Medien, diese eigentlich kleine Story

so zu hypen, machte ihm Angst. Er wusste, wie schnell die Stimmung in der Öffentlichkeit umschlagen konnte, wie zerstörerisch und grausam dieselbe Macht ihn – und April – auch wieder fallen lassen und zermalmen konnte. Dieselben Leute, die ihn bei Konzerten beim Stagediving buchstäblich auf ihren Händen getragen hatten, hatten wenige Wochen später sein Foto von Plakaten gekratzt, auf Artikel gepinkelt, die sein Bild zeigten, und/oder es als Toilettenpapier verwendet – in Anspielung an den Eklat beim Lollapalooza Festival, als er beinahe blankgezogen hätte.

April wusste nicht, worauf sie sich einließ, aber er schon. War es das wert?

»Die Heilkraft der Musik«, hatte jemand getitelt. »Storm Walker rettet Freundin vor dem sicheren Tod – Fernsehboss wirft ihn aus Show.«

Sinja hatte dazu Pfleger und Schwestern zitiert, die nachts ihre Schicht unterbrochen hatten, um ihm zuzuhören, wie er für April Gitarre spielte. Damit sie aus dem Fieberschlaf (die einschlägigen Blättchen hatten ein Koma daraus gemacht) zu ihm zurückkehrte. Das war nicht einmal gelogen.

Sinja hatte die Namen verändert, und April tauchte grundsätzlich nur als »A.« auf. Das war eine seiner Sicherheitsschranken gewesen, seine Bedingung. Er wusste, dass es albern war, in der Show hatte er ihren Vornamen ja genannt. Die Perücke und die Sonnenbrille waren viel wichtiger. Sie würden unsichtbar bleiben, trotz allem.

Storm war dennoch froh, dass wohl niemand in der MHH die Klatschspalten in *Entertainment Daily* oder dem *Hollywood Journal* verfolgte. Er wollte nicht riskieren, dass jemand von den Pflegekräften seinetwegen Ärger bekam – und April sollte ihre Prüfung ohne Medienrummel ablegen.

Es war ihm immer noch mehr als unangenehm, wie schwülstig und pathetisch all diese Artikel geschrieben waren, sie drückten unendlich auf die Tränendrüse, ein Blatt stärker als das vorherige, aber sie erfüllten ihren Zweck.

Und bei allem Abstand, den er sich zu wahren mühte, war er sich sicher, dass Wheeler sich inzwischen in den Hintern biss, weil er Storms Nummer an die Meute herausgegeben hatte. Er sah es geradezu bildlich vor sich, und diese Vorstellung gefiel ihm dann doch ein wenig. Das musste er zugeben.

Und dennoch nagte dieser Zweifel an ihm. War es das wert? Wenn April und er in die Staaten zurückkehrten und wenn der Druck der Medien ihn tatsächlich wieder ins Rennen um den Finaltitel brachte, dann war ein Leben in der Öffentlichkeit ihre Zukunft. Konnte er das? Wollte er wirklich wieder dorthin zurück? Durfte er April das zumuten? Verwundbar, wie sie beide waren?

Er telefonierte regelmäßig mit seinem Therapeuten. Sie hielten Videokonferenzen ab, einmal in der Woche. Er fühlte sich stabil, schon eine ganze Weile hatte er keinen Flashback mehr erlebt, zumindest keinen, den er nicht kontrollieren konnte. Das Erlebnis mit Sinja hatte ihm das noch einmal gezeigt.

Die Gespräche gaben ihm ein Gefühl von Sicherheit. Natürlich erteilte der Doc ihm keine Ratschläge. Er ging an seiner Seite – aber er trug ihn nicht. Der Mann war gut, und manchmal hasste Storm ihn dafür. Es war anstrengend, aber er hoffte, dass sich die Mühe lohnte.

Sie gingen Schritt für Schritt, jeder Tag war ein Geschenk. Ein Neuanfang. Ein Abenteuer. Er sollte sich nicht so abhängig von April machen, aber mit ihr an seiner Seite hatte er das Gefühl, alles schaffen zu können. Sie gab ihm Sinn. Leben. Er liebte es, mit ihr zusammen lebendig zu sein. Mit ihr – und für sie. Und durch sie.

Er lachte. Und all seine Songtexte der letzten Zeit waren irgendwie Schnulzen. Er konnte nichts dagegen tun.

»Danke, Marty«, flüsterte er.

Er drehte den leeren Smoothie-Becher in seiner Hand. Vielleicht war dieser so leicht dahingesagte Plan B tatsächlich eine Option. Eine Smoothie-Bar mit Musik und Heilbehandlungen am Strand. Hawaii? Er konnte sich Schlimmeres vorstellen. Vielleicht sollte er sich überwinden und endlich Elsie zurückrufen.

# Kapitel 13

## April

Das war's. Ich bin durch. 13.28 Uhr. Ich falte mein Aufgabenheft zusammen und stecke es in die Innenseite meiner Jeansjacke. Dann lasse ich den Blick noch einmal durch den Hörsaal schweifen. Feierabend. Die anderen schreiben noch, ich bin als Erste fertig. Von Tag zu Tag habe ich mehr Sicherheit gewonnen, die noch ausstehenden Prüfungsthemen zu Hause wiederholt, mich von Storm ein bisschen verwöhnen lassen, weitergelernt und das geballte Wissen in diesem Raum abgerufen. Unglaublich, was so alles in einen Schädel passt und sich auf Kommando wieder herauspressen lässt. Auf Platz 73. Eine der Aufsichtspersonen sieht aus wie Sheldon Cooper. Warum wundert mich das nicht? Lauter gute Omen! Diese Art Prüfung ist genau mein Ding. Kreuzen, kreuzen, kreuzen. Ich mache es noch im Schlaf. Ich kann es. Ich werde Ärztin.

Jemand kaut auf seinem Stift herum, es macht ein kratzendes Geräusch in der Stille des Raumes, die nur von gelegentlichem Rascheln unterbrochen wird. Bleistifte summen wie Bienen über das Papier, ein monotoner Klangteppich. Alle anderen sind noch emsig dabei, kreuzen und radieren, übertragen ihre Ergebnisse. Genau wie ich. Ich habe alles doppelt kontrolliert, ich würde es exakt wieder so ankreuzen, und es ist immer noch 13.18 Uhr. Ach was.

Ich sehe ungläubig auf meine Uhr. Was mache ich denn jetzt mit der übrigen Zeit? Hier herumsitzen und warten, bis es 14 Uhr ist? Storm kommt erst in einer halben Stunde, er wird noch nicht da sein. Aber das ist nicht schlimm. Ich könnte nachsehen, ob noch etwas von den Süßigkeiten übrig ist, die vor der Prüfung draußen verteilt wurden, in Ruhe zur Toilette gehen, in einem der Kioske eine Flasche Sekt besorgen, drüben in der Klinik. Ich habe alle Zeit der Welt. 13.08 Uhr. Die Zeit läuft rückwärts, wie lustig.

Sheldon Cooper sieht mich an, als würde ich auf seinem heiligen Platz sitzen. Und das ist der Anstoß, den ich noch gebraucht habe. Ich stehe auf, stecke meinen Bleistift und den Radiergummi ein, gebe meinen Antwortbogen ab und gehe. Ich ziehe die Tür hinter mir zu, lehne mich für einen Augenblick mit dem Rücken daran und schließe die Augen. Lief doch gar nicht so schlecht. Ich habe alle Fragen beantwortet. Was soll jetzt noch schiefgehen?

Hinter mir rüttelt jemand an der Tür. Ich mache einen Schritt nach vorn und drehe mich um. Wer wird der oder die Zweite sein, nach mir? Ich möchte gratulieren. Ich lächle. Doch ich blicke in die aufgebrachten Gesichter von zwei Aufsichtspersonen. Gehetzt sieht mich die eine an, ziemlich unterkühlt die zweite.

»Gerade noch rechtzeitig«, herrscht sie mich an, eine Brünette mit Dutt, die frappierend meiner Grundschullehrerin gleicht. Der Frau, die meinen Eltern damals sagte, ich hätte kein Talent für Kunst und sollte lieber etwas Kaufmännisches machen. Zahlen, das wäre mein Ding. Das Kind hat kein Gefühl – tolle Pädagogin.

»73, ja?«

Ich nicke.

»Bleiben Sie sofort stehen!«

»Weit ist sie ja nicht gekommen.« Der Sheldon-Cooper-Typ mustert mich mit wissenschaftlichem Interesse. »Los, geben Sie her«, sagt er und streckt die Hand aus.

»Durfte man die Bleistifte nicht mitnehmen? Entschuldigung, das wusste ich nicht.«

Es ist mir peinlich, und das Herz schlägt mir bis zum Hals, aber im Stillen amüsiere ich mich auch ein bisschen über die Kleinlichkeit, dass mir gleich zwei Dozenten deswegen nachlaufen, als wäre ich eine Schwerkriminelle. Ich hole Stift und Radiergummi aus meiner Jacke, aber der Mann winkt genervt ab.

»Wollen Sie uns verarschen?«, fragt die Frau, und ihre Augen schwellen an wie bei einer wütenden Comicfigur.

Jetzt werde ich unsicher. »Nein, wieso?«

Sie zeigt auf meine Jackentasche, in der das gefaltete Aufgabenheft steckt. »Her damit und Ihren Ausweis dazu. Sie werden wegen versuchten Betrugs von der Prüfung ausgeschlossen.«

»Was? Aber … Nein! Was habe ich denn getan?«

Panisch sehe ich zwischen den beiden hin und her.

»Es ist 13 Uhr 73«, bellt Sheldon Cooper plötzlich. »Das Aufgabenheft darf erst um 14 Uhr mitgenommen werden. Wer den Raum damit unerlaubterweise früher verlässt, wird disqualifiziert. Ihre Prüfung wird nicht gewertet. Sie sind raus! Sie werden nie Ärztin werden. Geben Sie her!«

Er greift nach dem Heft, aber ich will es nicht loslassen. Verzweifelt halte ich es fest, egal, wie fest er zieht.

»Hier wird nicht geschummelt, du *Schmock*.«

Auf einmal steht Mrs. Wolowitz an seiner Seite. Ihre Rückkehr von den Toten verwirrt mich – aber nicht so sehr wie Sheldon Cooper. Er ist es wirklich. Doch mein Aufgabenheft kriegt er trotzdem nicht. Ich versuche, mich an den beiden vorbeizuquetschen und zurück in den Hörsaal zu gelangen.

»Dann geh ich eben wieder rein!«, rufe ich, während ihre Hände nach mir greifen, um mich aufzuhalten. »Das ist meine Prüfung. Ich werde sie bestehen. Sie dürfen mir das nicht wegnehmen, niemand darf das. Ich kriege das hin. Ich mache es wieder gut. Ich mache alles wieder gut. Lassen Sie mich los! Loslassen! Sofort!«

Ich schnappe nach Luft, ich muss weinen, ich schreie, aber ich werde nicht aufgeben, nicht so kurz vor dem Ziel!

»Nein, loslassen!«

»April!«

Das Rütteln wird heftiger.

Ich schlage um mich, bis jemand meine Hände festhält.

»April, wach auf! Ich bin hier. Ich bin bei dir. Du bist in Sicherheit. Beruhige dich.«

»Storm«, wimmere ich. »Die wollen mich nicht wieder reinlassen.«

Erst, als ich mich selbst sprechen höre, begreife ich, dass hier etwas nicht stimmt. Ich versuche, mich zu sortieren. Realitätscheck: Was fühle ich, was sehe ich, was höre ich? Ich bin schweißgebadet, mein Herz hämmert wie ein Maschinengewehr gegen meine Brust, es ist stockdunkel. Ich bin nicht in der Uni, ich liege im Bett. Himmel, habe ich verschlafen? Ist es das? Nein, das kann es auch nicht sein, Storm ist bei mir. Er hält mich fest, sanfter jetzt. Seine Hand tastet zum Lichtschalter.

»Es war nur ein Traum. Ich habe geträumt«, brabble ich und kneife geblendet die Augen zu, dann werde ich wacher. »Oh Himmel, Storm. Hab ich dir wehgetan?«

Er grinst. »Du hast es redlich versucht. Möchtest du einen Schluck Wasser?«

Ich nicke.

Storm steht auf und füllt mir ein Glas aus dem Wasserhahn. Dann schlüpft er zurück unter die Decke, stopft mir das Kissen in den Rücken und setzt sich ganz dicht neben mich. Ich trinke das Wasser in einem Zug aus, danach geht es mir schon besser, auch mein Herzschlag beruhigt sich.

»Das war ein verrückter Traum«, erkläre ich kopfschüttelnd und kann es immer noch kaum fassen. »Es war so real … Ich war schon lange vor der Zeit mit meinen Aufgaben fertig, alles lief super, total einfach – und dann habe ich den schlimmsten Fehler überhaupt begangen. Ich habe das Aufgabenheft mit aus dem Raum genommen, obwohl die Prüfung noch lief. Das darf man nicht, wer früher geht, muss es dalassen. Das weiß ich. Natürlich weiß ich das.« Verzweifelt sehe ich ihn an. »Das hätte mich fast das Examen gekostet, Storm. So ein dummer Fehler!«

Er lächelt milde und zieht mich an sich. »Es war nur ein Traum, Keks. Ein blöder Albtraum, nichts weiter.«

Ich nicke nachdenklich. »Ja, du hast ja recht. Aber weißt du, was komisch ist?«

»Nein, sag's mir.«

»Im Traum war ich total verzweifelt, ich dachte, meine Welt geht unter, wenn ich dieses dämliche Examen nicht zu Ende bringen darf oder wenn mir die Approbation aberkannt wird … aber … als ich begriffen habe, dass es nicht real ist … Da war noch etwas anderes … Ich kann es noch nicht greifen, aber … mein Leben hängt nicht davon ab, Storm. Ich meine, was ist das Schlimmste, was passieren kann? Ich falle durch. Na und? Dann mache ich die Prüfung eben noch mal.« Es fühlt sich seltsam leicht an, als ich das sage. Vielleicht überrascht mich das am meisten.

Er runzelt die Stirn, seine Augen sehen ganz dunkel aus. »Und was sagt dir das?«

Ich zucke mit den Schultern. »Keine Ahnung, das werde ich wohl erst herausfinden, wenn ich dieses dämliche Zeugnis in meiner Hand halte. Und das werde ich! Wenn nicht in diesem Anlauf, dann im nächsten.«

»Daran habe ich nicht den geringsten Zweifel!« Er lächelt. »Ich bin mir ziemlich sicher, dass du den Saal nicht verlassen wirst, selbst, wenn du schon um 12 Uhr fertig wärst. Und jetzt wird geschlafen. Du hast noch vier Stunden, bis der Wecker klingelt. Nutze sie.«

Ich gähne verstohlen und drehe meinen Kopf, damit ich ihn küssen kann. »Was gibt es eigentlich Neues wegen der Fernsehshow? Hat Wheeler sich endlich bei dir gemeldet?«

»Nein, aber das muss nicht deine Sorge sein, Keks. Eins nach dem anderen. Jetzt ist dein Examen wichtig. Und danach kümmern wir uns um alles andere, das war der Deal.«

»Ich wollte ja nur wissen, ob wir schon so berühmt sind wie Bonnie und Clyde«, maule ich gespielt beleidigt und rutsche tiefer.

»Die haben Banken überfallen«, antwortet er schmunzelnd und zieht die Decke über uns beide.

»Na ja, wenn das mit der Musik und der Medizin nichts werden sollte, wäre das immerhin auch eine Alternative.«

Storm lacht leise. »Und was für eine! Nehmen wir sie als Plan D in die Liste auf. Aber glaub mir, du wirst deinen Weg finden, und ich gehe meinen neben dir. Ganz egal, ob wir Banken überfallen oder eine Gesundheitsbar mit Smoothies und osteopathischen Behandlungen aufmachen.«

»Am Strand. Die Idee gefällt mir immer besser«, murmle ich und robbe mich schläfrig in Storms ausgebreiteten Arm. »Ich mag nämlich nicht im Krankenhaus arbeiten.«

Dann dämmere ich weg, meinem zweiten Examenstag entgegen.

Es läuft. Ob gut oder nicht – keine Ahnung, jedenfalls ohne Zwischenfälle, keine Katastrophen mit versehentlich geklauten Aufgabenheften. Ich wäre auch gar nicht vor 14 Uhr fertig geworden. Bei einem Fallbeispiel bin ich mir unsicher, kreuze aber schlussendlich die Antwort an, die ich als Erstes im Sinn gehabt hatte, so wird es in diversen Foren und Ratgebern empfohlen. Außerdem genügen sechzig Prozent richtige Antworten, um zu bestehen. Ich zwinge mich dazu, mich nicht verrückt zu machen, und verkneife mir den Impuls, schon am Abend die Antworten auf den diversen Prüfungsplattformen mit anderen zu vergleichen. Jetzt kann ich ohnehin nichts mehr ändern, und wenn ich an der unteren Grenze läge, würde es mich für den dritten Prüfungsteil nur zusätzlich stressen.

Im Netz postet jemand das Foto einer Bambushütte am Strand. Storm markiert mich und setzt einen Zwinkersmiley neben meinen Namen. Ich drucke mir den Schnipsel aus und nehme ihn als zusätzlichen Glücksbringer mit zu Tag 3. Den Phönix lege ich darauf. Mir kann nichts passieren, solange ich meinen Fokus behalte. Alles wird gut.

Drei Tage hintereinander zeige ich meinen Personalausweis und die Einladung zum Examen, hänge meine Jacke und meinen Rucksack draußen vor der Tür an die Garderobe, setze mich wie sieben oder acht andere Studierende in diesem Prüfungsraum an denselben nummerierten Platz, nur mit einer Thermoskanne Tee, Nüssen und ein paar Energieriegeln bewaffnet, zeige noch mal meinen Ausweis bei der Kontrolle, ob ich auch wirklich am richtigen Platz sitze und unterschreibe. Im Gegenzug erhalte ich Bleistifte, Radiergummis, Fragenhefte und Antwortbögen des jeweiligen Tages. Dann wird die Anfangszeit dokumentiert, und die Zeit läuft.

Start um 9 Uhr, Ende um 14 Uhr. Jeder Gang zur Toilette ist streng überwacht und geht von der Zeit ab. Jeden Tag dasselbe Ritual. Ab dem Moment, da ich mein Heft aufschlage, verschwimmt alles andere, dann sind da nur noch ich, die Fallbeispiele, die Antwortmöglichkeiten und die Buchstaben. Welchen kringle ich ein? A, B, C, D und/oder E? Davon hängt alles ab. 107 richtige Buchstaben am Tag. Nur einmal sind es 106.

Die Zeit nach 14 Uhr verschwimmt. Storm ist da, und meine Eltern sind es natürlich auch. Sie stehen mir zur Seite wie Trainer und Coach einem Boxer, wenn der Pausengong ertönt. Genauso komme ich mir vor, ich torkle in meine Ecke, lasse mich mit Essen und Trinken aufpäppeln, setze mir die Kopfhörer auf und wühle mich noch einmal durch Lernkarten und Podcasts. Jeden Tag sind Wissensgebiete abgehakt, und die Wahrscheinlichkeit steigt, herauszufinden, was noch drankommen könnte. Müsste. Wird. Storm zerrt mich zu mindestens einem gemeinsamen Hundespaziergang täglich an die frische Luft. Morgens stellt er mich unter die Dusche, abends falle ich todmüde ins Bett. Haben wir Sex? Ich kann mich nicht erinnern.

Hundert Tage werden von meinem Online-Lernprogramm zur Vorbereitung angesetzt, von morgens bis abends, auch an den Wochenenden: Vollzeit im Wortsinn. So ziehen es wohl die meisten Studierenden durch, und so hatte ich mir das ursprünglich auch gedacht. Scheinfrei sein, durchstarten. Dann kam mir das Leben dazwischen, mit ziemlich vielen Tiefen und Zwangspausen, mit der grundsätzlichen Überlegung, alles an den Nagel zu hängen – und so ganz bin ich mir immer noch nicht sicher, ob ich mich wirklich als Ärztin sehe. Aber da waren auch schwindelnde Höhen. Und sind immer noch da. Ich hatte weit mehr als nur hundert Tage zur Vorbereitung auf mein Zweites Staatsexamen, Glück im Unglück. Okay, meine Famulatur war etwas turbulent. Aber davon abgesehen hatte ich in den letzten Monaten jede Menge Zeit zum Lernen. Schon bevor ich in die Staaten geflogen bin, hatte ich in jeder freien Minute einen Podcast im Ohr, meine Lernkarten in der Hand oder Bücher in Reichweite. Selbst während meiner Famulatur habe ich gepaukt – und zuletzt noch einmal einundzwanzig Tage am Stück zur Wiederholung –, wobei ich den Krankenhausaufenthalt und ein paarmal Schwächeln wegen Liebeskummer abziehen muss. Ist das Wahnsinn?

Es fühlte sich streckenweise jedenfalls an wie ein Selbstmordkommando, und das tut es immer noch. Ein Pensum, das man sowieso schon nicht schaffen kann: sich zehn Semester Medizin in wenigen Wochen so einzuprägen, dass man sie in drei Tagen Prüfung abrufen kann. Ich hätte nie gedacht, dass das möglich ist, dass mein Hirn in der Lage wäre, all die verschiedenen Themengebiete, Medikamente, Wirkstoffe, Symptome, Differenzialdiagnosen und Behandlungswege abzurufen.

Es *ist* Wahnsinn.

Und dann ist es vollbracht.

Ich ziehe die Tür hinter mir zu, lehne mich für einen Augenblick mit dem Rücken daran und schließe die Augen.

Das war's.

Eine Millisekunde lang habe ich ein Déjà-vu, aber diesmal ist es kein Traum. Es ist die Realität. Meine neue Wirklichkeit. Ich bin durch. Abgegeben. Feierabend.

Dann drückt jemand von hinten gegen die Tür, für den Bruchteil einer Sekunde bleibt mein Herz stehen, und ich rechne doch noch mit einer Katastrophe – dann ist der Schreck vorbei.

»Sorry«, sage ich und mache einen Schritt nach vorn.

Ich hatte fast vergessen, dass ich noch an der Tür lehne und nach mir auch die anderen Mitprüflinge aus dem Raum wollen.

Das Lernen hat ein Ende. Vorerst zumindest. Nach dem PJ, dem praktischen Jahr, steht noch die mündliche Prüfung an, zwei Tage mehr, in denen ich auf Herz und Nieren geprüft werde, aber daran will ich jetzt nicht denken. Und danach – danach werde ich Ärztin sein, hochoffiziell. Vielleicht könnte ich sogar in den USA einen Doktorvater finden und promovieren? Am Ende doch noch einen D.O. – *Doctor of Osteopathic Medicine* – erwerben? Ich kann meine Ausbildung in den Vereinigten Staaten anerkennen lassen. Aber will ich das eigentlich?

Ich greife in meine Jeanstasche und hänge mir das Kettchen mit dem Phönix um den Hals. Warm und beständig fühlt er sich an. Das ausgedruckte Bildchen mit der Strandbar hat den Aufenthalt in meiner Hosentasche dagegen nicht so gut überstanden. Ich streiche es noch einmal glatt. Ein Lächeln huscht über mein Gesicht, und ich spitze die Lippen zu einem übermütigen, dankbaren Luftkuss, bevor ich den Papierschnipsel zerknülle und auf dem Weg zur Garderobe in den nächsten Papierkorb schnippe.

»April Fischer, D.O.«, murmle ich probeweise, während meine Gedanken sich überschlagen. Ich glaube, dass das geht. Ich habe mich nur noch nicht im Detail damit beschäftigt. Das habe ich auf nach der Prüfung verschoben, und, Mann, die hatte es in sich.

Ich möchte gar nicht wissen, wie schwer das Hammerexamen früher war, als man zuerst das PJ absolvierte und dann nach drei Prüfungstagen sofort die mündliche erfolgte. Macht fünf volle Tage unter Starkstrom. Mir reicht es auch so. Voll und ganz.

Ein vorsichtiges Lächeln schleicht sich in mein Gesicht, als ich realisiere: Ich bin frei! Nach dem Staatsexamen – das ist genau *jetzt*. Und was nun? Was fange ich eigentlich damit an … und mit mir … wenn ich tatsächlich … fertig bin?

Ich könnte tanzen, hüpfen, schreien, aber dazu reicht meine Kraft gerade nicht. So erschöpft war ich selten in meinem Leben. In meinem Kopf sind innere Medizin, Pharmakologie, Neurologie, Pädiatrie und Chirurgie zu einer diffusen Masse aus Bleistiftkringeln zusammengeklumpt und verschmolzen, die ich in meinem Aufgabenheft um die Buchstaben A, B, C, D und E gemalt und dann auf den Antwortbogen übertragen habe.

Ich drücke das letzte der drei Aufgabenhefte vom IMPP an mein Herz. Weder Sheldon Cooper noch sonst irgendwer wird es mir wegnehmen. 320 Fragen in drei Tagen, Einzelfragen und Fallbeispiele mit bis zu fünfzehn angehängten Aufgaben, dazu CT-Bilder, Röntgenaufnahmen und Laborberichte. Dreimal fünf Stunden Zeit, den richtigen Buchstaben anzukreuzen. Das macht im Schnitt etwas mehr als zwei Minuten pro Aufgabe. »A, B, C, D, E«, singt etwas in mir. Ich musste keine Frage auslassen, ich habe zu jedem Einzelfall, zu jedem komplexeren Sachverhalt, zu jeder einzelnen Ziffer eine Antwort wählen können. Das ist es, wovor ich am meisten Angst gehabt hatte: dass ich mich nicht hätte entscheiden können, Blackout, Super-GAU. Denn gar nichts anzukreuzen ist fatal, man nimmt sich dadurch rein rechnerisch eine zwanzigprozentige Chance. Ich habe meine Chancen genutzt. Alle 320.

Und jetzt zittern mir die Knie.

Sechzig Prozent, ich brauche theoretisch nur sechzig Prozent richtige Antworten, um das Ding zu rocken. Aber ganz egal, ob und wie, jetzt ist es vorbei. *Roger and out, over!*

»Ich hab's geschafft, ich bin frei«, murmle ich vor mich hin.

Das ist mein neues Mantra. Er hört sich interessant und fremd an, der Klang dieser Worte. Emotional ist das alles noch kein bisschen zu mir durchgedrungen.

»Das war's«, probiere ich weiter.

Ich kann es nicht spüren, kann es noch immer nicht ganz fassen.

Außerdem bin ich unsicher, ob ich es wirklich gepackt habe – es waren durchaus ein paar trickreiche Fragen darunter. »Kolibris« nennt man die. Das ist das Gemeine bei Multiple Choice: Man weiß nie, ob man nicht doch danebengelegen hat.

»Lieber Gott, bitte mach, dass es gereicht hat!«

Wenn ich bestehe, habe ich meine Approbation so gut wie in der Tasche – noch so ein unglaublicher Gedanke.

Auch aus den anderen Sälen strömen jetzt die Prüflinge. 14 Uhr und 4 Minuten. Ich lächle einer der Aufsichtspersonen an den Garderoben zu, stopfe das Aufgabenheft, meine Thermoskanne und eine frische Packung Nüsse in den Rucksack und schlüpfe in die Jacke, bevor ich ihn schultere.

Dann werde ich überholt und mitgerissen, schwimme mit im Strom der anderen frisch gebackenen Mediziner (na ja, so gut wie) – in mein Post-Examen-Leben.

»Geschafft!«, rufe ich der Kommilitonin zu, die als Erste nach mir aus dem Prüfungsraum 14 gekommen ist, und mein Strahlen etwas unwirsch erwidert.

»Abwarten«, brummt sie, klemmt sich ihre Tasche unter die Achsel und hängt mich ab.

Aber ich lasse mich nicht von ihrem Pessimismus anstecken, statistisch fallen weniger als zwei Prozent bei diesem Examen durch.

Jetzt heißt es nur noch, mindestens fünfzehn Werktage durchhalten, bis das IMPP die Ergebnisse online stellt.

Ich schwebe durch die Gänge, lasse mich im Gewimmel hinaustragen und steuere quer über einen Grünstreifen und dann an der Straße entlang in Richtung Parkhaus, wo ich mit Storm verabredet bin. Er hat mich gebracht. Jeden Tag – weil ich zu nervös war, um Auto zu fahren, und natürlich wollte er es sich nicht nehmen lassen, mich auch heute wieder abzuholen. Heute erst recht nicht.

Ich fingere gerade mein Handy heraus, um ihn zu fragen, ob er schon da ist, als es hinter mir hupt. Eine Autotür schlägt, Schritte sind zu hören, und gerade, als ich mich umdrehe, steht er auch schon vor mir, mit einem riesigen Blumenstrauß in der Hand. Er nimmt mich in die Arme, hebt mich hoch, wirbelt mich herum und küsst mich. Ich lache und weine zugleich. Adrenalin, Endorphin, Serotonin, Oxytocin – ich bin total im Hormonschock, und es ist mir genauso egal wie ihm, dass er mal eben den Verkehr auf dem Unigelände lahmlegt.

»Wie geht's dir?«, keucht er nach einer ganzen Weile und setzt mich ab, wobei er das wütende Hupen all derer, die jetzt in einem Bogen um den Wagen von Mama herumfahren müssen, einfach ignoriert.

»Ich habe keine Ahnung«, antworte ich lachend und widerspreche mir gleich darauf, während ich um das Auto herumrenne, meine Tasche nach hinten pfeffere und etwas außer Atem einsteige. »Doch! Frei wie ein Vogel!«, japse ich. »Und das ist herrlich, es ist ein unglaubliches Gefühl!«

»Das klingt gut«, sagt er und startet den Motor. »Wann bekommst du die Ergebnisse?«

»In zwei bis drei Wochen, heißt es.«

Storm steigt ebenfalls wieder in das Auto, lässt die Fensterscheibe herunter, schiebt das Ticket in den Automaten an der Schranke und fädelt sich in den Verkehr ein. Ich warte ungeduldig, bis er den nächsthöheren Gang eingelegt hat, und greife nach seiner Hand. Ich muss ihn spüren. Wenn ich ihn anfasse, wird das alles real.

Das letzte von drei Heften mit den Prüfungsaufgaben ruht in meinem Rucksack, gleich neben dem angenagten Bleistift. Sie sind stumme Zeugen dafür, dass es vorbei ist. Geschafft.

»Lass uns ans Meer fahren«, bitte ich impulsiv, da sind wir noch nicht mal am Weidetorkreisel angelangt.

»Okay?!« Er riskiert einen Seitenblick zu mir, bevor er sich wieder dem Straßenverkehr widmen muss.

Wir sind stadtauswärts unterwegs, Richtung Messeschnellweg, der uns nach Hause bringt.

»Können wir noch kurz in Lüttjenwulbeek anhalten, damit wir den Hund einladen können? Und darf ich mir wenigstens eine Badehose einpacken?«

»Brauchst du nicht.«

Er zieht vielsagend die Augenbrauen hoch, und ein Lächeln umspielt seinen Mund.

»Nicht, was du denkst. Zum Schwimmen ist es viel zu kalt«, erkläre ich. »Ich dachte an Sturm in den Haaren, dicke Regenjacken und abends Ostfriesentee und Grog und ein Stück warmer Apfelkuchen mit Rosinen und Vanilleeis. Du hast noch keine Wattwanderung gemacht. Wir müssen barfuß im Schlick rutschen, Muscheln suchen und angespülte Quallen retten. Das steht immer noch fett unterstrichen ganz oben auf meiner Liste für dich und uns und Norddeutschland!«

Storm lacht. Dieses kehlige Schokoladenlachen, das mir sofort ein Kribbeln durch sämtliche inneren Organe jagt.

»Noch ein Grund mehr, zuerst zu Hause anzuhalten. Dann würde ich mir auch gern ein Handtuch mitnehmen.«

Ich lasse mich gegen die Rücklehne plumpsen. »Ach, papperlapapp. Handtücher werden überbewertet. Die gibt's auch da oben, in irgendeiner niedlichen Pension mit Reetdach.« Ich seufze. »Aber Sky ist ein Argument. Das einzige, das ich zählen lasse.«

»Soso.« Er grinst breit, die Augen weiter nach vorn auf den Verkehr gerichtet.

»Im Ernst, Storm. Lass uns feiern! Ich habe eine gefühlte Ewigkeit quasi nur zwischen Medizinkompendien und Onlinefragebögen gelebt.«

»Ich weiß, ich war dabei.« Jetzt sieht er doch mal kurz zu mir herüber und zwinkert mir zu. »Du meinst also, du und ich am Meer, Sand zwischen unseren Zehen –«

»Oder unter den Gummistiefeln …«, unterbreche ich kichernd.

»Und dazu ein verrückter Hund, der durch die Gischt tobt, die ebenso schäumt wie der Sekt in unseren Gläsern?«

»Oder recyclebaren Pappbechern – ist windig am Meer, im Norden.« Ich nicke heftig. »Und was den Rest angeht – ganz genauso. So stelle ich mir das vor.«

»Na gut, dann los. Lass uns das machen. Allerdings ... Ich meine, die Nordsee hat natürlich ganz sicher ihre Reize, und ich will da unbedingt mal mit dir hin, aber würde es dich sehr stören, wenn wir an einen etwas wärmeren Strand fahren würden? Mit höheren Wellen, auch jetzt noch angenehmen Badetemperaturen und –«

»Was schwebt dir vor?«, frage ich und gehe im Geist mögliche Last-minute-Möglichkeiten innerhalb Europas durch.

Auf den Kanaren wäre es jetzt noch warm genug. Mittelmeer wäre um diese Jahreszeit bereits grenzwertig, Zypern ginge vielleicht gerade noch. Oder Marokko? Tunesien? Aber da zieht es mich irgendwie nicht so hin.

»Dachtest du an eine Auszeit im Süden, während wir auf die Prüfungsergebnisse warten? Soll ich meine Eltern fragen, ob sie auf Sky aufpassen würden? Das ist so eine süße Idee!«

Er schüttelt den Kopf. Sein Gesichtsausdruck verändert sich.

»Oh«, macht er betroffen. »Nein, sorry. Ich wollte dich jetzt nicht auf die falsche Fährte bringen, Keks. Das wäre sicher was Tolles, aber ...«

»Nein, nein, ist doch nicht schlimm«, beeile ich mich zu sagen.

»Also, wenn du es so lange noch aushalten kannst, dann dachte ich eher an einen kleinen Umweg auf unserem Rückflug, bevor sich die gesamte Presse auf uns stürzt. Es sieht so aus, als sollten wir ein bisschen Kraft tanken, vor dem Finale. Was würdest du von Hawaii halten? Natürlich nur, wenn ...«

»Finale? Heißt das, Wheeler ist eingeknickt? Hawaii?«, kreische ich los. »Ist das dein Ernst? Hawaii wie in ... Hawaii?!«

Jetzt zucken seine Mundwinkel. »Äh, ja. Dieses Hawaii, die Inselgruppe im Pazifik.«

»Ich fasse es nicht«, quietsche ich und halte mich mit beiden Händen am Autositz fest, damit ich nicht abhebe. »Und Wheeler hat sich tatsächlich gemeldet? Er lässt dich auftreten?« Ich stoße einen Triumphschrei aus. »Das ist der Hammer! Seit wann weißt du das?«

»Seit zwei Tagen. Ich wollte dich nicht ablenken, versprochen ist versprochen. Es wird noch eine offizielle Pressemitteilung geben. Aber erst, wenn wir zurück sind. Er will ein Riesending draus machen.«

Ich schreie noch einmal. Meine Augen brennen, ich habe einen Kloß im Hals, und ich weiß nicht, ob ich heulen oder lachen soll. Ich glaube, das nennt man einen hysterischen Anfall.

Storm schenkt mir einen raschen Seitenblick, bevor er sich wieder auf die Straße konzentriert. »Alles okay mit dir?«

»Okay? Mehr als okay. Viel mehr! Ich könnte heulen vor Glück. Ach, scheiß drauf, ich tu's einfach. Storm, das ist Wahnsinn. Ich freu mich so. Für uns beide! Du bist im Finale. Und: Hawaii! Aber ist das nicht irre teuer?«

»Weißt du, dieses ganze Chaos hatte durchaus auch sein Gutes. Martys Cousine Elsie ist durch die Fernsehshow und den Artikel auf mich aufmerksam geworden. Sie lebt auf Maui und würde sich gern mit mir – mit uns – treffen und reden. Und sie hat ein Gästehaus.«

»Was sagst du da?! Das ist ja … Das wird ja immer abgefahrener!« Ich kralle meine Hand in Storms Oberschenkel, während ich aufgeregt weiterkreische. »Du hast eine Cousine auf Hawaii?«

»Nein, Marty hat …«

»Fahr bitte sofort rechts ran, sonst bauen wir einen Unfall.«

»Nein, ich hab alles im Griff.«

»Aber ich nicht!«

»Aber ich kann hier nicht einfach …« Storm sieht hektisch über seine Schulter und in den Rückspiegel.

»Doch, du musst! Bitte! Du kannst mir nicht einfach solche Sachen sagen, und dann … Setz einfach den Warnblinker und halte auf dem Standstreifen. Das ist ein Notfall, und dafür sind die Dinger da.«

»Das sind sie nicht, und du weißt das genau.«

Seine wunderschönen grünen Augen strahlen mich an, während ich nach allen Regeln der Kunst ausflippe.

»Hawaii! Das ist mein Lebenstraum! Ich wollte immer schon nach Hawaii! Oh. Mein. Gott!!!«

Ich hibble auf meinem Sitz herum wie Sky, wenn er vor Aufregung nicht weiß, wohin mit sich, und taxiere den Verkehr durch sämtliche Autofenster. Der Schnellweg ist um diese Zeit fast leer, für den Feierabendverkehr ist es noch zu früh, und wir sind bereits raus aus der Stadt, irgendwo zwischen Lahe und Beinhorn.

»Bitte, Storm. Ich brauche nur fünf Sekunden. Wo bleibt dein Sinn für Rock 'n' Roll?«

Mein Herz überschlägt sich fast, zumindest fühlt es sich so an, auch wenn ich sehr genau weiß, dass es das nicht kann.

Ich habe bereits den Gurt in der Hand, vielleicht macht er dann endlich, was ich sage.

Kopfschüttelnd setzt er den Blinker und fährt schließlich rechts ran, zieht die Handbremse und nimmt den Gang heraus, und ich komme endlich gefahrlos dazu, mich auf ihn zu werfen und ihn zu küssen.

»Hawaii?«, frage ich noch einmal, als ich kurz Luft hole. »Finale?«

Der Warnblinker klickt im Takt unserer Herzen, als Storm den Motor ausschaltet und mich an sich zieht.

»Sieht so aus.«

Er lacht. Wieder dieser dunkle, samtige Schokoladenton, der mich ganz kirre macht.

»Dein Dad wollte mir heute Abend helfen, Multiflugtickets herauszusuchen. Falls ich es schaffen sollte, so lange dichtzuhalten. Aber das ist unmöglich mit dir!« Er schmunzelt. »Hilfst du mir? Diese deutschen Suchmaschinen machen mich wahnsinnig. Ich wollte nur nichts vor dem Ende deiner Prüfungen buchen.« Er zwinkert mir noch einmal zu. »Seit Neuestem weiß ich ja, dass du abergläubisch bist.«

»Zumindest, was Staatsexamen angeht«, gebe ich ihm recht und presse meine Lippen auf seine, bis sein Mund sich erneut für mich öffnet und wir so hungrig knutschen, dass meine Mitte anfängt zu kribbeln und zu bitzeln, als ob ein Schwarm Hummeln darin erwacht wäre und energisch nach dem Ausgang sucht.

»Jetzt müssen Sie schleunigst von mir herunterklettern, sonst haben wir ein Problem, Frau Doktor, und das möchte ich Ihnen nicht auf dem Standstreifen zeigen, sonst bekommen wir wirklich Ärger.«

»Soso«, wispere ich heiser. »Und ich soll mir das nicht anschauen? Ich meine, so ein Notfall …«

Storm schiebt mich mit dem Gesichtsausdruck von jemandem, der es hasst, vernünftig zu sein, ein Stückchen weg von seinem einladenden Körper. Er stöhnt, als ich mit meiner Hand langsam über seine Brust und seinen flachen Bauch abwärtsgleite, bis ich die interessanteste Stelle seiner Jeans erreiche.

»Mir scheint, hier liegt eine ungewöhnliche Raumforderung vor. Das scheint dringend zu sein. Ganz sicher, dass ich nicht lieber auf der Stelle nachsehen soll?«

»Besser. Nicht«, keucht er.

Bedauernd streiche ich mit dem Finger über die verräterische Wölbung, küsse Storm noch einmal ausgiebig und hangle mich zurück.

»Na gut«, sage ich leichthin. »Ich lehne jede Verantwortung ab. Auf eigenen Wunsch und ausdrücklich gegen meine ärztliche Empfehlung entlassen. Dann kannst du von mir aus weiterfahren.«

»Du kleines Biest.« Widerstrebend lässt er mich los. »Als ob das so einfach wäre«, sagt er etwas zeitverzögert.

»Selbst schuld«, gluckse ich und beiße mir auf die Unterlippe, während ich mich anschnalle und er den Gang einlegt.

Ich finde es nur gerecht, dass er genauso atemlos ist wie ich.

»Du bist im Finale, und wir fliegen nach Hawaii«, sage ich leise und schließe verträumt die Augen. »Ich finde lebendig sein gerade ziemlich großartig.«

Mein Herz klopft immer noch wie verrückt, als wir den Schnellweg verlassen und auf die Landstraße einbiegen, die uns nach Lüttjenwulbeek bringt.

»Hawaii«, wiederholt Storm lächelnd und fasst nach meiner Hand. »Sobald du dein Zeugnis hast, fliegen wir nach Hause ... Wenn das für dich in Ordnung ist? Du sagtest, die Prüfungsergebnisse hast du spätestens in drei Wochen?«

Ich nicke.

»Nach Hause«, wiederhole ich und schmecke den Geschmack dieser Worte auf meiner Zunge.

Sie meinen San Francisco.

»Ob Maria schon einen Nachmieter hat?«

Sie hat Murphy tatsächlich hinausgeworfen. Diese Neuigkeit hat es dann doch durch die mir gegenüber verhängte Nachrichtenzensur geschafft.

Plötzlich sehne ich mich so sehr nach unserem Apartment in der Western Addition, dass sich mein Herz schmerzhaft in der Brust zusammenzieht.

»Ruf sie an«, sagt Storm vielsagend.

Ich drücke seine Hand.

»Es fügt sich alles, oder? Das klingt fast zu schön, um wahr zu sein.«

Storm führt meine Finger an seinen Mund und küsst sie. »Wir haben es uns verdient, Keks. Der Plan ist: Wir schleichen uns bei Nacht und Nebel mit Sky zu Tante Maggie und Lydia, laden den Kleinen dort ab, schlafen den Jetlag aus und fliegen mit der Spätmaschine nach Maui. Ich habe schon mit den beiden gesprochen – rein hypothetisch, versteht sich. Einverstanden?«

»So was von!«

Er zwinkert mir zu. »Sie freuen sich sehr, den Racker bei sich zu haben, während wir uns auf der Insel herumtreiben und ein wenig Kraft schöpfen, bevor uns beide die Arbeit wiederhat.«

Ich strahle ihn an. Arbeit – für mich könnte das der Beginn meines PJs im San Francisco Memorial sein, für Storm eine kleine Club-Tour mit Presseterminen, gefolgt von einem alles entscheidenden Fernsehauftritt. Und dann … Dann liegt der nächste Abschnitt unserer gemeinsamen Zukunft vor uns.

Meine Mutter kommt kreischend vom Briefkasten zurück und schlägt die Haustür zu, dass die Bilder wackeln.

Wir sitzen beim gemeinsamen Frühstück, mit Brötchen, selbst gekochter Marmelade und frischen Eiern von den Hühnern unserer Nachbarin, die, wie es sich gehört, über Wiese und Misthaufen klettern und in dampfenden Pferdeäpfeln nach Würmern und Körnern scharren – und zu Skys großer Freude schnatternd auseinanderstieben, wenn er sie mit einem gezielten Kläffen erschreckt. Er wird das Landleben vermissen, wenn wir zurückfliegen. Wenn.

Bang sehe ich meine Mutter an. »Ist er da?«

Storm legt das Buttermesser weg und hält meine Hand.

Ich schließe die Augen. Mir ist kodderig, und mein Herz wummert wie die Bassdrum in Storms Komponierprogramm.

»Wie groß ist der Umschlag?«, frage ich zitternd.

Kleiner Umschlag schlecht, großer Umschlag gut …

»DIN A4«, höre ich meinen Vater. Er muss sich räuspern.

Vorsichtig blinzle ich mit einem Auge und schiele auf das Kuvert, das meine atemlose Mutter vor ihre Brust hält.

»Mach auf«, sagt sie.

»Dann musst du ihr den Brief geben«, sagt Storm und schmunzelt.

»Nein«, sagen Mama und ich gleichzeitig.

»Okay«, sagen wir dann beide, und unsere Männer lachen.

Mit zitternden Händen greife ich schließlich zu. Mama streckt das braune Kuvert über den Tisch. Unsere Arme gleichen ein wenig dem Gemälde von Michelangelo in der Sixtinischen Kapelle. *Die Schöpfung.* Passt ja auch irgendwie. Ich habe mir tausendmal den Kopf darüber zerbrochen, was ich tue, wie ich mich fühle, wenn ich in diesem Moment kein Zeugnis vorfinden werde – und mindestens ebenso oft, was ich tue, wenn ich es tatsächlich schwarz auf weiß vor mir sehe.

Aber jetzt gerade ist alles wie ausradiert. Mein Hirn ist leer, mein Herz überschlägt sich, ich höre meinen eigenen Puls und sogar meinen Atem übersteigert laut in meinem Kopf.

»Mit dem Messer, oder wie?«, frage ich heiser.

»Brieföffner«, sagt mein Vater und reicht mir das silberne Stilett mit dem Nussbaumgriff, das sich seit Ewigkeiten in unserer Familie befindet und nie benutzt wird, weil Finger oder Buttermesser genauso funktionieren. »Stilecht«, ergänzt er und nickt mir zu.

»Also dann.« Ich schlucke.

Hört sich das Ratschen des Papiers für alle so gespenstisch an?

Alle Augen sind auf mich geheftet. In Zeitlupe ziehe ich

den Papierstapel aus der Hülle, blättere einen Bogen nach dem andern um und lasse ihn sinken.

»Und?«

»Was ist?«

»Jetzt sag schon!«

»Bestanden«, hauche ich, und Jubelgeschrei bricht los.

Ich war noch nie so glücklich, glaube ich. Überwältigt, ungläubig und unendlich erleichtert sehe ich von meinen Eltern zu Storm. Oder … fast nie … ergänze ich im Stillen.

»Ich hol den Sekt«, sagt mein Vater und wischt sich verstohlen eine Träne aus dem Augenwinkel.

Mama nickt.

Storm schließt mich strahlend in die Arme, und ich passe auf, dass ich das Zeugnis nicht zerdrücke oder aus Versehen in die Butter werfe.

»Hawaii, Frau Doktor«, flüstert Storm in mein Ohr, und sein heißer Atem verursacht mir Gänsehaut.

»Hawaii«, wiederhole ich. »Aber ob ich jemals eine Doktorarbeit schreibe, überlege ich mir, wenn es so weit ist.«

# Kapitel 14

## Storm

»*Aloha!* Herzlich willkommen!«

Ihre Augen strahlten, als ihr der Blumenhändler in der Ankunftshalle auf Maui einen Blütenkranz aus rosafarbenen Blüten umhängte.

Storm steckte bereitwillig das Handy weg. Nur zwei Anrufe und ein paar Textnachrichten waren eingegangen, während sie über dem endlosen Pazifik offline gewesen waren. Eine war von Laureen. »Melde dich. Ist dringend.« Er löschte sie, ohne zu zögern. Die Hyänen hatten also Witterung aufgenommen.

Aber Hawaii lag mitten im Ozean. Hier hatten sie keinen Zutritt. Nicht einmal zu seinen Gedanken.

Er erwiderte Aprils Strahlen. Sie traute sich kaum, die Blumen zu berühren.

»Tuberose und Plumeria – auch Frangipani genannt«, erklärte der Hawaiianer.

Sein kurzärmeliges, knallbuntes Hemd spannte ein wenig über dem Bauch, und der Geruch seines Aftershaves bildete einen seltsamen Kontrast zu den Blumengirlanden in seinem Arm. Seine Beine steckten in khakifarbenen Shorts und die Füße in grellpinken Flip-Flops.

»Sieh doch mal, wie wunderschön die sind«, hauchte April. »Und wie die duften! Ich dachte, das würde nur im Fernsehen so gemacht – oder für Stars.«

Sie hob die fünfstrahligen Blütenköpfe mit den schimmernden, wunderschönen Farbverläufen von Gelb zu Orange behutsam unter ihre Nase und schloss die Augen, um den Blütenduft zu inhalieren. Er beeilte sich, den freundlich lächelnden Händler zu bezahlen, um ihr die Illusion nicht zu rauben.

Als sie die Augen wieder öffnete, war das Blau ihrer Iriden noch leuchtender als sonst. Wie der Lake Tahoe an einem klaren Sommertag. Sie sah wunderschön aus in ihrem schlichten hellgrünen Sommerkleid. Die Blumen machten die Sensation komplett.

Geschäftstüchtig lotste der Händler April näher an seinen Stand.

»Wenn Sie den Lei in den Kühlschrank legen, hält er mehrere Tage«, erklärte er.

Bewundernd sah sie den Mann an, als hätte er die Kränze selbst aufgefädelt.

»Lei?«

»So heißen die Blumengirlanden«, sagte Storm. »Du darfst sie nicht wegwerfen. Beim Abschied gibst du sie der Insel zurück, als Dank.«

»Ich darf sie nicht mitnehmen?« Erschrocken sah sie den Mann an.

»Das ist Tradition«, sagte er entschuldigend. »Heute ist fast alles erlaubt mit Ihrem Lei, außer ihn abnehmen in der Gegenwart des Schenkenden. Das wäre sehr unhöflich!«

»Oh, das werde ich nicht tun«, versprach sie und sah den Händler an.

Der zeigte auf Storm, aber er stellte sich schnell so, dass April ihn nicht sehen konnte, und schüttelte entschieden den Kopf.

»Eine Blüte hinters Ohr vielleicht?«, lenkte der Händler das Gespräch schnell wieder aufs Geschäftliche. »Die Blumen Hawaiis sprechen eine eigene Sprache! Über dem rechten Ohr – Single.« Er blinzelte sie treuherzig an. »Linkes Ohr – vergeben.« Er schnitt eine traurige Grimasse.

»Nein, danke«, sagte sie und drehte sich zu Storm um.

Sie lachte, fröhlich und unbeschwert wie ein junges Mädchen. Er hatte sie lange nicht so entspannt und glücklich gesehen. In diesem Moment hätte er dem Hawaiianer den ganzen Stand leer gekauft.

Dann zog sie ihn am Arm. »Komm, Storm, du auch! Lass mich dir einen kaufen, okay?«

Er konnte ihr einfach nichts abschlagen.

Der gewiefte Blumenhändler grinste zufrieden, als er die Dollarnoten in seine Hemdtasche steckte.

April dagegen strahlte wie ein Engel, als sie Storm eine Blütengirlande umhängte, die mit der ihren beinahe identisch war.

*»Aloha, Mister!«*, rief sie überschwänglich. »Denk dran, du darfst sie nicht in meiner Gegenwart ausziehen«, raunte sie danach gerade so laut, dass nur er sie hören konnte, und glitt wie nebenbei mit der flachen Hand über seine Brust.

Ihre Berührung fühlte sich an wie ein Versprechen.

»Du weißt, was das bedeutet.«

Oh ja, das wusste er. Und er sehnte den Augenblick herbei, wenn sie dieses Versprechen einfordern würde.

Beim Stopover in San Francisco hatten sie keine Minute für sich gehabt. April war von ihrer Patentante Maggie und von Lydia komplett vereinnahmt worden. Das Temperament der beiden ließ einen schwindelig werden – und Sky tat sein Übriges dazu. Die wesentlich ruhigere Lydia und er hatten mehr als einen belustigten Blick deswegen getauscht. Die Trennung von dem wilden Labradormischling war ihnen beiden nahegegangen, auch wenn es sich nur um ein paar Tage handelte. Kostbare Tage allerdings, die er intensiv mit April ausschöpfen wollte.

Im Moment war er vor allem nervös. Wie würde Martys Cousine auf ihn reagieren?

»Mach dir keine Sorgen«, sagte April leise, als hätte er den Gedanken laut ausgesprochen.

Sie legte ihm den Arm um die Taille, als sie mit dem Kofferkuli in Richtung Ausgang schoben. Und sie blieb noch dichter an seiner Seite, als sie die blondierte Lady in den Sechzigern entdeckten, die mit Golfcap, Poloshirt, Shorts und in Glitzersandalen an einem Cabrio lehnte und ein Schild hochhielt, auf dem schlicht *»Marty's Gang«* stand.

Sein Herz klopfte ihm bis zum Hals, und ihm wurde schwindelig. Marty. Da waren wieder diese Bilder. Das Blut, der Pool, der Chlorgeruch. Das Gefühl, abrupt nüchtern zu werden, weil etwas unvorstellbar Furchtbares geschehen war – und dann der Schmerz. Aber er stürzte nicht in dieses bodenlose Loch. Nicht wie sonst. Er fühlte Aprils Körper wie einen Anker neben sich. Wie ein Rettungsseil, das er umklammern konnte, und er hielt sich daran fest, als würde er wieder Gefahr laufen zu ertrinken. April war da. Sie war da. Und alles war gut, obwohl Marty tot war.

Und dann überrollte es ihn doch, ohne Vorwarnung, wie ein Eimer Wasser, der über den Kopf geschüttet wurde. Er war völlig überrumpelt. Er konnte es nicht abstellen.

»Ich vermisse ihn so schrecklich.«

Das waren seine ersten Worte an Martys ältere Cousine. Seine Schultern zuckten. Der so lang zurückgehaltene Schmerz, das war kein Eimer Wasser, es war ein ganzer Ozean. Da waren die Sorge um April, Wheeler, Murphy, Sky – es türmte sich auf wie ein Tsunami, und zugrunde lag die Katastrophe um Marty. Die Welle schlug unvermittelt und völlig überraschend über ihm zusammen, als Elsie ihn mit ihren gütigen Augen betrachtete. Er heulte wie ein kleiner Junge vor dieser kleinen Frau mit den absurd violett geschminkten Lippen und den furchtbar kitschigen Sandalen. Überfordert von seinen Gefühlen hörte er sich um Absolution betteln. Er würde unter diesen Wasserfluten ersticken, wenn sie sie ihm nicht erteilte. Weil sie ihn so fassungslos anstarrte, war er überzeugt, dass es so kommen würde. Leute blieben stehen, gingen weiter, abgewimmelt durch Aprils Gesten. Er fühlte April, die ihm über den Rücken streichelte, ihm Kraft gab, einfach da war, damit er das durchstehen konnte. Aber Vergebung, Vergebung konnte sie ihm nicht geben. Er würde ersticken.

»Oh Schätzchen«, sagte Elsie, nahm sein Gesicht in ihre sonnengebräunten Hände und richtete ihn auf, um dann schnell nach einem frischen Papiertaschentuch für ihn zu angeln. »Das tun wir alle. Er war ein wunderbarer Mann, unser Marty, nicht wahr? Ich hatte ihn viel zu lange nicht gesehen. Aber ich weiß, wie viel du ihm bedeutet hast, und ich freue mich darauf, Erinnerungen mit dir auszutauschen. Kommt erst mal mit.«

Sie fingerte scheinbar ziellos mit ihrem Schlüsselbund herum, bis ein Piepen und Klacken signalisierte, dass sie es geschafft hatte, den Kofferraum des Pick-ups zu öffnen.

Storm wurde an Land gespült. Schiffbrüchig, ungläubig, fassungslos.

»Kriegt ihr das hin, *kids*? Steigt ein, wir halten hier ja den ganzen Verkehr auf.«

Er nickte wie in Trance und wuchtete den Koffer und Aprils Rucksack auf die Ladeluke. Er registrierte Aprils besorgten Blick und ihren Arm an seinem, und sein Zusammenbruch war ihm peinlich.

Aber sie wischte ihm einfach nur die Tränen aus den Augenwinkeln, küsste ihn sanft auf den Mund und nickte ihm zu. »Es wird alles gut, hörst du?«

Er erwiderte das Kopfnicken und zog sich neben sie auf den Beifahrersitz.

Sie saßen zu dritt vorn, und Storm staunte immer noch, dass er einfach wieder atmen konnte, als sie sich in den Verkehr einreihten und die Inselhauptstadt langsam hinter sich ließen.

April stieß immer wieder verzückte Laute über die Schönheit des tropischen Paradieses aus. Die üppige Vegetation, die phänomenalen Ausblicke, Lavaformationen, das Meer. Hawaii.

Storm sah nichts davon.

Die beiden Frauen plapperten miteinander.

Elsie war eine herzensgute Frau. Er hatte sie vor Jahren kennengelernt, als sie Marty in L.A. besuchte, die »Jungs« spontan bekochte, ihnen zuhörte und einfach nur ganz natürlich und bodenständig mit ihnen umging. So, als wäre sie die leibhaftige – wenn auch etwas in die Jahre gekommene – grundgütige Tinkerbell, Storm Peter Pan und die Band ihre Horde verlorener Jungs.

Jetzt sah er eher aus wie das Phantom der Oper, aber für sie schien es keinen Unterschied zu machen.

Er dachte an Marty. In den ganzen vergangenen Wochen war er mit dem Außen beschäftigt gewesen, mit der Trennung von April, mit der Suche nach ihr, der Organisation der Reise, ihrer Krankheit, ihrem Examen, mit Wheeler, Sinjas Pressevorstoß, mit Sky, dem Rückflug … und jetzt – da das alles erledigt schien – brach die Vergangenheit noch einmal über ihn herein wie der verdammte Tsunami über Krakatau.

Marty amüsierte sich garantiert prächtig.

Weil das Meer Storm einfach ausspuckte. Es wollte ihn nicht haben. Er war aufgetaucht und schnappte verblüfft nach Luft.

Elsie umschwirrte ihn und April auch in ihrem Haus, als wäre nie etwas geschehen, scherzte mit April, bot ihnen etwas zu trinken an, schlug vor, das Gepäck einfach später abzuladen, während sie aus saftigen Mangos, frischer Ananas, Pinien- und Granatapfelkernen und einer riesigen Papaya mal eben einen exotischen Obstsalat zauberte.

April stibitzte sich ein Stück Ananas vom Schneidebrett, und Elsie drängte sie dazu, auch die Papaya zu probieren. Es endete damit, dass April eine prallvolle Probierschüssel mit nach draußen nahm und verzückt kaute, während Elsie an ihrer Seite von Hawaiis wunderbarer Flora schwärmte.

Nachdenklich sah er den beiden hinterher, als sie in den üppigen Garten vorausgingen, der in sattesten Grün- und Rottönen leuchtete, eine schier unglaubliche, subtropische Farbenpracht. Er schlenderte langsam hinterher, er brauchte einfach noch ein paar Augenblicke für sich.

Er wusste nicht, was er erwartet hatte. Dass Elsie ihn nach Hawaii einlud, um ihm den Kopf abzureißen? Das hatte sie schon bei der Beerdigung nicht getan. Doch damals war er zu benebelt gewesen, um ihr zu glauben, was von ihrer an ihn gerichteten, mitfühlenden Ansprache überhaupt zu ihm durchdrungen war. Er hatte sich kaum aufrecht im Rollstuhl halten können, zugedröhnt mit Schmerzmitteln, und die Ermittlungen waren auch noch nicht abgeschlossen gewesen. Danach hatte Ron Elsie abgewimmelt. Das Verhältnis der beiden war immer schon angespannt gewesen. Sie hatte nie einen Hehl daraus gemacht, dass sie Ron nicht mochte. Das beruhte auf Gegenseitigkeit, aber das war es nicht allein. Er hatte überhaupt niemanden an Storm herangelassen. Und irgendwann hatte auch Storm aufgegeben, nach ihr zu fragen. Er hatte sich aufgegeben, die Schuldgefühle saßen zu tief.

Heute war er ein anderer Mensch. Das lag vor allem an April.

Elsie und sie strahlten ihn an, als er zögernd das lichtdurchflutete Gästehaus betrat.

»Es hat einen Pool, sieh doch nur, Storm!« April stand am bodentiefen Fenster, drehte sich zu ihm um und zeigte hinaus.

Ihr Kleid wirkte im Gegenlicht beinahe durchsichtig. Ihre schlanken, langen Beine wurden von Licht und Stoff umschmeichelt, sie kam ihm vor wie ein Wesen aus einer anderen Dimension.

»Darf ich?«, wandte sie sich an Elsie.

»Aber natürlich, Liebes, geh nur!«

»Kommt ihr?« April quietschte glücklich und verschwand durch den klirrenden Vorhang aus Bambus und Glasperlen.

Elsie trat einen Schritt auf ihn zu und hakte sich ganz selbstverständlich bei ihm ein. »Was für ein wunderbares Mädchen, Storm. Ich bin so stolz auf dich! Marty hat immer gewusst, dass du die Kurve kriegen würdest.« Sie hatte Tränen in den Augen. »Er hat immer an dich geglaubt, und du hast ihn nicht enttäuscht. Du ahnst nicht, wie froh ich bin, das mit eigenen Augen zu sehen! Wie sich doch alles fügt.«

Storm schluckte. Er wusste nicht, was er sagen sollte. Seine Augen brannten.

»Alles gut, Junge«, flüsterte sie und strich ihm über die Wange. »Und jetzt raus in die Sonne mit dir. Du siehst blass aus.«

Sie traten durch den Vorhang ins Freie. April saß am Beckenrand, ihre Füße baumelten im Wasser, und ihre Finger liebkosten gedankenverloren eine der Blüten des Lei um ihren Hals.

Als sie die beiden sah, ließ sie die Girlande los und winkte. »Oh Storm, es ist herrlich. Vielen, vielen Dank, Elsie.«

»Nichts zu danken. Ich bin froh, wenn mal wieder ein wenig Leben in der Bude ist.« Sie deutete auf eine schmale Öffnung zwischen kräftig pink blühenden Oleanderbüschen und wucherndem Hibiskus. »Da vorn gibt es eine schmale Treppe zum Strand hinunter. Dahin verirrt sich selten jemand, und wenn, dann sieht man ihn schon von Weitem.« Sie kniff lächelnd ein Auge zu. »Aber seid vorsichtig, die Brandung hat es in sich. Das ist mehr was für Surfer als zum Baden, doch herrlich zum Spazierengehen. So.« Sie atmete aus. »Jetzt lasse ich euch erst mal allein, und später müsst ihr mir alles erzählen, was alte Frauen so interessiert – nur das Jugendfreie natürlich.« Sie lachte verschmitzt. »Dinner um sechs Uhr oben auf der Terrasse? Passt euch das? Und ja … vegan und bio, das weiß ich bereits.« Sie warf April einen Kussmund zu und ging über einen schmalen, mit Natursteinplatten ausgelegten Gartenweg zurück zum Haupthaus.

Storm zog seine Schuhe und Strümpfe aus, krempelte die Hose auf und ließ sich neben April nieder. Die Steine waren angenehm warm.

»Man muss sie einfach nur liebhaben, oder?« April lehnte sich glückselig an seine Schulter.

Er nickte, strich ihr sanft durch das Haar, in dem Sonnenreflexe tanzten, und zog sie an sich, um sie zu küssen. Sie schmeckte nach Papaya und Mango und ein bisschen nach der Zitronenscheibe der Limonade, die Elsie bereitet hatte. Ihre Haut duftete nach Sonne und den Blüten um ihren Hals.

Es war ein perfekter Augenblick.

Und alles andere da draußen konnte verdammt noch mal warten.

»Du hast zu viel an. Wollen wir runter ans Meer?«, wisperte sie an seinem Mund, ihr Atem ein sinnliches Versprechen. »Ich will dich spüren. Dich und nur dich – und Hawaii.«

# April

Die Stufen hinunter an den Strand bestehen aus ausgetretenen, uralten Holzbohlen. Sie sind schmal und steil und führen durch einen Urwald aus wildem Grün und Blätterrauschen. Storm und ich müssen geduckt hintereinander gehen. Mit einer Hand halte ich mich an dem glatt geschmirgelten Holzgeländer fest, mit der anderen hält mich Storm.

Als das Blattwerk lichter wird und ich zum ersten Mal den Ozean sehe, greift mir der Wind unters Kleid und bauscht es auf. Er fährt mir durch die Haare, und die tropisch warme Luft betört mich, als hätte ich Wein getrunken.

Dann haben wir den Strand erreicht und blicken auf ein unglaubliches Panorama. Bilderbuchpalmen biegen sich in Richtung Wasser, als würden sie sich vor der unendlichen Weite des Meeres verneigen.

Ich streife meine Flip-Flops ab und laufe barfuß in Richtung Wasser. Der Sand unter meinen Füßen ist warm und quietscht bei jedem meiner ausgelassenen Schritte.

Zwischen dem fast blendenden Weiß des fein gemahlenen Quarzes lugen an manchen Stellen dunkle Lavafelsen hervor.

Und außer uns ist tatsächlich niemand zu sehen. Dieser Strand, Maui, die ganze Welt gehört uns.

Ich breite die Arme aus und drehe mich wie ein kleines Mädchen im Wind, der kräftig und laut an meinen Haaren und meiner Kleidung zerrt.

»Kommst du?!«, rufe ich und drehe mich übermütig zu Storm um.

Mit zwei langen Schritten ist er bei mir und zieht mich an sich. Er küsst mich zärtlich, streicht mir die widerspenstigen Haare aus dem Gesicht, und ich drehe mich lachend um und greife nach seinen Armen, um sie mir um den Bauch zu legen.

Es gibt eigentlich keine Privatstrände auf Hawaii, hat mir Elsie erklärt. Die Strandabschnitte müssen öffentlich zugänglich sein, denn ab Meeressaum hat niemand mehr Besitzansprüche. Bis dorthin allerdings wohl, und darum stellen die Inselbewohner natürlich Schilder auf. Touristen sind gehalten, sich an öffentliche Zugangswege zu halten. Und manche Buchten sind so versteckt und abgelegen, dass nur Eingeweihte sie finden. Diese hier ist so eine.

Ein paar Hühner gackern uns entgegen und fliehen unter einen Hibiskusbusch. Der Himmel weiß, wo die zu Hause sind.

Mein Blick geht in die Weite. »Sieh doch nur, wie traumhaft schön es hier ist«, murmle ich und schmiege mich mit dem Rücken an ihn. »Ein Panorama wie auf einer Fototapete.«

»Du bist traumhaft schön«, haucht Storm an meinem Ohr und knabbert an meinem Ohrläppchen.

Er streichelt meine Hände, gleitet sanft meine Arme hinauf, über meine Rippen, streift mit den Fingerkuppen wie zufällig meinen Busen, und das Fototapetenpanorama wird nebensächlich.

Ich schließe genießerisch die Augen und presse auffordernd meinen Po an seine Hüfte. Das fühlt sich gut an. Ich will mehr.

Seine Finger wandern höher hinauf, umkreisen meine Brustwarzen, und die Reibung des dünnen Stoffs auf meiner Haut macht die Berührung noch prickelnder.

Ich trage keinen BH mehr unter dem Kleid und auch keinen Slip. Das eine scheint ihm erst jetzt richtig aufzufallen, das andere weiß er noch nicht. Für den Moment genügt, dass ich weiß, dass meine Unterwäsche einsam im Badezimmer des Gästehauses liegt und auf meine Rückkehr wartet.

Storms Hände bewegen sich zärtlich weiter, über meine Schultern den Nacken hinauf bis zum Haaransatz. Er küsst mich dort, und ich drehe mich leise stöhnend wieder zu ihm um. Seine Hände umfassen meinen Po, aber ich nehme seine Handgelenke und löse sie von dort, stehle mir noch einen Kuss, und dann trete ich einen Schritt zurück und sehe ihn an. Seine Augen sind dunkel geworden.

»Komm mit«, sage ich leise.

Dann laufe ich hinunter ans Wasser, ich möchte das Meer spüren. Die Wellen peitschen die Gischt hoch, Tropfen fliegen mir um die Nase, und obwohl ich Elsies Warnung im Ohr habe und mich nur bis zu den Waden hineinwage, weil ich den Sog der Strömung auch da schon spüre, bin ich nach der nächsten Welle nass bis über die Hüfte. Es ist kühler, als ich dachte, angenehm frisch und ein erregender Kältereiz auf der Haut.

Die Nachmittagssonne taucht alles in ein magisches, weiches Licht. Ich spüre Sand und Salzwasser zwischen meinen Zehen und habe das unbändige Bedürfnis zu rennen, bis ich nicht mehr kann. Genau hier, an der Wasserkante entlang. Also foppe ich Storm ein bisschen, hole Schwung mit dem Fuß und spritze ihn ein wenig nass. Dann gehe ich langsam rückwärts.

Ich sehe seinen Blick, der an meinen Brustwarzen hängen bleibt, die deutlich durch den Stoff lugen, weil der Wind mit ihnen spielt … Seine Augen gleiten an mir herab – dorthin, wo das dünne Kleid nass an meiner Haut klebt –, stutzen, verweilen, und seine Mundwinkel verraten ihn. Ich weiß, was er sieht. Dass sich da kein Bikinihöschen durch die Nässe abzeichnet, sondern ein Delta empfindlicher Haut. Er schluckt.

Ich ziehe mein Kleid ein kleines Stück höher, mache einen Schritt rückwärts und dann noch einen, während er mir nachkommt. Kurz bevor er mich erreicht, laufe ich los. Ein bisschen holprig ist unser Wettrennen, weil wir an manchen Stellen tief in den Sand einsinken und an anderen gar nicht. Wir müssen Wellen ausweichen, die uns vor die Füße rollen. Wasser spritzt um meine Beine, ich mache einen Satz zur Seite, und dann hat er mich erwischt. Ich spüre seine starken Arme um meine Taille, und dann fallen wir lachend und prustend in den weichen Sand.

Storm fängt mich auf, ich lande halb auf ihm, er rollt mich herum, ein Stück weg von der Brandung, wo wir nicht Gefahr laufen, von der nächsten Welle überspült zu werden, und wo der Boden trocken ist und sonnenwarm. Er stützt meinen Kopf mit seinen Händen, bedeckt mein Gesicht mit Küssen und schiebt sich über mich. Sein Kuss ist fordernder jetzt, leidenschaftlich. Ich öffne meine Lippen, weil ich ihn ebenso gierig schmecken will, und umfange ihn in dem Moment mit meinen Beinen, als unsere Zungen sich verschlingen.

Storm stöhnt auf und sieht sich verstohlen um, ohne seine Hände von mir zu lösen.

Wir liegen wie auf dem Präsentierteller, doch da ist niemand weit und breit, nicht einmal eine Möwe, die sich für uns interessieren würde.

»Ich will dich«, keuche ich in seinen Mund. »Ich will dich jetzt.«

Mit meinen Beinen ziehe ich ihn noch näher an mich heran, schiebe ihm mein Becken entgegen und fahre mit meinen Händen unter den Saum seiner Boxershorts. Sein Po ist fest und knackig.

Storm meint, mir zu entkommen. Er dreht sich geschickt weg und zieht mich über sich. Aber ich bekomme seine Handgelenke zu fassen, drücke seine Arme in den Sand und küsse ihn. Dann fange ich mit herausforderndem Grinsen an, mich auf ihm zu bewegen. Ich weiß, was ich damit auslöse – und wie schnell.

Mein Gesicht dicht über seinem, rutsche ich langsam etwas tiefer, zwicke dabei durch den Stoff hindurch mit meinen Zähnen in seine Brustwarzen, krabble wieder hinauf, küsse ihn noch einmal, beiße zärtlich in seine Lippe.

In langsamen Kreisen reibe ich mich an seinem Körper, an dem Widerstand, der sich unter mir aufbaut, nur durch eine Lage hauchdünnen Stoffs von meiner eigenen Mitte getrennt, und dann beschäftige ich mich damit. Ich richte mich auf, damit ich mehr Kontrolle habe über mein Becken – und seins.

Ich gebe seine Hände frei, weil ich ihn anfassen möchte, mit den Fingern sein Shirt hochschieben, darunter kriechen und seinen Nabel umkreisen. Sein Bauch hebt und senkt sich schneller, als ich abwärtstaste, unter den Stoff seiner Boxershorts. Storm keucht, als ich ihn umschließe, sein Glied sanft mit den Fingerspitzen erkunde, aufwärts und abwärts streiche und es an meine Scham drücke. In Zeitlupe gleite ich an ihm hinauf, schiebe eilig den störenden Stoff beiseite, damit Haut an Haut pulsiert.

»Oh Himmel, du spielst mit dem Feuer, April, weißt du das?«

Storm stöhnt auf und greift nach meinen Brüsten, aber ich will seine Hände da nicht haben, ich will sie tiefer, dort, wo sich in mir das Leben konzentriert, prickelnd, wild und feucht, mein eigenes tropisches Paradies, das sich nur für ihn auftut. Genau dort führe ich seine Finger hin, unter den Schutz meines flatternden Kleides.

»Wenn uns jemand sieht, April«, murmelt Storm, aber ich sehe an seinem dunklen raubtiergrünen Blick, dass er sich nicht mehr lange widersetzen kann.

Ich fühle mich frei und lebendig und beuge mich über ihn, um ihn zu küssen, während er mit einer Hand an der Innenseite meines Oberschenkels entlanggleitet, zentimeterweise, quälend langsam, aber immer näher zu mir.

»Spüre mich«, bitte ich ihn heiser. »Fühle mich.«

Mit einer Hand streiche ich mir die Haare aus dem Gesicht, aber der Wind treibt sie sofort wieder zurück. Es stört mich nicht, ich bin ganz auf meine andere Hand konzentriert, auf das, was sie da umfasst, was sich in ihr und durch sie und mit ihr bewegt – und auf das, was ich damit berühre, wenn ich mit meiner Mitte darüberstreiche, sein Glied fast eindringen lasse und es doch nicht tue, weil das Teil des bittersüßen, quälenden Spiels ist: diese flüchtigen, elektrisierenden Kontakte zwischen feuchter, zartester Haut wie zufällig geschehen lassen. Die unglaubliche Intensität des Kribbelns zwischen meinen Beinen wahrnehmen. Es ist, als ob all meine Sinne geschärft und nur darauf gerichtet sind, was ich fühle, was Storm fühlt. Verlangen. Erregung. Ich müsste mich nur ein paar Millimeter tiefer senken, und es gäbe kein Zurück mehr …

Und dann endlich, endlich fühle ich seinen Daumen, einen zweiten Finger, lasse mich erforschen, ertasten, genieße. Aber ich will mehr als nur ein wenig zu nippen, ich will ihn in mir aufnehmen, will, dass er mit mir hinausschwimmt in diesen Ozean, will mit ihm durch die Brandung tauchen. Und das tun wir.

Der Wind zerrt an meinen Haaren, mein Kleid weht wie eine Fahne um mich herum, es ist schon fast wieder trocken.

Ich schließe halb die Augen und kralle mich einhändig in seinen Unterarm, ich kann nicht voneinander trennen, ob es die Brandung ist, die so rauscht, die Palmen über uns oder das Blut in meinem Kopf. Aber ich lasse mich mitreißen, höher schaukeln mit den Wellen, Salzwasser auf meiner Haut.

»Komm zu mir«, flüstere ich an seinem Ohr, und da spüre ich auch schon, wie er das Kondom, das eben noch in seiner Hosentasche war, aus der Verpackung reißt.

Ich helfe ihm, es überzuziehen, und dann treibe ich ihn an,

meinem Rhythmus zu folgen, indem ich mit meiner Zunge an seiner und meiner Hand zwischen unseren Beinen das Tempo vorgebe.

Endlich taucht er ein erstes Mal vollständig ein, füllt mich aus, und ein Schauer geht mir durch und durch, der mich aufkeuchen lässt.

»April«, stöhnt Storm und windet sich, weil ich ihn ebenso wenig loslasse wie er mich.

Wir sind eins.

»Storm.«

Ab jetzt lassen wir uns Zeit. Ich koste jeden Augenblick aus.

Und irgendwann später, viel später reiten wir auf der perfekten Welle, lassen uns mit ihr zurück ans Ufer spülen, kommen taumelnd, erschöpft und satt an Land und sinken einer in die Umarmung des anderen und des wunderbar weichen Sandes.

Maui.

Ich war nie glücklicher.

# Kapitel 15

April

Vier Tage Hawaii. Vier Tage Leichtigkeit, Blumenduft, Lebensfreude. Sie sind mit dem nächsten Wimpernschlag verflogen. Ich kann es immer noch kaum glauben, dass ich tatsächlich dort war. Ich möchte noch viel mehr von Maui entdecken, und wir müssen unbedingt auch die anderen Inseln kennenlernen. Diese unglaublich farbenfrohen Sonnenuntergänge, das Gefühl des pudrigen Lavasandes zwischen meinen Zehen, die blumigen Düfte, das Rauschen der Brandung und der herbe Salzgeruch von Meer und Gischt … und im Landesinneren die grünen Hügel, die fantastische Vegetation – und keine Schlangen.

Ich habe ein Stück meiner Seele auf Maui zurückgelassen.

Am letzten Abend haben wir unsere Blütengirlanden ins Meer geworfen, als Dank an die Inseln, begleitet mit einem Gebet und dem Versprechen, dass wir bald wiederkommen, ganz bald. Und dann haben Storm und ich unseren Schwur besiegelt, indem wir uns im Sichtschutz einer Palme auf den sonnenwarmen Lavafelsen noch einmal geliebt haben. Laut und urgewaltig, und das Tosen des Ozeans hat unsere Lustschreie übertönt und mit hinausgetragen. Weit, ganz, ganz weit … weiter als der Ozean.

Ich habe immer noch ein fast schon spirituelles Kribbeln in mir, wenn ich daran zurückdenke.

Und dann Elsie … Sie erinnert mich in vielem an meine

verstorbene Großmutter und ein wenig auch an Mrs. Wolowitz, obwohl sie viel jünger ist. Wir müssen sie ganz bald wieder besuchen. Ich glaube, sie sieht in Storm so was wie den Enkelsohn, den sie wohl gern gehabt hätte.

Jetzt sind wir wieder zu Hause in San Francisco. Und doch ist alles neu.

Maria hat einen längerfristigen und ziemlich lukrativen Auftrag bekommen. Sie vertritt einen peruanischen Kunden und muss für dieses Projekt viel zwischen ihrer Heimat und den Staaten hin- und herpendeln. Da sie in den nächsten Monaten selten da sein wird, hat sie darauf bestanden, dass wir die Räume in unserem WG-Apartment tauschen. Maria ist ins Atelier zurückgezogen, in das kleinste der Schlafzimmer. Das spart ihr nicht nur Geld – das Storm und ich momentan auch viel leichter locker machen können als sie –, das Licht ist außerdem perfekt für ihre Malerei.

Nach unserer Rückkehr habe ich ihr als Erstes geholfen, die blöden schwarzen Folien von den riesigen Fenstern zu kratzen, die Murphy für seine Dunkelkammer angebracht hatte. So was Albernes. Wer fotografiert heutzutage denn noch mit analogem Schwarz-Weiß-Film und Chemie? Ich glaube, es ist gut, dass der neue Job sie ablenken wird.

Storm und ich haben jetzt ein gemeinsames Schlafzimmer, und ich habe mir Marias ehemaliges Domizil als Arbeits- und Studierzimmer eingerichtet. Mit Schreibtisch, Skelett und all meinen Büchern – und meinem in Treibholz von Elsies Privatstrand gerahmten Zeugnis vom Zweiten Staatsexamen an der Wand.

In jedem Raum steht ein Hundekorb für Sky – bei Maggie und Lydia allerdings auch. Die beiden haben darauf bestanden, dass das *Velvele* ihr Teilzeithund bleiben darf.

Nächsten Montag beginne ich mein PJ im San Francisco

Memorial – erst mal für zwei Monate in der Chirurgie. Danach sehen wir weiter.

Ich bin überzeugt davon, dass Storm das Finale dieser TV-Show gewinnen wird. Und auch wenn er nichts davon hören will – es wird in jedem Fall eine mehrwöchige Club-Tour aller Finalisten und Publikumslieblinge geben. Ich möchte zu allen Konzerten mitkommen, die ich irgendwie möglich machen kann, und – wie gesagt – wer weiß, was nach dem Finale passiert? Ich möchte flexibel bleiben, nur für den Fall, dass ich bald mit *America's Topstar himself* zusammen bin.

Storm hat ja recht. Letztlich ist das wirklich alles Zukunftsmusik. Aber heute ist definitiv der große Tag, an dem dieser Wheeler auf einer groß angelegten Pressekonferenz die Rückkehr Storms in die Show und ins Finale bekanntgeben will.

Das Showbiz ist schnelllebig. Auch da lag Storm richtig. Wheelers Ankündigung und die viele Zeit, die bis zu unserer Rückkehr nach San Francisco vergangen ist, haben anscheinend ausgereicht, die Meute zu bändigen. Entgegen Storms heimlichen Befürchtungen lungert niemand vor dem Apartment herum, unsere Adresse ist weiter unter dem Radar, bislang hat es keiner geschafft, uns bis dorthin zurückzuverfolgen, und auch bei Tante Maggie ist alles ruhig geblieben. Keine weiteren Vorkommnisse. Die USA sind halt doch entspannter als Deutschland – in so vielen Bereichen.

Okay, es könnte natürlich auch daran liegen, dass Luigi Marias Berichten zufolge offenbar einen geradezu sportlichen Ehrgeiz entwickelt hat, alle verdächtig aussehenden Gestalten von der Glasfront und der endlich reparierten Drehtür zu vertreiben.

Steil und in blendendem messingfarbenen Stahl verkleidet, ragt das Gebäude des Fernsehsenders vor uns auf.

»Bist du bereit?«, fragt Storm.

Wir bleiben kurz stehen.

Er sieht mich an, und ich versinke in seinen grünen Raubtieraugen, die nirgendwo heller strahlen als in dem Licht der Bay Area San Franciscos. Sie stechen beinahe unnatürlich intensiv aus der dunkelblauen, fast schwarzen Schminke mit den silbernen Spinnfadenlinien heraus. Seine orangefarbene Jeansjacke raschelt, als er den Arm um mich legt, und ich könnte schwören, dass der Phönix an seinen Stiefeln mit den Flügeln schlägt.

»Bereit, wenn du es bist«, flüstere ich und küsse ihn, sorgfältig darauf bedacht, dass mein Lippenstift die kunstvolle Bühnenbemahlung in seinem Gesicht nicht verwischt.

»Dann lass uns reingehen.«

»Hallo. Storm.«

Eine Frau mit unglaublich langen Haaren, die sich über ihren Rücken locken, sitzt auf der kleinen Mauer, die das Blumenbeet mit den goldfarbenen Betonbuchstaben des Senders verziert. Sie sieht aus wie ein Covermodel von *Cosmopolitan* oder *Vogue*, perfekt gestylt, die Frisur sitzt wie in der Haarspray-Werbung, sie trägt eine geschmackvolle Bluse mit angesagten grafischen Mustern, ihre Schuhe schreien förmlich, wie teuer sie waren. Als sie schwerfällig aufsteht, bemerke ich, dass nur die unvorteilhaft geschnittene Hose nicht so recht zum übrigen eleganten Outfit passen will.

Ich versuche, sie einzuordnen.

Kein Fan.

An Storms versteinertem Blick sehe ich, dass er sie erkennt – und ebenfalls kein Fan ist.

Wie vom Donner gerührt, prallt er zurück und starrt sie an. Er zerquetscht beinahe meine Finger in seiner Hand.

»Laureen … Was tust du hier?«

Sie legt eine Hand stützend unter ihren runden Bauch. Ein belustigtes Lächeln umspielt diese perfekten kirschroten Lippen, als sie meinen Gesichtsausdruck studiert, in dem Augenblick, als ich realisiere, dass sie nicht unter Adipositas leidet und auch keinen Fußball verschluckt hat.

Ich befreie meine Finger aus Storms Klammergriff. Seine Hand rutscht aus meiner, aber sie tastet sich sofort zurück, behutsamer jetzt. Ich greife danach wie eine Ertrinkende, bevor der Boden mich verschlingt, der sich plötzlich wie Treibsand anfühlt.

Storm tritt einen Schritt nach vorn, schiebt sich mit seinem Körper ein Stück vor mich, als ob er verhindern will, dass sie mich sieht – oder dass ich sehe, was offensichtlich ist?

»Was willst du von mir?«

»Ich bin schwanger, Storm. Was werde ich wohl wollen? Dass du zu deiner Verantwortung stehst natürlich. Wir wollten dir gratulieren.«

Mir wird schwindelig. Ich verliere den Halt, und nun kralle ich mich in Storms Unterarm, als wäre er der rettende Ast, an dem ich mich aus diesem tosenden Sandstrudel ziehen könnte, der unvermittelt um mich herumwirbelt und mich in bodenloses Nichts ziehen will. Da ist nichts mehr außer diesem Rauschen um mich herum.

»Storm?«

Ich schnappe nach Luft.

Und dann gehe ich unter.

# Aprils & Storms Songs

Oasis: *Stop Crying Your Heart Out*
Ron Pope: *Come To California*
Amy Winehouse: *Back To Black*
Green Day: *Wake Me Up When September Ends*
Billie Eilish: *No Time To Die*
Harry Styles: *Two Ghosts*
Joan Armatrading: *All The Way From America*
Leonard Cohen: *Halleluja*
Simon & Garfunkel: *April Come She Will*
Demi Lovato: *Anyone*
Joni Mitchell: *River*
The Association: *Never My Love*
Maximilian: *Beautiful Scars*
Leonard Cohen: *Anthem*
Pink Floyd: *Wish You Were Here*
Katy Perry: *By The Grace Of God*
Oh Wonder: *Better Now*
Suzanne Vega: *Caramel*
Lola Marsh: *Only For A Moment*
James Bay: *Hold Back The River*
Laura Marling: *What He Wrote*
INXS: *By My Side*
Alex North und Hy Zaret: *Unchained Melody*
Hozier: *Take Me To Church*

George Ezra: *Hold My Girl*
David Gray: *Sail Away*
Jack Johnson: *Better Together*
Lewis Capaldi: *Someone You Loved*

# Anmerkung der Autorin/ Content Note

Die Trilogie über April und Storm ist Fiktion, eine romantische Liebesgeschichte von zwei Menschen mit einem Rucksack voller Probleme, die miteinander wachsen, lernen und mit Rückschlägen zu tun haben – wie im wahren Leben.

Wir alle haben Narben. Manche sieht man, manche sind unsichtbar, niemand ist perfekt.

April und Storm werden in dieser Geschichte direkt oder indirekt mit Krebs, mit PTBS (Posttraumatischer Belastungsstörung), mit Suchtkrankheit, Medikamentenmissbrauch und Tod konfrontiert – und sie haben Sex.

Es ist mir ein Anliegen, ganz deutlich zu machen, dass mit keinem dieser Themen »zu spaßen« ist, uns allen ist die Schwere der genannten Krankheiten absolut bewusst. Ich hoffe, dass mir trotz sorgfältiger Recherche und vielen intensiven Gesprächen mit Betroffenen keine Fehler unterlaufen sind. Gleichwohl – jeder Mensch hat unterschiedliche Verläufe und erlebt Symptome oder Krankheit verschieden, auch in der Behandlung wird nicht jede:r Mediziner:in denselben Weg einschlagen. An manchen Stellen im Roman gehen Dinge vielleicht auch grundsätzlich etwas glimpflicher ab als in der Realität. Ich möchte damit die Krankheiten keineswegs verharmlosen und hoffe, dass ich niemandem, der oder die in irgendeiner Weise betroffen ist, unwissentlich zu nahe getreten bin.

Bei aller Ernsthaftigkeit und Schwere soll Aprils und Storms Geschichte vor allem ein Liebesroman sein.

Wenn du von Suchtproblemen betroffen bist oder dir unsicher bist, ob eine Abhängigkeit vorliegt, oder wenn du dich psychisch krank fühlst: Bitte um Unterstützung und nimm professionelle Hilfe in Anspruch. Tu es heute – nicht morgen! Dein Leben zählt. Du bist es wert. Du bist genug. Immer.

# Danke

Als ich vor meinem geistigen Auge plötzlich diese junge Frau sah, die so lebenshungrig das Fenster mit Blick auf die Bay aufreißt, den Duft des Ozeans einatmet und dabei das Bimmeln der Cable Cars hört, da hatte ich noch keine genaue Vorstellung davon, wer sie war und was sie alles erleben würde. Ich wusste nur, dass sie wegen der Osteopathie dort in San Francisco ist, dass bereits einiges hinter ihr liegt und dass unten ein Musiker steht, der gleich klingeln würde. Ein gebrochener Typ, der ein Zimmer braucht. Und ich hoffte und fieberte beim Schreiben mit, ob es ihnen am Ende gelänge, ein neues Ganzes zu bilden, nachdem sie sich ein paarmal bei den Versuchen geschnitten haben, ihre Scherben zusammenzufügen. Ich wusste, dass sie April und Storm heißen, aber nicht, was alles vor ihnen – und vor mir – liegt auf dem Weg von der ersten bis zur allerletzten Seite dieser Trilogie.

Es war ein Ritt, auch was die Recherche zu diesen drei Bänden betrifft. Und es gibt einige Menschen, die ich besonders hervorheben möchte, weil ohne sie diese Geschichte nicht so stimmig und rund und tief geworden wäre.

Zunächst gilt mein Dank meiner Agentin Ulrike Schuldes, dem Lübbe Verlag und meinen wunderbaren Lektorinnen Daniela Jarzynka und Valérie Thieme: Danke für das Vertrauen, die große Wertschätzung und dafür, das Beste aus diesem Manuskript und aus mir herauszukitzeln.

Danke an Dr. med. Olaf Wiesner und Dr. med. Annika Wolff für die intensivmedizinische Beratung und dass ihr mir zu fast jeder Uhrzeit an fast jedem Tag jede noch so absurd scheinende Fachfrage stoisch und auf Augenhöhe beantwortet habt.

Danke an Ursula Grohnert für das osteopathische Fundament in Theorie und Praxis und deine Zauberhände an meinem vom Schreiben verspannten Autorinnenkörper.

Danke an meine Delia-Autorenschwestern, allen voran Kirsten Greco, Jana Lukaschek und Simone Olmesdahl. Einen unschätzbar wertvollen Wissenspool haben wir da, mit Spezialkenntnissen vom amerikanischen Gesundheitssystem bis hin zur Sachkunde einer OP-Schwester oder Rauschgiftfahnderin bei der Kripo. Danke fürs geduldige Löchernlassen!

Danke an Frank Wilde, dass du mein musikalisches Backstage-Gedächtnis reaktiviert hast.

Danke an die Menschen, die ich vor allem übers Netzwerk Burgwedel kennengelernt habe und die ich an dieser Stelle bewusst nicht namentlich nenne, gerade weil sie mir so offen und schonungslos von ihren Krankheiten, ihren dunklen Stunden und den lichten Momenten erzählt und mir weitere Kontakte hergestellt haben. Danke für Ihr und euer Vertrauen und die Unterstützung! Diese bewegenden Gespräche haben mich mit Demut und tiefem Respekt erfüllt.

Meinen Freundinnen Alice, Gitta, Marion und Sabine: Danke für eure Zeit, fürs geduldige Zuhören, Knoten entheddern helfen, Aufrichten, Krönchenrichten!

Und last, but most importantly: Danke an Carlotta, beste Tochter der Welt, Spanisch- und Peru-Kennerin, dass du es immer wieder gelassen erträgst, wenn ich unansprechbar und losgelöst von Zeit und Raum in andere Welten und Dimensionen verschwinde. Wir holen die Reise an die Westküste nach, versprochen!

*Wenn der Traum aller Teenager deine Realität ist …*

Robinne Lee
ALS DU MICH SAHST
Roman
Aus dem amerikanischen
Englisch von
Nicole Hölsken
432 Seiten
ISBN 978-3-7857-2679-2

Erst war es nur ein harmloser Flirt zwischen der frisch geschiedenen Enddreißigerin Solène und Hayes, dem Sänger einer angesagten britischen Boyband. Denn Hayes ist zwar jung, aber eben auch charmant, geistreich und sehr sexy. Doch dann wird aus Leidenschaft Liebe – trotz des Altersunterschieds. Als das wahre Leben sie einholt und ihre Liebe trotz aller Vorsicht bekannt wird, bricht die Hölle los. Die Presse belagert sie, die Fans drehen durch. Aber Hayes kämpft die um die Frau seiner Träume …

*»Ein faszinierendes, nachdenklich stimmendes und romantisches Leseerlebnis«* KIRKUS REVIEWS

Lübbe